LA DIVINE COMÉDIE
LE PARADIS

Du même auteur
dans la même collection

L'ENFER (texte original et version française par Jacqueline Risset)
LE PURGATOIRE (texte original et version française par Jacqueline Risset)

De Jacqueline Risset

DANTE ÉCRIVAIN (Seuil, 1982)
DANTE, UNE VIE (Flammarion, 1995)

DANTE

LA DIVINE COMÉDIE
LE PARADIS

Texte original

Traduction, introduction et notes
de Jacqueline Risset

GF Flammarion

ISBN : 978-2-0807-1218-9

TRASUMANAR

Dire d'elle ce qui n'a jamais été dit d'aucune. Le cœur du grand projet, c'est le *Paradis*. *L'Enfer* et le *Purgatoire* n'en sont peut-être que des préliminaires. Lorsque le jeune Dante a la première intuition de l'œuvre future, il la décrit ainsi, à la fin de la *Vita Nuova* : montrer Béatrice triomphante, dans la joie du Paradis. Le poète florentin à ses premières armes, désespéré par la mort de l'aimée, déclare qu'il a fait un rêve. Ce qu'il a vu dans ce rêve, il ne le dit pas, il l'évoque en ces termes : « des choses qui me firent décider de ne plus parler de cette dame bénie jusqu'au moment où je pourrais plus dignement parler d'elle ». « Et pour cela », dit-il, « j'étudie tant que je peux. » Tout ce qui sera écrit entre la *Vita Nuova* et la *Comédie* le sera, dès lors, comme une étude en vue de ce livre à venir[1].

Le long poème que nous appelons *Divine Comédie* a donc été conçu en fonction non pas de l'*Enfer*, comme le XIXe siècle a tenté de nous le faire croire, mais en fonction du *Paradis*, et le *Paradis* lui-même en forme de louange d'une femme — qui est en même temps symbole et femme, femme et figure d'autre chose, plénitude double, immédiate, familière à Dante comme aux poètes-philosophes latins (Boèce) et aux poètes mystiques arabes (Ibn Arabi).

1. Cf. J. Risset, *Dante écrivain*, Éditions du Seuil, 1982, pp. 36-40.

Décrire le Paradis. Pour le Paradis, plus encore que pour les deux autres règnes, Dante renverse les représentations de l'époque, qui opposaient à un Enfer en feu un Paradis pâle et bleuté, à la frénésie des diables et à la tension des supplices la placidité des anges et le repos des élus. Dans ce poème-ci le repos a été délégué à la forêt-jardin du deuxième royaume. Le Paradis est, quant à lui, mouvement incessant, rapidité extrême, vol de lumières à la limite des possibilités de perception. Et, tandis que l'Enfer s'enfonce dans la glace où est pris Lucifer, le Paradis est danse de flammes, éblouissant et dangereux.

Dans la « divine forêt épaisse et vive » en haut de la montagne du Purgatoire, le voyageur Dante rencontre enfin Béatrice. Elle lui reproche de l'avoir oubliée depuis sa mort à Florence, et d'avoir oublié tout ce qu'elle signifiait, jusqu'à se perdre dans la forêt obscure... Dante pleure, Virgile s'efface, et commence le vol surnaturel — Dante suivant l'aimée à grande vitesse dans l'espace cosmique : le projet du jeune poète entre dans sa réalisation complète.

Comme l'Enfer et le Purgatoire, le Paradis est composé de dix régions : neuf sphères mobiles (dont les moteurs sont des anges — les Intelligences motrices) et l'Empyrée : Dante passe à travers toutes ces régions, rencontrant ainsi à la suite : le ciel de la Lune, le ciel de Mercure, le ciel de Vénus, le ciel du Soleil, le ciel de Mars, le ciel de Jupiter, le ciel de Saturne (c'est-à-dire les ciels des sept planètes, animées d'un mouvement propre), puis le ciel des étoiles, qui son fixes, et, enfin, le ciel cristallin ou Premier Mobile (qui ordonne le mouvement de tous les autres) : le ciel cristallin tourne lui-même dans un dixième ciel — ciel immatériel, de pure lumière, immobile, qui est séjour de la divinité et des élus : « édifice souverain du monde, dans lequel le monde entier est enfermé, et au-delà duquel il n'est plus rien », écrit Dante dans le *Convivio*. Formé comme un immense amphithéâtre, il est appelé *rose blanche* ou *rose céleste*. Le centre est un point très lumineux, qui est

Dieu ; Béatrice dit : « le point qui est au monde le plus vivant ».

L'ascension a lieu en ligne droite, d'une planète à l'autre : arrivé dans un ciel, Dante tourne un temps avec ce ciel ; puis il repart comme une flèche vers le cercle supérieur ; mais les cieux ne sont pas différents dans leur aspect, et le voyageur ne perçoit son propre déplacement qu'à travers l'accroissement progressif de la beauté de Béatrice et de l'intensité lumineuse de ce qu'il voit.

Étapes initiatiques. Le paradis est dangereux parce qu'il est un lieu initiatique. Le voyageur qui parvient dans les sphères a subi durant son parcours une longue série d'épreuves : terreur des trois bêtes, menaces des diables, éboulements, hostilités, périls en tous genres dans le premier règne ; et puis, sur la montagne, traversée du mur de feu, douleur de la disparition de Virgile, angoisse et remords quand Béatrice parle.

Mais au Paradis les épreuves ne sont pas terminées. Le parcours intiatique atteint, au contraire, ses étapes décisives : tout d'abord, ce lieu du bonheur parfait qu'il traverse, est-il capable d'en supporter simplement la vue ? : *le paradis est insupportable*, telle est la découverte qui change le signe de l'image ordinaire, laquelle est image statique, génératrice de révérence et d'ennui ; le Paradis de Dante est le contraire de la staticité ; s'il est insupportable, c'est par tension excessive, excès d'émotion, d'énergie, de perception. Tout à coup, au chant XXIII, le rire de Béatrice disparaît de son visage, le silence remplace le chant des élus et des chœurs angéliques ; angoissé, Dante regarde autour de lui et demande. Il lui est répondu que cette disparition a lieu pour épargner sa souffrance : le rire de Béatrice et la musique paradisiaque sont encore trop difficiles à endurer pour lui. Il faut qu'advienne la métamorphose intérieure : alors viendra le moment où il supportera la beauté de l'Élue et la splendeur de la musique.

Le Paradis comporte même la présence de la figure la plus terrestre, la plus commune de l'initiation, c'est-à-dire l'*examen*. Trois chants du *Paradis* sont occupés par un examen en trois épreuves, se déroulant sur un modèle d'université médiévale ; il porte sur trois sujets, la foi, l'espérance, la charité, et les examinateurs sont tour à tour saint Pierre, saint Jacques et saint Jean. Examen difficile, et plus angoissant que tout autre, puisqu'une partie s'en déroule alors que le candidat se trouve frappé de cécité subite : il essayait de voir si à travers la lumière qui enveloppe saint Jean, comme elle enveloppe chaque élu — pareille à la soie qui entoure les vers à soie — on pouvait discerner son corps, son corps mortel. Il est ébloui, aussitôt plongé dans le noir.

Le terrestre, le corps. Et c'est dans cette curiosité passionnée, dans ce désir excessif de voir le corps que Dante révèle un des aspects les plus surprenants de son *Paradis*. Lorsqu'en Enfer ou au Purgatoire les âmes s'apercevaient que le corps du visiteur était un corps vivant (il faisait ébouler les amas de pierres en Enfer, au Purgatoire il arrêtait les rayons du soleil, alors que les âmes ne pèsent pas, et que leur apparence charnelle se laisse traverser par la lumière), elles étaient saisies d'une stupeur nostalgique. Mais les bienheureux aussi ont la nostalgie de leur corps : lorsque l'un d'eux évoque la réincarnation future, tous montrent un tel empressement « à dire Amen » que le visiteur note qu'ainsi

« *ils montrèrent bien désir de leurs corps morts* » (XIV, 62).

Et la correction qu'apporte le vers suivant :

« *non peut-être pour eux, mais pour leurs mamans* »,

avec cet emploi du terme enfantin, si étrange dans un

tel contexte, ne fait qu'intensifier encore la présence de la dimension terrestre dans cette *Comédie* qui raconte l'au-delà.

Dimension qui joue sans cesse dans une tension inépuisable avec l'autre, l'abstraite, celle qui ouvre sur l'inconnu et l'incompréhensible, vers le hors humain. Chez Dante cette double tension est toujours présente (mais surtout dans le *Paradis*, car c'est là qu'aboutissent toutes les lignes et que s'appuient toutes les symétries) : double tension qui conjugue la coexistence inattendue des contraires et la symétrie de contraires inconciliables — le terrestre se mélangeant au céleste, et la glace obscure de l'Enfer s'opposant à la chaleur lumineuse des feux paradisiaques.

Poème de la lumière. Le *Paradis*, poème de la lumière, est doublement abstrait. Il n'y a pas de paysage, sinon celui des astronomes, et des cosmonautes — air et lumière, étoiles (et aussi la vue de la terre lointaine, cette *petite aire*, à partir de la constellation des Gémeaux). Dante, pour décrire l'apparition des élus au ciel de la Lune, emploie une « anti-image[1] » : « comme une perle sur un front blanc » — sorte de dissolution du voir habituel. Blanc sur blanc : naissance de la différence ; la perception s'affine...

Par ailleurs, vivre longtemps avec le texte du *Paradis* signifie devenir tout à coup plus sensible aux spectacles célestes — astres, étoiles, étoiles filantes, arcs-en-ciel... L'étonnante précision visuelle de la Dante et sa maîtrise du rythme poétique parviennent par exemple à susciter chez le lecteur l'exacte émotion que donne le passage tard perçu d'une étoile filante dans le ciel d'été... Cette joie et cet émerveillement simples — fondés sur des sensations communes, quotidiennes, ont dans le texte la fonction d'éclairer à leur tour l'allégresse qui

1. J. Freccero, *Dante, the poem of conversion*, Harvard University Press, 1987, p. 66.

accompagne l'apparition et la danse des bienheureux dans les différents ciels... Ainsi le céleste naît du terrestre, de l'exactitude de la perception terrestre, dans ses éléments singuliers, dans ses instants attentivement écoutés, séparés, et transcrits.

En même temps des pans entiers de vie terrestre s'installent au milieu des descriptions astronomiques, et interrompent le puissant mouvement vers le haut, vers le point lumineux autour duquel tourne l'univers : la robuste Florence médiévale, avec ses coutumes quasi villageoises, ses querelles, ses noms de familles rivales, occupe deux chants entiers du *Paradis*, par la voix de l'aïeul du voyageur Dante Alighieri, à qui cette voix décrit longuement sa généalogie, et annonce, grâce au don de prophétie que confère l'au-delà, le sombre futur qui s'approche... Ancrage brusque dans le *je* concret du vol sublime.

La passion politique. Çà et là, la passion politique, violente et actuelle, perce dans les propos ; la polémique contre les papes et la corruption de la cour de Rome n'est peut-être jamais aussi virulente qu'au Paradis (à propos des ordres franciscain et dominicain) ; et la grande idée de Dante, celle de la séparation des deux pouvoirs, celle d'un Empire aussi puissant, et aussi universel que la Papauté, s'incarne dans l'une des images les plus fortes — visuellement et mythiquement — de tout le poème : celle de l'aigle céleste tout formé de rois, dont les voix unies sortent par le bec, disant « je » au lieu de « nous ».

Cette sûreté politique et affirmative *à l'intérieur du Paradis*, Dante l'obtient sans doute en utilisant l'une des possibilités énergétiques et libres de l'acte littéraire : en retournant par l'écriture le signe de son expérience d'exilé. Le sentiment d'exclusion, qu'une telle expérience ne cesse de communiquer, est ainsi renversé : dans ce voyage il est le seul vivant, et les âmes l'envient. En même temps cet exercice entêté de l'observation, lié à la situation d'exilé, ce privilège d'acuité que comporte le regard du dehors, il ne cesse de l'utiliser dans son poème, où tout spectacle est vu comme de façon naissante, avec la netteté, le désintéressement, la pureté de celui qui passe, mais avec la passion obstinée, et avec l'effort de celui qui va raconter.

Et la clé de l'ancrage terrestre au spectacle du Paradis est précisément là, dans ce fait que celui qui le voit dans l'émerveillement, dans l'extase, pense en même temps à son retour sur terre, pense à rentrer sur terre pour dire ce qu'il a vu, ce qui donne à la *Comédie* tout entière son allure pressée, impatiente, et aussi cette structure circulaire qui l'apparente à la *Recherche* proustienne : la fin reporte au commencement. *Le Paradis, L'Enfer, Le Purgatoire* forment bien un tout inséparable, où rien n'est préliminaire, où chaque point est nécessaire à l'ensemble — qui commence.

Trasumanar. Décrire le Paradis est une entreprise excessive — elle signifie « *trasumanar per verba* » — outrepasser l'humain par les mots. Écrire prend le sens d'un défi, d'un passage à la limite — il faut donc forcer les ressources du langage, et risquer, à mesure que le voyage se rapproche de son centre indicible, l'échec pur et simple, le silence, l'aphasie... La mémoire et l'imagination se révèlent incapables de *suivre* l'expérience

> « parce qu'en s'approchant de son désir
> notre intellect va si profond
> que la mémoire ne peut l'y suivre ».
>
> (I, 7-9)

Approche du désir et perte de la mémoire sont actions simultanées : ce qu'on peut écrire sera par conséquent non le royaume lui-même mais *l'ombre du royaume*. Et réussir à l'écrire est chose si rare qu'elle

... « devrait engendrer de la joie
à la joyeuse divinité delphique ».
(I, 32-33)

Apollon, invoqué sur le seuil, se réjouit avec les Muses... La fierté de Dante poète — sa certitude d'une nouveauté absolue — s'exprime par la métaphore de la navigation hardie, sous la protection des dieux païens harmonieusement intégrés à l'entreprise :

« L'eau que je prends n'a jamais été parcourue
Minerve souffle, Apollon me conduit,
et neuf Muses me montrent les Ourses. »
(II, 7-9)

Tout le *Paradis* est scandé par la réflexion de Dante sur ce qu'il écrit, et aussi sur l'impossibilité d'écrire le paradis. Et c'est là, précisément, dans ces zones réflexives, mais d'une réflexivité directe, transparente, interrogative, que réside la plus étonnante modernité de sa poésie. Car si la poésie contemporaine — et sans doute la littérature en général — est tournée, dans ses expressions les plus significatives, vers l'expérience des limites, l'exploration des confins du dicible et la tentative d'extension de ces confins, le *Paradis* appartient à la poésie contemporaine. Il vogue déjà sur ces eaux, il les ouvre...

En forme de traduction. L'inadéquation est si grande, cette fois, entre les capacités humaines et le spectacle même à décrire que c'est le paradis lui-même qui vient à la rencontre du poète pour l'aider dans sa tâche. Ce qu'il voit dans son voyage — et que nous voyons à travers son écrit — n'est pas le Paradis tel qu'en lui-même : c'est une mise en scène, aimablement destinée par le ciel à rendre le paradis accessible aux faibles facultés d'un homme, c'est une fête organisée pour lui le long de son voyage. En réalité — ou plus exactement, d'habitude — (les deux expressions sont également étranges dans ce contexte d'éternité surnaturelle), les élus ne sont pas disposés, tels que les décrit Dante, sur les différentes planètes, selon leur tendance dominante. Ils se tiennent tous dans l'Empyrée, dans la Rose blanche. Il n'y a pas de degrés de béatitude, comme il y a des degrés de punition en Enfer ou des corniches superposées au Purgatoire : « tout est paradis au paradis ».

Mais une traduction est nécessaire, Béatrice l'explique à Dante :

> « Il faut parler ainsi à votre esprit
> parce qu'il apprend du seul sensible
> ce qu'il rend ensuite digne d'intellect. »
> (IV, 40-42)

Il faut qu'il voie, il faut qu'il voie dans l'espace.

Art of memory. On peut comprendre le *Paradis*, et toute la *Comédie*, comme un « Art de la Mémoire[1] » composé sur le modèle de ceux qu'a décrits Frances Yates : comme une grande transposition spatiale des peines et des récompenses, destinée à fixer dans l'esprit des mortels les différents modes de leur sort futur : le mécanisme du souvenir associé à l'espace, c'est la clé par exemple du Théâtre de la Mémoire de Giulio Camillo et de bien d'autres ouvrages semblables, perdus, oubliés ou devenus pour nous quasi muets. Dante, écrivant la *Comédie*, fait œuvre utile, et la mémoire, pour lui faculté de l'âme, est non seulement l'ensemble des traces des expériences passées, elle est aussi le dépôt pour l'imagination, la réserve d'images sur laquelle l'imagination s'exerce. C'est sur la mémoire du lecteur qu'il faut agir, et agir par des *lieux*. Les sphères cos-

1. Idée qu'il développe dans son livre *De Monarchia*, qui sera brûlé après sa mort, et où s'exprime la conception de l'indépendance et de la non-subordination entre les deux pouvoirs, Empire et Papauté (cf. *Dante écrivain*, *op. cit.*, p. 101 et s.).

miques sont en quelque sorte utilisées par Dante comme supports de mémoire élémentaire...

Ainsi, Dante, décrivant le paradis à ses lecteurs, applique la méthode que Dieu a appliquée avec lui : il traduit. Le Paradis n'est abordable qu'en traduction. La saisie directe, comme le rire de Béatrice, ferait mal.

Le lait des Muses. Deux aspects contradictoires frappent dans la langue du *Paradis* : d'une part, un aspect disharmonique, âpre, irrégulier — beaucoup de ruptures syntaxiques, d'enjambements, de dissymétries voulues, un nombre très élevé de néologismes (des verbes, surtout, indiquant des mouvements foudroyants, des fusions inattendues, des rencontres impensables sur terre), néologismes qui sont construits selon des procédés particulièrement hardis, à la limite de tolérance de la langue, même d'une langue en train de naître — que Dante est en train de faire naître. Ainsi, pour exprimer le mystère de l'Incarnation du Christ, dans le dernier chant, quand il approche de la Vision merveilleuse, Dante invente le mot « s'indova » — se met dans le « où » — greffe directe du verbe sur l'adverbe : le geste est trop hardi, le mot, magnifique, est compréhensible, mais reste unique[1]. D'autre part, un aspect fluide, lié, comme un chant continu — qui correspond à ce que Dante appelle *lien musaïque*, ou encore « lait des muses ». La poésie pour lui est, dans le sillage platonicien, « liaison du langage[2] ». Mais le paradis porte la poésie jusqu'à sa propre limite ; les ressources musaïques habituelles s'avouent vaincues

« ainsi, en décrivant le paradis,
le poème sacré doit faire un saut,

1. Dante invente la langue italienne, mais une telle intensité d'invention ne se retrouvera peut-être qu'en un seul écrivain, non italien, qui se déclare d'ailleurs son disciple, chez James Joyce, dans *Finnegans Wake*.

2. Cf. *Dante écrivain*, p. 70 et s.

comme celui qui trouve sa voie interrompue ».
(XXIII, 61-63)

Pour désigner l'interruption de la possibilité d'écrire, Dante emploie les mêmes mots que dans l'*Enfer*, lorsque le chemin concret parcouru par lui et par son guide se trouvait tout à coup bouché par les pierres de l'éboulis ou interdit par les figures diaboliques. Il s'agit, dès lors, de faire entrer, pour écrire le *Paradis*, cette notion de l'interruption de la langue dans la langue même qui continue. C'est un des problèmes expressifs spécifiques de la troisième partie de la *Comédie*, le problème dans son entier tant précisément celui-ci, de faire tenir ensemble le merveilleux, le « si doux » « lait des Muses » et la diction de l'interruption

Dans la représentation paradisiaque, le chant laisse parfois la place, tout à coup, au silence, ou à un cri. Et de temps en temps l'accroissement de la beauté de Béatrice est tel que le poète renonce : *et ici je ne l'écris pas*. Cependant le tissu progressif et sans trous de la tierce rime avance. Le « lien », le « lait » glisse d'un chant à l'autre, et gagne...

La métaphore du lait sert d'ailleurs à introduire un registre particulier, de plus en plus présent dans le *Paradis*, celui de l'enfance : au fur et à mesure qu'il avance dans son parcours, et donc qu'il se trouve en possession d'une maturité de plus en plus grande, de plus en plus sûre, les images par lesquelles Dante désigne son propre personnage en marche dans l'au-delà désignent un enfant de plus en plus petit.

Enfance et Paradis. En Enfer et au Purgatoire, lorsque Virgile le secouait, l'image était celle d'un adulte, plutôt maternelle, protégeant un enfant apeuré. Au Paradis, et de plus en plus vers les derniers chants, le rapport avec Béatrice prend la forme de celui d'une mère avec son enfant nourrisson. Et le poète qui achève sa traversée, s'approchant de la vision insoutenable, se sent proche du discours

« d'un enfant qui baigne encore la langue au sein ».
(XXXIII, 108)

Le vol du paradis, allant vers le Point, provoque une sorte de violent et rapide retour dans le temps, vers la naissance. Se découvre alors du même coup la composante enfantine, de demande violente à l'égard d'une figure maternelle de l'amour pour Béatrice, qui n'a rien d'un rapport édulcoré, ou naïf (le *Paradis* de Dante pourrait se décrire aussi comme une érotique des regards, comme une histoire d'amour intense et quasi silencieuse, prise dans un mouvement d'approfondissement en spirale — c'est d'ailleurs, dans une certaine mesure, le choix de Botticelli dans son interprétation du *Paradis* : les autres ont disparu ; le *deux* triomphe, presque entièrement). L'image de Béatrice oscille dans *Le Paradis* entre celle d'une jeune philosophe aux raisonnements passionnés (elle dissipe les doutes théologiques et scientifiques du voyageur par des développements à la logique impeccable, serrée, ardente), et la figure, tantôt tendre, tantôt éblouissante, d'une féminité qui enclôt la proximité maternelle et la distance du mystère.

Mais Béatrice disparaît à la fin — il a été dit d'elle *ce qui n'a jamais été dit d'aucune :* et pourtant c'est saint Bernard qui prend sa place pour la dernière étape : disparition brutale, inductrice d'une douleur intense. La beauté du dernier chant, sans doute un des lieux les plus beaux de toute la poésie, est due en partie à ceci qu'il naît sur ce fond de douleur et de renoncement : toute parole, tout regard, toute jouissance, apparaît à partir de ce vide ; la difficulté, l'interruption, à nouveau, se comprennent à partir de cette image de plénitude à présent dissipée, image elle-même d'une autre plénitude, qui est présente, qui est inaccessible...

« Et un seul point m'est plus violent oubli
que vingt-cinq siècles à l'entreprise
qui fit s'émerveiller Neptune à voir l'ombre
[d'Argo. »
(XXXIII, 94-96)

Du fond de la mer Neptune regarde passer le bateau des Argonautes, étonné... Neptune c'est nous lecteurs, et le bateau des Argonautes c'est la barque de Dante, sa « nacelle » qui franchit des eaux jamais franchies : entre lui et nous le poème suscite l'épaisseur de la mer, le regard étonné du fond à la surface, voyant la coque avancer dans la lumière, en silence.

Le « violent oubli » recouvre déjà l'aventure entière, tandis qu'au dernier vers de la *Comédie*, règne rétrospectivement sur tout le poème

« l'amour qui meut le soleil et les autres étoiles ».

Jacqueline RISSET.

Menton, décembre 1989.

REMERCIEMENTS

Je voudrais adresser ici une pensée chaleureuse et reconnaissante à Louis Audibert, récemment disparu, qui m'avait demandé, il y a vingt-deux ans, cette traduction pour les éditions Flammarion, et qui en a suivi avec constance et affection le cheminement. Je voudrais également évoquer Giorgio Petrocchi, grand dantologue, collègue et ami de l'université de Rome, pour sa généreuse attention ; et encore Giovanni Macchia, dont l'amitié éclairée m'a soutenue pendant toutes ces années.

La présente révision a trouvé un élan final dans la lecture quasi intégrale que l'ensemble de la Troupe de la Comédie-Française a donnée de ce texte le 16 mai 2004, dans la salle Richelieu. J'en remercie ici Jean-Pierre Jourdain et Marc Bozonnet, et aussi Laure Adler et Bernard Comment pour France-Culture.

Parmi ceux dont le regard m'a été précieux, je voudrais rappeler en particulier : Nino Borsellino, Pietro Citati, Jacques Derrida, Umberto Eco, Vincenzo Esposito, Edmond Jabès, Francesco Mazzoni, Marcelin Pleynet, Eugenio Ragno, Philippe Sollers, Achille Tartaro, et Umberto Todini, et, parmi les artistes, Miquel Barcelo, François Bayle, André Bon, Laurent Brunet, Gérard Garouste, Jean-Paul Marcheschi, François Rouan.

PARADISO

LE PARADIS

CANTO I

La gloria di colui che tutto move
per l'universo penetra, e risplende
in una parte piú e meno altrove.
Nel ciel che piú de la sua luce prende
fu'io, e vidi cose che ridire
né sa né può chi di là sú discende;
perché appressando sé al suo disire,
nostro intelletto si profonda tanto,
che dietro la memoria non può ire.
Veramente quant' io del regno santo
ne la mia mente potei far tesoro,
sarà ora materia del mio canto.
O buono Appollo, a l'ultimo lavoro
fammi del tuo valor sí fatto vaso,
come dimandi a dar l'amato alloro.
Infino a qui l'un giogo di Parnaso
assai mi fu; ma or con amendue
m'è uopo intrar ne l'aringo rimaso.
Entra nel petto mio, e spira tue
sí come quando Marsïa traesti
de la vagina de le membra sue.
O divina virtú, se mi ti presti
tanto che l'ombra del beato regno
segnata nel mio capo io manifesti,
vedra' mi al piè del tuo diletto legno
venire, e coronarmi de le foglie
che la materia e tu mi farai degno.

CHANT I

Invocation à Apollon. Montée au ciel de Dante et Béatrice. Lumière et son des sphères célestes. Explications de Béatrice : la cause naturelle de leur ascension, l'ordre de l'univers. Jeudi de Pâques, 14 avril 1300, dans la matinée.

La gloire de celui qui meut toutes choses[a]*
pénètre l'univers, et resplendit
davantage en un point, et moins ailleurs*.
Dans le ciel qui prend le plus de sa lumière*
je fus, et vis des choses que ne sait ni ne peut
redire qui descend de là-haut;
car en s'approchant de son désir*
notre intellect va si profond
que la mémoire ne peut l'y suivre.
Vraiment tout ce du saint royaume
dont j'ai pu faire trésor dans mon âme
sera désormais matière de mon chant.
O bon Apollon*, pour ce dernier labeur,
fais de moi le vase de ta valeur,
Comme tu veux pour donner ton laurier bien-aimé.
Jusqu'ici m'a suffi l'une des cimes du Parnasse*;
mais à présent avec les deux
je dois entrer dans l'arène qui reste.
Entre dans ma poitrine, et souffle, toi,
comme quand tu as tiré Marsyas*
hors de la gaine de ses membres.
O divine vertu, si tu te prêtes à moi
assez pour que je montre l'ombre
du règne heureux inscrite dans ma tête,
tu me verras venir à ton bois merveilleux
et me couronner alors de ces feuilles*
dont la matière et toi me ferez digne.

a. Les astérisques renvoient aux notes en fin de volume.

Sí rade volte, padre, se ne coglie
per trïunfare o cesare o poeta,
colpa e vergogna de l'umane voglie,

che parturir letizia in su la lieta
delfica deïtà dovria la fronda
peneia, quando alcun di sé asseta.

Poca favilla gran fiamma seconda:
forse di retro a me con miglior voci
si pregherà perché Cirra risponda.

Surge ai mortali per diverse foci
la lucerna del mondo; ma da quella
che quattro cerchi giugne con tre croci,

con miglior corso e con migliore stella
esce congiunta, e la mondana cera
piú a suo modo tempera e suggella.

Fatto avea di là mane e di qua sera
tal foce, a quasi tutto era là bianco
quello emisperio, e l'altra parte nera,

quando Beatrice in sul sinistro fianco
vidi rivolta e riguardar nel sole:
aguglia sí non li s'affisse unquanco.

E sí come secondo raggio suole
uscir del primo e risalire in suso,
pur come pelegrin che tornar vuole,

cosí de l'atto suo, per li occhi infuso
ne l'imagine mia, il mio si fece,
e fissi li occhi al sole oltre nostr' uso.

Molto è licito là, che qui non lece
a le nostre virtú, mercé del loco
fatto per proprio de l'umana spece.

Io nol soffersi molto, né sí poco,
ch'io nol vedessi sfavillar dintorno,
com' ferro che bogliente esce del foco;

e di súbito parve giorno a giorno
essere aggiunto, come quei che puote
avesse il ciel d'un altro sole addorno.

Beatrice tutta ne l'etterne rote
fissa con li occhi stava; e io in lei
le luci fissi, di là sú rimote.

Si rarement, père, on en cueille,
pour le triomphe de césar ou poète,
par faute et honte des terrestres désirs,
que le feuillage pénéen*, quand il assoiffe
quelqu'un de soi, devrait enfanter de la joie
à la joyeuse divinité delphique.
Petite étincelle produit grande flamme :
après moi peut-être avec des mots meilleurs*
on saura prier Cirrha, pour qu'elle réponde.
Le flambeau du monde apparaît aux mortels
par plusieurs bouches : mais il sort de celle
qui joint quatre cercles avec trois croix*,
lié à meilleur cours et meilleure étoile*,
et pétrit mieux et scelle mieux
à sa manière la cire humaine.
Ce point avait fait le matin là, ici
le soir; presque tout blanc était par là
cet hémisphère, et l'autre côté noir*,
quand je vis Béatrice, tournée
sur son flanc gauche, regarder le soleil :
aigle jamais ne le fixa si fort.
Et comme on voit le deuxième rayon* sortir
du premier, et jaillir vers le haut,
ou comme un pèlerin qui veut s'en retourner,
ainsi, de son geste, infusé par les yeux
dans l'imagination, naquit mon geste,
et je fixai le soleil plus qu'on ne peut.
Beaucoup est permis là, qui ne l'est pas ici
à nos forces, par la vertu du lieu
fait pour être séjour* à notre espèce humaine.
Je n'en supportai pas longtemps l'éclat, ni si peu
que je ne l'aie vu crépiter d'étincelles,
comme fer bouillonnant qui sort du feu.
Soudain le jour sembla s'être ajouté
au jour, comme si le tout-puissant
avait orné le ciel d'un deuxième soleil*.
Béatrice était toute avec ses yeux
fixée dans les roues éternelles, et moi en elle
je fixai mes regards, détachés de plus haut;

Nel suo aspetto tal dentro mi fei,
qual si fé Glauco nel gustar de l'erba
che 'l fé consorto in mar de li altri dèi.
Trasumanar significar *per verba*
non si poria; però l'essemplo basti
a cui esperïenza grazia serba.
S'i' era sol di me quel che creasti
novellamente, amor che 'l ciel governi,
tu 'l sai, che col tuo lume mi levasti.
Quando la rota che tu sempiterni
desiderato, a sé mi fece atteso
con l'armonia che temperi e discerni,
parvemi tanto allor del cielo acceso
de la fiamma del sol, che pioggia o fiume
lago non fece alcun tanto disteso.
La novità del suono e 'l grande lume
di lor cagion m'accesero un disio
mai non sentito di cotanto acume.
Ond'ella, che vedea me sí com'io,
a quïetarmi l'animo commosso,
pria ch'io a dimandar, la bocca aprio
e cominciò : « Tu stesso ti fai grosso
col falso imaginar, sí che non vedi
ciò che vedresti se l'avessi scosso.
Tu non se'in terra, si come tu credi;
ma folgore, fuggendo il proprio sito,
non corse come tu ch'ad esso riedi. »
S'io fui del primo dubbio disvestito
per le sorrise parolette brevi,
dentro ad un nuovo piú fu' inretito
e dissi : « Già contento *requïevi*
di grande ammirazion; ma ora ammiro
com' io transcenda questi corpi levi. »
Ond' ella, appresso d'un pïo sospiro,
li occhi drizzò ver' me con quel sembiante
che madre fa sovra figlio deliro,
e cominciò : « Le cose tutte quante
hanno ordine tra loro, e questo è forma
che l'universo a Dio fa simigliante.

dans sa contemplation je me fis en moi-même
pareil à Glaucus*, quand il goûta l'herbe
qui le fit dans la mer parent des dieux.

Outrepasser l'humain* ne se peut
signifier par des mots; que l'exemple suffise
à ceux à qui la grâce réserve l'expérience.

Si je n'étais qu'âme*, plus récemment créée,
Amour qui gouvernes le ciel, tu le sais,
toi qui m'élevas par ta lumière.

Quand la roue, que tu animes éternellement
dans le désir de toi, me rendit attentif,
par l'harmonie que tu tempères et répartis,

un si grand pan de ciel me parut allumé
par le feu du soleil, que pluie ou fleuve
ne composa jamais si vaste lac.

La nouveauté du son et la grande lumière
m'allumèrent un désir de leur cause
jamais senti avec pareille acuité.

D'où elle, qui voyait en moi autant que moi,
pour apaiser mon esprit agité,
avant que je demande, ouvrit la bouche,

et dit : « Tu t'alourdis toi-même
avec des idées fausses, et ne peux voir
choses que tu verrais, si tu les secouais.

Tu n'es pas sur terre, comme tu crois;
mais la foudre, en fuyant son séjour*,
court moins vite que toi, qui y retournes. »

Si je fus dévêtu du premier doute
par le sourire de ses paroles brèves,
je fus pris plus fort dans les mailles d'un autre

et je dis : « Je reposais déjà content
de grand émerveillement; mais à présent je m'émerveille
de dépasser ainsi ces corps légers. »

D'où elle, après un soupir de pitié,
dressa les yeux vers moi avec cet air
qu'a une mère sur son fils en délire,

et commença : « Toutes les choses
ont ordre entre elles; et c'est la forme
qui fait à Dieu ressembler l'univers.

Qui veggion l'alte creature l'orma
de l'etterno valore, il qual è fine
al quale è fatta la toccata norma.
Ne l'ordine ch'io dico sono accline
tutte nature, per diverse sorti,
piú al principio loro e men vicine;
onde si muovono a diversi porti
per lo gran mar de l'essere, e ciascuna
con istinto a lei dato che la porti.
Questi ne porta il foco inver' la luna;
questi ne' cor mortali è permotore;
questi la terra in sé stringe e aduna;
né pur le creature che son fore
d'intelligenza quest' arco saetta,
ma quelle c'hanno intelletto e amore.
La provedenza, che cotanto assetta,
del suo lume fa 'l ciel sempre quïeto
nel qual si volge quel c'ha maggior fretta;
e ora lí, come a sito decreto,
cen porta la virtú di quella corda
che ciò che scocca drizza in segno lieto.
Vero è che, come forma non s'accorda
molte fiate a l'intenzion de l'arte,
perch' a risponder la materia è sorda,
cosí da questo corso si diparte
talor la creatura, c'ha podere
di piegar, cosí pinta, in altra parte;
e sí come veder si può cadere
foco di nube, sí l'impeto primo
l'atterra torto da falso piacere.
No dei piú ammirar, se bene stimo,
lo tuo salir, se non come d'un rivo
se d'alto monte scende giuso ad imo.
Maraviglia sarebbe in te se, privo
d'impedimento, giú ti fossi assiso,
com' a terra quïete in foco vivo. »
Quinci rivolse inver' lo cielo il viso.

Ici les hautes créatures voient l'empreinte
de l'éternelle valeur, laquelle est fin
pour qui est faite la norme ici décrite.
Dans l'ordre que je dis sont inclinées*
toutes natures, par divers sorts,
plus ou moins proches de leur principe;
d'où elles voguent vers divers ports
par la grande mer de l'être, et chacune
avec l'instinct qu'elle a reçu, et qui la porte.
C'est lui qui porte le feu vers la lune,
qui est moteur dans les cœurs mortels,
lui qui serre la terre et la rassemble.
Cet arc ne lance pas seulement les créatures
qui sont hors d'intelligence,
mais celles qui ont intellect et amour.
La providence, qui ordonne tout,
de sa lumière fait le ciel en repos*
dans lequel tourne celui qui a le plus de hâte* :
là, maintenant, comme au lieu décidé,
nous porte la vigueur de cette corde
qui lance en lieu heureux ce qu'elle décoche.
Il est vrai que la forme souvent
s'accorde peu à l'intention de l'art,
parce que la matière est sourde à lui répondre :
ainsi de ce trajet s'écarte
parfois la créature, qui a pouvoir
de se plier, poussée pourtant, d'autre côté
(comme on peut voir tomber du feu
d'un nuage) si le premier élan
se tord à terre par faux plaisir.
Ne t'émerveille pas plus, si je comprends bien
de ta montée, que d'une rivière
si de haute montagne elle descend vers la vallée.
Merveille serait si en toi, privé
d'empêchement, tu fusses resté en bas,
comme, sur terre, repos dans un feu vif. »
Puis elle retourna vers le ciel son visage.

CANTO II

O voi che siete in piccioletta barca,
desiderosi d'ascoltar, seguiti
dietro al mio legno che cantando varca,
tornate a riveder li vostri liti :
non vi mettete in pelago, ché forse,
perdendo me, rimarreste smarriti.
L'acqua ch'io prendo già mai non si corse;
Minerva spira, e conducemi Appollo,
e nove Muse mi dimostran l'Orse.
Voialtri pochi che drizzaste il collo
per tempo al pan de li angeli, del quale
vivesi qui ma non sen vien satollo,
metter potete ben per l'alto sale
vostro navigio, servando mio solco
dinanzi a l'acqua che ritorna equale.
Que' gloriosi che passaro al Colco
non s'ammiraron come voi farete,
quando Iasón vider fatto bifolco.
La concreata e perpetüa sete
del deïforme regno cen portava
veloci quasi come 'l ciel vedete.
Beatrice in suso, e io in lei guardava;
e forse in tanto in quanto un quadrel posa
e vola e da la noce si dischiava,
giunto mi vidi ove mirabil cosa
mi torse il viso a sé; e però quella
cui non potea mia cura essere ascosa,

CHANT II

Premier ciel : le ciel de la Lune. Avertissement aux lecteurs. Le vaisseau du poète. Pénétration dans le corps de l'astre. Théorie des taches lunaires et des influences célestes. Erreur de Dante. Explication de Béatrice.

O vous qui êtes en une petite barque,
désireux d'entendre, ayant suivi
mon navire qui vogue en chantant,
retournez revoir vos rivages,
ne gagnez pas le large, car peut-être
en me perdant vous seriez égarés.
L'eau que je prends n'a jamais été parcourue,
Minerve souffle, Apollon me conduit,
et neuf Muses me montrent les Ourses*.
Vous autres, peu nombreux, qui avez levé
à temps le col au pain des anges*, dont ici
on vit, mais dont on n'est jamais rassasié,
vous pouvez mettre en haute mer
votre bateau, en suivant mon sillage,
avant que l'eau ne redevienne égale.
Ces glorieux* qui allèrent à Colchos
ne s'étonnèrent pas autant que vous ferez,
lorsqu'ils virent Jason devenir laboureur.
La soif innée et perpétuelle
du règne déiforme* nous emportait,
rapides presqu'autant que vous voyez les cieux.
Béatrice regardait en moi, et moi en elle;
et dans le temps peut-être qu'une flèche
s'arrête, vole, et quitte l'arc,
je me vis arrivé là où une merveille
attira mes yeux; et alors celle
de qui ma pensée ne pouvait se cacher,

volta ver' me, sí lieta come bella,
« Drizza la mente in Dio grata », mi disse,
« che n'ha congiunti con la prima stella ».
Parev' a me che nube ne coprisse
lucida, spessa, solida e pulita,
quasi adamante che lo sol ferisse.
Per entro sé l'etterna margarita
ne ricevette, com' acqua recepe
raggio di luce permanendo unita.
S'io era corpo, e qui non si concepe
com' una dimensione altra patio,
ch'esser convien se corpo in corpo repe,
accender ne dovria piú il disio
di veder quella essenza in che si vede
come nostra natura e Dio s'unio.
Lí si vedrà ciò che tenem per fede,
non dimostrato, ma fia per sé noto
a guisa del ver primo che l'uom crede.
Io rispuosi : « Madonna, sí devoto
com' esser posso piú, ringrazio lui
lo qual dal mortal mondo m'ha remoto.
Ma ditemi : che son li segni bui
di questo corpo, che là giuso in terra
fan di Cain favoleggiare altrui? ».
Ella sorrise alquanto, e poi « S'elli erra
l'oppinïon », mi disse, « d'i mortali
dove chiave di senso non diserra,
certo non ti dovrien punger li strali
d'ammirazione omai, poi dietro ai sensi
vedi che la ragione ha corte l'ali.
Ma dimmi quel che tu da te ne pensi ».
E io : « Ciò che n'appar qua sú diverso
credo che fanno i corpi rari e densi. »
Ed ella : « Certo assai vedrai sommerso
nel falso il creder tuo, se bene ascolti
l'argomentar ch'io li farò avverso.
La spera ottava vi dimostra molti
lumi, li quali e nel quale e nel quanto
notar si posson di diversi volti.

tournée vers moi, joyeuse autant que belle :
« Dresse ton esprit reconnaissant vers Dieu »,
dit-elle, « qui nous a joints à la première étoile*. »
Il me semblait qu'un nuage nous couvrait,
brillant, épais, dense et poli,
comme un diamant frappé par le soleil.
A l'intérieur de soi cette perle éternelle
nous reçut, comme l'eau reçoit
un rayon de lumière en restant close.
Si j'étais corps, et ici on ne peut concevoir
comme une dimension en supporte une autre,
ce qui advient si un corps pénètre un corps*,
le désir devrait s'enflammer davantage
de voir cette essence en qui se voit
comment notre nature et Dieu s'unissent*.
Là on verra ce qu'on tient par foi,
non démontré, mais qui sera par soi connu,
comme le premier vrai que l'homme croit.
Je répondis : « Madone, dévotement,
autant que je puis faire, je rends grâce,
à celui qui m'a éloigné du monde mortel.
Mais dites-moi : que sont les taches sombres
de ce corps, qui là-bas sur la terre
font faire des fables sur Caïn ?* »
Elle sourit un peu, et puis : « Si l'opinion »
dit-elle, « des mortels se trompe,
là où la clef des sens ne l'ouvre pas,
les flèches d'étonnement ne devraient plus
t'atteindre désormais, puisque derrière les sens
tu vois que la raison a l'aile courte.
Mais dis ce que toi par toi-même tu penses. »
Et moi : « Ce qui nous apparaît différent ici
je crois que c'est le fait des corps rares et denses*. »
Et elle : « Tu verras certes ta croyance
noyée dans le faux, si tu écoutes bien
les arguments que je ferai contre elle.
La huitième sphère* montre une foule
de lumières qui, par qualité et quantité,
peuvent avoir des visages différents.

Se raro e denso ciò facesser tanto,
una sola virtú sarebbe in tutti,
piú e men distribuṭa e altrettanto.
Virtú diverse esser convegnon frutti
di princípi formali, e quei, for ch'uno,
seguiterieno a tua ragion distrutti.
Ancor, se raro fosse di quel bruno
cagion che tu dimandi, o d'oltre in parte
fora di sua materia sí digiuno
esto pianeto, o, sí come comparte
lo grasso e 'l magro un corpo, cosí questo
nel suo volume cangerebbe carte.
Se 'l primo fosse, fora manifesto
ne l'eclissi del sol, per trasparere
lo lume come in altro raro ingesto.
Questo non è : però è da vedere
de l'altro; e s'elli avvien ch'io l'altro cassi,
falsificato fia lo tuo parere.
S'elli è che questo raro non trapassi,
esser conviene un termine da onde
lo suo contrario piú passar non lassi;
e indi l'altrui raggio si rifonde
cosí come color torna per vetro
lo qual di retro a sé piombo nasconde.
Or dirai tu ch'el si dimostra tetro
ivi lo raggio piú che in altre parti,
per esser lí refratto piú a retro.
Da questa instanza può deliberarti
esperïenza, se già mai la provi,
ch'esser suol fonte ai rivi di vostr' arti.
Tre specchi prenderai; et i due rimovi
da te d'un modo, e l'altro, piú rimosso,
tr'ambo li primi li occhi tuoi ritrovi.
Rivolto ad essi, fa che dopo il dosso
ti stea un lume che i tre specchi accenda
e torni a te da tutti ripercosso.
Ben che nel quanto tanto non si stenda
la vista piú lontana, lí vedrai
come convien ch'igualmente risplenda.

Si le rare et le dense en étaient seuls causes,
une seule vertu appartiendrait à tous,
distribuée plus et moins et autant.

Des vertus diverses doivent être fruits
de principes formels, et ceux-ci, sauf un,
seraient détruits, selon ta doctrine.

Et si le rare était la cause que tu cherches
de ces taches, ou bien de part en part
cette planète serait privée de sa matière,

ou bien, comme un corps répartit en soi
le gras et le maigre, ainsi ce corps
dans son volume changerait de pages.

Si c'était là le premier cas, on le verrait
dans les éclipses de soleil, car la lumière
transparaîtrait, comme en d'autres corps rares.

Cela n'est pas; mais il faut voir
le deuxième cas; et s'il advient que j'efface l'autre,
ta théorie sera démontrée fausse.

Si ce rare ne passe pas de part en part,
il doit y avoir un terme à partir d'où
son contraire ne laisse rien traverser;

et de là le rayon de soleil se reflète,
comme revient la couleur dans un verre*
qui cache du plomb derrière soi.

Tu pourras dire que le rayon se montre
plus sombre là qu'en d'autres points,
pour être réfracté de plus loin.

De cette objection peut te libérer,
si jamais tu l'essaies, l'expérience*,
qui est la source de vos arts.

Prends trois miroirs; puis éloignes-en deux
de toi à même distance, et que l'autre, plus loin,
apparaisse à tes yeux entre les deux premiers.

Tourné vers eux, fais que derrière ton dos
soit une lumière illuminant les trois miroirs
et revenant vers toi réfléchie par eux.

Bien qu'en grandeur l'image plus lointaine
ne soit pas aussi étendue, tu verras
comme il advient qu'elle brille autant.

Or, come ai colpi de li caldi rai
de la neve riman nudo il suggetto
e dal colore e dal freddo primai,

cosí rimaso te ne l'intelletto
voglio informar di luce sí vivace,
che ti tremolerà nel suo aspetto.

Dentro dal ciel de la divina pace
si gira un corpo ne la cui virtute
l'esser di tutto suo contento giace.

Lo ciel seguente, c'ha tante vedute,
quell' esser parte per diverse essenze,
da lui distratte e da lui contenute.

Li altri giron per varie differenze
le distinzion che dentro da sé hanno
dispongono a lor fini e lor semenze.

Questi organi del mondo cosí vanno,
come tu vedi omai, di grado in grado,
che di sú prendono e di sotto fanno.

Riguarda bene omai sí com'io vado
per questo loco al vero che disiri,
sí che poi sappi sol tener lo guado.

Lo moto e la virtú d'i santi giri,
come dal fabbro l'arte del martello,
da' beati motor convien che spiri;

e 'l ciel cui tanti lumi fanno bello,
de la mente profonda che lui volve
prende l'image e fassene suggello.

E come l'alma dentro a vostra polve
per differenti membra e conformate
a diverse potenze si risolve,

cosí l'intelligenza sua bontate
multiplicata per le stelle spiega,
girando sé sovra sua unitate.

Virtú diversa fa diversa lega
col prezïoso corpo ch'ella avviva,
nel qual, sí come vita in voi, si lega.

Per la natura lieta onde deriva,
la virtú mista per lo corpo luce
come letizia per pupilla viva.

Or, de même qu'aux traits des chauds rayons
la base reste nue de la neige
et de la couleur et du froid précédents,
de même toi, qui es resté nu dans l'intellect,
je veux t'éclairer d'une lumière si vive
qu'elle étincellera à tes regards.
A l'intérieur du ciel de la paix divine*
tourne un corps* dans la vertu duquel
est fondé l'être de tout ce qu'il contient
Le ciel suivant*, qui a tant de lumières,
répartit cet être en plusieurs essences,
par lui séparées et par lui contenues.
Les autres cieux*, selon leurs différences,
disposent les vertus qu'ils ont en eux-mêmes
selon leurs fins et selon leurs influx.
Les organes du monde* vont ainsi,
comme tu vois, de degré en degré ;
ils prennent d'en haut, agissent au-dessous.
Regarde bien à présent par quelle voie
je vais vers le vrai que tu désires
pour savoir ensuite passer seul le gué.
Le mouvement et la vertu des cercles saints
comme l'art du marteau du forgeron
proviennent des moteurs bienheureux* ;
et le ciel, embelli par tant de lumières,
prend l'image de l'esprit profond
qui l'anime, et en devient le sceau*.
Et comme l'âme dans votre poussière*,
par différents membres qui leur sont conformés,
se résout en diverses puissances,
ainsi l'intelligence déploie sa bonté
multipliée par les étoiles
en se tournant vers son unité.
Diverses vertus font diverses alliances
avec le corps précieux qu'elles avivent,
auquel, comme la vie en vous, elle se lie.
Par la nature joyeuse dont elle descend,
la vertu mêlée au corps céleste brille
comme la joie en pupille vivante.

Da essa vien ciò che da luce a luce
par differente, non da denso e raro;
essa è formal principio che produce,
conforme a sua bontà, lo turbo e 'l chiaro. »

D'elle vient* ce qui de lumière à lumière
semble différent, non de dense ou de rare.
Elle est principe formel qui produit,
selon sa diverse puissance, le trouble et le clair. »

CANTO III

Quel sol che pria d'amor mi scaldò 'l petto,
di bella verità m'avea scoverto,
provando e riprovando, il dolce aspetto;
e io, per confessar corretto e certo
me stesso, tanto quanto si convenne
leva' il capo a proferer piú erto;
ma visïone apparve che ritenne
a sé me tanto stretto, per vedersi,
che di mia confession non mi sovvenne.
Quali per vetri trasparenti e tersi,
o ver per acque nitide e tranquille,
non sí profonde che i fondi sien persi,
tornan d'i nostri visi le postille
debili sí, che perla in bianca fronte
non vien men forte a le nostre pupille;
tali vid' io piú facce a parlar pronte;
per ch'io dentro a l'error contrario corsi
a quel ch'accese amor tra l'omo e 'l fonte.
Súbito sí com' io di lor m'accorsi,
quelle stimando specchiati sembianti,
per veder di cui fosser, li occhi torsi;
e nulla vidi, e ritorsili avanti
dritti nel lume de la dolce guida,
che, sorridendo, ardea ne li occhi santi.
« Non ti maravigliar perch' io sorrida »,
mi disse, « appresso il tuo püeril coto,
poi sopra 'l vero ancor lo piè non fida,

CHANT III

Ciel de la Lune (les âmes qui n'ont pu accomplir leur vœu). Les visages des élus comme des reflets dans l'eau. Y a-t-il des degrés de la béatitude? Piccarda Donati. L'impératrice Constance.

Ce soleil* qui brûla d'abord mon cœur d'amour
m'avait découvert, prouvant et réfutant,
le doux aspect de belles vérités;
et moi, pour m'avouer corrigé
et certain, autant qu'il convenait,
je relevai la tête pour parler;
mais une vision se présenta, qui me retint
à elle si fortement, pour la voir,
qu'il ne me souvint plus de ma confession.
Tels qu'en des verres transparents et limpides,
ou dans des eaux claires et calmes,
non si profondes qu'elles cachent le fond,
les traits* de nos visages nous reviennent,
si légers qu'une perle sur un front blanc
vient moins doucement à nos regards;
tels je vis plusieurs visages prêts à parler;
aussi je tombai dans une erreur contraire à celle
qui alluma l'amour entre l'homme et la source*.
Aussitôt que je les aperçus,
les prenant pour images reflétées,
je tournai les yeux pour voir qui elles étaient;
je ne vis rien, et les ramenai en avant,
droit dans le regard de ma douce escorte,
qui souriait, et ses yeux saints resplendissaient.
« Ne t'étonne pas si je souris »,
dit-elle, « de ta pensée puérile,
qui n'assure pas encore son pied sur le vrai,

ma te rivolve, come suole, a vòto :
vere sustanze son ciò che tu vedi,
qui rilegate per manco di voto.
Però parla con esse e odi e credi;
ché la verace luce che le appaga
da sé non lascia lor torcer li piedi. »
E io a l'ombra che parea piú vaga
di ragionar, drizza'mi, e cominciai,
quasi com'uom cui troppa voglia smaga :
« O ben creato spirito, che a'rai
di vita etterna la dolcezza senti
che, non gustata, non s'intende mai,
grazïoso mi fia se mi contenti
del nome tuo e de la vostra sorte ».
Ond' ella, pronta e con occhi ridenti :
« La nostra carità non serra porte
a giusta voglia, se non come quella
che vuol simile a sé tutta sua corte.
I' fui nel mondo vergine sorella;
e se la mente tua ben sé riguarda,
non mi ti celerà l'esser piú bella,
ma riconoscerai ch'i' son Piccarda,
che, posta qui con questi altri beati,
beata sono in la spera piú tarda.
Li nostri affetti, che solo infiammati
son nel piacer de lo Spirito Santo,
letizian del suo ordine formati.
E questa sorte che par giú cotanto,
però n'è data, perché fuor negletti
li nostri voti, e vòti in alcun canto ».
Ond' io a lei : « Ne' mirabili aspetti
vostri risplende non so che divino
che vi trasmuta da' primi concetti :
però non fui a rimembrar festino;
ma or m'aiuta ciò che tu mi dici,
sí che raffigurar m'è piú latino.
Ma dimmi : voi che siete qui felici,
disiderate voi piú alto loco
per piú vedere e per piú farvi amici? »

mais t'agite, comme elle fait, dans le vide;
ce que tu vois sont de vraies substances,
reléguées* ici pour l'oubli de leur vœu.
Parle avec elles, et entends, et crois,
car la vraie lumière qui les contente
ne laisse pas leurs pieds s'éloigner d'elle. »
Alors, vers l'ombre qui me semblait la plus anxieuse
de parler, je me tournai, et je commençai,
comme un homme troublé par un trop grand désir :
« O esprit bien créé, qui aux rayons
de la vie éternelle, sens la douceur
qu'on ne peut saisir si on ne l'a goûtée,
il me sera doux que tu me contentes
en me disant ton nom et votre destin. »
Alors elle, prompte et les yeux riants :
« Notre charité ne ferme pas ses portes
à un juste désir, non plus que celle
qui veut semblable à soi toute sa cour.
Je fus dans le monde vierge et religieuse;
et si ta mémoire se regarde bien,
ma plus grande beauté ne me cachera pas,
mais tu reconnaîtras que je suis Piccarda*,
qui, mise ici avec les autres bienheureux,
suis heureuse dans la sphère la plus lente*.
Nos affections, enflammées seulement
dans le plaisir de l'Esprit Saint,
jouissent d'être conformées à son ordre.
Et ce sort, qui semble si bas*,
nous est donné parce que nos vœux
furent négligés, et désavoués parfois. »
D'où moi : « Dans votre admirable apparence
je ne sais quoi de divin resplendit,
qui change votre première image :
aussi je fus lent à me souvenir;
mais ce que tu me dis m'aide à présent,
et l'imagination m'est plus facile.
Mais dis-moi : vous qui êtes heureux ici,
désirez-vous un plus haut lieu,
pour voir davantage et pour mieux aimer ? »

Con quelle altr' ombre pria sorrise un poco;
da indi mi rispuose tanto lieta,
ch'arder parea d'amor nel primo foco :
« Frate, la nostra volontà quïeta
virtú di carità, che fa volerne
sol quel ch'avemo, e d'altro non ci asseta.
Se disïassimo esser piú superne,
foran discordi li nostri disiri
dal voler di colui che qui ne cerne;
che vedrai non capere in questi giri,
s'essere in carità è qui *necesse*,
e se la sua natura ben rimiri.
Anzi è formale ad esto beato *esse*
tenersi dentro a la divina voglia,
per ch'una fansi nostre voglie stesse;
sí che, come noi sem di soglia in soglia
per questo regno, a tutto il regno piace
com' a lo re che 'n suo voler ne 'nvoglia.
E 'n la sua volontade è nostra pace :
ell' è quel mare al qual tutto si move
ciò ch' ella crïa o che natura face. »
Chiaro mi fu allor come ogne dove
in cielo è paradiso, *etsi* la grazia
del sommo ben d'un modo non vi piove.
Ma sí com' elli avvien, s'un cibo sazia
e d'un altro rimane ancor la gola,
che quel si chere e di quel si ringrazia,
cosí fec' io con atto e con parola,
per apprender da lei qual fu la tela
onde non trasse infino a co la spuola.
« Perfetta vita e alto merto inciela
donna piú sú », mi disse, « a la cui norma
nel vostro mondo giú si veste e vela,
perché fino al morir si vegghi e dorma
con quello sposo ch'ogne voto accetta
che caritate a suo piacer conforma.
Dal mondo, per seguirla, giovinetta
fuggi'mi, e nel suo abito mi chiusi
e promisi la via de la sua setta.

Avec les autres ombres elle sourit un peu ;
puis elle me répondit, si joyeuse, qu'elle semblait
brûler d'amour au premier feu :
« Frère, notre volonté se satisfait
à la vertu de charité, qui nous fait vouloir
ce que nous avons, sans avoir d'autre soif.
Si nous désirions être plus haut,
nos désirs seraient désaccordés
au vouloir de celui qui assigne nos places ;
chose que tu ne pourras voir dans ces cercles,
si être en charité est ici *necesse**,
et si tu scrutes bien sa nature.
Il est essentiel au bienheureux *esse*
de se tenir dans le vouloir divin
pour que tous nos désirs n'en fassent qu'un ;
et notre façon d'être de seuil en seuil*,
dans ce royaume, plaît à tout le royaume,
comme au roi qui nous fait désirer son vouloir.
Et notre paix est dans sa volonté ;
il est cette mer vers qui se meut
tout ce qu'il a créé ou que fait la nature. »
Il me fut clair alors comment tout lieu
au ciel est paradis, même si la grâce
du bien suprême y pleut différemment.
Mais comme il advient quand un mets rassasie,
et que reste encore le désir d'un autre,
qu'on demande l'un en remerciant de l'autre,
ainsi fis-je du geste et de la parole,
pour apprendre d'elle quelle fut la toile
dont elle ne tira pas jusqu'au bout la navette.
« Parfaite vie et haut mérite enciellent
une dame plus haut* », dit-elle, « et selon sa règle
on prend dans le monde l'habit et le voile
pour qu'on veille et dorme jusqu'à la mort
avec cet époux qui accueille tout vœu
que la charité conforme à son plaisir.
Je m'enfuis du monde* pour la suivre,
toute jeunette, et m'enfermai dans son habit,
et promis la vie de sa secte.

Uomini poi, a mal piú ch'a bene usi,
fuor mi rapiron de la dolce chiostra:
Iddio si sa qual poi mia vita fusi.
E quest' altro splendor che ti si mostra
da la mia destra parte e che s'accende
di tutto il lume de la spera nostra,
ciò ch'io dico di me, di sé intende;
sorella fu, e cosí le fu tolta
di capo l'ombra de le sacre bende.
Ma poi che pur al mondo fu rivolta
contra suo grado e contra buona usanza,
non fu dal vel del cor già mai disciolta.
Quest' è la luce e la gran Costanza
che del secondo vento di Soave
generò 'l terzo e l'ultima possanza ».
Cosí parlommi, e poi cominciò *'Ave,
Maria'* cantando, e cantando vanio
come per acqua cupa cosa grave.
La vista mia, che tanto lei seguio
quanto possibil fu, poi che la perse,
volsesi al segno di maggior disio,
e a Beatrice tutta si converse;
ma quella folgorò nel mïo sguardo
sí che da prima il viso non sofferse;
e ciò mi fece a dimandar piú tardo.

Puis des hommes, rompus au mal plutôt qu'au bien,
m'enlevèrent de mon doux cloître :
Dieu sait quelle fut dès lors ma vie.
Et cette autre splendeur qui se montre à toi
à ma droite, et qui s'embrase
de toute la lumière de notre sphère,
ce que je dis de moi peut s'entendre d'elle ;
elle fut nonne, et ainsi de la tête
lui fut ôtée l'ombre des saints bandeaux.
Mais lorsqu'elle fut ramenée dans le monde
contre son gré, contre le bon usage,
elle ne quitta jamais le voile du cœur.
C'est la lumière de la grande Constance*
qui engendra du second vent de Souabe
la troisième et l'ultime puissance. »
Elle me parla ainsi, puis commença « *Ave*
Maria » en chantant, et en chantant elle disparut,
comme un corps lourd dans une eau sombre.
Ma vue, qui la suivit aussi longtemps
qu'il fut possible, après qu'elle l'eut perdue
alla vers le signe d'un plus grand désir,
et se tourna toute vers Béatrice ;
mais elle foudroya si fort mon regard
que mes yeux d'abord ne purent l'endurer,
ce qui me fit plus lent à demander.

CANTO IV

Intra due cibi, distanti e moventi
d'un modo, prima si morria di fame,
che liber' omo l'un recasse ai denti;
sí si starebbe un agno intra due brame
di fieri lupi, igualmente temendo;
sí si starebbe un cane intra due dame :
per che, s'i' mi tacea, me non riprendo,
da li miei dubbi d'un modo sospinto,
poi ch'era necessario, né commendo.
Io mi tacea, ma 'l mio disir dipinto
m'era nel viso, e 'l dimandar con ello,
piú caldo assai che per parlar distinto.
Fé sí Beatrice qual fé Danïello,
Nabuccodonosor levando d'ira,
che l'avea fatto ingiustamente fello;
e disse : « Io veggio ben come ti tira
uno e altro disio, sí che tua cura
sé stessa lega sí che fuor non spira.
Tu argomenti : "Se 'l buon voler dura,
la vïolenza altrui per qual ragione
di meritar mi scema la misura?"
Ancor di dubitar ti dà cagione
parer tornarsi l'anime a le stelle,
secondo la sentenza di Platone.
Queste son le question che nel tuo *velle*
pontano igualmente; e però pria
tratterò quella che piú ha di felle.

CHANT IV

Ciel de la Lune. Deux doutes de Dante. Où est le trône des bienheureux ? Comment s'exerce la justice divine ? Béatrice confute l'erreur de Platon sur le retour des âmes dans leur ciel, et distingue, en face de la violence, volonté absolue et volonté relative. Troisième doute.

Entre deux mets également distants
et attirants, un homme libre mourrait de faim
avant de porter l'un des deux à ses dents ;
de même, entre deux rages de loups féroces,
l'agneau resterait coi, craignant également ;
et de même un chien entre deux daims ;
donc si je me taisais, je ne peux m'en blâmer,
ni m'en louer, en suspens comme j'étais
entre mes doutes, puisque c'était nécessité.
Je me taisais ; mais le désir sur mon visage
était peint, et aussi la demande,
avec plus d'ardeur qu'un parler distinct.
Béatrice fit ce qu'avait fait Daniel*,
ôtant à Nabuchodonosor la colère
qui l'avait rendu injustement cruel ;
et dit : « Je vois bien comme te poussent
l'un et l'autre désir, si bien que ton souci
s'entrave lui-même, et ne perce pas au-dehors.
Tu argumentes : "Si le bon vouloir* dure,
pour quelle raison la violence d'autrui
peut-elle abaisser mon mérite ?"
De douter encore te donne motif
le retour apparent des âmes aux étoiles,
selon la sentence de Platon*.
Telles sont les questions qui dans ton *velle**
pressent également ; aussi pour commencer
je traiterai de celle qui a plus de fiel*

D'i Serafin colui che piú s'india,
Moïsè, Samuel, e quel Giovanni
che prender vuoli, io dico, non Maria,
non hanno in altro cielo i loro scanni
che questi spirti che mo t'appariro,
né hanno a l'esser lor piú o meno anni;
ma tutti fanno bello il primo giro,
e differentemente han dolce vita
per sentir piú e men l'etterno spiro.
Qui si mostraro, non perché sortita
sia questa spera lor, ma per far segno
de la celestïal c'ha men salita.
Cosí parlar conviensi al vostro ingegno,
però che solo da sensato apprende
ciò che fa poscia d'intelletto degno.
Per questo la Scrittura condescende
a vostra facultate, e piedi e mano
attribuisce a Dio e altro intende;
e Santa Chiesa con aspetto umano
Gabrïel e Michel vi rappresenta,
e l'altro che Tobia rifece sano.
Quel che Timeo de l'anime argomenta
non è simile a ciò che qui si vede,
però che, come dice, par che senta.
Dice che l'alma a la sua stella riede,
credendo quella quindi esser decisa
quando natura per forma la diede;
e forse sua sentenza è d'altra guisa
che la voce non suona, ed esser puote
con intenzion da non esser derisa.
S'elli intende tornare a queste ruote
l'onor de la influenza e 'l biasmo, forse
in alcun vero suo arco percuote.
Questo principio, male inteso, torse
già tutto il mondo quasi, sí che Giove,
Mercurio e Marte a nominar trascorse.
L'altra dubitazion che ti commove
ha men velen, però che sua malizia
non ti poria menar da me altrove.

Le séraphin qui va le plus profond en Dieu,
Moïse, Samuel, et l'un des deux Jean*,
celui que tu veux – et Marie même,

n'ont pas leur siège en un autre ciel
que ces esprits qui te sont apparus,
et ils n'y seront pas plus ou moins d'années;

mais tous embellissent le premier tour
et, de façon diverse, ils ont douce vie,
sentant plus ou moins le souffle éternel.

Ils se montrèrent ici, non parce que cette sphère
leur est attribuée, mais pour donner un signe
du degré céleste qui est le moins haut.

Il faut parler ainsi* à votre esprit
parce qu'il apprend du seul sensible
ce qu'il rend ensuite digne d'intellect.

C'est pourquoi l'Écriture condescend
à votre faculté, et donne pieds et mains
à Dieu, entendant autre chose.

Et la Sainte Église vous représente
Gabriel et Michel en forme humaine,
et celui qui rendit la santé à Tobie*.

Ce que Timée argumente* des âmes
n'est pas semblable à ce qu'on voit ici,
puisqu'il semble qu'il sente comme il parle.

Il dit que l'âme retourne à son étoile,
croyant qu'elle en a été séparée
quand la nature lui a donné sa forme*;

et sa pensée peut-être a un autre sens
qui n'est pas dans les mots, et peut-être
avec une intention qu'on ne peut moquer.

S'il entend que revient à ces sphères
l'honneur ou le blâme de l'influence, alors
son arc atteint peut-être quelque vrai.

Ce principe, mal entendu, égara jadis
presque le monde entier, et le porta
à nommer Jupiter, Mercure et Mars*.

L'autre doute qui t'agite
contient moins de fiel, parce que sa malice
ne saurait t'emmener loin de moi.

Parere ingiusta la nostra giustizia
ne li occhi d'i mortali, è argomento
di fede e non d'eretica nequizia.

Ma perché puote vostro accorgimento
ben penetrare a questa veritate,
come disiri, ti farò contento.

Se vïolenza è quando quel che pate
nïente conferisce a quel che sforza,
non fuor quest' alme per essa scusate :

ché volontà, se non vuol, non s'ammorza,
ma fa come natura face in foco,
se mille volte vïolenza il torza.

Per che, s'ella si piega assai o poco,
segue la forza; e cosí queste fero
possendo rifuggir nel santo loco.

Se fosse stato lor volere intero,
come tenne Lorenzo in su la grada,
e fece Muzio a la sua man severo,

cosí l'avria ripinte per la strada
ond' eran tratte, come fuoro sciolte;
ma cosí salda voglia è troppo rada.

E per queste parole, se ricolte
l'hai come dei, è l'argomento casso
che t'avria fatto noia ancor piú volte.

Ma or ti s'attraversa un altro passo
dinanzi a li occhi, tal che per te stesso
non usciresti : pria saresti lasso.

Io t'ho per certo ne la mente messo
ch'alma beata non poria mentire,
però ch'è sempre al primo vero appresso;

e poi potesti da Piccarda udire
che l'affezion del vel Costanza tenne;
sí ch'ella par qui meco contradire.

Molte fïate già, frate, addivenne
che, per fuggir periglio, contra grato
si fé di quel che far non si convenne;

come Almeone, che, di ciò pregato
dal padre suo, la propria madre spense,
per non perder pietà si fé spietato.

Que notre justice paraisse injuste
aux yeux des mortels est argument
de foi et non de noirceur hérétique*.

Mais puisqu'il est possible à notre intelligence
de bien pénétrer cette vérité,
comme tu le désires, je te contenterai.

S'il y a violence quand celui qui subit
ne concède rien à celui qui le force,
ces âmes n'en sont pourtant pas excusées :

la volonté, si elle ne veut pas, ne s'éteint pas,
mais fait comme nature fait dans le feu,
lorsque mille fois violence le tord.

En effet si elle plie, peu ou prou,
elle suit la force; ainsi firent-elles,
quand elles pouvaient retourner au lieu saint.

Si leur vouloir avait été entier,
comme celui qui tint Laurent* sur le gril,
et fit Mucius sévère* pour sa main,

il les aurait remises sur la voie
d'où elles furent ôtées, quand elles furent libres ;
mais volonté si forte est bien trop rare.

Par ces paroles, si tu les as reçues
comme tu dois, l'argument est éteint
qui t'aurait mis en peine plusieurs fois encore.

Mais un autre obstacle arrive à présent
devant tes yeux, et tel que par toi-même,
tu serais bientôt las ; tu n'en sortirais pas.

Certes, je t'ai mis dans l'esprit
qu'un bienheureux ne peut mentir,
puisqu'il est toujours auprès du premier vrai ;

puis tu as pu entendre de Piccarda
que Costanza garda son amour pour le voile ;
si bien qu'elle paraît ici me contredire.

Souvent, déjà, frère, il advint
que pour fuir un péril, contre son gré,
on fit une chose qu'on n'aurait pas dû faire,

comme Alcméon* qui, prié par son père
d'agir ainsi, tua sa propre mère,
et pour demeurer pieux, se fit impie.

A questo punto voglio che tu pense
che la forza al voler si mischia, e fanno
sí che scusar non si posson l'offense.
Voglia assoluta non consente al danno;
ma consentevi in tanto in quanto teme,
se si ritrae, cadere in piú affanno.
Però, quando Piccarda quello spreme,
de la voglia assoluta intende, e io
de l'altra; sí che ver diciamo insieme. »
Cotal fu l'ondeggiar del santo rio
ch'uscí del fonte ond' ogne ver deriva;
tal puose in pace uno e altro disio.
« O amanza del primo amante, o diva »,
diss' io appresso, « il cui parlar m'inonda
e scalda sí, che piú e piú m'avviva,
non è l'affezion mia tanto profonda,
che basti a render voi grazia per grazia;
ma quei che vede e puote a ciò risponda.
Io veggio ben che già mai non si sazia
nostro intelletto, se 'l ver non lo illustra
di fuor dal qual nessun vero si spazia.
Posasi in esso, come fera in lustra,
tosto che giunto l'ha; e giugner puollo :
se non, ciascun disio sarebbe *frustra.*
Nasce per quello, a guisa di rampollo,
a piè del vero il dubbio; ed è natura
ch'al sommo pinge noi di collo in collo.
Questo m'invita, questo m'assicura
con reverenza, donna, a dimandarvi
d'un'altra verità che m'è oscura.
Io vo' saper se l'uom può sodisfarvi
ai voti manchi sí con altri beni,
ch'a la vostra statera non sien parvi ».
Beatrice mi guardò con li occhi pieni
di faville d'amor cosí divini,
che, vinta, mia virtute diè le reni,
e quasi mi perdei con li occhi chini.

A ce point je veux que tu penses
que la force se mêle au vouloir, si bien
qu'on ne peut excuser les offenses.

Un vouloir absolu ne consent pas au mal ;
mais il y consent pour autant qu'il craint,
s'il refuse, de tomber en un plus grand malheur.

Aussi quand Piccarda s'exprime ainsi,
elle entend le vouloir absolu, et moi
l'autre ; si bien que nous disons le vrai ensemble. »

Tel fut l'ondoiement de la sainte rivière
née de la source d'où dérive tout vrai ;
tel il mit en paix l'un et l'autre désir.

« O amante du premier amant, ô divine »,
dis-je alors, « dont le parler m'inonde
et m'échauffe tant qu'il me vivifie,

mon affection profonde ne suffit plus
à vous rendre grâce de vos grâces ;
mais que celui qui voit et qui peut vous réponde.

Je vois bien que jamais notre intellect
ne s'assouvit, si ne l'éclaire le vrai
en dehors duquel aucun vrai n'a lieu.

Il se repose en lui, comme bête en son gîte,
dès qu'il l'a rejoint ; et il peut le rejoindre ;
sinon tout désir serait en vain*.

Par ce désir naît, comme une pousse,
le doute, au pied du vrai ; et c'est la nature
qui nous porte au sommet, de ciel en ciel.

Ceci m'invite, et m'encourage,
avec révérence, dame, à vous interroger
sur une vérité qui m'est obscure.

Je veux savoir si l'on peut satisfaire
aux vœux manqués par d'autres liens
qui ne soient pas légers pour vos balances ».

Béatrice me regarda, les yeux emplis
d'étincelles d'amour si divines
que, défaites, mes forces cédèrent,
et je défaillis, les yeux baissés.

CANTO V

« S'io ti fiammeggio nel caldo d'amore
di là dal modo che 'n terra si vede,
sí che del viso tuo vinco il valore,
non ti maravigliar, ché ciò procede
da perfetto veder, che, come apprende,
cosí nel bene appreso move il piede.
Io veggio ben sí come già resplende
ne l'intelletto tuo l'etterna luce,
che, vista, sola e sempre amore accende;
e s altra cosa vostro amor seduce,
non è se non di quella alcun vestigio,
mal conosciuto, che quivi traluce.
Tu vuo' saper se con altro servigio,
per manco voto, si può render tanto
che l'anima sicuri di letigio. »
Sí cominciò Beatrice questo canto;
e sí com' uom che suo parlar non spezza,
continüò cosí 'l processo santo :
« Lo maggior don che Dio per sua larghezza
fesse creando, e a la sua bontate
piú conformato, e quel ch'e' piú apprezza,
fu de la volontà la libertate;
di che le creature intelligenti,
e tutte e sole, fuoro e son dotate.
Or ti parrà, se tu quinci argomenti,
l'alto valor del voto, s'è sí fatto
che Dio consenta quando tu consenti;

CHANT V

Ciel de la Lune. L'essence du vœu, pacte entre l'homme et Dieu. Reprise de l'ascension.
Deuxième ciel : le ciel de Mercure (les âmes de ceux qui ont fait le bien par amour de la gloire). Éclat de la planète et des bienheureux. Dimanche de Pâques, 10 avril 1300, de midi à 3 heures de l'après-midi.

« Si pour toi je brille dans la flamme d'amour
hors de la mesure de ce qu'on voit sur terre,
si bien que je défais la force de tes yeux,

ne t'émerveille pas, car cela procède
d'une vision parfaite, qui, dès qu'elle apprend,
dans le bien appris met aussitôt ses pas.

Je vois comme déjà resplendit
dans ton esprit la lumière éternelle
qui, sitôt vue, seule et toujours allume l'amour ;

et si un autre objet séduit vos cœurs,
il n'est rien de plus qu'un vestige d'elle,
mal reconnu, qui miroite au travers.

Tu veux savoir si un autre service,
en cas de vœu manqué, peut rendre assez
pour que l'âme soit tirée de litige* ».

Ainsi Béatrice commença ce chant ;
et, comme qui ne brise pas son discours,
elle continua le saint raisonnement :

« Le plus grand don que Dieu dans sa largesse
fit en créant, le plus conforme
à sa bonté, et celui qu'il estime le plus,

fut la liberté du vouloir ;
dont les créatures intelligentes,
elles toutes, et seules, furent et sont douées.

Tu verras à présent, si tu raisonnes,
la haute valeur du vœu, s'il est ainsi fait
que Dieu consent, quand tu consens ;

ché, nel fermar tra Dio e l'omo il patto,
vittima fassi di questo tesoro,
tal quale io dico; e fassi col suo atto.
Dunque che render puossi per ristoro?
Se credi bene usar quel c'hai offerto,
di maltolletto vuo' far buon lavoro.
Tu se' omai del maggior punto certo;
ma perché Santa Chiesa in ciò dispensa,
che par contra lo ver ch'i' t'ho scoverto,
convienti ancor sedere un poco a mensa,
però che 'l cibo rigido c'hai preso,
richiede ancora aiuto a tua dispensa.
Apri la mente a quel ch'io ti paleso
e fermalvi entro; ché non fa scïenza,
sanza lo ritenere, avere inteso.
Due cose si convegnono a l'essenza
di questo sacrificio : l'una è quella
di che si fa; l'altr' è la convenenza.
Quest' ultima già mai non si cancella
se non servata; e intorno di lei
sí preciso di sopra si favella :
però necessitato fu a li Ebrei
pur l'offerere, ancor ch'alcuna offerta
sí permutasse, come saver dei.
L'altra, che per materia t'è aperta,
puote ben esser tal, che non si falla
se con altra materia si converta.
Ma non trasmuti carco a la sua spalla
per suo arbitrio alcun, sanza la volta
e de la chiave bianca e de la gialla;
e ogne permutanza credi stolta,
se la cosa dimessa in la sorpresa
come 'l quattro nel sei non è raccolta.
Però qualunque cosa tanto pesa
per suo valor che tragga ogne bilancia,
sodisfar non si può con altra spesa.
Non prendan li mortali il voto a ciancia;
siate fedeli, e a ciò far non bieci,
come Ieptè a la sua prima mancia;

car, en fixant le pacte entre Dieu et l'homme,
on fait sacrifice de ce trésor,
tel que je le décris; et par son acte même.

Que peut-on dès lors rendre en échange?
Si tu crois user de chose déjà donnée,
tu veux faire bon ouvrage d'un bien mal acquis.

Tu es sûr désormais du point principal;
mais comme la Sainte Église accorde des dispenses,
ce qui semble contraire au vrai que je t'ai dit,

il te faut rester encore un peu à table,
car le dur mets que tu as pris
pour être digéré demande encore de l'aide.

Ouvre l'esprit à ce que je t'enseigne,
et garde-l'y bien; car avoir compris
sans tenir en mémoire ne fait pas science.

Deux choses sont requises pour l'essence
de ce sacrifice; la première est matière*
de ce qu'on fait; l'autre est la convention*.

Celle-ci ne s'efface jamais
sinon par l'observance; à son propos
j'ai parlé plus haut précisément;

c'est pourquoi aux Hébreux* fut imposé
le devoir d'offrir, bien que certaines offrandes,
comme tu dois savoir, pussent être changées.

L'autre, que tu connais comme matière,
peut être telle, qu'on ne pèche pas
si on l'échange avec une autre.

Mais qu'on ne change pas son fardeau d'épaule
par son propre arbitre, sans que d'abord
aient tourné la clef blanche et la clef jaune*;

toute permutation, juge-la insensée,
si la chose laissée n'est pas contenue
dans la remplaçante, comme quatre dans six*.

Donc, si une chose a par sa valeur
tant de poids qu'elle détruit les balances,
elle ne pourra être changée avec une autre.

Mortels, ne prenez pas les vœux à la légère:
soyez fidèles, et non impies dans l'acte,
comme Jephté* à sa première offrande;

cui piú si convenia dicer 'Mal feci',
che, servando, far peggio; e cosí stolto
ritrovar puoi il gran duca de' Greci,
onde pianse Efigènia il suo bel volto,
e fé pianger di sé i folli e i savi
ch' udir parlar di cosí fatto cólto
Siate, Cristiani, a muovervi piú gravi :
non siate come penna ad ogne vento,
e non crediate ch'ogne acqua vi lavi.
Avete il novo e 'l vecchio Testamento,
e 'l pastor de la Chiesa che vi guida;
questo vi basti a vostro salvamento.
Se mala cupidigia altro vi grida,
uomini siate, e non pecore matte,
sí che 'l Giudeo di voi tra voi non rida!
Non fate com' agnel che lascia il latte
de la sua madre, e semplice e lascivo
seco medesmo a suo piacer combatte! ».
Cosí Beatrice a me com' ïo scrivo;
poi si rivolse tutta disïante
a quella parte ove 'l mondo è piú vivo.
Lo suo tacere e 'l trasmutar sembiante
puoser silenzio al mio cupido ingegno,
che già nuove questioni avea davante;
e sí come saetta che nel segno
percuote pria che sia la corda queta,
cosí corremmo nel secondo regno.
Quivi la donna mia vid' io sí lieta,
come nel lume di quel ciel si mise,
che piú lucente se ne fé 'l pianeta.
E se la stella si cambiò e rise,
qual mi fec' io che pur da mia natura
trasmutabile son per tutte guise!
Come 'n peschiera ch'è tranquilla e pura
traggonsi i pesci a ciò che vien di fori
per modo che lo stimin lor pastura,
sí vid' io ben piú di mille splendori
trarsi ver' noi, e in ciascun s'udia :
« Ecco chi crescerà li nostri amori. »

Il aurait mieux valu qu'il dît : « J'ai mal fait »,
que de faire pire en observant son vœu ;
69 juge aussi sot le grand chef des Grecs*,
par qui Iphigénie pleura son beau visage,
et fit pleurer sur elle et les fous et les sages
72 qui entendirent parler d'un pareil sacrifice.
Soyez, chrétiens, plus lents à vous mouvoir :
ne soyez pas comme plume à tout vent,
75 et ne croyez pas que toute eau vous lave.
Vous avez le nouveau et l'ancien Testament,
L'Église et son pasteur qui vous conduit ;
78 que cela suffise à votre salvation.
Si la cupidité vous crie autre chose,
soyez hommes, et non folles brebis,
81 afin que le Juif*, parmi vous, ne rie de vous !
Ne faites pas comme l'agneau qui laisse
le lait de sa mère, folâtre et simplet,
84 et pour son plaisir se nuit à lui-même. »
Béatrice me parla ainsi, comme je l'écris ;
puis elle se tourna, toute désirante,
87 vers le point où le monde est le plus vivant.
L'arrêt de sa parole et son aspect changé
imposèrent silence à mon esprit avide
90 qui préparait déjà des questions nouvelles ;
et comme une flèche, qui frappe la cible
avant que la corde soit immobile,
93 ainsi nous courûmes au second royaume*.
Là je vis ma dame si joyeuse,
quand elle se mit dans l'éclat de ce ciel,
96 que la planète en devint plus brillante.
Et si l'étoile changea et rit,
que fis-je, moi, qui par nature
99 suis transmuable en toutes formes !
Comme dans un vivier tranquille et pur
les poissons s'élancent vers tout ce qui vient
102 du dehors, en le prenant pour leur pâture,
ainsi je vis plus de mille splendeurs
venir vers nous, et en chacune on entendait :
105 « Voici qui va faire croître nos amours. »

E sí come ciascuno a noi venía
vedeasi l'ombra piena di letizia
nel folgór chiaro che di lei uscia.

Pensa, lettor, se quel che qui s'inizia
non procedesse, come tu avresti
di piú savere angosciosa carizia;

e per te vederai come da questi
m'era in disio d'udir lor condizioni,
sí come a li occhi mi fur manifesti.

« O bene nato a cui veder li troni
del trïunfo etternal concede grazia
prima che la milizia s'abbandoni,

del lume che per tutto il ciel si spazia
noi semo accesi; e però, se disii
di noi chiarirti, a tuo piacer ti sazia. »

Cosí da un di quelli spirti pii
detto mi fu; e da Beatrice : « Dí, dí
sicuramente, e credi come a dii. »

« Io veggio ben sí come tu t'annidi
nel proprio lume, e che de li occhi il traggi,
perch' e' corusca sí come tu ridi;

ma non so chi tu se', né perché aggi,
anima degna, il grado de la spera
che si vela a' mortai con altrui raggi. »

Questo diss' io diritto a la lumera
che pria m'avea parlato; ond' ella fessi
lucente piú assai di quel ch'ell' era.

Sí come il sol che si cela elli stessi
per troppa luce, come 'l caldo ha róse
le temperanze d'i vapori spessi,

per piú letizia sí mi si nascose
dentro al suo raggio la figura santa;
e cosí chiusa chiusa mi rispuose

nel modo che 'l seguente canto canta.

Et lorsque chacune venait vers nous
on voyait l'ombre, emplie de joie
dans l'éclat fulgurant qui sortait d'elle.

Pense, lecteur, si ne continuait plus
ce qui commence ici, comme tu aurais
une angoissante envie d'en savoir plus ;

et tu verras toi-même comme j'avais désir
d'entendre d'eux leur condition,
dès qu'ils furent visibles par mes yeux.

« O toi, bien-né, à qui la grâce accorde
de voir les trônes du triomphe éternel
avant de quitter la milice,

nous sommes embrasés de cette lumière
qui se répand par tout le ciel ; si tu désires
être éclairé sur nous, rassasie-toi à ton plaisir. »

Ainsi l'un de ces esprits pieux*
me parla ; et Béatrice : « Parle, parle
avec assurance, et crois-les comme des dieux. »

« Je vois comment tu fais ton nid
dans ta propre lumière, et qu'elle vient de tes yeux,
parce qu'elle brille encore plus quand tu ris ;

mais je ne sais qui tu es, ni pourquoi tu as,
âme digne, ce degré dans la sphère*
qui se voile aux mortels par d'autres rayons. »

Je parlai ainsi, tourné vers la lumière
qui m'avait parlé tout d'abord ; et elle devint
plus brillante encore qu'elle n'était.

Comme le soleil qui se cache lui-même
par trop d'éclat, lorsque la chaleur ronge
la vapeur épaisse qui le tempérait,

ainsi par plus de joie la figure sainte
se cacha de moi dans son rayon ;
et ainsi, toute close, elle me répondit
comme le chant suivant le chante.

CANTO VI

« Poscia che Costantin l'aquila volse
contr' al corso del ciel, ch'ella seguio
dietro a l'antico che Lavina tolse,
cento e cent' anni e piú l'uccel di Dio
ne lo stremo d'Europa si ritenne,
vicino a' monti de' quai prima uscío;
e sotto l'ombra de le sacre penne
governò 'l mondo lí di mano in mano,
e, sí cangiando, in su la mia pervenne.
Cesare fui e son Iustinïano,
che, per voler del primo amor ch'i' sento,
d'entro le leggi trassi il troppo e 'l vano.
E prima ch'io a l'ovra fossi attento,
una natura in Cristo esser, non piúe,
credea, e di tal fede era contento;
ma 'l benedetto Agapito, che fue
sommo pastore, a la fede sincera
mi dirizzò con le parole sue.
Io li credetti; e ciò che 'n sua fede era,
vegg' io or chiaro sí, come tu vedi
ogne contradizione e falsa e vera.
Tosto che con la Chiesa mossi i piedi,
a Dio per grazia piacque di spirarmi
l'alto lavoro, e tutto 'n lui mi diedi;
e al mio Belisar commendai l'armi,
cui la destra del ciel fu sí congiunta,
che segno fu ch'i' dovessi posarmi.

CHANT VI

Ciel de Mercure. L'empereur Justinien. Histoire de l'aigle romaine, d'Enée à Charlemagne. Les torts des Guelfes et des Gibelins contre l'Empire. Eloge de Romieu de Villeneuve.

« Après que Constantin* eut tourné l'aigle
contre le cours du ciel, qu'il avait suivi
avec l'ancien héros qui prit Lavinia*,
cent et cent ans et plus*, l'oiseau de Dieu
resta au bord extrême de l'Europe,
auprès des monts dont il était sorti;
et là*, sous l'ombre de ses plumes sacrées,
il gouverna le monde, passant de main en main,
et, changeant de la sorte, il parvint dans la mienne.
Je fus César et je suis Justinien,
qui, par vouloir du premier amour que je sens,
retirai des lois* le trop et le vain.
Avant de me dédier à cet ouvrage,
je croyais que le Christ avait une nature*
et non plus ; j'étais content de cette foi ;
mais le bienheureux Agapit*, qui fut
pasteur suprême, me redressa
par ses paroles vers la foi vraie.
Je le crus ; et ce qu'il y avait dans sa foi,
je le vois à présent aussi clair que tu vois
toute contradiction être et fausse et vraie.
Dès que je mis mes pas dans ceux de l'Église,
il plut à Dieu, par grâce, de m'inspirer
le haut labeur, et je me donnai tout à lui.
Je confiai l'armée à mon Bélisaire*,
à qui la faveur du ciel fut si douce
que ce fut pour moi signe de m'arrêter.

Or qui a la question prima s'appunta
la mia risposta; ma sua condizione
mi stringe a seguitare alcuna giunta,
perché tu veggi con quanta ragione
si move contr' al sacrosanto segno
e chi 'l s'appropria e chi a lui s'oppone.
Vedi quanta virtú l'ha fatto degno
di reverenza; e cominciò da l'ora
che Pallante morí per darli regno.
Tu sai ch'el fece in Alba sua dimora
per trecento anni e oltre, infino al fine
che i tre a' tre pugnar per lui ancora.
E sai ch'el fé dal mal de le Sabine
al dolor di Lucrezia in sette regi,
vincendo intorno le genti vicine.
Sai quel ch'el fé portato da li egregi
Romani incontro a Brenno, incontro a Pirro,
incontro a li altri principi e collegi;
onde Torquato e Quinzio, che dal cirro
negletto fu nomato, i Deci e' Fabi
ebber la fama che volontier mirro.
Esso atterrò l'orgoglio de li Aràbi
che di retro ad Anibale passaro
l'alpestre rocce, Po, di che tu labi.
Sott' esso giovanetti trïunfaro
Scipïone e Pompeo; e a quel colle
sotto 'l qual tu nascesti parve amaro.
Poi, presso al tempo che tutto 'l ciel volle
redur lo mondo a suo modo sereno,
Cesare per voler di Roma il tolle.
E quel che fé da Varo infino a Reno,
Isara vide ed Era e vide Senna
e ogne valle onde Rodano è pieno.
Quel che fé poi ch'elli uscí di Ravenna
e saltò Rubicon, fu di tal volo,
che nol seguiteria lingua né penna.
Inver' la Spagna rivolse lo stuolo,
poi ver' Durazzo, e Farsalia percosse
sí ch'al Nil caldo si sentí del duolo.

Ici s'achève ma réponse
à ta première question ; mais sa nature
me force à lui joindre une suite

pour que tu voies s'ils ont raison
ceux qui s'élèvent contre le signe sacro-saint,
ceux qui se l'approprient, et ceux qui le combattent.

Vois combien de vertu l'a rendu digne
de révérence ; il commença le jour
où Pallas* mourut pour fonder son règne.

Tu sais qu'il fit en Albe sa demeure,
trois cents ans et plus, jusqu'à la fin,
quand les trois contre trois* luttèrent encore pour lui.

Et tu sais ce qu'il fit, du rapt des Sabines
aux douleurs de Lucrèce*, sous sept rois,
domptant tout autour les nations voisines.

Tu sais qu'il fut porté par les vaillants
Romains, contre Brennus, contre Pyrrhus*,
contre les autres princes et collèges;

Torquatus et Quintius*, qui reçut son surnom
de ses boucles hirsutes, et les Decius et les Fabius*
en eurent la gloire que j'encense avec joie.

Il abattit l'orgueil de ces Arabes*
qui traversèrent, conduits par Hannibal,
les rocs alpestres, le Pô, d'où tu descends.

Sous lui, tout jeunes, triomphèrent
Scipion et Pompée*, et cela fut amer
pour la colline sous laquelle tu naquis.

Puis, vers le temps où le ciel voulut
rendre le monde serein à son image*,
César le prit, par le vouloir de Rome.

Et ce qu'il fit, du Varus jusqu'au Rhin,
l'Isère le vit, et la Saône, et la Seine,
et toutes les vallées qui font enfler le Rhône*.

Ce qu'il fit après qu'il sortit de Ravenne,
et qu'il sauta le Rubicon, fut d'un tel vol
que ne le suivraient ni langue ni plume.

Il tourna son armée vers l'Espagne,
puis vers Durazzo, et frappa Pharsale
si fort qu'au Nil brûlant* on en sentit le deuil.

Antandro e Simeonta, onde si mosse,
rivide e là dov' Ettore si cuba;
e mal per Tolomeo poscia si scosse.
Da indi scese folgorando a Iuba;
onde si volse nel vostro occidente,
ove sentia la pompeana tuba.
Di quel che fé col baiulo seguente,
Bruto con Cassio ne l'inferno latra,
e Modena e Perugia fu dolente.
Piangene ancor la trista Cleopatra,
che, fuggendoli innanzi, dal colubro
la morte prese subitana e atra.
Con costui corse infino al lito rubro;
con costui puose il mondo in tanta pace,
che fu serrato a Giano il suo delubro.
Ma ciò che 'l segno che parlar mi face
fatto avea prima e poi era fatturo
per lo regno mortal ch'a lui soggiace,
diventa in apparenza poco e scuro,
se in mano al terzo Cesare si mira
con occhio chiaro e con affetto puro;
ché la viva giustizia che mi spira,
li concedette, in mano a quel ch'i' dico,
gloria di far vendetta a la sua ira.
Or qui t'ammira in ciò ch'io ti replíco :
poscia con Tito a far vendetta corse
de la vendetta del peccato antico.
E quando il dente longobardo morse
la Santa Chiesa, sotto le sue ali
Carlo Magno, vincendo, la soccorse.
Omai puoi giudicar di quei cotali
ch'io accusai di sopra e di lor falli,
che son cagion di tutti vostri mali.
L'uno al pubblico segno i gigli gialli
oppone, e l'altro appropria quello a parte,
sí ch'è forte a veder chi piú si falli.
Faccian li Ghibellin, faccian lor arte
sott' altro segno, ché mal segue quello
sempre chi la giustizia e lui diparte;

Il revit Antandros et Simoïs
d'où il partit, et où Hector repose ;
puis, pour le malheur de Ptolémée*, il s'élança.
De là il descendit en foudroyant Juba ;
puis il se tourna vers votre Occident,
où résonnaient les trompettes de Pompée*.
Pour ce qu'il fit avec son successeur,
Brutus et Cassius aboient en Enfer,
et Modène et Pérouse en ont pâti*.
Elle en pleure encore la triste Cléopâtre
qui, fuyant devant lui, reçut de l'aspic
une mort soudaine et noire*.
Avec cet autre, il courut jusqu'à la rive rouge ;
avec cet autre, il mit le monde en telle paix
que fut fermé le temple de Janus*.
Mais ce que le signe qui me fait parler
avait fait d'abord, et devait faire ensuite
dans ce royaume terrestre qui lui est soumis,
devient en apparence pauvre et obscur,
si on l'observe aux mains du troisième César
avec un œil clair et un cœur pur*.
Car la justice vivante qui m'inspire
lui concéda, aux mains de celui que je dis,
la gloire de venger sa colère*.
Admire à présent ce que je t'explique :
il courut plus tard avec Titus tirer vengeance
de la vengeance de l'ancien péché*.
Et quand le croc lombard mordit
la Sainte Église, sous ses ailes,
Charlemagne, vainqueur, la secourut*.
Tu peux juger à présent de ces hommes
que j'accusai plus haut, et de leurs fautes,
qui sont la cause de tous vos maux.
L'un oppose les lys jaunes* au signe public,
et l'autre l'approprie à son parti,
si bien qu'on voit mal qui a le plus grand tort.
Qu'ils fassent, les Gibelins*, qu'ils fassent leurs tours
sous un autre signe, car il suit mal ce signe-là
celui qui le sépare toujours de la justice ;

e non l'abbatta esto Carlo novello
coi Guelfi suoi, ma tema de li artigli
ch'a piú alto leon trasser lo vello.
Molte fïate già pianser li figli
per la colpa del padre, e non si creda
che Dio trasmuti l'armi per suoi gigli!
Questa picciola stella si correda
d'i buoni spirti che son stati attivi
perché onore e fama li succeda:
e quando li disiri poggian quivi,
sí disvïando, pur convien che i raggi
del vero amore in sú poggin men vivi.
Ma nel commensurar d'i nostri gaggi
col merto è parte di nostra letizia,
perché non li vedem minor né maggi.
Quindi addolcisce la viva giustizia
in noi l'affetto sí, che non si puote
torcer già mai ad alcuna nequizia.
Diverse voci fanno dolci note;
cosí diversi scanni in nostra vita
rendon dolce armonia tra queste rote.
E dentro a la presente margarita
luce la luce di Romeo, di cui
fu l'ovra grande e bella mal gradita.
Ma i Provenzai che fecer contra lui
non hanno riso; e però mal cammina
qual si fa danno del ben fare altrui.
Quattro figlie ebbe, e ciascuna reina,
Ramondo Beringhiere, e ciò li fece
Romeo, persona umíle e peregrina.
E poi il mosser le parole biece
a dimandar ragione a questo giusto,
che li assegnò sette e cinque per diece,
indi partissi povero e vetusto;
e se 'l mondo sapesse il cor ch'elli ebbe
mendicando sua vita a frusto a frusto,
assai lo loda, e piú lo loderebbe ».

et que ce nouveau Charles, avec ses Guelfes,
ne l'abatte pas, mais craigne les griffes
qui arrachèrent le poil à des lions plus fiers*.

Souvent déjà les fils ont pleuré
pour l'erreur du père, et qu'on ne croie pas
que Dieu change d'armes pour ses lys!

Cette petite étoile* est ornée
de bons esprits qui ont été actifs
pour que l'honneur et la gloire les suivent :

et quand les désirs tendent vers ici-bas,
déviant ainsi, il faut que les rayons
du vrai amour tendent moins vifs en haut.

Mais commensurer nos salaires
avec le mérite est part de notre joie,
car nous ne les voyons ni moindres ni plus grands.

Ainsi la vivante justice adoucit
notre désir, si bien qu'il ne peut plus
jamais se tordre vers une iniquité.

Diverses voix font de douces notes ;
ainsi divers degrés dans notre vie
font la douce harmonie dans ces sphères.

Et au cœur de la présente perle
reluit la lumière de Romieu*
dont l'œuvre grande et belle fut mal reconnue.

Mais les Provençaux qui agirent contre lui
n'ont pas ri ; et il prend un mauvais chemin
celui que fait souffrir le bien agir d'autrui.

Raymond Bérenger* eut quatre filles
et chacune fut reine, et ce fut Romieu
qui le fit, pèlerin d'humble condition.

Plus tard les propos menteurs le poussèrent
à demander des comptes à cet homme juste
qui lui rendit sept et cinq pour dix,

et puis, pauvre et vieux, il partit ;
et si le monde savait le cœur qu'il eut,
mendiant sa vie bouchée par bouchée,
il le loue bien, mais il le louerait mieux. »

CANTO VII

« *Osanna, sanctus Deus sabaòth,*
superillustrans claritate tua
felices ignes horum malacòth! »

Cosí, volgendosi a la nota sua,
fu viso a me cantare essa sustanza,
sopra la qual doppio lume s'addua;

ed essa e l'altre mossero a sua danza,
e quasi velocissime faville
mi si velar di súbita distanza.

Io dubitava e dicea 'Dille, dille!'
fra me, 'dille' dicea, 'a la mia donna
che mi diseta con le dolci stille'.

Ma quella reverenza che s'indonna
di tutto me, pur per *Be* e per *ice*,
mi richinava come l'uom ch'assonna.

Poco sofferse me cotal Beatrice
e cominciò, raggiandomi d'un riso
tal, che nel foco faria l'uom felice:

« Secondo mio infallibile avviso,
come giusta vendetta giustamente
punita fosse, t'ha in pensier miso;

ma io ti solverò tosto la mente;
e tu ascolta, ché le mie parole
di gran sentenza ti faran presente.

Per non soffrire a la virtú che vole
freno a suo prode, quell' uom che non nacque,
dannando sé, dannò tutta sua prole;

CHANT VII

Ciel de Mercure. Béatrice devine les doutes de Dante sur la vengeance de la mort du Christ ; elle lui explique la doctrine de l'Incarnation, la corruptibilité des éléments et la résurrection des corps.

« *Osanna**, *sanctus Deus sabaòth*
superillustrans claritate tua
felices ignes horum malacòth ! »
Ainsi, tournoyant à son rythme,
je vis chanter cette substance
sur qui double lumière* s'assemble ;
puis toutes se murent accordées à sa danse
et, comme étincelles très rapides,
me furent voilées par soudaine distance.
Je doutais et disais : « Dis-lui, dis-lui ! »
« dis », me disais-je, « à ma dame,
qui me désaltère par sa douce rosée. »
Mais la révérence qui s'empare de moi
tout entier au seul son de « Bé » ou d'« ice »
m'inclinait comme un homme ensommeillé.
Béatrice ne me supporta pas longtemps ainsi,
et commença, avec un sourire si rayonnant
qu'il rendrait un homme heureux dans le feu :
« Selon mon avis infaillible,
comment une juste vengeance
fut vengée justement, t'a mis en souci ;
mais je te dénouerai bientôt l'esprit ;
et toi, écoute, car mes paroles
te feront don d'une haute sentence.
Pour n'avoir enduré aucun frein salutaire
à sa volonté, cet homme qui n'est pas né*,
en se damnant, damna toute sa race ;

onde l'umana specie inferma giacque
giú per secoli molti in grande errore,
fin ch'al Verbo di Dio discender piacque

u' la natura, che dal suo fattore
s'era allungata, uní a sé in persona
con l'atto sol del suo etterno amore.

Or drizza il viso a quel ch'or si ragiona:
questa natura al suo fattore unita,
qual fu creata, fu sincera e buona;

ma per sé stessa pur fu ella sbandita
di paradiso, però che si torse
da via di verità e da sua vita.

La pena dunque che la croce porse
s'a la natura assunta si misura,
nulla già mai sí giustamente morse;

e cosí nulla fu di tanta ingiura,
guardando a la persona che sofferse,
in che era contratta tal natura.

Però d'un atto uscir cose diverse:
ch'a Dio e a' Giudei piacque una morte;
per lei tremò la terra e 'l ciel s'aperse.

Non ti dee oramai parer piú forte,
quando si dice che giusta vendetta
poscia vengiata fu da giusta corte.

Ma io veggi' or la tua mente ristretta
di pensiero in pensier dentro ad un nodo,
del qual con gran disio solver s'aspetta.

Tu dici: "Ben discerno ciò ch'i' odo;
ma perché Dio volesse, m'è occulto,
a nostra redenzion pur questo modo".

Questo decreto, frate, sta sepulto
a li occhi di ciascuno il cui ingegno
ne la fiamma d'amor non è adulto.

Veramente, però ch'a questo segno
molto si mira e poco si discerne,
dirò perché tal modo fu piú degno.

La divina bontà, che da sé sperne
ogne livore, ardendo in sé, sfavilla
sí che dispiega le bellezze etterne.

et le genre humain demeura infirme
là-bas, durant des siècles, en grande erreur,
avant qu'il plût au Verbe de descendre
là où la nature, qui s'était éloignée
de son auteur, fut unie à lui en personne
par le seul acte de l'éternel amour.
Dresse à présent l'esprit à mon raisonnement :
cette nature unie à son auteur,
comme elle fut créée, fut sincère et bonne ;
mais par sa faute elle fut chassée
de paradis, parce qu'elle délaissa
la voie de vérité et de sa vie.
La peine donc imposée par la croix,
si on la mesure à la nature choisie,
ne mordit jamais rien si justement ;
mais nulle peine ne fut aussi injuste,
si l'on songe à la personne qui souffrit,
en qui cette nature était recueillie.
D'un seul acte sortirent des effets différents,
car à Dieu et aux Juifs plut la même mort ;
pour elle, la terre trembla, et le ciel s'ouvrit.
Cela ne doit plus te paraître étrange,
quand on dit qu'une juste vengeance
fut vengée ensuite par une juste cour*.
Mais je vois à présent ton esprit resserré
de pensée en pensée, en un seul nœud
dont il attend, en grand désir, d'être délié.
Tu dis : « Je discerne bien ce que j'entends ;
mais ce qui m'est obscur, c'est pourquoi Dieu voulut
que notre rédemption eût cette forme. »
Ce décret, mon frère, est impénétrable
aux yeux de tous ceux dont l'esprit
n'a pas été nourri dans la flamme d'amour.
Toutefois, puisque c'est là un point
qu'on regarde beaucoup, et qu'on discerne peu,
je te dirai pourquoi ce mode fut le plus digne.
La divine bonté, qui écarte de soi
tout ressentiment, brûlant en soi-même, brille
si fort qu'elle déploie les beautés éternelles.

Ciò che da lei sanza mezzo distilla
non ha poi fine, perché non si move
la sua imprenta quand' ella sigilla.
Ciò che da essa sanza mezzo piove
libero é tutto, perché non soggiace
a la virtute de le cose nove.
Piú l'è conforme, e però piú le piace;
ché l'ardor santo ch'ogne cosa raggia,
ne la piú somigliante è piú vivace.
Di tutte queste dote s'avvantaggia
l'umana creatura, e s'una manca,
di sua nobilità convien che caggia.
Solo il peccato è quel che la disfranca
e falla dissimíle al sommo bene,
per che del lume suo poco s'imbianca;
e in sua dignità mai non rivene,
se non rïempie, dove colpa vòta,
contra mal dilettar con giuste pene.
Vostra natura, quando peccò *tota*
nel seme suo, da queste dignitadi,
come di paradiso, fu remota;
né ricovrar potiensi, se tu badi
ben sottilmente, per alcuna via,
sanza passar per un di questi guadi:
o che Dio solo per sua cortesia
dimesso avesse, o che l'uom per sé isso
avesse sodisfatto a sua follia.
Ficca mo l'occhio per entro l'abisso
de l'etterno consiglio, quanto puoi
al mio parlar distrettamente fisso.
Non potea l'uomo ne' termini suoi
mai sodisfar, per non potere ir giuso
con umiltate obedïendo poi,
quanto disobediendo intese ir suso;
e questa è la cagion per che l'uom fue
da poter sodisfar per sé dischiuso.
Dunque a Dio convenia con le vie sue
riparar l'omo a sua intera vita,
dico con l'una, o ver con amendue.

Ce qui dérive d'elle directement
n'a pas de fin, parce que son empreinte
ne s'en va plus, lorsqu'elle a mis son sceau.
Ce qui pleut d'elle sans écran
est libre tout entier, parce que non soumis
à l'influence des choses nouvelles.
Plus il lui est conforme, et plus il lui plaît ;
car la sainte ardeur qui rayonne en toutes choses
dans la plus ressemblante est la plus vive.
De tous ces dons la créature humaine
tire son avantage, et si un seul lui manque,
il lui faut déchoir de sa noblesse.
Le péché seul est ce qui l'asservit
et la fait différer du bien suprême,
parce qu'elle s'éclaire peu de sa lumière ;
elle ne revient plus en sa dignité
si elle ne comble pas ce qui vide la faute
par de justes peines, contre un mauvais plaisir.
Votre nature, quand dans son germe
elle pécha toute, fut écartée
de ces dignités, comme du paradis,
et elles ne pouvaient se recouvrer, si tu regardes
subtilement, par nul moyen,
sans passer par un de ces chemins :
ou que Dieu, par sa seule courtoisie,
eût remis la faute, ou que l'homme, seul,
eût fait amende à sa folie.
Fixe les yeux maintenant dans l'abîme
de l'éternel conseil, tant que tu peux,
étroitement attentif à ma parole.
L'homme ne pouvait, dans ses limites
jamais réparer, ne pouvant descendre,
obéissant alors avec humilité,
comme il voulut monter en désobéissant ;
c'est la raison qui fait qu'il fut
privé du pouvoir de satisfaire*.
Il fallait donc que Dieu, par ses propres voies,
reportât l'homme à sa vie entière,
je dis par l'une, ou par les deux*.

Ma perché l'ovra tanto è piú gradita
da l'operante, quanto piú appresenta
de la bontà del core ond' ell' è uscita,
la divina bontà che 'l mondo imprenta,
di proceder per tutte le sue vie,
a rilevarvi suso, fu contenta.
Né tra l'ultima notte e 'l primo die
sí alto o sí magnifico processo,
o per l'una o per l'altra, fu o fie:
ché piú largo fu Dio a dar sé stesso
per far l'uom sufficiente a rilevarsi,
che s'elli avesse sol da sé dimesso;
e tutti li altri modi erano scarsi
a la giustizia, se 'l Figliuol di Dio
non fosse umilïato ad incarnarsi.
Or per empierti bene ogne disio,
ritorno a dichiararti in alcun loco,
perché tu veggi lí cosí com' io.
Tu dici: "Io veggio l'acqua, io veggio il foco,
l'aere e la terra e tutte lor misture
venire a corruzione, e durar poco;
e queste cose pur furon creature;
per che, se ciò ch'è detto è stato vero,
esser dovrien da corruzion sicure".
Li angeli, frate, e 'l paese sincero
nel qual tu se', dir si posson creati,
sí come sono, in loro essere intero;
ma li alimenti che tu hai nomati
e quelle cose che di lor si fanno
da creata virtú sono informati.
Creata fu la materia ch'elli hanno;
creata fu la virtú informante
in queste stelle che 'ntorno a lor vanno.
L'anima d'ogne bruto e de le piante
di complession potenzïata tira
lo raggio e 'l moto de le luci sante;
ma vostra vita sanza mezzo spira
la somma beninanza, e la innamora
di sé sí che poi sempre la disira.

Mais puisque l'œuvre est d'autant plus aimée
de l'ouvrier qu'elle reflète plus
de la bonté du cœur dont elle est sortie,
la divine bonté qui empreint le monde
se réjouit, pour vous relever,
de procéder par toutes ses voies.
Entre la dernière nuit et le premier jour
un acte si haut et si magnifique,
par l'une ou l'autre voie, ne fut ou ne sera :
car Dieu fut plus large à se donner lui-même,
pour que l'homme suffise à se relever,
que s'il avait, lui seul, remis la faute ;
et tous les autres modes étaient insuffisants
pour la justice, si le Fils de Dieu
ne s'était humilié pour s'incarner.
Mais pour combler tous tes désirs,
je reviens t'éclairer sur un point,
afin que tu le voies comme je le vois.
Tu dis : "Je vois l'eau, je vois le feu,
l'air et la terre, et tous leurs mélanges
finir par se corrompre, et ne durer qu'un temps ;
et pourtant ces choses furent des créatures ;
donc, si ce qu'on a dit est vrai,
elles devraient être libres de corruption."
Les anges, mon frère, et la région pure
où tu te trouves, peuvent se dire créés,
tels qu'ils sont là, en leur être entier ;
mais les éléments que tu as nommés
et les choses qui se font à partir d'eux
sont informés de vertu créée.
Créée fut la matière qu'ils ont ;
créée fut la vertu informante
dans ces étoiles qui tournent autour d'eux.
L'âme de tout animal et des plantes
à la complexion potentielle est tirée
du rayon et de l'élan des lumières saintes* ;
mais votre vie, la suprême bonté
l'insuffle en personne, et lui donne l'amour
de soi, si bien qu'elle la désire toujours.

E quinci puoi argomentare ancora
vostra resurrezion, se tu ripensi
come l'umana carne fessi allora
che li primi parenti intrambo fensi ».

Par là tu peux comprendre encore
votre résurrection, si tu repenses
comment fut faite la chair des hommes, alors
que furent faits les deux premiers parents. »

CANTO VIII

Solea creder lo mondo in suo periclo
che la bella Ciprigna il folle amore
raggiasse, volta nel terzo epiciclo;
per che non pur a lei faceano onore
di sacrificio e di votivo grido
le genti antiche ne l'antico errore;
ma Dïone onoravano e Cupido,
quella per madre sua, questo per figlio,
e dicean ch'el sedette in grembo a Dido;
e da costei ond' io principio piglio
pigliavano il vocabol de la stella
che 'l sol vagheggia or da coppa or da ciglio.
Io non m'accorsi del salire in ella;
ma d'esservi entro mi fé assai fede
la donna mia ch'i' vidi far piú bella.
E come in fiamma favilla si vede,
e come in voce voce si discerne,
quand' una è ferma e altra va e riede,
vid' io in essa luce altre lucerne
muoversi in giro piú e men correnti,
al modo, credo, di lor viste interne.
Di fredda nube non disceser venti,
o visibili o no, tanto festini,
che non paressero impediti e lenti
a chi avesse quei lumi divini
veduti a noi venir, lasciando il giro
pria cominciato in li alti Serafini;

CHANT VIII

Troisième ciel : le ciel de Vénus (les âmes soumises à l'amour). Fol amour et amour divin. Charles Martel, roi de Hongrie. Contre le mauvais gouvernement. Pourquoi l'hérédité n'est pas absolue.

Le monde jadis croyait pour son dommage
que la belle Cypris* lançait le fol amour
en tournant à travers le troisième épicycle* ;
aussi les anciens, dans leur antique erreur,
non seulement lui faisaient dévotion
par des sacrifices et des prières votives,
mais ils honoraient Dioné et Cupidon*,
elle comme sa mère, et lui comme son fils,
disant que Didon* l'avait eu sur son sein ;
et de celle où je prends mon commencement,
ils prenaient le nom de l'étoile*
dont le soleil caresse la nuque et puis le front.
Je ne m'aperçus pas que je montais en elle ;
mais je fus certain d'y être entré
quand je vis ma dame devenir plus belle.
Et comme on voit dans une flamme une étincelle,
et comme on discerne une voix dans une voix,
quand l'une est immobile et l'autre va et vient,
je vis dans sa lumière d'autres clartés
se mouvoir en cercles plus ou moins rapides,
en suivant, je crois, leur vue intérieure.
Des vents descendus d'un froid nuage,
visibles ou cachés, et très rapides,
auraient paru lents et embarrassés
à qui aurait vu venir vers nous
ces lumières divines, laissant la ronde
commencée dans le ciel des Séraphins* ;

e dentro a quei che piú innanzi appariro
sonava '*Osanna*' sí, che unque poi
di rïudir non fui sanza disiro.
Indi si fece l'un piú presso a noi
e solo incominciò : « Tutti sem presti
al tuo piacer, perché di noi ti gioi.
Noi ci volgiam coi principi celesti
d'un giro e d'un girare e d'una sete,
ai quali tu del mondo già dicesti :
'*Voi che 'ntendendo il terzo ciel movete*';
e sem sí pien d'amor, che, per piacerti,
non fia men dolce un poco di quïete. »
Poscia che li occhi miei si fuoro offerti
a la mia donna reverenti, ed essa
fatti li avea di sé contenti e certi,
rivolsersi a la luce che promessa
tanto s'avea, e « Deh, chi siete? » fue
la voce mia di grande affetto impressa.
E quanta e quale vid' io lei far piúe
per allegrezza nova che s'accrebbe,
quando parlai, a l'allegrezze sue!
Cosí fatta, mi disse : « Il mondo m'ebbe
giú poco tempo; e se piú fosse stato,
molto sarà di mal, che non sarebbe.
La mia letizia mi ti tien celato
che mi raggia dintorno e mi nasconde
quasi animal di sua seta fasciato.
Assai m'amasti, e avesti ben onde;
che s'io fossi giú stato, io ti mostrava
di mio amor piú oltre che le fronde.
Quella sinistra riva che si lava
di Rodano poi ch'è misto con Sorga,
per suo segnore a tempo m'aspettava,
e quel corno d'Ausonia che s'imborga
di Bari e di Gaeta e di Catona,
da ove Tronto e Verde in mare sgorga.
Fulgeami già in fronte la corona
di quella terra che 'l Danubio riga
poi che le ripe tedesche abbandona.

et d'entre celles qui apparurent en avant
un « Hosanna » retentissait, si beau que jamais plus
je n'ai cessé de désirer le réentendre.

Puis l'une* s'avança plus près de nous
et commença seule : « Nous sommes tous prêts
à ton plaisir, afin que tu aies joie de nous.

Nous tournons avec le chœur des princes du ciel,
avec même ronde, même cadence, même ardeur
que ceux à qui tu as dit sur la terre :

“Vous dont l'esprit meut le troisième ciel*”,
et nous sommes si pleins d'amour, que pour te plaire
un peu de halte ne sera pas moins doux. »

Après que mes yeux se furent offerts,
révérents, à ma dame, et qu'elle
les eut rendus contents et assurés,

ils se tournèrent vers la lumière qui avait tant
promis, et « Ah, qui êtes-vous ? » leur dit
ma voix emplie de grande affection.

Et je la vis se faire plus grande et s'aviver
par allégresse nouvelle, qui s'ajouta,
quand je parlai, à son allégresse !

Ainsi faite, elle dit : « Le monde m'a eu
en bas, pour peu de temps ; si j'étais resté plus,
de grands maux adviendront, qui n'auraient pas été*.

Ma joie me tient caché à toi,
elle rayonne alentour et me dérobe,
comme un animal vêtu de sa soie.

Tu m'as beaucoup aimé*, et tu avais raison ;
car si j'étais resté sur terre, je t'aurais montré
bien plus que le feuillage de mon amour.

Cette rive gauche* que baigne le Rhône
puis qui se mêle avec la Sorgue,
m'attendait, le temps venu, pour son seigneur ;

comme la corne d'Ausonie*, où sont les forts
de Bari, de Gaète et de Catona,
où Tronto et Verde débouchent dans la mer.

Déjà brillait sur mon front la couronne
du pays qu'arrose le Danube,
quand il a quitté les rives allemandes*.

E la bella Trinacria, che caliga
tra Pachino e Peloro, sopra 'l golfo
che riceve da Euro maggior briga,
non per Tifeo ma per nascente solfo,
attesi avrebbe li suoi regi ancora,
nati per me di Carlo e di Ridolfo,
se mala segnoria, che sempre accora
li popoli suggetti, non avesse
mosso Palermo a gridar : "Mora, mora!".
E se mio frate questo antivedesse,
l'avara povertà di Catalogna
già fuggeria, perché non li offendesse;
ché veramente proveder bisogna
per lui, o per altrui, sí ch'a sua barca
carcata piú d'incarco non si pogna.
La sua natura, che di larga parca
discese, avria mestier di tal milizia
che non curasse di mettere in arca. »
« Però ch'i' credo che l'alta letizia
che 'l tuo parlar m'infonde, segnor mio,
là 've ogne ben si termina e s'inizia,
per te si veggia come la vegg' io,
grata m'è piú; e anco quest' ho caro
perché 'l discerni rimirando in Dio.
Fatto m'hai lieto, e cosí mi fa chiaro,
poi che, parlando, a dubitar m'hai mosso
com' esser può, di dolce seme, amaro. »
Questo io a lui; ed elli a me : « S'io posso
mostrarti un vero, a quel che tu dimandi
terrai lo viso come tien lo dosso.
Lo ben che tutto il regno che tu scandi
volge e contenta, fa esser virtute
sua provedenza in questi corpi grandi.
E non pur le nature provedute
sono in la mente ch'è da sé perfetta,
ma esse insieme con la lor salute :
per che quantunque quest' arco saetta
disposto cade a proveduto fine,
sí come cosa in suo segno diretta.

Et la belle Trinacrie*, qu'enfume,
de Pachino à Peloro, au bord du golfe
qui est le plus tourmenté par l'Eurus,
non pas Typhée* mais le soufre naissant,
aurait attendu encore ses rois
issus par moi de Charles et de Rodophe,
si le mauvais gouvernement, qui blesse toujours
les peuples asservis, n'avait amené
Palerme* à crier : "Qu'il meure, qu'il meure !".
Et si mon frère pouvait le prévoir,
il fuirait déjà l'avare pauvreté
de Catalogne*, pour ne pas en être offensé ;
car vraiment il faudra qu'il pourvoie,
lui, ou un autre, à ne pas charger davantage
sa barque, qui est déjà bien trop chargée.
Sa nature, issue avare de nature large,
aurait besoin d'une milice
qui pense moins à remplir ses coffres*. »
« Parce que je crois que la haute joie
que ton parler me donne, mon cher seigneur,
là où tout bien se termine et commence,
est vue par toi en Dieu comme je la vois,
elle m'est plus chère ; et il m'est cher encore
que tu la voies en regardant en Dieu.
Tu m'as rendu joyeux, rends-moi clair à présent,
car tu m'as porté en parlant à douter
comment de douce graine peut naître un fruit amer. »
Je lui parlai ainsi, et lui : « Si je peux te montrer
une vérité, à ce que tu demandes
tu tourneras la face, et non plus le dos.
Le bien qui meut et réjouit le royaume
entier que tu gravis, fait que sa providence,
dans ces grands corps, devient vertu active.
Et non seulement sont prévues les natures
dans la pensée qui en soi est parfaite,
mais leur salut y est prévu aussi :
ainsi tout ce que l'arc décoche
tombe à terre ordonné pour une fin prévue,
comme une flèche qui vole vers sa cible.

Se ciò non fosse, il ciel che tu cammine
producerebbe sí li suoi effetti,
che non sarebbero arti, ma ruine;
e ciò esser non può, se li 'ntelletti
che muovon queste stelle non son manchi,
e manco il primo, che non li ha perfetti.
Vuo' tu che questo ver piú ti s'imbianchi? ».
E io : « Non già; ché impossibil veggio
che la natura, in quel ch'è uopo, stanchi. »
Ond' elli ancora : « Or dí : sarebbe il peggio
per l'omo in terra, se non fosse cive? ».
« Sí », rispuos'io; « e qui ragion non cheggio ».
« E puot' elli esser, se giú non si vive
diversamente per diversi offici?
Non, se 'l maestro vostro ben vi scrive. »
Sí venne deducendo infino a quici;
poscia conchiuse : « Dunque esser diverse
convien di vostri effetti le radici :
per ch'un nasce Solone e altro Serse,
altro Melchisedèch e altro quello
che, volando per l'aere, il figlio perse.
La circular natura, ch'è suggello
a la cera mortal, fa ben sua arte,
ma non distingue l'un da l'altro ostello.
Quinci addivien ch'Esaú si diparte
per seme da Iacòb; e vien Quirino
da sí vil padre, che si rende a Marte.
Natura generata il suo cammino
simil farebbe sempre a' generanti,
se non vincesse il proveder divino.
Or quel che t'era dietro t'è davanti :
ma perché sappi che di te mi giova,
un corollario voglio che t'ammanti.
Sempre natura, se fortuna trova
discorde a sé, com' ogne altra semente
fuor di sua regïon, fa mala prova.
E se 'l mondo là giú ponesse mente
al fondamento che natura pone,
seguendo lui, avria buona la gente.

Si cela n'était, le ciel que tu parcours
produirait ses effets de telle sorte
108 qu'ils ne seraient pas art, mais ruines;
et cela ne peut être, si les intelligences
qui meuvent ces étoiles ne sont défectueuses,
111 défectueux le premier, qui les a mal finis.
Veux-tu que je t'éclaire encore cette vérité? ».
Et moi : « Non; car je vois qu'il est impossible
114 que la nature se lasse, en ce qui doit être. »
Et lui encore : « Dis-moi, serait-ce pire
pour l'homme, sur terre, s'il n'était citoyen? ».
117 « Oui », dis-je; « et je n'en demande pas de raison. »
« Et cela peut-il être, si en bas on ne vit
de diverses façons, par divers offices?
120 Non, si votre maître en a bien écrit*. »
Il vint jusque-là dans ces déductions;
puis il conclut : « Donc il faut qu'en vous
123 les racines de vos œuvres soient diverses :
aussi l'un naît Solon et l'autre Xerxès*,
autre Melchisédech* et autre celui
126 qui, volant en l'air, perdit son fils.
La nature tournante, qui est le sceau
de la cire mortelle, fait bien son art,
129 mais ne distingue pas une maison de l'autre.
Il advient ainsi qu'Esaü diffère
dès la semence, de Jacob; et que Quirinus* vienne
132 d'un père si vil qu'on le donne à Mars.
La nature engendrée ferait son chemin
toujours semblable aux engendreurs
135 si ne l'emportait la prévoyance divine.
A présent, ce qui était derrière toi est devant :
mais pour que tu saches qu'être avec toi me plaît,
138 je veux t'orner d'un corollaire.
La nature, si elle rencontre une fortune
qui discorde d'elle, comme toute semence
141 hors de sa région, réussit toujours mal.
Et si le monde là-bas avait égard
au fondement que pose la nature,
144 et le suivait, il aurait de bons habitants.

Ma voi torcete a la religïone
tal che fia nato a cignersi la spada,
e fate re di tal ch'è da sermone;
onde la traccia vostra è fuor di strada. »

Mais vous tordez à la religion
tel qui est né pour ceindre l'épée,
et faites roi tel qui devrait prêcher ;
148 c'est pourquoi vos pas sont hors du chemin. »

CANTO IX

Da poi che Carlo tuo, bella Clemenza,
m'ebbe chiarito, mi narrò li 'nganni
che ricever dovea la sua semenza;
ma disse : « Taci e lascia muover li anni »;
sí ch'io non posso dir se non che pianto
giusto verrà di retro ai vostri danni.
E già la vita di quel lume santo
rivolta s'era al Sol che la rïempie
come quel ben ch'a ogne cosa è tanto.
Ahi anime ingannate e fatture empie,
che da sí fatto ben torcete i cuori,
drizzando in vanità le vostre tempie!
Ed ecco un altro di quelli splendori
ver' me si fece, e 'l suo voler piacermi
significava nel chiarir di fori.
Li occhi di Bëatrice, ch'eran fermi
sovra me, come pria, di caro assenso
al mio disio certificato fermi.
« Deh, metti al mio voler tosto compenso,
beato spirto », dissi, « e fammi prova
ch'i' possa in te refletter quel ch'io penso! ».
Onde la luce che m'era ancor nova,
del suo profondo, ond' ella pria cantava,
seguette come a cui di ben far giova :
« In quella parte de la terra prava
italica che siede tra Rïalto
e le fontane di Brenta e di Piava,

CHANT IX

Ciel de Vénus. Prophétie de Charles Martel. Prophétie de Cunizza da Romano. Folquet de Marseille, poète amoureux. Éclat de Raab de Jéricho. Malédiction des papes.

Après que ton Charles, belle Clémence*,
m'eut éclairé, il me conta les trahisons
que devait recevoir sa descendance;
mais il dit : « Tais-toi, et laisse passer les ans »;
je ne peux donc rien dire, sinon
qu'un juste pleur suivra votre infortune*.
Et déjà la vie de cette lumière sainte
s'était tournée au soleil qui la comble
comme au bien qui suffit à toute chose.
Ah ! âmes trompées, créatures impies,
qui détournez vos cœurs d'un pareil bien,
dressant le front vers des vanités!
Et voici qu'une autre de ces splendeurs
venait vers moi, en signifiant
par sa clarté qu'elle voulait me plaire.
Les yeux de Béatrice, qui étaient, comme avant,
fixés sur moi, me donnèrent l'assurance
d'un doux assentiment à mon désir.
« Ah! réponds vite à mon vouloir,
esprit heureux », dis-je, « donne-moi la preuve
que je peux refléter ma pensée en toi. »
Alors la lumière, qui m'était encore inconnue,
de sa profondeur, là d'où elle chantait*,
reprit, comme qui est content de bien faire :
« Dans cette région de la terre dépravée*
d'Italie qui s'étend entre Rialto
et les sources de la Brenta et du Piave

si leva un colle, e non surge molt' alto,
là onde scese già una facella
che fece a la contrada un grande assalto.
D'una radice nacqui e io ed ella:
Cunizza fui chiamata, e qui refulgo
perché mi vinse il lume d'esta stella;
ma lietamente a me medesma indulgo
la cagion di mia sorte, e non mi noia;
che parria forse forte al vostro vulgo.
Di questa luculenta e cara gioia
del nostro cielo che piú m'è propinqua,
grande fama rimase; e pria che moia,
questo centesimo anno ancor s'incinqua:
vedi se far si dee l'omo eccellente,
sí ch'altra vita la prima relinqua.
E ciò non pensa la turba presente
che Tagliamento e Adice richiude,
né per esser battuta ancor si pente;
ma tosto fia che Padova al palude
cangerà l'acqua che Vincenza bagna,
per essere al dover le genti crude;
e dove Sile e Cagnan s'accompagna,
tal signoreggia e va con la testa alta,
che già per lui carpir si fa la ragna.
Piangerà Feltro ancora la difalta
de l'empio suo pastor, che sarà sconcia
sí, che per simil non s'entrò in malta.
Troppo sarebbe larga la bigoncia
che ricevesse il sangue ferrarese,
e stanco chi 'l pesasse a oncia a oncia,
che donerà questo prete cortese
per mostrarsi di parte; e cotai doni
conformi fieno al viver del paese.
Sú sono specchi, voi dicete Troni,
onde refulge a noi Dio giudicante;
sí che questi parlar ne paion buoni ».
Qui si tacette; e fecemi sembiante
che fosse ad altro volta, per la rota
in che si mise com' era davante.

s'élève une colline, qui n'est pas très haute,
d'où descendit jadis une torche
qui dévasta cette contrée*.
Nous naquîmes elle et moi de même racine :
Cunizza* fut mon nom, et je brille ici
parce que me vainquit le feu de cette étoile ;
mais je pardonne joyeusement à moi-même
la cause de mon sort, et ne regrette rien,
ce qui paraîtrait étrange au vulgaire.
De ce lumineux et précieux joyau*
de notre ciel qui m'est le plus voisin
grande gloire est restée ; et avant qu'elle meure,
après ce siècle cinq autres viendront :
vois si l'homme doit se rendre excellent
pour qu'une autre vie suive la première.
C'est à quoi ne songe pas la tourbe présente,
que Tagliamento et Adige enclosent*,
et bien qu'elle soit battue elle ne se repent pas ;
mais bientôt Padoue* viendra aux marais
et changera l'eau qui baigne Vicence,
puisque ses habitants sont rétifs au devoir ;
et là où Sile et Cagnan s'unissent*,
tel fait le seigneur et va la tête haute
quand déjà s'ourdit la toile pour le prendre.
Feltre* aussi pleurera la faute
de son pasteur impie, qui sera si affreuse
que jamais on n'entra pour une semblable en malte*.
Le baquet devrait être trop vaste
qui recevrait le sang des Ferrarais,
trop las qui pèserait, once à once,
le sang que livrera ce prêtre courtois*
pour se montrer bon partisan ; et de tels dons
seront conformes aux mœurs de ce pays.
Là-haut sont des miroirs que vous appelez Trônes*,
où pour nous resplendit Dieu qui juge ;
c'est pourquoi ces paroles nous semblent bonnes. »
Elle se tut alors, et me fit comprendre
qu'elle était déjà tournée vers autre chose,
en reprenant sa place dans la ronde.

L'altra letizia, che m'era già nota
per cara cosa, mi si fece in vista
qual fin balasso in che lo sol percuota.
Per letiziar là sú fulgor s'acquista,
sí come riso qui; ma giú s'abbuia
l'ombra di fuor, come la mente è trista.
« Dio vede tutto, e tuo veder s'inluia »,
diss' io, « beato spirto, sí che nulla
voglia di sé a te puot' esser fuia.
Dunque la voce tua, che 'l ciel trastulla
sempre col canto di quei fuochi pii
che di sei ali facen la coculla,
perché non satisface a' miei disii?
Già non attendere' io tua dimanda,
s'io m'intuassi, come tu t'inmii ».
« La maggior valle in che l'acqua si spanda »,
incominciaro allor le sue parole,
« fuor di quel mar che la terra inghirlanda,
tra' discordanti liti contra 'l sole
tanto sen va, che fa meridïano
là dove l'orizzonte pria far suole.
Di quella valle fu' io litorano
tra Ebro e Macra, che per cammin corto
parte lo Genovese dal Toscano.
Ad un occaso quasi e ad un orto
Buggea siede e la terra ond' io fui,
che fé del sangue suo già caldo il porto.
Folco mi disse quella gente a cui
fu noto il nome mio; e questo cielo
di me s'imprenta, com' io fe' di lui;
ché piú non arse la figlia di Belo,
noiando e a Sicheo e a Creusa,
di me, infin che si convenne al pelo;
né quella Rodopëa che delusa
fu da Demofoonte, né Alcide
quando Iole nel core ebbe rinchiusa.
Non però qui si pente, ma si ride,
non de la colpa, ch'a mente non torna,
ma del valor ch'ordinò e provide.

L'autre esprit joyeux, que je connaissais
déjà pour chose précieuse, se fit à ma vue
pareil à un rubis que le soleil frappe.

Là-haut la splendeur s'acquiert par la joie
comme ici le rire ; mais en bas s'obscurcit
l'ombre au-dehors, lorsque l'esprit est triste.

« Dieu voit tout, et ta vue entre en lui »,
dis-je, « esprit heureux, si bien que nul désir
ne peut se dérober à toi.

Pourquoi donc ta voix, qui réjouit le ciel
toujours avec le chant de ces flammes pieuses
qui font un capuchon de leurs six ailes*,

pourquoi ne comble-t-elle pas mes désirs ?
Certes je n'attendrais pas tes questions
si je voyais en toi, comme tu vois en moi* ! »

« La plus grande vallée, où l'eau se répand »,
ainsi commença son discours,
« hors de cette mer qui embrasse la terre,

s'en va si loin, entre bords discordants
contre le soleil, qu'elle fait le méridien
là où elle faisait d'abord l'horizon*.

Je fus riverain de cette vallée
entre Ebro et Macra, qui dans sa course brève
sépare le Génois du Toscan*.

Presque au même couchant et au même levant
se trouvent Bougie et la terre d'où je viens,
qui jadis échauffa le port de son sang*.

Folquet* m'appelèrent ces gens à qui
mon nom fut connu, et ce ciel
s'empreint de moi, comme je fis de lui ;

car la fille de Belus* ne brûla pas plus fort
en offensant Creüse et Sichée
que moi, pour le temps qu'il convint à mon âge ;

ni cette Rhodopée* qui fut trompée
par Démophonte, ni Alcide*,
quand il tenait Iole enfermée dans son cœur.

Ici pourtant on ne se repent pas ; on rit,
non pour la faute, qui ne revient pas à la mémoire,
mais pour la valeur qui ordonne et pourvoit.

Qui si rimira ne l'arte ch'addorna
cotanto affetto, e discernesi 'l bene
per che 'l mondo di sú quel di giú torna.
Ma perché tutte le tue voglie piene
ten porti che son nate in questa spera,
procedere ancor oltre mi convene.
Tu vuo' saper chi è in questa lumera
che qui appresso me cosí scintilla
come raggio di sole in acqua mera.
Or sappi che là entro si tranquilla
Raab; e a nostr' ordine congiunta,
di lei nel sommo grado si sigilla.
Da questo cielo, in cui l'ombra s'appunta
che 'l vostro mondo face, pria ch'altr' alma
del trïunfo di Cristo fu assunta.
Ben si convenne lei lasciar per palma
in alcun cielo de l'alta vittoria
che s'acquistò con l'una e l'altra palma,
perch' ella favorò la prima gloria
di Iosüè in su la Terra Santa,
che poco tocca al papa la memoria.
La tua città, che di colui è pianta
che pria volse le spalle al suo fattore
e di cui è la 'nvidia tanto pianta,
produce e spande il maladetto fiore
c'ha disvïate le pecore e li agni,
però che fatto ha lupo del pastore.
Per questo l'Evangelio e i dottor magni
son derelitti, e solo ai Decretali
si studia, sí che pare a' lor vivagni.
A questo intende il papa e' cardinali;
non vanno i lor pensieri a Nazarette,
là dove Gabrïello aperse l'ali.
Ma Vaticano e l'altre parti elette
di Roma che son state cimitero
a la milizia che Pietro seguette,
tosto libere fien de l'avoltero ».

Ici on contemple l'art qu'embellit
un tel amour, et on distingue le bien
par quoi le monde haut meut le monde bas.
Mais afin que pour toi soient comblés
tous les désirs qui sont nés dans cette sphère,
il me convient d'aller encore plus loin.
Tu veux savoir qui est dans cette lumière
qui scintille si fort à côté de moi,
comme rayon de soleil en eau pure.
Sache que là-dedans goûte la paix
Rahab*; elle s'est jointe à notre ordre
qui reçoit d'elle sa marque la plus haute.
Par ce ciel, où s'amenuise l'ombre
qui vient de votre monde*, elle fut élevée
avant tout autre âme au triomphe du Christ.
Il convenait de la mettre en un ciel
comme palme de la haute victoire
qu'il acquit grâce à l'une et l'autre paume*,
car elle aida la première gloire
de Josué* en Terre Sainte,
qui touche peu la mémoire du pape.
Ta ville, qui est rejeton de celui*
qui le premier tourna le dos à son auteur,
et dont l'envie a causé tant de larmes,
produit et répand la fleur maudite*
qui a dévoyé agneaux et brebis,
car elle a fait un loup du berger.
Aussi l'Évangile et les grands docteurs
sont délaissés, les seules décrétales*
sont à l'étude, comme on voit à leurs marges.
Papes et cardinaux n'ont qu'elles en tête;
leurs pensées ne vont pas à Nazareth,
là où Gabriel ouvrit les ailes.
Mais le Vatican et les autres hauts lieux
de Rome, qui ont été le cimetière
de la milice que Pierre a suivie,
seront bientôt libres de l'adultère*. »

CANTO X

Guardando nel suo Figlio con l'Amore
che l'uno e l'altro etternalmente spira,
lo primo e ineffabile Valore

quanto per mente e per loco si gira
con tant' ordine fé, ch'esser non puote
sanza gustar di lui chi ciò rimira.

Leva dunque, lettore, a l'alte rote
meco la vista, dritto a quella parte
dove l'un moto e l'altro si percuote;

e lí comincia a vagheggiar ne l'arte
di quel maestro che dentro a sé l'ama,
tanto che mai da lei l'occhio non parte.

Vedi come da indi si dirama
l'oblico cerchio che i pianeti porta,
per sodisfare al mondo che li chiama.

Che se la strada lor non fosse torta,
molta virtú nel ciel sarebbe in vano,
e quasi ogne potenza qua giú morta;

e se dal dritto piú o men lontano
fosse 'l partire, assai sarebbe manco
e giú e sú de l'ordine mondano.

Or ti riman, lettor, sovra 'l tuo banco,
dietro pensando a ciò che si preliba,
s'esser vuoi lieto assai prima che stanco.

Messo t'ho innanzi : omai per te ti ciba;
ché a sé torce tutta la mia cura
quella materia ond' io son fatto scriba.

CHANT X

Ciel de Vénus. L'admirable architecture du monde. *Quatrième ciel : le ciel du Soleil.* Les esprits inspirés de sagesse. Thomas d'Aquin montre les onze sages de la première couronne (théologiens et philosophes).

Regardant* en son fils avec l'Amour
que l'un et l'autre éternellement inspirent,
la Puissance première et ineffable
fit tout ce qui se meut par l'esprit et l'espace
avec tant d'ordre, que ceux qui le regardent
ne peuvent rester sans jouir de lui.
Lève donc, lecteur, avec moi, la vue
vers les hautes sphères, droit vers ce côté
où les deux mouvements s'entrechoquent* ;
et là, commence à te complaire dans l'art
de ce maître qui l'aime tant en lui-même
qu'il n'en détourne jamais le regard.
Vois comment se détache de ce point
le cercle oblique* où tournent les planètes
pour contenter le monde qui a besoin d'elles.
Car si leur voie n'était pas inclinée*,
bien des vertus dans le ciel seraient vaines,
et presque toute puissance, ici-bas, serait morte ;
et si l'écart du droit chemin
était plus ou moins grand, l'ordre du monde
en haut comme en bas, serait défaillant*.
Reste à présent, lecteur, sur ton banc,
en pensant à ce dont tu as l'avant-goût,
si tu veux une joie qui surpasse ta peine.
Je t'ai servi ; à présent nourris-toi par toi-même ;
cette matière dont je suis le scribe
demande pour soi tout mon soin.

Lo ministro maggior de la natura,
che del valor del ciel lo mondo imprenta
e col suo lume il tempo ne misura,
con quella parte che sú si rammenta
congiunto, si girava per le spire
in che piú tosto ognora s'appresenta;
e io era con lui; ma del salire
non m'accors' io, se non com' uom s'accorge,
anzi 'l primo pensier, del suo venire.
È Bëatrice quella che sí scorge
di bene in meglio, sí subitamente
che l'atto suo per tempo non si sporge.
Quant' esser convenia da sé lucente
quel ch'era dentro al sol dov' io entra'mi,
non per color, ma per lume parvente!
Perch' io lo 'ngegno e l'arte e l'uso chiami,
sí nol direi che mai s'imaginasse;
ma creder puossi e di veder si brami.
E se le fantasie nostre son basse
a tanta altezza, non è maraviglia;
ché sopra 'l sol non fu occhio ch'andasse.
Tal era quivi la quarta famiglia
de l'alto Padre, che sempre la sazia,
mostrando come spira e come figlia.
E Bëatrice cominciò: « Ringrazia,
ringrazia il Sol de li angeli, ch'a questo
sensibil t'ha levato per sua grazia ».
Cor di mortal non fu mai sí digesto
a divozione e a rendersi a Dio
con tutto 'l suo gradir cotanto presto,
come a quelle parole mi fec' io;
e sí tutto 'l mio amore in lui si mise,
che Bëatrice eclissò ne l'oblio.
Non le dispiacque, ma sí se ne rise,
che lo splendor de li occhi suoi ridenti
mia mente unita in piú cose divise.
Io vidi piú folgór vivi e vincenti
far di noi centro e di sé far corona,
piú dolci in voce che in vista lucenti:

Le plus grand ministre de la nature
qui empreint le monde des vertus du ciel
et nous mesure le temps par sa lumière,

arrivé au point que j'ai dit plus haut*
tournait à travers les spirales
où il apparaît chaque jour plus tôt;

et j'étais avec lui; mais je ne m'aperçus
de la montée que comme on s'aperçoit,
ayant une pensée, de sa venue.

Béatrice est celle qui conduit ainsi
de mieux en mieux, et si soudainement,
que son acte n'entre pas dans le temps.

Combien devait briller par soi-même
ce qui était dans le soleil où je pénétrai,
visible non par la couleur, mais par l'éclat !

En appelant l'intelligence et l'art et l'expérience,
je ne saurais le rendre imaginable ;
mais le croire est possible, et qu'on désire le voir.

Et si nos imaginations sont basses
pour de telles hauteurs, cela n'est pas merveille :
car jamais œil n'a vu au-delà du soleil.

Telle était en ce lieu la quatrième famille*
du Père souverain, qui la comble toujours,
montrant comme il souffle et comme il engendre.

Béatrice commença : « Rends grâce,
rends grâce au Soleil des anges*, qui t'a fait monter
à ce soleil sensible, par sa grâce. »

Jamais cœur de mortel ne fut si disposé
à la dévotion, ni aussi prompt
à se rendre à Dieu de tout son gré

que je devins à ces paroles,
et mon amour se mit en lui si fort
qu'il éclipsa Béatrice dans l'oubli.

Elle n'en fut pas blessée, mais elle rit,
et la splendeur de ses yeux riants
divisa en morceaux mon âme unie.

Je vis plusieurs feux vifs et fulgurants
nous prendre pour centre et se mettre en couronne,
plus doux à la voix que brillants à la vue ;

così cinger la figlia di Latona
vedem talvolta, quando l'aere è pregno,
sí che ritenga il fil che fa la zona.
Ne la corte del cielo, ond' io rivegno,
si trovan molte gioie care e belle
tanto che non si posson trar del regno;
e 'l canto di quei lumi era di quelle;
chi non s'impenna sí che là sú voli,
dal muto aspetti quindi le novelle.
Poi, sí cantando, quelli ardenti soli
si fuor girati intorno a noi tre volte,
come stelle vicine a' fermi poli,
donne mi parver, non da ballo sciolte,
ma che s'arrestin tacite, ascoltando
fin che le nove note hanno ricolte.
E dentro a l'un senti' cominciar : « Quando
lo raggio de la grazia, onde s'accende
verace amore e che poi cresce amando,
multiplicato in te tanto resplende,
che ti conduce su per quella scala
u' sanza risalir nessun discende;
qual ti negasse il vin de la sua fiala
per la tua sete, in libertà non fora
se non com' acqua ch'al mar non si cala.
Tu vuo' saper di quai piante s'infiora
questa ghirlanda che 'ntorno vagheggia
la bella donna ch'al ciel t'avvalora.
Io fui de li agni de la santa greggia
che Domenico mena per cammino
u' ben s'impingua se non si vaneggia.
Questi che m'è a destra piú vicino,
frate e maestro fummi, ed esso Alberto
è di Cologna, e io Thomas d'Aquino.
Se sí di tutti li altri esser vuo' certo,
di retro al mio parlar ten vien col viso
girando su per lo beato serto.
Quell'altro fiammeggiare esce del riso
di Grazïan, che l'uno e l'altro foro
aiutò sí che piace in paradiso.

telle nous voyons parfois la fille de Latone*
s'auréoler quand l'air humide
retient le fil qui forme sa ceinture.

Dans la cour du ciel, d'où je reviens,
se trouvent des joyaux si précieux et si beaux
qu'on ne peut les porter hors du royaume;

tels étaient les chants de ces lumières;
qui n'a pas d'ailes pour y voler
peut attendre les nouvelles d'un muet*.

Lorsque, chantant ainsi, ces ardents soleils
eurent tourné trois fois autour de nous,
comme étoiles proches des pôles fixes,

ils semblèrent dames non déliées de la danse,
mais s'arrêtant, en silence, à l'écoute,
pour recueillir le son des notes nouvelles.

J'entendis commencer en l'un d'eux* : « Quand
le rayon de la grâce, d'où s'allume
le vrai amour qui grandit en aimant,

multiplié en toi, resplendit tant
qu'il te conduit en haut par cette échelle
qu'on ne descend pas sans la remonter,

qui te refuserait le vin de sa fiole
pour ta soif, ne serait pas plus libre
qu'une eau qui ne coule pas vers la mer.

Tu veux savoir de quelles plantes est fleurie
la guirlande qui entoure doucement
la belle dame qui te rend digne du ciel.

Je fus l'un des agneaux du saint troupeau*
que Dominique mène sur un chemin
où l'on s'engraisse bien*, à moins qu'on déraisonne.

Celui-ci, qui m'est à droite le plus proche,
fut mon frère et mon maître, et c'est Albert* ;
il est de Cologne, et moi, Thomas, d'Aquin*.

Si tu veux connaître tous les autres,
viens derrière mon discours, en tournant à mesure
ton regard vers l'heureuse couronne.

Cette autre flamme sort du rire
de Gratien*, qui fut si précieux
à l'une et l'autre loi, qu'il plaît en paradis.

L'altro ch'appresso addorna il nostro coro,
quel Pietro fu che con la poverella
offerse a Santa Chiesa suo tesoro.

La quinta luce, ch'è tra noi piú bella,
spira di tale amor, che tutto 'l mondo
là giú ne gola di saper novella:

entro v'è l'alta mente u' sí profondo
saver fu messo, che, se 'l vero è vero,
a veder tanto non surse il secondo.

Appresso vedi il lume di quel cero
che giú in carne piú a dentro vide
l'angelica natura e 'l ministero.

Ne l'altra piccioletta luce ride
quello avvocato de' tempi cristiani
del cui latino Augustin si provide.

Or se tu l'occhio de la mente trani
di luce in luce dietro a le mie lode,
già de l'ottava con sete rimani.

Per vedere ogne ben dentro vi gode
l'anima santa che 'l mondo fallace
fa manifesto a chi di lei ben ode.

Lo corpo ond' ella fu cacciata giace
giuso in Cieldauro; ed essa da martiro
e da essilio venne a questa pace.

Vedi oltre fiammeggiar l'ardente spiro
d'Isidoro, di Beda e di Riccardo,
che a considerar fu piú che viro.

Questi onde a me ritorna il tuo riguardo,
é 'l lume d'uno spirto che 'n pensieri
gravi a morir li parve venir tardo:

essa è la luce etterna di Sigieri,
che, leggendo nel Vico de li Strami,
silogizzò invidïosi veri ».

Indi, come orologio che ne chiami
ne l'ora che la sposa di Dio surge
a mattinar lo sposo perché l'ami,

che l'una parte e l'altra tira e urge,
tin tin sonando con sí dolce nota,
che 'l ben disposto spirto d'amor turge;

L'autre à côté qui orne notre chœur
fut ce Pierre* qui comme la pauvre femme
offrit son trésor à la sainte Église.
La cinquième lumière*, qui est la plus belle,
respire un tel amour, que le monde entier
là-bas sur terre en désire les nouvelles :
en elle se tient le haut esprit où fut placé
un si profond savoir que si le vrai est vrai,
un autre n'est pas né qui voie autant.
A côté tu vois la lumière de ce cierge
qui en bas dans sa chair a vu le plus à fond
la nature des anges et leur ministère*.
Plus loin, dans la petite lumière,
rit cet avocat des temps chrétiens
dont le latin servit à Augustin*.
A présent si les yeux de ton esprit se portent
de lumière en lumière en suivant mes louanges,
tu sens déjà la soif de la huitième.
Dans la vue de tout bien s'y réjouit
l'âme sainte* qui rend manifeste,
à qui l'entend, le monde mensonger.
Le corps dont elle fut chassée repose
là-bas au Ciel d'Or : et elle vint
de martyre et d'exil à cette paix.
Vois plus loin briller l'esprit ardent
d'Isidore, de Bède et de Richard*,
qui fut plus qu'homme en contemplation.
Celui-ci, d'où ton regard revient vers moi,
est le feu d'un esprit aux si graves pensées
qu'il trouva que la mort était lente à venir :
c'est la lumière éternelle de Sigier*
qui, enseignant dans la rue du Fouarre,
syllogisa des vérités qui lui firent tort*.
Puis, comme une horloge qui nous appelle,
à l'heure où se lève l'épouse de Dieu*
pour faire matine à son époux afin qu'il l'aime,
tandis qu'une pièce tire et pousse l'autre,
sonnant et tintant en notes si douces
que l'esprit préparé se gonfle d'amour;

cosí vid' ïo la gloriosa rota
muoversi e render voce a voce in tempra
e in dolcezza ch'esser non pò nota
148 se non colà dove gioir s'insempra.

je vis ainsi la roue glorieuse
se mouvoir et accorder ses voix
dans une douceur qu'on ne peut connaître
sinon là où la joie joue pour toujours*.

CANTO XI

O insensata cura de' mortali,
quanto son difettivi silogismi
quei che ti fanno in basso batter l'ali!
Chi dietro a *iura* e chi ad amforismi
sen giva, e chi seguendo sacerdozio,
e chi regnar per forza o per sofismi,
e chi rubare e chi civil negozio,
chi nel diletto de la carne involto
s'affaticava e chi si dava a l'ozio,
quando, da tutte queste cose sciolto,
con Bëatrice m'era suso in cielo
cotanto glorïosamente accolto.
Poi che ciascuno fu tornato ne lo
punto del cerchio in che avanti s'era,
fermossi, come a candellier candelo.
E io senti' dentro a quella lumera
che pria m'avea parlato, sorridendo
incominciar, faccendosi piú mera :
« Cosí com' io del suo raggio resplendo,
sí, riguardando ne la luce etterna,
li tuoi pensieri onde cagioni apprendo.
Tu dubbi, e hai voler che si ricerna
in sí aperta e 'n sí distesa lingua
lo dicer mio, ch'al tuo sentir si sterna,
ove dinanzi dissi : "U' ben s'impingua",
e là u' dissi : "Non nacque il secondo";
e qui è uopo che ben si distingua.

CHANT XI

Ciel du Soleil. Vanités des soucis terrestres et bonheur céleste. Doutes de Dante, devinés et formulés par saint Thomas. Saint Thomas fait l'éloge de saint François d'Assise et déplore la décadence de l'ordre dominicain.

O souci insensé des mortels,
quels syllogismes* défectueux
te font voler si bas des ailes!
Qui suivait le Droit, qui les aphorismes*,
qui à la recherche d'un sacerdoce,
qui à régner par force et par sophismes,
qui à voler, qui aux négoces,
qui tout enfermé dans le plaisir de chair
se fatiguait et qui se donnait à l'oisiveté,
tandis que, libéré de tous ces fardeaux,
j'étais en haut, au ciel, avec Béatrice,
accueilli de façon si glorieuse.
Lorsque chaque feu fut revenu au point
du cercle où il était auparavant,
il s'arrêta, comme chandelle au chandelier.
Et j'entendis, dans cette lumière
qui m'avait parlé tout d'abord*, commencer ainsi,
en souriant, et devenant plus claire :
« Comme je resplendis en son rayon,
ainsi, en regardant la lumière éternelle,
j'apprends la source de tes pensées.
Tu doutes, et tu voudrais que se précise
mon dire, en langage clair et explicite,
pour qu'il s'aplanisse à ton intelligence,
là où j'ai dit : "Où l'on s'engraisse bien*"
et où j'ai dit : "Un autre n'est pas né*" ;
et ici il faut bien distinguer.

La provedenza, che governa il mondo
con quel consiglio nel quale ogne aspetto
creato è vinto pria che vada al fondo,

però che andasse ver' lo suo diletto
la sposa di colui ch'ad alte grida
disposò lei col sangue benedetto,

in sé sicura e anche a lui piú fida,
due principi ordinò in suo favore,
che quinci e quindi le fosser per guida.

L'un fu tutto serafico in ardore;
l'altro per sapïenza in terra fue
di cherubica luce uno splendore.

De l'un dirò, però che d'amendue
si dice l'un pregiando, qual ch'om prende,
perch' ad un fine fur l'opere sue.

Intra Tupino e l'acqua che discende
del colle eletto dal beato Ubaldo,
fertile costa d'alto monte pende,

onde Perugia sente freddo e caldo
da Porta Sole; e di rietro le piange
per grave giogo Nocera con Gualdo.

Di questa costa, là dov' ella frange
piú sua rattezza, nacque al mondo un sole,
come fa questo talvolta di Gange.

Però chi d'esso loco fa parole,
non dica Ascesi, ché direbbe corto,
ma Orïente, se proprio dir vuole.

Non era ancor molto lontan da l'orto,
ch'el cominciò a far sentir la terra
de la sua gran virtute alcun conforto;

ché per tal donna, giovinetto, in guerra
del padre corse, a cui, come a la morte,
la porta del piacer nessun diserra;

e dinanzi a la sua spirital corte
et coram patre le si fece unito;
poscia di dí in dí l'amò piú forte.

Questa, privata del primo marito,
millecent' anni e piú dispetta e scura
fino a costui si stette sanza invito;

La providence, qui gouverne le monde
avec cette sagesse où tout regard créé
se perd avant d'arriver jusqu'au fond,
afin qu'allât vers son bien-aimé
l'épouse* de celui qui à grands cris
s'unit à elle avec son sang béni,
plus sûre d'elle et plus confiante en lui,
ordonna deux princes* en sa faveur
qui, des deux côtés, pussent être ses guides;
l'un fut tout séraphique en ardeur;
et l'autre fut par sagesse terrestre
une splendeur de lumière chérubique*.
Je parlerai de l'un, car on parle des deux
en en louant un, lequel qu'on prenne,
puisque leurs œuvres eurent une seule fin.
Entre Topino* et l'eau qui descend
de la colline élue par l'heureux Ubaldo,
une côte fertile descend d'une montagne
où Pérouse sent le chaud et le froid
par la Porte Soleil; et derrière elle pleurent
Nocera et Gualdo leur joug cruel*.
De cette côte, là où elle interrompt
sa pente, vint au monde un soleil,
comme naît parfois celui-ci du Gange*.
Mais qui nomme ce lieu ne devrait pas dire
Assise, car il dirait trop peu,
mais plutôt Orient, s'il veut parler juste.
Il n'était pas encore bien loin du levant
qu'il commençait déjà à donner à la terre
un réconfort par sa grande vertu.
Car, tout jeune, il causa la colère de son père
pour une dame* à qui, comme à la mort,
nul ne desserre la porte du plaisir;
et devant sa cour spirituelle
et *coram patre** il s'unit à elle;
puis de jour en jour il l'aima plus fort.
Celle-ci, guidée par son premier époux*,
mille cent ans et plus, dédaignée et obscure,
resta jusqu'à lui sans prétendant;

né valse udir che la trovò sicura
con Amiclate, al suon de la sua voce,
colui ch'a tutto 'l mondo fé paura;

né valse esser costante né feroce,
sí che, dove Maria rimase giuso,
ella con Cristo pianse in su la croce.

Ma perch' io non proceda troppo chiuso,
Francesco e Povertà per questi amanti
prendi oramai nel mio parlar diffuso.

La lor concordia e i lor lieti sembianti,
amore e maraviglia e dolce sguardo
facieno esser cagion di pensier santi;

tanto che 'l venerabile Bernardo
si scalzò prima, e dietro a tanta pace
corse e, correndo, li parve esser tardo.

Oh ignota ricchezza! oh ben ferace!
Scalzasi Egidio, scalzasi Silvestro
dietro a lo sposo, sí la sposa piace.

Indi sen va quel padre e quel maestro
con la sua donna e con quella famiglia
che già legava l'umile capestro.

Né li gravò viltà di cuor le ciglia
per esser fi' di Pietro Bernardone,
né per parer dispetto a maraviglia;

ma regalmente sua dura intenzione
ad Innocenzio aperse, e da lui ebbe
primo sigillo a sua religïone.

Poi che la gente poverella crebbe
dietro a costui, la cui mirabil vita
meglio in gloria del ciel si canterebbe,

di seconda corona redimita
fu per Onorio da l'Etterno Spiro
la santa voglia d'esto archimandrita.

E poi che, per la sete del martiro,
ne la presenza del Soldan superba
predicò Cristo e li altri che 'l seguiro,

e per trovare a conversione acerba
troppo la gente e per non stare indarno,
redissi al frutto de l'italica erba,

peu servit de savoir qu'auprès d'Amyclas*
celui qui faisait peur au monde entier
la trouva tranquille, au son de sa voix;
peu servit qu'elle fut constante et fière,
au point que, là où Marie resta en bas,
elle souffrit avec le Christ sur la croix.
Mais pour que je poursuive de façon moins obscure,
saisis désormais dans mon parler diffus,
pour ces amants, François et Pauvreté.
Leur concorde et leurs joyeux visages,
amour et merveille et doux regards,
faisaient d'eux la cause de pensées saintes;
si bien que, le premier, Bernard le Vénérable*
se déchaussa et, derrière tant de paix
courut, et en courant, se crut trop lent.
O richesse inconnue! O bien fécond!
Egidio se déchausse, Silvestro* se déchausse
derrière l'époux, tant l'épouse leur plaît.
Puis il s'en va ce père, ce maître,
avec sa dame et avec cette famille
que déjà liait l'humble cordon*.
Ni lâcheté de cœur n'appesantit ses cils
pour être fils de Pietro Bernardone*
ni pour son aspect étrange et misérable;
mais, royalement, de sa dure intention,
il s'ouvre à Innocent*, et reçoit de lui
le premier sceau pour fonder son ordre.
Lorsque s'accrut le troupeau des pauvrets,
derrière lui dont la vie admirable
se chanterait mieux dans la gloire du ciel,
le saint désir de cet archimandrite*
fut consacré du second diadème
par les mains d'Honorius* pour l'Esprit éternel.
Et lorsqu'il eut, par sa soif du martyre,
sous le regard superbe du Sultan,
prêché le Christ et ceux qui le suivaient*,
ayant trouvé ces peuples trop rétifs
à la conversion, et pour ne pas rester en vain,
il revint au fruit de l'herbe italique,

nel crudo sasso intra Tevero e Arno
da Cristo prese l'ultimo sigillo,
che le sue membra due anni portarno.

Quando a colui ch'a tanto ben sortillo
piacque di trarlo suso a la mercede
ch'el meritò nel suo farsi pusillo,

a' frati suoi, sí com' a giuste rede,
raccomandò la donna sua piú cara,
e comandò che l'amassero a fede;

e del suo grembo l'anima preclara
mover si volle, tornando al suo regno,
e al suo corpo non volle altra bara.

Pensa oramai qual fu colui che degno
collega fu a mantener la barca
di Pietro in alto mar per dritto segno;

e questo fu il nostro patrïarca;
per che qual segue lui, com' el comanda,
discerner puoi che buone merce carca.

Ma 'l suo pecuglio di nova vivanda
è fatto ghiotto, sí ch' esser non puote
che per diversi salti non si spanda;

e quanto le sue pecore remote
e vagabunde piú da esso vanno,
piú tornano a l'ovil di latte vòte.

Ben son di quelle che temono 'l danno
e stringonsi al pastor; ma son sí poche,
che le cappe fornisce poco panno.

Or, se le mie parole non son fioche,
se la tua audïenza è stata attenta,
se ciò ch'è detto a la mente revoche,

in parte fia la tua voglio contenta,
perché vedrai la pianta onde si scheggia,
e vedra' il corrègger che argomenta
"U' ben s'impingua, se non si vaneggia"».

sur l'âpre roc entre Tibre et Arno
il reçut du Christ le dernier sceau
que ses membres portèrent pendant deux ans*.
Quand il plut à celui qui l'avait élu
à ce grand bien de le hausser à la récompense
qu'il avait méritée en se faisant petit,
à ses frères, comme à ses justes héritiers,
il recommanda sa dame la plus chère
et leur ordonna de l'aimer avec foi;
alors de son sein l'âme éblouissante
voulut partir, pour revoir son royaume,
et ne voulut pas pour son corps d'autre bière*.
Pense à présent quel a été celui qui fut
son digne compagnon pour maintenir la barque
de Pierre* en haute mer, sur une voie droite;
et celui-là fut notre patriarche;
ceux qui le suivent, comme il commande,
tu peux voir quelles bonnes denrées ils chargent.
Mais son troupeau* s'est fait si glouton
de pâture nouvelle qu'il ne peut se tenir
de se répandre sur d'autres pâturages;
et plus ses brebis s'en vont loin de lui,
vagabondes, moins elles ont de lait
quand elles reviennent au bercail.
Il en est bien qui craignent le dommage
et se serrent autour du berger; mais elles sont
si peu que peu de drap fournit toutes les capes.
A présent, si mes paroles ne sont pas confuses,
si ton écoute a été attentive,
si tu rappelles ce que j'ai dit à ton esprit,
ton désir sera en partie* satisfait,
parce que tu verras par où l'arbre s'ébranche,
et tu verras la correction qui explique
"où l'on s'engraisse bien, à moins qu'on déraisonne" ».

CANTO XII

Sí tosto come l'ultima parola
la benedetta fiamma per dir tolse,
a rotar cominciò la santa mola;
e nel suo giro tutta non si volse
prima ch'un'altra di cerchio la chiuse,
e moto a moto e canto a canto colse;
canto che tanto vince nostre muse,
nostre serene in quelle dolci tube,
quanto primo splendor quel ch'e' refuse.
Come si volgon per tenera nube
due archi paralelli e concolori,
quando Iunone a sua ancella iube,
nascendo di quel d'entro quel di fiori,
a guisa del parlar di quella vaga
ch'amor consunse come sol vapori,
e fanno qui la gente esser presaga,
per lo patto che Dio con Noè puose,
del mondo che già mai piú non s'allaga :
cosí di quelle sempiterne rose
volgiensi circa noi le due ghirlande,
e sí l'estrema a l'intima rispuose.
Poi che 'l tripudio e l'altra festa grande,
sí del cantare e sí del fiammeggiarsi
luce con luce gaudïose e blande,

CHANT XII

Ciel du Soleil. Danse et chant de la deuxième couronne des sages. Saint Bonaventure fait l'éloge de saint Dominique et déplore la décadence de l'ordre franciscain. Les onze sages de la deuxième couronne.

Aussitôt que la dernière parole
fut prononcée par la flamme bénie*,
la sainte meule se mit à tourner ;
elle n'avait pas encore achevé son tour
qu'une autre l'enferma dans son cercle,
ajustant chant à chant, danse à danse ;
chant qui surpasse autant nos muses
et nos sirènes, en ces flûtes suaves,
qu'une lumière dépasse son reflet.
Comme se ploient dans un tendre nuage
deux arcs parallèles et de couleurs semblables,
lorsque Junon envoie sa messagère*,
et de l'arc intérieur naît celui du dehors,
pareils au parler de cette errante*
qu'amour consuma, comme soleil la brume,
les gens d'ici-bas en font un présage,
par le pacte que Dieu fit avec Noé,
que le monde ne sera plus jamais inondé ;
ainsi ces roses sempiternelles
tournaient autour de nous en deux guirlandes,
et ainsi la lointaine répondit à la proche.
Lorsque la danse et l'autre grande fête
à la fois du chant et du flamboiement
de lumière en lumière joyeuse et douce

insieme a punto e a voler quetarsi,
pur come li occhi ch'al piacer che i move
conviene insieme chiudere e levarsi;
del cor de l'una de le luci nove
si mosse voce, che l'ago a la stella
parer mi fece in volgermi al suo dove;
e cominciò : « L'amor che mi fa bella
mi tragge a ragionar de l'altro duca
per cui del mio sí ben ci si favella.
Degno è che, dov'è l'un, l'altro s'induca :
sí che, com 'elli ad una militaro,
cosí la gloria loro insieme luca.
L'essercito di Cristo, che sí caro
costò a rïarmar, dietro a la 'nsegna
si movea tardo, sospeccioso e raro,
quando lo' mperador che sempre regna
provide a la milizia, ch'era in forse,
per sola grazia, non per esser degna;
e, come è detto, a sua sposa soccorse
con due campioni, al cui fare, al cui dire
lo popol disvïato si raccorse.
In quella parte ove surge ad aprire
Zefiro dolce le novelle fronde
di che si vede Europa rivestire,
non molto lungi al percuoter de l'onde
dietro a le quali, per la lunga foga,
lo sol talvolta ad ogne uom si nasconde,
siede la fortunata Calaroga
sotto la protezion del grande scudo
in che soggiace il leone e soggioga :
dentro vi nacque l'amoroso drudo
de la fede cristiana, il santo atleta
benigno a' suoi e a' nemici crudo;
e come fu creata, fu repleta
sí la sua mente di viva vertute,
che, ne la madre, lei fece profeta.
Poi che le sponsalizie fuor compiute
al sacro fonte intra lui e la Fede,
u' si dotar di mutüa salute,

s'arrêtèrent ensemble et d'un même vouloir
comme les yeux au plaisir qui les meut
se lèvent et s'abaissent ensemble;
du cœur de l'un de ces nouveaux feux
parvint une voix* qui me fit être
comme l'aiguille* à l'étoile, en me tournant vers elle.
Elle commença : « L'amour qui m'embellit
me pousse à te parler de l'autre chef*,
pour qui l'on t'a dit tant de bien du mien* ;
là où est l'un, il faut amener l'autre,
pour que brille ensemble leur gloire,
puisqu'ils ont combattu le même combat.
L'armée du Christ, qui coûta si cher
à réarmer, derrière son enseigne*,
avançait lentement, clairsemée et craintive,
lorsque l'empereur* qui règne toujours
aida la milice, qui était en péril,
par sa seule grâce, sans qu'elle en fût digne,
et, comme on t'a dit, secourut son épouse
avec deux champions; à leur faire, à leur dire
le peuple dévoyé se ravisa.
Dans la région où le zéphyr se lève
pour ouvrir doucement les feuilles nouvelles
dont on voit Europe se revêtir,
non loin de là où battent les flots
derrière lesquels, après sa longue course,
le soleil parfois se cache aux yeux des hommes,
se tient Calaruega* la fortunée
sous la protection du grand écu
où le lion est gisant et debout :
c'est là que naquit le fidèle amant
de la foi chrétienne, le saint athlète
affable aux siens, rude à ses ennemis.
Dès que son esprit fut créé,
il fut si plein de vertu vive, qu'étant encore
dans le sein de sa mère, il la rendit prophète*.
Lorsque les noces furent célébrées
à la source sacrée, entre lui et la foi,
où ils se dotèrent de mutuel salut,

la donna che per lui l'assenso diede,
vide nel sonno il mirabile frutto
ch'uscir dovea di lui e de le rede;
e perché fosse qual era in costrutto,
quinci si mosse spirito a nomarlo
del possessivo di cui era tutto.
Domenico fu detto; e io ne parlo
sí come de l'agricola che Cristo
elesse a l'orto suo per aiutarlo.
Ben parve messo e famigliar di Cristo:
ché 'l primo amor che 'n lui fu manifesto,
fu al primo consiglio che diè Cristo.
Spesse fïate fu tacito e desto
trovato in terra da la sua nutrice,
come dicesse: Io son venuto a questo'.
Oh padre suo veramente Felice!
oh madre sua veramente Giovanna,
se, interpretata, val come si dice!
Non per lo mondo, per cui mo s'affanna
di retro ad Ostïense e a Taddeo,
ma per amor de la verace manna
in picciol tempo gran dottor si feo;
tal che si mise a circüir la vigna
che tosto imbianca, se 'l vignaio è reo.
E a la sedia che fu già benigna
piú a' poveri giusti, non per lei,
ma per colui che siede, che traligna,
non dispensare o due o tre per sei,
non la fortuna di prima vacante,
non *decimas, quae sunt pauperum Dei*,
addimandò, ma contro al mondo errante
licenza di combatter per lo seme
del qual ti fascian ventiquattro piante.
Poi, con dottrina e con volere insieme,
con l'officio appostolico si mosse
quasi torrente ch'alta vena preme;
e ne li sterpi eretici percosse
l'impeto suo, piú vivamente quivi
dove le resistenze eran piú grosse.

la dame qui donna pour lui l'assentiment
vit dans son sommeil l'effet admirable
qui sortait de lui et de ses héritiers*.
Et pour que dans son nom il fût comme il était,
un esprit vint du ciel pour le nommer
par le possessif de son seigneur et maître.
Il fut dit Dominique : et moi j'en parle
comme du jardinier choisi par le Christ
pour l'assister dans son jardin.
Il fut bien messager familier du Christ,
car le premier amour qu'il manifesta
fut au premier conseil que donna le Christ.
Il fut trouvé souvent silencieux, éveillé
à terre, par sa nourrice, comme s'il disait :
« C'est pour cela seul que je suis venu. »
O son père, vraiment Félix* !
O sa mère, vraiment Jeanne* !
si l'interprétation vaut comme on le dit !
Non pour le monde, pour qui on s'essouffle aujourd'hui,
en suivant Thadée, ou le savant d'Ostie*,
mais par amour de la vraie manne
en peu de temps il devint grand docteur,
si bien qu'il se mit à veiller sur la vigne
qui sèche vite, si est mauvais le vigneron.
Et au siège qui fut jadis plus doux
aux pauvres justes, non par sa faute,
mais par celle de celui qui siège, et dégénère,
il demanda, non la dispense de deux ou trois
pour six, non le premier bénéfice vacant,
non *decimas quae sunt pauperum Dei**,
mais, contre les erreurs de ce monde,
droit de combattre pour la semence
dont vingt-quatre rameaux* t'entourent.
Puis, avec doctrine et vouloir, et avec le mandat
pontifical*, il s'élança,
comme un torrent jailli de haute source ;
et son élan frappa les ronces
hérétiques, plus vivement là
où les résistances étaient plus fortes.

Di lui si fecer poi diversi rivi
onde l'orto catolico si riga,
sí che i suoi arbuscelli stan piú vivi.

Se tal fu l'una rota de la biga
in che la Santa Chiesa si difese
e vinse in campo la sua civil briga,

ben ti dovrebbe assai esser palese
l'eccellenza de l'altra, di cui Tomma
dinanzi al mio venir fu sí cortese.

Ma l'orbita che fé la parte somma
di sua circunferenza, è derelitta,
sí ch'è la muffa dov' era la gromma.

La sua famiglia, che si mosse dritta
coi piedi a le sue orme, è tanto volta,
che quel dinanzi a quel di retro gitta;

e tosto si vedrà de la ricolta
de la mala coltura, quando il loglio
si lagnerà che l'arca li sia tolta.

Ben dico, chi cercasse a foglio a foglio
nostro volume, ancor troveria carta
u' leggerebbe "I' mi son quel ch'i' soglio";

ma non fia da Casal né d'Acquasparta,
là onde vegnon tali a la scrittura,
ch'uno la fugge e altro la coarta.

Io son la vita di Bonaventura
da Bagnoregio, che ne' grandi offici
sempre pospuosi la sinistra cura.

Illuminato e Augustin son quici,
che fuor de' primi scalzi poverelli
che nel capestro a Dio si fero amici.

Ugo da San Vittore è qui con elli,
e Pietro Mangiadore e Pietro Spano,
lo qual giú luce in dodici libelli;

Natàn profeta e 'l metropolitano
Crisostomo e Anselmo e quel Donato
ch'a la prim' arte degnò porre mano.

Rabano è qui, e lucemi dallato
il calavrese abate Giovacchino
di spirito profetico dotato.

De lui naquirent ensuite plusieurs ruisseaux
qui arrosent le jardin catholique,
et font ses arbrisseaux plus vivaces.
Si telle fut l'une des roues du char
où la Sainte Église se défendit
et vainquit au combat sa guerre civile,
à présent devrait t'être manifeste
l'excellence de l'autre, pour qui Thomas
avant ma venue, fut si courtois.
Mais le sillon que traça le sommet
de sa circonférence est abandonné,
et le moisi a remplacé le tartre*.
Sa famille, qui mettait les pas
tout droit dans ses traces, est si rompue
que ses pieds s'en vont à l'envers* ;
et bientôt on verra la récolte
du mauvais labeur, lorsque l'ivraie
se plaindra qu'on lui ferme la huche*.
Je dis bien que qui chercherait feuille à feuille
dans notre livre trouverait encore la page
où il lirait : "Je suis tel que j'étais" ;
mais ce n'est ni de Casale ni d'Acquasparta*,
d'où viennent des lecteurs de la règle
qui l'un la fuit, et l'autre la force.
Je suis la vie de saint Bonaventure*
de Bagnoreggio, qui dans les grands offices
mis toujours en second les soins de la main gauche.
Illuminato est ici, et Augustin*,
qui furent parmi les premiers pauvres déchaussés,
et devinrent amis de Dieu dans le cordon.
Hugues de Saint-Victor* est ici avec eux,
et Pierre le Mangeur, et Pietro Spano*
qui brilla sur terre en douze livres ;
Nathan prophète* et le métropolite
Chrysostome et Anselme et ce Donat*
qui mit la main au premier art.
Raban* est ici, et auprès de moi
brille l'abbé calabrais Joachim*,
qui fut doué d'esprit prophétique.

Ad inveggiar cotanto paladino
mi mosse l'infiammata cortesia
di fra Tommaso e 'l discreto latino;
e mosse meco questa compagnia. »

A émuler un si grand paladin
m'a porté la courtoisie ardente
de frère Thomas, et son clair discours ;
qui porte avec moi cette compagnie. »

CANTO XIII

Imagini, chi bene intender cupe
quel ch'i' or vidi — e ritegna l'image,
mentre ch'io dico, come ferma rupe—,
quindici stelle che 'n diverse plage
lo cielo avvivan di tanto sereno
che soperchia de l'aere ogne compage;
imagini quel carro a cu' il seno
basta del nostro cielo e notte e giorno,
sí ch'al volger del temo non vien meno;
imagini la bocca di quel corno
che si comincia in punta de lo stelo
a cui la prima rota va dintorno,
aver fatto di sé due segni in cielo,
qual fece la figliuola di Minoi
allora che sentí di morte il gelo;
e l'un ne l'altro aver li raggi suoi,
e amendue girarsi per maniera
che l'uno andasse al primo e l'altro al poi;
e avrà quasi l'ombra de la vera
costellazione e de la doppia danza
che circulava il punto dov' io era :
poi ch'è tanto di là da nostra usanza,
quanto di là dal mover de la Chiana
si move il ciel che tutti li altri avanza.
Lí si cantò non Bacco, non Peana,
ma tre persone in divina natura,
e in una persona essa e l'umana.

CHANT XIII

Ciel du Soleil. Chant et double danse des couronnes d'élus. Saint Thomas résout les doutes de Dante sur la sagesse comparée d'Adam, de Jésus et de Salomon. Causes de l'inégalité des âmes.

Qu'il imagine, celui qui veut comprendre*
ce que je vis alors – et qu'il garde l'image
tant que je parle, comme un roc –,
quinze étoiles, en divers points du ciel,
qui l'avivaient d'une telle clarté
qu'elle dissipe toute épaisseur de l'air ;
qu'il imagine le char à qui l'espace
de notre ciel suffit nuit et jour,
et qui ne s'efface pas quand tourne son timon ;
qu'il imagine la bouche de ce cor
qui commence à la pointe de l'axe
autour de qui tourne la roue première,
ayant formé deux signes dans le ciel
comme les fit la fille de Minos*
lorsqu'elle sentit la glace de la mort ;
qu'il imagine que l'un a ses rayons dans l'autre,
et qu'ils tournent tous deux de telle manière,
que l'un aille en avant, l'autre en arrière ;
alors il aura presque une ombre de la vraie
constellation et de la double danse
qui tournait autour du point où j'étais ;
car elle est aussi loin de notre usage
qu'est loin du cours de la Chiana*
la vitesse du ciel qui va le plus vite.
On n'y chantait ni Bacchus ni Péan*,
mais trois personnes en divine nature,
et en une personne elle et l'humaine.

Compié 'l cantare e 'l volger sua misura;
e attesersi a noi quei santi lumi,
30 felicitando sé di cura in cura.
Ruppe il silenzio ne' concordi numi
poscia la luce in che mirabil vita
33 del poverel di Dio narrata fumi,
e disse : « Quando l'una paglia è trita,
quando la sua semenza è già riposta,
36 a batter l'altra dolce amor m'invita.
Tu credi che nel petto onde la costa
si trasse per formar la bella guancia
39 il cui palato a tutto 'l mondo costa,
e in quel che, forato da la lancia,
e prima e poscia tanto sodisfece,
42 che d'ogne colpa vince la bilancia,
quantunque a la natura umana lece
aver di lume, tutto fosse infuso
45 da quel valor che l'uno e l'altro fece;
e però miri a ciò ch'io dissi suso,
quando narrai che non ebbe 'l secondo
48 lo ben che ne la quinta luce è chiuso.
Or apri li occhi a quel ch'io ti rispondo,
e vedräi il tuo credere e 'l mio dire
51 nel vero farsi come centro in tondo.
Ciò che non more e ciò che può morire
non è se non splendor di quella idea
54 che partorisce, amando, il nostro Sire;
ché quella viva luce che sí mea
dal suo lucente, che non si disuna
57 da lui né da l'amor ch'a lor s'intrea,
per sua bontate il suo raggiare aduna,
quasi specchiato, in nove sussistenze,
60 etternalmente rimanendosi una.
Quindi discende a l'ultime potenze
giú d'atto in atto, tanto divenendo,
63 che piú non fa che brevi contingenze;
e queste contingenze essere intendo
le cose generate, che produce
66 con seme e sanza seme il ciel movendo.

Le chant et la ronde accomplirent leur mesure ;
et ces saintes lumières se tournèrent vers nous
réjouies de passer d'une œuvre à l'autre.

Le silence alors, en ces déités accordées,
fut brisé par la lumière* qui m'avait conté
la vie admirable du pauvret de Dieu ;

elle dit : « Quand une paille est broyée,
quand sa semence est déjà engrangée,
un doux amour m'invite à battre l'autre.

Tu crois que dans la poitrine d'où la côte
fut tirée pour former la belle joue
dont le palais coûte si cher au monde*,

et dans celle qui, trouée par la lance*,
paya la dette d'avant et celle d'après
si bien que toute faute est contrebalancée,

tout ce que peut la nature humaine
avoir de lumière est infusé
par la vertu qui les créa tous deux ;

aussi tu t'étonnes de ce que j'ai dit,
quand j'ai raconté qu'il n'eut pas de second
le bien qui est enclos dans la cinquième flamme*.

Ouvre à présent les yeux à ce que je réponds,
et tu verras ta croyance et mon dire
se faire dans le vrai comme centre du cercle.

Ce qui ne meurt pas et ce qui peut mourir
n'est que splendeur de cette idée
qu'engendre, en aimant, notre Seigneur ;

car la vive lumière qui dérive
de son éclat, et ne se désunit ni de lui
ni de l'amour qui en eux se fait trois,

par sa bonté rassemble ses rayons,
comme en miroir, en neuf substances*,
en demeurant éternellement une.

Puis elle descend aux dernières puissances,
d'acte en acte, en devenant telle
qu'elle ne fait plus que brèves contingences ;

j'entends par contingences
les choses engendrées que le ciel produit
avec et sans semences, par son mouvement.

La cera di costoro e chi la duce
non sta d'un modo; e però sotto 'l segno
idëale poi piú e men traluce.
Ond' elli avvien ch'un medesimo legno,
secondo specie, meglio e peggio frutta;
e voi nascete con diverso ingegno.
Se fosse a punto la cera dedutta
e fosse il cielo in sua virtú supprema,
la luce del suggel parrebbe tutta;
ma la natura la dà sempre scema,
similemente operando a l'artista
ch'a l'abito de l'arte ha man che trema.
Però se 'l caldo amor la chiara vista
de la prima virtú dispone e segna,
tutta la perfezion quivi s'acquista.
Cosí fu fatta già la terra degna
di tutta l'animal perfezïone;
cosí fu fatta la Vergine pregna;
sí ch'io commendo tua oppinïone,
che l'umana natura mai non fue
né fia qual fu in quelle due persone.
Or s'i' non procedesse avanti piúe,
'Dunque, come costui fu sanza pare?'
comincerebber le parole tue.
Ma perché paia ben ciò che non pare,
pensa chi era, e la cagion che 'l mosse,
quando fu detto "Chiedi", a dimandare.
Non ho parlato sí, che tu non posse
ben veder ch'el fu re, che chiese senno
acciò che re sufficïente fosse;
non per sapere il numero in che enno
li motor di qua sú, o se *necesse*
con contingente mai *necesse* fenno;
non *si est dare primum motum esse*,
o se del mezzo cerchio far si puote
trïangol sí ch'un retto non avesse.
Onde, se ciò ch'io dissi e questo note,
regal prudenza è quel vedere impari
in che lo stral di mia intenzion percuote;

Leur cire et le ciel qui les modèle
ne sont pas d'un seul mode; ce qui fait qu'elle reflète
plus ou moins la lumière sous le signe idéal*.
Il advient par là qu'un même arbre
produit selon l'espèce des fruits plus ou moins bons
et que vous naissez avec l'esprit divers.
Si la cire était ductile à point,
et si le ciel était dans sa vertu suprême,
la lumière du sceau apparaîtrait toute;
mais la nature la donne toujours incomplète,
œuvrant pareillement à l'artiste,
qui a l'usage de l'art, et la main qui tremble.
Mais si l'ardent amour dispose et marque
la vue claire de la première vertu,
par là s'acquiert toute la perfection.
Ainsi la terre fut rendue digne
de toute la perfection animale ;
ainsi la Vierge devint enceinte ;
aussi j'approuve ton opinion,
que la nature humaine n'a jamais été
ni ne sera comme en ces deux personnes.
A présent, si je ne continuais pas au-delà,
"Alors, comment celui-là fut-il sans égal ?":
ainsi commenceraient tes paroles.
Mais pour que soit clair ce qui ne l'est pas,
pense à ce qu'il était, et à la raison qui le poussa,
quand on lui dit "Demande", à demander*.
Je n'ai pas parlé en sorte que tu ne puisses
voir qu'il fut roi, et qu'il demanda la sagesse
afin d'être un roi suffisant;
non pour savoir quel est le nombre
des moteurs des cieux, ou si du nécessaire
avec du contingent peut faire du nécessaire* ;
non *si est dare primum motum esse**,
ni si du demi-cercle on peut faire
un triangle qui n'ait pas d'angle droit.
D'où, si tu joins cela à ce que j'ai dit,
royale prudence est la vue sans égale
que vise le trait de mon intention* ;

e se al “surse” drizzi li occhi chiari,
vedrai aver solamente respetto
ai regi, che son molti, e ’ buon son rari.

Con questa distinzion prendi ’l mio detto;
e cosí puote star con quel che credi
del primo padre e del nostro Diletto.

E questo ti sia sempre piombo a’ piedi,
per farti mover lento com’ uom lasso
e al sí e al no che tu non vedi:

ché quelli è tra li stolti bene a basso,
che sanza distinzione afferma e nega
ne l’un cosí come ne l’altro passo;

perch’ elli ’ncontra che piú volte piega
l’oppinïon corrente in falsa parte,
e poi l’affetto l’intelletto lega.

Vie piú che ’ndarno da riva si parte,
perché non torna tal qual e’ si move,
chi pesca per lo vero e non ha l’arte.

E di ciò sono al mondo aperte prove
Parmenide, Melisso e Brisso e molti,
li quali andaro e non sapëan dove;

sí fé Sabellio e Arrio e quelli stolti
che furon come spade a le Scritture
in render torti li diritti volti.

Non sien le genti, ancor, troppo sicure
a giudicar, sí come quei che stima
le biade in campo pria che sien mature;

ch’i’ ho veduto tutto ’l verno prima
lo prun mostrarsi rigido e feroce;
poscia portar la rosa in su la cima;

e legno vidi già dritto e veloce
correr lo mar per tutto suo cammino,
perire al fine a l’intrar de la foce.

Non creda donna Berta e ser Martino,
per vedere un furare, altro offerere,
vederli dentro al consiglio divino;

ché quel può surgere, e quel può cadere ».

et si au “n’est pas né*” tu dresses un regard clair,
tu verras qu’il concerne les rois seulement,
qui sont nombreux, et les bons y sont rares.
Prends mon discours avec cette précision ;
il peut aller ainsi avec ce que tu crois
du premier père et du Bien-Aimé.
Et que cela te soit toujours comme plomb aux pieds,
pour aller à pas lents comme un homme las,
vers le oui et le non que tu ne vois pas :
car il est le plus bas parmi les sots
celui qui affirme et nie sans distinction,
dans l’un comme dans l’autre cas ;
car il arrive que l’opinion hâtive
penche souvent du mauvais côté,
et puis la passion ligote l’intellect.
Il quitte le rivage bien plus qu’en vain*,
car il ne revient pas tel qu’il est parti,
qui prêche pour le vrai sans en connaître l’art.
Claires preuves de ceci sont sur terre
Parménide, Mélissos, Bryssos et bien d’autres*,
lesquels allaient, sans savoir où ;
ainsi firent Sabelius et Arius, et ces fous*
qui furent comme des glaives pour les Écritures,
rendant tordu ce qui était droit.
Que les hommes ne soient donc pas trop assurés,
quand ils jugent, comme celui qui croit
que les blés sont mûrs avant qu’ils le soient ;
car j’ai vu d’abord tout l’hiver
l’épine se montrer rigide et farouche,
et puis porter la rose sur sa cime ;
et j’ai vu déjà bateau droit et rapide
parcourir la mer pendant toute sa route,
et périr à la fin en entrant au port.
Que dame Berthe et messire Martin*,
s’ils ont vu l’un voler, l’autre faire une offrande,
ne croient pas discerner le conseil divin,
car l’un peut s’élever, et l’autre choir. »

CANTO XIV

Dal centro al cerchio, e sí dal cerchio al centro
movesi l'acqua in un ritondo vaso,
secondo ch'è percosso fuori o dentro :
ne la mia mente fé súbito caso
questo ch'io dico, sí come si tacque
la glorïosa vita di Tommaso,
per la similitudine che nacque
del suo parlare e di quel di Beatrice,
a cui sí cominciar, dopo lui, piacque :
« A costui fa mestieri, e nol vi dice
né con la voce né pensando ancora,
d'un altro vero andare a la radice.
Diteli se la luce onde s'infiora
vostra sustanza, rimarrà con voi
etternalmente sí com' ell' è ora ;
e se rimane, dite come, poi
che sarete visibili rifatti,
esser porà ch'al veder non vi nòi ».
Come, da piú letizia pinti e tratti,
a la fïata quei che vanno a rota
levan la voce e rallegrano li atti,
cosí, a l'orazion pronta e divota,
li santi cerchi mostrar nova gioia
nel torneare e ne la mira nota.
Qual si lamenta perché qui si moia
per viver colà sú, non vide quive
lo refrigerio de l'etterna ploia.

CHANT XIV

Ciel du Soleil. Doutes de Dante sur la résurrection. Danse des élus. Salomon résout le doute. Apparition d'une troisième couronne.
Montée au *cinquième ciel : le ciel de Mars* (âmes de ceux qui ont combattu pour la foi). Les chœurs des esprits de Mars forment une croix lumineuse où le Christ lance des éclairs. Accroissement de la beauté de Béatrice. Extase de Dante.

Du centre au cercle, et du cercle au centre,
l'eau se meut dans un vase rond
selon qu'elle est frappée dehors ou dedans :

dans mon esprit tombèrent soudain
ces mots, dès que se tut
l'âme glorieuse de Thomas,

par la similitude qui naquit
de son parler avec celui de Béatrice,
à qui, après lui, il plut de commencer :

« Cet homme a besoin, et il ne vous le dit
ni de la voix ni en pensée encore,
d'aller à la racine d'un autre vrai.

Dites-lui si la lumière* dont se fleurit
votre substance restera avec vous
éternellement, comme elle est aujourd'hui ;

et, si elle reste, dites comment, après
que vous serez redevenus visibles,
il se pourra qu'elle ne nuise pas à votre vue. »

Comme, poussés et entraînés par plus de joie
parfois ceux qui dansent en rond
élèvent la voix et animent leurs gestes,

ainsi, à la prière prompte et directe,
les cercles saints montrèrent une joie nouvelle
dans la ronde et le chant admirable.

Qui se lamente parce qu'ici on meurt
pour vivre au ciel, n'a pas vu là-haut
la fraîcheur de la pluie éternelle.

Quell' uno e due e tre che sempre vive
e regna sempre in tre e 'n due e 'n uno,
non circunscritto, e tutto circunscrive,
tre volte era cantato da ciascuno
di quelli spirti con tal melodia,
ch'ad ogne merto saria giusto muno.
E io udi' ne la luce piú dia
del minor cerchio una voce modesta,
forse qual fu da l'angelo a Maria,
risponder : « Quanto fia lunga la festa
di paradiso, tanto il nostro amore
si raggerà dintorno cotal vesta.
La sua chiarezza séguita l'ardore;
l'ardor la visïone, e quella è tanta,
quant' ha di grazia sovra suo valore.
Come la carne glorïosa e santa
fia rivestita, la nostra persona
piú grata fia per esser tutta quanta;
per che s'accrescerà ciò che ne dona
di gratüito lume il sommo bene,
lume ch'a lui veder ne condiziona;
onde la visïon crescer convene,
crescer l'ardor che di quella s'accende,
crescer lo raggio che da esso vene.
Ma sí come carbon che fiamma rende,
e per vivo candor quella soverchia,
sí che la sua parvenza si difende;
cosí questo folgór che già ne cerchia
fia vinto in apparenza da la carne
che tutto dí la terra ricoperchia;
né potrà tanta luce affaticarne :
ché li organi del corpo saran forti
a tutto ciò che potrà dilettarne ».
Tanto mi parver súbiti e accorti
e l'uno e l'altro coro a dicer « Amme! »,
che ben mostrar disio d'i corpi morti :
forse non pur per lor, ma per le mamme,
per li padri e per li altri che fuor cari
anzi che fosser sempiterne fiamme.

Ce un et deux et trois qui vit toujours
et règne toujours en trois et deux et un,
non circonscrit, et qui circonscrit tout,
était chanté trois fois par chacun des esprits
avec une mélodie si belle qu'elle serait
pour tout mérite une juste offrande.
Et j'entendis dans la lumière la plus divine*
du plus petit cercle une voix modeste,
comme fut celle, peut-être, de l'ange à Marie,
répondre : « Autant que durera la fête
de paradis, autant notre amour tissera
autour de nous un vêtement pareil.
Sa clarté lui vient de l'ardeur ;
l'ardeur de la vision, et elle est aussi grande
qu'elle a de grâce en plus de sa valeur.
Lorsque nous aurons revêtu
la chair glorieuse et sainte, notre personne
sera plus parfaite parce qu'entière ;
ainsi s'accroîtra ce que nous donne
le bien suprême en gratuite lumière,
lumière qui nous adapte à sa vision ;
d'où il convient que la vision s'accroisse,
que s'accroisse l'ardeur qui s'allume d'elle,
que s'accroisse le rayon qui en dérive.
Mais comme charbon qui donne une flamme,
et par vif éclat la dépasse,
si bien qu'il est visible à travers elle ;
ainsi cette splendeur qui déjà nous entoure
sera vaincue en éclat par la chair
que la terre recouvre aujourd'hui ;
et tant de clarté ne pourra éblouir ;
car les organes du corps seront forts
pour tout ce qui pourra faire notre joie. »
Ils m'apparurent si prompts et empressés,
l'un et l'autre chœur, à dire « Amen !* »,
qu'ils montrèrent bien désir de leurs corps morts* :
non peut-être pour eux, mais pour leurs mamans,
pour leurs pères, et pour ceux qui leur furent chers,
avant qu'ils fussent flammes sempiternelles.

Ed ecco intorno, di chiarezza pari,
nascere un lustro sopra quel che v'era,
per guisa d'orizzonte che rischiari.
E sí come al salir di prima sera
comincian per lo ciel nove parvenze,
sí che la vista pare e non par vera,
parvemi lí novelle sussistenze
cominciare a vedere, e fare un giro
di fuor da l'altre due circunferenze.
Oh vero sfavillar del Santo Spiro!
come si fece súbito e candente
a li occhi miei che, vinti, nol soffriro!
Ma Bëatrice sí bella e ridente
mi si mostrò, che tra quelle vedute
si vuol lasciar che non seguir la mente.
Quindi ripreser li occhi miei virtute
a rilevarsi; e vidimi translato
sol con mia donna in piú alta salute.
Ben m'accors' io ch'io era piú levato,
per l'affocato riso de la stella,
che mi parea piú roggio che l'usato.
Con tutto 'l core e con quella favella
ch'è una in tutti, a Dio feci olocausto,
qual conveniesi a la grazia novella.
E non er' anco del mio petto essausto
l'ardor del sacrificio, ch'io conobbi
esso litare stato accetto e fausto;
ché con tanto lucore e tanto robbi
m'apparvero splendor dentro a due raggi,
ch'io dissi : « O Elïòs che sí li addobbi! ».
Come distinta da minori e maggi
lumi biancheggia tra ' poli del mondo
Galassia sí, che fa dubbiar ben saggi;
sí costellati facean nel profondo
Marte quei raggi il venerabil segno
che fan giunture di quadranti in tondo.
Qui vince la memoria mia lo 'ngegno;
ché quella croce lampeggiava Cristo,
sí ch'io non so trovare essempro degno;

Et voici tout autour, de clarté uniforme,
naître une lumière en plus de celle qui était là,
semblable à un horizon qui s'éclaire.
Et comme à la montée de l'ombre du soir
commencent au ciel de nouvelles figures
dont la vue paraît vraie et non vraie,
il me parut commencer à voir
de nouvelles substances, qui faisaient un tour
en dehors des deux autres circonférences.
O vrai scintillement de l'Esprit Saint!
Comme il se fit subit et incandescent
à mes yeux qui, vaincus, ne purent le soutenir!
Mais Béatrice m'apparut, si belle
et si riante, que je veux la laisser
parmi ces visions qui ont fui la mémoire.
Ensuite mes yeux reprirent la force
de se relever; je me vis alors transporté,
seul avec ma dame, dans un ciel plus haut*.
Je m'aperçus bien que j'avais monté
au rire embrasé de l'étoile
qui me sembla plus rouge qu'à l'accoutumée.
De tout mon cœur et avec ce langage
qui est le même en tous, j'offris un holocauste*
à Dieu comme il fallait pour la grâce nouvelle.
L'ardeur du sacrifice n'était pas encore
épuisée dans mon cœur, lorsque je compris
qu'il était accepté avec faveur ;
car avec tant d'éclat et de couleur pourprée
m'apparurent des splendeurs en deux rayons
que je dis : « O Hélios, comme tu les embellis ! »
Comme, parsemée de feux petits et grands
blanchoie entre les pôles du monde
la Galaxie*, qui fait douter les sages,
de même, au fond de Mars, ces rayons constellés
traçaient le vénérable signe
que fait la jointure de quadrants en cercle*.
Ici ma mémoire vainc mon invention ;
car cette croix faisait briller le Christ
si bien que je ne sais trouver d'exemple digne ;

ma chi prende sua croce e segue Cristo,
ancor mi scuserà di quel ch'io lasso,
vedendo in quell' albor balenar Cristo.
Di corno in corno e tra la cima e 'l basso
si movien lumi, scintillando forte
nel congiugnersi insieme e nel trapasso :
cosí si veggion qui diritte e torte,
veloci e tarde, rinovando vista,
le minuzie d'i corpi, lunghe e corte,
moversi per lo raggio onde si lista
talvolta l'ombra che, per sua difesa,
la gente con ingegno e arte acquista.
E come giga e arpa, in tempra tesa
di molte corde, fa dolce tintinno
a tal da cui la nota non è intesa,
cosí da' lumi che lì m'apparinno
s'accogliea per la croce una melode
che mi rapiva, sanza intender l'inno.
Ben m'accors' io ch'elli era d'alte lode,
però ch'a me venía « Resurgi » e « Vinci »
come a colui che non intende e ode.
Ïo m'innamorava tanto quinci,
che 'nfino a lí non fu alcuna cosa
che mi legasse con sí dolci vinci.
Forse la mia parola par troppo osa,
posponendo il piacer de li occhi belli,
ne' quai mirando mio disio ha posa;
ma chi s'avvede che i vivi suggelli
d'ogne bellezza piú fanno piú suso,
e ch'io non m'era lí rivolto a quelli,
escusar puommi di quel ch'io m'accuso
per escusarmi, e vedermi dir vero :
ché 'l piacer santo non è qui dischiuso,
perché si fa, montando, piú sincero.

mais qui prend sa croix et suit le Christ
m'excusera de ce que je laisse,
voyant dans cette blancheur fulgurer le Christ.
D'un bras à l'autre, et de la cime au pied,
des lumières se mouvaient, scintillant fort
en se croisant et en se dépassant :
ainsi on voit ici, droites et courbes,
rapides et lentes, changeant d'aspect,
les poussières des corps, longues et courtes,
se mouvoir à travers le soleil qui parfois,
raie l'ombre que les gens, pour se protéger,
installent avec art et habileté.
Et comme vielle et harpe, en tension tempérée
de plusieurs cordes, font un doux tintement
pour qui ne sait d'où vient la note,
ainsi, des lumières qui m'apparaissaient là
une mélodie s'épanchait dans la croix
qui me ravissait, sans que j'entende l'hymne.
Je compris que c'était un chant de louange,
car les mots « Resurgi » et « Vinci* » me venaient
comme à quelqu'un qui entend sans comprendre.
Je m'enchantais tant à tout cela
que jusqu'alors je n'avais rien connu
qui me liât avec des liens si doux.
Ma parole peut-être paraît trop hardie,
si je mets en second le plaisir des beaux yeux
dont la vue apaise mon désir ;
mais qui saisit que les deux sceaux vivants
de la beauté sont plus puissants plus haut
et que là je n'étais pas tourné vers eux,
peut m'excuser de ce dont je m'accuse
pour m'excuser, et voir que je dis vrai :
car le saint plaisir n'est pas exclu d'ici,
puisqu'il se fait, en montant, plus parfait.

CANTO XV

Benigna volontade in che si liqua
sempre l'amor che drittamente spira,
come cupidità fa ne la iniqua,
silenzio puose a quella dolce lira,
e fece quïetar le sante corde
che la destra del cielo allenta e tira.
Come saranno a' giusti preghi sorde
quelle sustanze che, per darmi voglia
ch'io le pregassi, a tacer fur concorde?
Bene è che sanza termine si doglia
chi, per amor di cosa che non duri
etternalmente, quello amor si spoglia.
Quale per li seren tranquilli e puri
discorre ad ora ad or súbito foco,
movendo li occhi che stavan sicuri,
e pare stella che tramuti loco,
se non che da la parte ond' e' s'accende
nulla sen perde, ed esso dura poco:
tale dal corno che 'n destro si stende
a piè di quella croce corse un astro
de la costellazion che lí resplende;
né si partí la gemma dal suo nastro,
ma per la lista radïal trascorse,
che parve foco dietro ad alabastro.
Sí pïa l'ombra d'Anchise si porse,
se fede merta nostra maggior musa,
quando in Eliso del figlio s'accorse.

CHANT XV

Ciel de Mars. Silence des bienheureux. Salut de Cacciaguida, son trisaïeul, à Dante. Vie de Cacciaguida. Généalogie domestique. Eloge de l'ancienne Florence.

La volonté de bien en quoi se fond
toujours l'amour qui respire droit,
comme cupidité se fond en mal*,

imposa le silence à cette douce lyre,
et mit en repos les cordes saintes
que la main du ciel relâche et tire*.

Comment seraient-elles sourdes à de justes prières
ces substances qui, pour me donner désir
de les prier, se turent de concert?

Il est juste qu'il souffre sans fin
celui qui, par amour de chose qui ne dure pas
éternellement, se dépouille de cet amour-là.

Comme dans les cieux tranquilles et purs,
glisse de temps à autre un feu soudain,
faisant mouvoir les yeux qui étaient immobiles,

et semble une étoile changeant de lieu,
sinon que du côté où il s'allume
rien ne se perd*, et qu'il dure peu;

ainsi, partant du bras qui s'étend à droite
jusqu'au pied de cette croix, passa un astre
de la constellation qui resplendit là-bas*;

et la gemme ne sortit pas de son ruban,
mais elle passa par la zone radiale*,
semblable à un feu derrière l'albâtre :

ainsi s'avança l'ombre d'Anchise,
si notre meilleure muse mérite foi,
lorsqu'il aperçut son fils dans l'Élysée

« *O sanguis meus, o superinfusa*
gratïa Deï, sicut tibi cui
bis unquam celi ianüa reclusa ? »
Cosí quel lume : ond' io m'attesi a lui;
poscia rivolsi a la mia donna il viso,
e quinci e quindi stupefatto fui;
ché dentro a li occhi suoi ardeva un riso
tal, ch'io pensai co' miei toccar lo fondo
de la mia gloria e del mio paradiso.
Indi, a udire e a veder giocondo,
giunse lo spirto al suo principio cose,
ch'io non lo 'ntesi, sí parlò profondo;
né per elezïon mi si nascose,
ma per necessità, ché 'l suo concetto
al segno d'i mortal si soprapuose.
E quando l'arco de l'ardente affetto
fu sí sfogato, che 'l parlar discese
inver' lo segno del nostro intelletto,
la prima cosa che per me s'ïntese,
« Benedetto sia tu », fu, « trino e uno,
che nel mio seme se' tanto cortese! ».
E seguí : « Grato e lontano digiuno,
tratto leggendo del magno volume
du' non si muta mai bianco né bruno,
solvuto hai, figlio, dentro a questo lume
in ch'io ti parlo, mercé di colei
ch'a l'alto volo ti vestí le piume.
Tu credi che a me tuo pensier mei
da quel ch'è primo, cosí come raia
da l'un, se si conosce, il cinque e 'l sei;
e però ch'io mi sia e perch' io paia
piú gaudïoso a te, non mi domandi,
che alcun altro in questa turba gaia.
Tu credi 'l vero; ché i minori e' grandi
di questa vita miran ne lo speglio
in che, prima che pensi, il pensier pandi;
ma perché 'l sacro amore in che io veglio
con perpetüa vista e che m'asseta
di dolce disïar, s'adempia meglio,

« *O sanguis meus, o super infusa*
gratia Dei, sicut tibi cui
*bis unquam coeli janua reclusa** ? »

Ainsi parla ce feu ; je le regardai
puis je tournai les yeux vers ma dame,
et je fus étonné des deux côtés*,

car dans ses yeux brûlait un rire
tel, que je pensai avec les miens toucher le fond
de ma gloire et de mon paradis.

Puis l'esprit joyeux à voir et à entendre,
joignit à ses premiers propos des choses
que je ne compris pas, tant il parla profond ;

ce ne fut pas désir de se cacher à moi,
mais nécessité, car sa pensée
dépassa les limites mortelles.

Et quand l'arc de l'ardente affection
fût relâché, et que son parler descendit
jusqu'à la hauteur de notre intelligence,

la première chose que je compris
fut : « Béni sois-tu, trine et un,
qui es si courtois pour ma race ! »

Et il poursuivit : « La chère et longue faim*,
qui m'est venue en lisant le grand livre
où jamais blanc et noir ne changent,

tu viens de l'apaiser, mon fils, dans cette lumière
où je te parle, et grâce à celle*
qui pour ce haut vol t'a mis des ailes.

Tu crois que ton penser passe en moi
par celui qui est le premier, comme dérive
de l'un, si on le connaît, le cinq et le six ;

aussi n'as-tu pas demandé
qui je suis et pourquoi je parais
dans cette foule gaie plus joyeux que tout autre.

Tu crois le vrai ; les petits et les grands*
dans cette vie-ci regardent le miroir
où, avant que tu penses, apparaît ta pensée ;

mais pour que l'amour sacré en qui je veille
en vision perpétuelle, et qui m'assoiffe
d'un doux désir, s'accomplisse mieux,

la voce tua sicura, balda e lieta
suoni la volontà, suoni 'l disio,
a che la mia risposta è già decreta! »

Io mi volsi a Beatrice, e quella udio
pria ch'io parlassi, e arrisemi un cenno
che fece crescer l'ali al voler mio.

Poi cominciai cosí : « L'affetto e 'l senno,
come la prima equalità v'apparse,
d'un peso per ciascun di voi si fenno,

però che 'l sol che v'allumò e arse,
col caldo e con la luce è sí iguali,
che tutte simiglianze sono scarse.

Ma voglia e argomento ne' mortali,
per la cagion ch'a voi è manifesta,
diversamente son pennuti in ali;

ond' io, che son mortal, mi sento in questa
disagguaglianza, e però non ringrazio
se non col core a la paterna festa.

Ben supplico io a te, vivo topazio
che questa gioia prezïosa ingemmi,
perché mi facci del tuo nome sazio. »

« O fronda mia in che io compiacemmi
pur aspettando, io fui la tua radice » :
cotal principio, rispondendo, femmi.

Poscia mi disse : « Quel da cui si dice
tua cognazione e che cent' anni e piúe
girato ha 'l monte in la prima cornice,

mio figlio fu e tuo bisavol fue :
ben si convien che la lunga fatica
tu li raccorci con l'opere tue.

Fiorenza dentro da la cerchia antica,
ond' ella toglie ancora e terza e nona,
si stava in pace, sobria e pudica.

Non avea catenella, non corona,
non gonne contigiate, non cintura
che fosse a veder piú che la persona.

Non faceva, nascendo, ancor paura
la figlia al padre, ché 'l tempo e la dote
non fuggien quinci e quindi la misura.

que ta voix sûre, hardie et joyeuse
sonne ta volonté, sonne ton désir,
pour qui ma réponse est déjà prête! »
Je me tournai vers Béatrice, et elle comprit
avant que j'eusse parlé, et me sourit d'un signe
qui fit pousser des ailes à mon vouloir.
Alors je commençai : « L'amour et l'intelligence,
quand la première égalité* vous apparut,
sont de même poids pour chacun de nous,
parce que le soleil qui vous alluma et vous brûla
par sa lumière et sa chaleur est si égal
que toute ressemblance est insuffisante*.
Mais désir et action chez les mortels,
pour la raison qui vous est manifeste
sont diversement fournis d'ailes;
et moi, qui suis mortel, je me sens dans cette
disparité*, et ne puis rendre grâce
qu'avec le cœur, à la joie paternelle.
Je te supplie, toi, vif topaze,
qui fleuris ce précieux joyau*,
de me rassasier en disant ton nom. »
« O mon feuillage, qui m'as réjoui
dans la seule attente, je fus ta racine* » ;
ainsi commença-t-il, dans sa réponse.
Puis il me dit : « Celui dont la famille
a pris le nom, et qui plus de cent ans
a fait le tour du mont sur la première corniche,
fut mon fils et ton bisaïeul* :
il est donc juste que tu lui raccourcisses
par tes bonnes œuvres sa longue fatigue.
Florence, en son antique enceinte
où sonnent encore la tierce et la none*,
était en paix, sobre et pudique.
Elle n'avait ni colliers ni couronnes,
ni habits brodés ni ceinture
qui fussent plus à voir que la personne.
La fille, en naissant, ne faisait pas encore
peur à son père, car l'âge et la dot
ne dépassaient ni l'un ni l'autre la mesure*.

Non avea case di famiglia vòte;
non v'era giunto ancor Sardanapalo
a mostrar ciò che 'n camera si puote.

Non era vinto ancora Montemalo
dal vostro Uccellatoio, che, com' è vinto
nel montar sú, cosí sarà nel calo.

Bellincion Berti vid' io andar cinto
di cuoio e d'osso, e venir da lo specchio
la donna sua sanza 'l viso dipinto;

e vidi quel d'i Nerli e quel del Vecchio
esser contenti a la pelle scoperta,
e le sue donne al fuso e al pennecchio.

Oh fortunate! ciascuna era certa
de la sua sepultura, e ancor nulla
era per Francia nel letto diserta.

L'una vegghiava a studio de la culla,
e, consolando, usava l'idïoma
che prima i padri e le madri trastulla;

l'altra, traendo a la rocca la chioma,
favoleggiava con la sua famiglia
d'i Troiani, di Fiesole e di Roma.

Saria tenuta allor tal maraviglia
una Cianghella, un Lapo Salterello,
qual or saria Cincinnato e Corniglia.

A cosí riposato, a cosí bello
viver di cittadini, a cosí fida
cittadinanza, a cosí dolce ostello,

Maria mi diè, chiamata in alte grida;
e ne l'antico vostro Batisteo
insieme fui cristiano e Cacciaguida.

Moronto fu mio frate ed Eliseo;
mia donna venne a me di val di Pado,
e quindi il sopranome tuo si feo.

Poi seguitai lo 'mperador Currado;
ed el mi cinse de la sua milizia,
tanto per bene ovrar li venni in grado.

Dietro li andai incontro a la nequizia
di quella legge il cui popolo usurpa,
per colpa d'i pastor, vostra giustizia.

Elle n'avait pas de maison sans familles ;
on n'y rencontrait pas encore Sardanapale,
pour montrer ce qui est permis dans la chambre*.
Montemalo* n'était pas encore dépassé
par votre Uccellatoio* qui, comme il est vaincu
en grandeur, le sera aussi dans la chute.
J'ai vu Bellincion Berti* aller sanglé
de cuir et d'os, et sa femme quitter le miroir
sans avoir le visage peint ;
et j'ai vu des Nerli et des Vecchio*
se contenter de peau non fourrée,
et leurs femmes à la quenouille et au fuseau.
Oh fortunées ! chacune était certaine
de sa sépulture, et nulle encore
n'était pour la France laissée seule au lit*.
L'une veillait au soin du berceau,
et pour calmer l'enfant employait cet idiome
qui d'abord divertit les pères et les mères* ;
l'autre, tirant la laine à sa quenouille,
contait à sa famille les histoires
des Troyens, de Fiesole et de Rome.
Un Cianghella, ou un Lapo Saltarello*,
auraient alors autant surpris
qu'aujourd'hui Cincinnatus ou Cornelia*.
A une vie si belle, si reposée,
de citoyens, à une si confiante
communauté, à un séjour si doux
Marie me donna, appelée à grands cris ;
et dans votre antique Baptistère
je devins à la fois chrétien et Cacciaguida*.
Moronto fut mon frère, et Eliseo* ;
ma femme vint à moi de la vallée du Pô ;
c'est ainsi que se fit le nom que tu portes*.
Puis je suivis l'empereur Conrad* ;
et il me ceignit de sa milice
tant il me sut gré de mes exploits.
Derrière lui j'allai contre l'iniquité
de cette loi dont le peuple usurpe,
par la faute des papes, votre justice*.

Quivi fu' io da quella gente turpa
disviluppato dal mondo fallace,
lo cui amor molt' anime deturpa;
e venni dal martiro a questa pace. »

C'est là que je fus, par ces gens félons,
délivré du monde trompeur,
dont l'amour flétrit bien des âmes ;
et je vins du martyre* à cette paix. »

CANTO XVI

O poca nostra nobiltà di sangue,
se gloriar di te la gente fai
qua giú dove l'affetto nostro langue,
mirabil cosa non mi sarà mai :
ché là dove appetito non si torce,
dico nel cielo, io me ne gloriai.
Ben se' tu manto che tosto raccorce :
sí che, se non s'appon di dí in die,
lo tempo va dintorno con le force.
Dal 'voi' che prima a Roma s'offerie,
in che la sua famiglia men persevra,
ricominciaron le parole mie;
onde Beatrice, ch'era un poco scevra,
ridendo, parve quella che tossio
al primo fallo scritto di Ginevra.
Io cominciai : « Voi siete il padre mio;
voi mi date a parlar tutta baldezza;
voi mi levate sí, ch'i' son piú ch'io.
Per tanti rivi s'empie d'allegrezza
la mente mia, che di sé fa letizia
perché può sostener che non si spezza.
Ditemi dunque, cara mia primizia,
quai fuor li vostri antichi e quai fuor li anni
che si segnaro in vostra püerizia;
ditemi de l'ovil di San Giovanni
quanto era allora, e chi eran le genti
tra esso degne di piú alti scanni. »

CHANT XVI

Ciel de Mars. Complaisance de Dante pour la noblesse de sa famille. Questions à l'aïeul. Réponses de Cacciaguida sur l'histoire de Florence : le mélange des populations, décadence et disparition des grandes familles florentines.

O noblesse de sang, petite chose !
Que tu fasses les humains se glorifier de toi
ici-bas où notre amour languit
ne sera jamais pour moi chose étonnante ;
car là où l'appétit n'est pas tordu,
je veux dire au ciel, je m'en glorifiai*.
Tu es certes un manteau qui raccourcit vite,
et, si on ne l'allonge de jour en jour,
le temps tourne autour avec ses ciseaux.
Avec ce « vous* » que Rome accueillit la première,
et que son peuple garda moins que les autres,
je recommençai à parler ;
d'où Béatrice, qui était un peu à l'écart,
riant, sembla celle qui se mit à tousser*
à la première faute qu'on écrit de Guenièvre.
Je commençai : « Vous êtes mon père ;
vous me donnez toute hardiesse à parler ;
vous m'élevez si bien, que je suis plus que moi.
Mon esprit se remplit d'allégresse
par tant de ruisseaux, qu'il se réjouit lui-même
de la soutenir sans se briser.
Dites-moi donc, ma chère origine*,
quels furent vos aïeux, et quelles furent les années
qui datèrent le temps de votre enfance ;
parlez-moi du bercail de saint Jean*,
tel qu'il était alors, et qui étaient les gens
qui étaient en lui dignes des plus hauts sièges. »

Come s'avviva a lo spirar d'i venti
carbone in fiamma, cosí vid' io quella
luce risplendere a' miei blandimenti;
e come a li occhi miei si fé piú bella,
cosí con voce piú dolce e soave,
ma non con questa moderna favella,
dissemi : « Da quel dí che fu detto *'Ave'*
al parto in che mia madre, ch'è or santa,
s'alleviò di me ond' era grave,
al suo Leon cinquecento cinquanta
e trenta fiate venne questo foco
a rinfiammarsi sotto la sua pianta.
Li antichi miei e io nacqui nel loco
dove si truova pria l'ultimo sesto
da quei che corre il vostro annüal gioco.
Basti d'i miei maggiori udirne questo :
chi ei si fosser e onde venner quivi,
piú è tacer che ragionare onesto.
Tutti color ch'a quel tempo eran ivi
da poter arme tra Marte e 'l Batista,
erano il quinto di quei ch'or son vivi.
Ma la cittadinanza, ch'è or mista
di Campi, di Certaldo e di Fegghine,
pura vediesi ne l'ultimo artista.
Oh quanto fora meglio esser vicine
quelle genti ch'io dico, e al Galluzzo
e a Trespiano aver vostro confine,
che averle dentro e sostener lo puzzo
del villan d'Aguglion, di quel da Signa,
che già per barattare ha l'occhio aguzzo!
Se la gente ch'al mondo piú traligna
non fosse stata a Cesare noverca,
ma come madre a suo figlio benigna,
tal fatto è fiorentino e cambia e merca,
che si sarebbe vòlto a Simifonti,
là dove andava l'avolo a la cerca;
sariesi Montemurlo ancor de' Conti;
sarieno i Cerchi nel piovier d'Acone,
e forse in Valdigrieve i Buondelmonti.

Comme se ravive au souffle des vents
un charbon en flamme, ainsi je vis
cette lumière briller à mes compliments;
et comme à mes yeux elle devint plus belle,
ainsi d'une voix plus douce et plus suave,
mais non dans cette langue moderne-ci,
elle me dit : « Depuis le jour où fut dit "Ave*"
jusqu'au jour où ma mère, à présent bienheureuse,
accoucha de moi dont elle était grosse,
cette flamme passa par son Lion
cinq cent cinquante et trente fois
pour se rallumer sous sa patte*.
Mes aïeux et moi naquîmes dans le lieu
par où arrivent dans le dernier sextier
ceux qui courent à votre jeu annuel*.
Sur mes aïeux, que ces mots te suffisent;
qui ils étaient, et d'où ils vinrent ici
il vaut mieux le taire qu'en discourir*.
Tous ceux qui étaient là en ce temps
bons à porter les armes entre Mars et Baptiste*
étaient le cinquième des vivants d'aujourd'hui.
Mais la population à présent mélangée
avec Campi, Certaldo, et Fegghine*,
se voyait pure en son moindre artisan.
O comme il vaudrait mieux avoir pour voisins
les gens que je dis, et que vos confins
soient à Galluzzo et à Trespiano*,
plutôt que dans la ville, et supporter la puanteur
du vilain d'Agulfon, de celui de Signa*,
qui a déjà l'œil aux aguets pour escroquer*.
Si la race qui dévie le plus au monde
n'avait pas été marâtre de César*,
mais douce comme une mère à son fils,
tel s'est fait florentin, et pratique le change
et le négoce, qui serait revenu à Semifonte,
où son aïeul faisait ses tours*.
Montemurlo serait encore aux Conti;
les Cerchi seraient dans la paroisse d'Acone,
et les Buondelmonti peut-être en Val de Greve*.

Sempre la confusion de le persone
principio fu del mal de la cittade,
come del vostro il cibo che s'appone;
e cieco toro piú avaccio cade
che cieco agnello; e molte volte taglia
piú e meglio una che le cinque spade.
Se tu riguardi Luni e Orbisaglia
come sono ite, e come se ne vanno
di retro ad esse Chiusi e Sinigaglia,
udir come le schiatte si disfanno
non ti parrà nova cosa né forte,
poscia che le cittadi termine hanno.
Le vostre cose tutte hanno lor morte,
sí come voi; ma celasi in alcuna
che dura molto, e le vite son corte.
E come 'l volger del ciel de la luna
cuopre e discuopre i liti sanza posa,
cosí fa di Fiorenza la Fortuna:
per che non dee parer mirabil cosa
ciò ch'io dirò de li alti Fiorentini
onde è la fama nel tempo nascosa.
Io vidi li Ughi e vidi i Catellini,
Filippi, Greci, Ormanni e Alberichi,
già nel calare, illustri cittadini;
e vidi cosí grandi come antichi,
con quel de la Sannella, quel de l'Arca,
e Soldanieri e Ardinghi e Bostichi.
Sovra la porta ch'al presente è carca
di nova fellonia di tanto peso
che tosto fia iattura de la barca,
erano i Ravignani, ond'è disceso
il conte Guido e qualunque del nome
de l'alto Bellincione ha poscia preso.
Quel de la Pressa sapeva già come
regger si vuole, e avea Galigaio
dorata in casa sua già l'elsa e 'l pome.
Grand'era già la colonna del Vaio,
Sacchetti, Giuochi, Fifanti e Barucci
e Galli e quei ch'arrossan per lo staio.

Toujours la confusion des personnes
fut principe de mal dans la cité,
comme pour vous la nourriture surajoutée ;

et un taureau aveugle tombe plus tôt
qu'un agneau aveugle ; et souvent une épée
taille plus et mieux que cinq épées.

Si tu vois Luni et Orbisaglia
comme elles ont fini, et comme Chiusi
et Sinisgalia suivent leurs traces*,

il ne te semblera ni fort ni étrange
d'entendre comme déchoient les familles,
puisque les villes ont une fin.

Toutes vos choses ont leur mort,
comme vous ; mais cela est caché pour certaines
qui durent longtemps; et les vies sont courtes.

Et de même que le cours du ciel et de la lune
couvre et découvre sans cesse les rivages,
ainsi fait la Fortune avec Florence :

aussi ne doit pas te paraître étonnant
ce que je dirai des grands Florentins
dont la renommée est cachée dans le temps.

J'ai vu les Ughi, et les Catellini,
Filippi, Greci, Ormanni et Alberichi,
illustres citoyens, déjà sur leur déclin*.

J'en ai vu d'aussi grands qu'ils étaient anciens,
ceux de la Sannella, et ceux de l'Arca,
et Soldanieri, Ardinghi, Bostichi*.

Près de la porte à présent chargée
d'un tel fardeau de félonie
qu'elle fera bientôt couler la barque,

étaient les Ravignani, dont descend
le comte Guido et tous ceux qui ont pris
le nom du grand Bellincione*, par la suite.

Les gens de la Pressa savaient déjà comment
il faut gouverner, et Galigaio avait déjà
chez lui la garde et le pommeau dorés*.

La colonne du Vair était déjà grande,
et Sacchetti, Giuochi, Fifanti, Barucci
et Galli, et ceux qui rougissent pour le boisseau*.

Lo ceppo di che nacquero i Calfucci
era già grande, e già eran tratti
a le curule Sizii e Arrigucci.

Oh quali io vidi quei che son disfatti
per lor superbia! e le palle de l'oro
fiorian Fiorenza in tutt' i suoi gran fatti.

Cosí facieno i padri di coloro
che, sempre che la vostra chiesa vaca,
si fanno grassi stando a consistoro.

L'oltracotata schiatta che s'indraca
dietro a chi fugge, e a chi mostra 'l dente
o ver la borsa, com' agnel si placa,

già venía sú, ma di picciola gente;
sí che non piacque ad Ubertin Donato
che poï il suocero il fé lor parente.

Già era 'l Caponsacco nel mercato
disceso giú da Fiesole, e già era
buon cittadino Giuda e Infangato.

Io dirò cosa incredibile e vera :
nel picciol cerchio s'entrava per porta
che si nomava da quei de la Pera.

Ciascun che de la bella insegna porta
del gran barone il cui nome e 'l cui pregio
la festa di Tommaso riconforta,

da esso ebbe milizia e privilegio;
avvegna che con popol si rauni
oggi colui che la fascia col fregio.

Già eran Gualterotti e Importuni;
e ancor saria Borgo piú quïeto,
se di novi vicin fosser digiuni.

La casa di che nacque il vostro fleto,
per lo giusto disdegno che v'ha morti
e puose fine al vostro viver lieto,

era onorata, essa e suoi consorti :
o Buondelmonte, quanto mal fuggisti
le nozze süe per li altrui conforti!

Molti sarebber lieti, che son tristi,
se Dio t'avesse conceduto ad Ema
la prima volta ch'a città venisti.

La souche des Calfuci était déjà grande,
et déjà Sizii et les Arrigucci
étaient assis aux chaises curules*.
O comme je vis ceux qui sont défaits
par leur orgueil ! et les boules d'or*
faisaient fleurir Florence dans tous leurs exploits.
De même pour les pères de ceux-là
qui, chaque fois que vaque votre église,
s'engraissent en siégeant au consistoire*.
L'outrecuidante espèce qui s'endragonne*
derrière celui qui fuit, et s'apaise comme agneau
devant qui lui montre les dents ou la bourse,
émergeait déjà, mais de petites gens ;
Ubertin Donato en eut du dépit
quand son beau-père fit de lui leur parent*.
Déjà Caponsacco était descendu
du marché de Fiesole, déjà Giuda
et Infangato étaient notables.
Je dirai une chose incroyable et vraie :
dans la petite enceinte on entrait par une porte
qui tirait son nom des gens de la Pera*.
Tous ceux qui portent les belles armoiries
du grand baron dont le nom et la gloire
sont commémorés à la Saint-Thomas
reçurent de lui milice et privilège* ;
bien qu'aujourd'hui s'unisse avec le peuple
celui qui mit une broderie* à son blason.
Gualterotti et Importuni étaient déjà là ;
et le Borgo serait plus calme, encore,
s'ils étaient privés de nouveaux voisins*.
La maison d'où naquirent vos larmes*,
pour la juste colère qui vous a tués
et qui mit fin à votre vie heureuse
était honorée, elle et ses alliés.
O Buondelmonte*, comme tu as mal fait
de fuir ses noces pour le conseil d'autrui !
Beaucoup seraient joyeux, qui sont tristes,
si Dieu t'avait livré à l'Ema*,
la première fois que tu vins à la ville.

Ma conveniesi, a quella pietra scema
che guarda 'l ponte, che Fiorenza fesse
vittima ne la sua pace postrema.
Con queste genti, e con altre con esse,
vid' io Fiorenza in sí fatto riposo,
che non avea cagione onde piangesse.
Con queste genti vid' io gloriöso
e giusto il popol suo, tanto che 'l giglio
non era ad asta mai posto a ritroso,
né per divisïon fatto vermiglio. »

Mais il fallut, à la pierre mutilée
qui veille sur le pont*, que Florence offrît
147 une victime, à la fin de sa paix.

Avec ces gens, et avec d'autres,
je vis Florence en un tel repos
150 qu'elle n'avait pas de raison pour pleurer.

Avec ces gens je vis son peuple
glorieux et juste, si bien que le lys
n'était jamais renversé sur sa hampe,
154 ni teinté de rouge par la division*. »

CANTO XVII

Qual venne a Climené, per accertarsi
di ciò ch'avëa incontro a sé udito,
quei ch'ancor fa li padri ai figli scarsi;

tal era io, e tal era sentito
e da Beatrice e da la santa lampa
che pria per me avea mutato sito.

Per che mia donna « Manda fuor la vampa
del tuo disio », mi disse, « sí ch'ella esca
segnata bene de la interna stampa:

non perché nostra conoscenza cresca
per tuo parlare, ma perché t'ausi
a dir la sete, sí che l'uom ti mesca ».

« O cara piota mia che sí t'insusi,
che, come veggion le terrene menti
non capere in trïangol due ottusi,

cosí vedi le cose contingenti
anzi che sieno in sé, mirando il punto
a cui tutti li tempi son presenti;

mentre ch'io era a Virgilio congiunto
su per lo monte che l'anime cura
e discendendo nel mondo defunto,

dette mi fuor di mia vita futura
parole gravi, avvegna ch'io mi senta
ben tetragono ai colpi di ventura;

per che la voglia mia saria contenta
d'intender qual fortuna mi s'appressa:
ché saetta previsa vien piú lenta ».

CHANT XVII

Ciel de Mars. Inquiétude de Dante sur son avenir. Prophétie de Cacciaguida : l'exil du poète. La mission : il faudra tout dire.

Tel vint à Clymène, pour s'assurer
de ce qu'il avait entendu contre lui,
l'enfant qui rend encore les pères durs pour les fils* ;
tel j'étais moi-même, tel j'apparaissais
à Béatrice et à la lampe sainte*
qui avait pour moi changé de site.
Alors ma dame : « Montre au-dehors la flamme
de ton désir », dit-elle, « afin qu'elle sorte
bien marquée par l'empreinte intérieure;
non que grandisse notre connaissance
par ta parole, mais pour t'accoutumer
à dire ta soif, et qu'on te verse à boire. »
« Chère souche* de mon lignage, qui vas si haut
que, de même que voient les esprits terrestres
que deux obtus ne tiennent pas dans un triangle,
de même tu vois les choses contingentes
avant qu'elles soient, en contemplant le point
auquel tous les temps sont présents;
tandis que j'étais à côté de Virgile,
le long du mont qui soigne les âmes
en descendant dans le monde des morts,
il m'a été dit sur ma vie future
des paroles qui me pèsent*, bien que je me sente
inébranlable aux coups du sort.
Aussi mon désir serait satisfait
d'entendre quelle fortune s'approche de moi;
car la flèche prévue est plus lente à venir. »

Cosí diss' io a quella luce stessa
che pria m'avea parlato; e come volle
Beatrice, fu la mia voglia confessa.
Né per ambage, in che la gente folle
già s'inviscava pria che fosse anciso
l'Agnel di Dio che le peccata tolle,
ma per chiare parole e con preciso
latin rispuose quello amor paterno,
chiuso e parvente del suo proprio riso:
« La contingenza, che fuor del quaderno
de la vostra matera non si stende,
tutta è dipinta nel cospetto etterno;
necessità però quindi non prende
se non come dal viso in che si specchia
nave che per torrente giú discende.
Da indi, sí come viene ad orecchia
dolce armonia da organo, mi viene
a vista il tempo che ti s'apparecchia.
Qual si partio Ipolito d'Atene
per la spietata e perfida noverca,
tal di Fiorenza partir ti convene.
Questo si vuole e questo già si cerca,
e tosto verrà fatto a chi ciò pensa
là dove Cristo tutto dí si merca.
La colpa seguirà la parte offensa
in grido, come suol; ma la vendetta
fia testimonio al ver che la dispensa.
Tu lascerai ogne cosa diletta
piú caramente; e questo è quello strale
che l'arco de lo essilio pria saetta.
Tu proverai sí come sa di sale
lo pane altrui, e come è duro calle
lo scendere e 'l salir per l'altrui scale.
E quel che piú ti graverà le spalle,
sarà la compagnia malvagia e scempia
con la qual tu cadrai in questa valle;
che tutta ingrata, tutta matta ed empia
si farà contr' a te; ma, poco appresso,
ella, non tu, n'avrà rossa la tempia.

Je dis ces mots à cette lumière
qui m'avait parlé d'abord ; et comme Béatrice
30 l'avait voulu, mon désir lui fut avoué.
Et non par ambages*, où les peuples fous
s'engluaient jadis avant que fût tué
33 l'Agneau de Dieu qui ôte les péchés,
mais par mots clairs et par langage
précis cet amour paternel répondit,
36 enclos et révélé par son propre rire :
« La contingence, qui ne s'étend pas
hors du cahier de votre matière*,
39 est peinte entièrement dans l'esprit divin ;
mais elle n'y prend pas pourtant nécessité,
non plus que dans l'œil où il se reflète,
42 un bateau qui descend le long d'un torrent.
De là, comme une douce harmonie
vient de l'orgue à l'oreille, à ma vue
45 vient le temps qui pour toi se prépare.
Tel Hippolyte partit d'Athènes
à cause d'une cruelle et perfide marâtre*,
48 tel il te faudra partir de Florence.
C'est ce qu'on veut et qu'on cherche, déjà,
et ceux qui le pensent le feront bientôt
51 là où tous les jours on trafique le Christ*.
La rumeur donnera la faute
à l'offensé, comme d'habitude; mais la vengeance
54 témoignera la vérité qui la dispense.
Tu laisseras tout ce que tu aimes
le plus chèrement*; et c'est la flèche
57 que l'arc de l'exil décoche pour commencer.
Tu sentiras comme a saveur de sel
le pain d'autrui, et comme il est dur
60 à descendre et monter l'escalier d'autrui.
Et ce qui pèsera le plus sur tes épaules
sera la compagnie mauvaise et stupide
63 avec qui tu tomberas dans cette vallée*;
qui toute ingrate, toute folle et impie,
se mettra contre toi; mais, peu après,
66 elle, et non toi, aura le front rougi.

Di sua bestialitate il suo processo
farà la prova; sí ch'a te fia bello
averti fatta parte per te stesso.
Lo primo tuo refugio e 'l primo ostello
sarà la cortesia del gran Lombardo
che 'n su la scala porta il santo uccello;
ch'in te avrà sí benigno riguardo,
che del fare e del chieder, tra voi due,
fia primo quel che tra li altri è piú tardo.
Con lui vedrai colui che 'mpresso fue,
nascendo, sí da questa stella forte,
che notabili fier l'opere sue.
Non se ne son le genti ancora accorte
per la novella età, ché pur nove anni
son queste rote intorno di lui torte;
ma pria che 'l Guasco l'alto Arrigo inganni,
parran faville de la sua virtute
in non curar d'argento né d'affanni.
Le sue magnificenze conosciute
saranno ancora, sí che ' suoi nemici
non ne potran tener le lingue mute.
A lui t'aspetta e a' suoi benefici;
per lui fia trasmutata molta gente,
cambiando condizion ricchi e mendici;
e portera'ne scritto ne la mente
di lui, e nol dirai »; e disse cose
incredibili a quei che fier presente.
Poi giunse : « Figlio, queste son le chiose
di quel che ti fu detto; ecco le 'nsidie
che dietro a pochi giri son nascose.
Non vo' però ch'a' tuoi vicini invidie,
poscia che s'infutura la tua vita
via piú là che 'l punir di lor perfidie ».
Poi che, tacendo, si mostrò spedita
l'anima santa di metter la trama
in quella tela ch'io le porsi ordita,
io cominciai, come colui che brama,
dubitando, consiglio da persona
che vede e vuol dirittamente e ama :

Ses entreprises feront la preuve
de sa bestialité ; il sera beau pour toi,
alors, d'avoir fait un parti à toi seul*.
Ton premier refuge et ton premier abri
sera la courtoisie du grand Lombard
qui porte sur l'échelle l'oiseau sacré* ;
car il aura pour toi tant de doux égards
qu'entre vous deux, de faire ou demander
viendra d'abord ce qui ailleurs est le plus lent.
Avec lui tu verras celui qui eut l'empreinte,
en agissant, de cette forte étoile
qui rendront ses œuvres fameuses*.
Les gens ne s'en sont pas encore avisés,
pour son jeune âge, car ces sphères ont tourné
neuf ans seulement autour de lui ;
mais avant que le Gascon dupe le grand Henri*,
des étincelles de sa vertu apparaîtront
dans son dédain de l'or et des fatigues.
Sa magnificence enfin sera connue,
si bien que même ses ennemis
ne pourront tenir leurs langues muettes.
Fie-toi à lui et à ses bienfaits ;
par lui bien des gens auront un sort nouveau,
riches et gueux changeant de condition.
Tu porteras sur lui dans ta mémoire des mots
que tu tairas » ; et il dit des choses
incroyables pour ceux qui les verront.
Puis il ajouta : « Mon fils, telles sont les gloses
de ce qu'on t'a prédit ; voilà les pièges
que peu de tours des sphères te cachent.
N'envie pas, pourtant, tes concitoyens,
car ta vie s'enfuture au-delà
du châtiment de leurs perfidies. »
Lorsque, se taisant, l'âme sainte montra
qu'elle avait cessé de mettre la trame
dans la toile que j'avais ourdie,
je commençai comme celui qui désire,
dans le doute, avoir le conseil de quelqu'un
qui voit et veut droitement, et aime :

« Ben veggio, padre mio, sí come sprona
lo tempo verso me, per colpo darmi
tal, ch'è piú grave a chi piú s'abbandona;
per che di provedenza è buon ch'io m'armi,
sí che, se loco m'è tolto piú caro,
io non perdessi li altri per miei carmi.
Giú per lo mondo sanza fine amaro,
e per lo monte del cui bel cacume
li occhi de la mia donna mi levaro,
e poscia per lo ciel, di lume in lume,
ho io appreso quel che s'io ridico,
a molti fia sapor di forte agrume;
e s'io al vero son timido amico,
temo di perder viver tra coloro
che questo tempo chiameranno antico ».
La luce in che rideva il mio tesoro
ch'io trovai lí, si fé prima corusca,
quale a raggio di sole specchio d'oro;
indi rispuose : « Coscïenza fusca
o de la propria o de l'altrui vergogna
pur sentirà la tua parola brusca.
Ma nondimen, rimossa ogne menzogna,
tutta tua visïon fa manifesta;
e lascia pur grattar dov' è la rogna.
Ché se la voce tua sarà molesta
nel primo gusto, vital nodrimento
lascerà poi, quando sarà digesta.
Questo tuo grido farà come vento,
che le piú alte cime piú percuote;
e ciò non fa d'onor poco argomento.
Però ti son mostrate in queste rote,
nel monte e ne la valle dolorosa
pur l'anime che son di fama note,
che l'animo di quel ch'ode, non posa
né ferma fede per essempro ch'aia
la sua radice incognita e ascosa,
né per altro argomento che non paia ».

« Je vois, père, comme le temps éperonne
vers moi, pour me porter un coup
108 si fort, qu'il est plus dur à qui plus s'abandonne;
il me faut donc m'armer de prévoyance,
pour que, si le lieu le plus cher m'est ôté,
111 je ne perde pas les autres par mes vers*.
En bas, par le monde infiniment amer
et par le mont à la belle cime
114 d'où m'enlevèrent les yeux de ma dame*,
puis par le ciel, de lumière en lumière,
j'ai appris des choses qui, si je les redis,
117 auront pour beaucoup une saveur très âpre;
et si je suis timide ami du vrai,
je crains de perdre la vie parmi ceux
120 qui nommeront "ancien" ce temps-ci. »
La lumière où riait mon trésor,
que je trouvai là, se fit d'abord étincelante,
123 comme un miroir d'or aux rayons du soleil;
puis elle répondit : « La conscience obscurcie
ou par sa faute ou par celle d'autrui
126 trouvera ta parole brutale.
Néanmoins, écartant tout mensonge,
porte au jour ta vision tout entière,
129 et laisse gratter là où est la gale.
Car ta voix, qui sera déplaisante
au premier goût, laissera ensuite,
132 une fois digérée, nourriture de vie.
Et ton cri fera comme le vent
qui heurte plus fort les plus hautes cimes ;
135 et cela n'est pas petit sujet d'honneur.
C'est pourquoi te sont montrées dans ces sphères,
sur la montagne et dans la vallée douloureuse,
138 les seules âmes qui eurent la renommée,
parce que l'esprit de qui entend ne s'arrête pas
et ne renforce pas sa foi par un exemple
ayant sa racine inconnue ou cachée,
142 ou par un argument qui ne se voit pas. »

CANTO XVIII

Già si godeva solo del suo verbo
quello specchio beato, e io gustava
lo mio, temprando col dolce l'acerbo;
e quella donna ch'a Dio mi menava
disse : « Muta pensier; pensa ch'i sono
presso a colui ch'ogne torto disgrava. »
Io mi rivolsi a l'amoroso suono
del mio conforto; e qual io allor vidi
ne li occhi santi amor, qui l'abbandono :
non perch'io pur del mio parlar diffidi,
ma per la mente che non può redire
sovra sé tanto, s'altri non la guidi.
Tanto poss' io di quel punto ridire,
che, rimirando lei, lo mio affetto
libero fu da ogne altro disire,
fin che 'l piacere etterno, che diretto
raggiava in Bëatrice, dal bel viso
mi contentava col secondo aspetto.
Vincendo me col lume d'un sorriso,
ella mi disse : « Volgiti e ascolta;
ché non pur ne' miei occhi è paradiso. »
Come si vede qui alcuna volta
l'affetto ne la vista, s'elli è tanto,
che da lui sia tutta l'anima tolta,
cosí nel fiammeggiar del folgór santo,
a ch'io mi volsi, conobbi la voglia
in lui di ragionarmi ancora alquanto.

CHANT XVIII

Ciel de Mars. Splendeur de Béatrice. Ames de combattants pour la foi : les héros juifs, les Croisés et les paladins des Chansons de geste.
Montée au *sixième ciel : le ciel de Jupiter* (esprits justes et pieux). Mille feux se disposent en forme de lettres. Le M devient lys, puis aigle. Imprécation contre l'avarice des papes.

Déjà il jouissait seul de sa pensée
ce miroir heureux, et moi je goûtais
la mienne, en mêlant la douceur à l'amertume;
et la dame qui m'amenait à Dieu
dit : « Change de pensée; pense que je suis
auprès de celui qui allège tous les torts. »
Je me tournai vers le son amoureux
de mon réconfort : et l'amour que je vis
alors dans les yeux saints, je renonce à le dire;
non que je me défie de ma parole,
mais parce que la mémoire ne peut se retourner
aussi loin sur elle-même, si autrui ne la guide.
De cet instant je peux seulement redire
que, la regardant, mon affection
fut libérée de tout autre désir,
tant que le plaisir éternel, qui rayonnait
directement en Béatrice, me contentait
par le reflet venu du beau visage.
En me vainquant par la lumière d'un sourire,
elle me dit : « Tourne-toi et écoute;
le paradis n'est pas tout dans mes yeux. »
Comme on voit ici quelquefois
dans le regard le sentiment, s'il est si grand
que l'âme en lui est toute prise,
ainsi dans le flamboiement du saint feu
vers qui je me tournai, je compris le désir
en lui de parler encore un moment avec moi.

El comincío : « In questa quinta soglia
de l'albero che vive de la cima
e frutta sempre e mai non perde foglia,
spiriti son beati, che giú, prima
che venissero al ciel, fuor di gran voce,
sí ch' ogne musa ne sarebbe opima.
Però mira ne' corni de la croce :
quello ch'io nomerò, lí farà l'atto
che fa in nube il suo foco veloce. »
Io vidi per la croce un lume tratto
dal nomar Iosuè, com'el si feo;
né mi fu noto il dir prima che 'l fatto.
E al nome de l'alto Macabeo
vidi moversi un altro roteando,
e letizia era ferza del paleo.
Cosí per Carlo Magno e per Orlando
due ne seguí lo mio attento sguardo,
com' occhio segue suo falcon volando.
Poscia trasse Guiglielmo e Rinoardo
e 'l duca Gottifredi la mia vista
per quella croce, e Ruberto Guiscardo.
Indi, tra l'altre luci mota e mista,
mostrommi l'alma che m'avea parlato
qual era tra i cantor del cielo artista.
Io mi rivolsi dal mio destro lato
per vedere in Beatrice il mio dovere,
o per parlare o per atto, segnato;
e vidi le sue luci tanto mere,
tanto gioconde, che la sua sembianza
vinceva li altri e l'ultimo solere.
E come, per sentir piú dilettanza
bene operando, l'uom di giorno in giorno
s'accorge che la sua virtute avanza,
sí m'accors' io che 'l mio girare intorno
col cielo insieme avea cresciuto l'arco,
veggendo quel miracol piú addorno.
E qual è 'l trasmutare in picciol varco
di tempo in bianca donna, quando 'l volto
suo si discarchi di vergogna il carco,

Il commença : « En ce cinquième seuil
de l'arbre qui prend vie de sa cime
et fructifie toujours, et ne perd pas ses feuilles*,
des esprits sont heureux qui en bas, avant
d'aller au ciel, eurent si grand renom
que toute muse en serait opulente.
Regarde donc les branches de la croix :
ceux que je nommerai feront comme l'éclair
qui traverse un nuage d'un feu rapide. »
Je vis par la croix bouger une lumière
au nom de Josué*, dès qu'il fut prononcé,
et le dire ne m'apparut pas avant le fait.
Puis au nom du noble Maccabée*
je vis se mouvoir un autre en tournoyant ;
la joie était le fouet de la toupie.
Ainsi pour Charlemagne et pour Roland
mon regard attentif en suivit deux
comme l'œil suit un faucon volant.
Puis Guillaume et Rainouard*
et le duc Godefroy* tirèrent ma vue
par cette croix, et Robert Guiscard*.
Puis, se mouvant au milieu des autres lumières,
l'âme qui m'avait parlé me montra
quel artiste elle était dans les chantres du ciel.
Je me tournai vers le côté droit
pour voir en Béatrice mon devoir
indiqué ou par mots ou par gestes ;
et je vis ses yeux briller si purs
et si joyeux, que sa beauté
dépassait toute autre et la sienne passée.
Et de même qu'à sentir plus de joie
à bien agir, l'homme de jour en jour
comprend que sa vertu progresse,
de même je compris que l'arc de mes tours
avait grandi en même temps que le ciel,
en voyant ce miracle encore plus gracieux.
Et comme en blanche dame le changement
se fait en peu de temps, quand son visage
se libère des couleurs de la honte,

tal fu ne li occhi miei, quando fui vòlto,
per lo candor de la temprata stella
sesta, che dentro a sé m'avea ricolto.

Io vidi in quella giovïal facella
lo sfavillar de l'amor che lí era
segnare a li occhi miei nostra favella.

E come augelli surti di rivera,
quasi congratulando a lor pasture,
fanno di sé or tonda or altra schiera,

sí dentro ai lumi sante creature
volitando cantavano, e faciensi
or *D*, or *I*, or *L* in sue figure.

Prima, cantando, a sua nota moviensi;
poi, diventando l'un di questi segni,
un poco s'arrestavano e taciensi.

O diva Pegasëa che li 'ngegni
fai glorïosi e rendili longevi,
ed essi teco le cittadi e ' regni,

illustrami di te, sí ch'io rilevi
le lor figure com' io l'ho concette:
paia tua possa in questi versi brevi!

Mostrarsi dunque in cinque volte sette
vocali e consonanti; e io notai
le parti sí, come mi parver dette.

'*DILIGITE IUSTITIAM*', primai
fur verbo e nome di tutto 'l dipinto;
QUI IUDICATIS TERRAM', fur sezzai.

Poscia ne l'emme del vocabol quinto
rimasero ordinate; sí che Giove
pareva argento lí d'oro distinto.

E vidi scendere altre luci dove
era il colmo de l'emme, e lí quetarsi
cantando, credo, il ben ch'a sé le move.

Poi, come nel percuoter d'i ciocchi arsi
surgono innumerabili faville,
onde li stolti sogliono agurarsi,

resurger parver quindi piú di mille
luci e salir, qual assai e qual poco,
sí come 'l sol che l'accende sortille;

telle fut à mes yeux, quand je me retournai,
la candeur de la sixième étoile
tempérée*, qui m'avait accueillie en elle.
Je vis dans ce flambeau de Jupiter*
l'étincellement de l'amour qui était là
figurer à mes yeux notre langage.
Ainsi que des oiseaux surgis d'une rivière,
comme pour s'applaudir de leur pâture,
se rangent tantôt en rond, tantôt en files,
ainsi dans les lumières de saintes créatures
chantaient en voletant, et devenaient
tantôt D, tantôt I, tantôt L, dans leurs figures*.
D'abord elles se mouvaient au rythme de leur chant;
puis, en devenant l'un de ces signes,
elles s'arrêtaient un peu et se taisaient.
O divine Pégasée*, qui donne aux esprits
la gloire et la longévité, et eux,
avec toi, la donnent aux villes et aux royaumes,
donne-moi ta lumière, pour que je retrace
leurs figures, comme j'en ai l'idée :
que ta puissance paraisse en ces vers brefs* !
En cinq fois sept voyelles et consonnes
se montrèrent donc; et je notai
les lettres, comme elles m'apparurent.
« DILIGITE JUSTITIAM », verbe et nom,
furent les premiers de toute la peinture;
« QUI JUDICATIS TERRAM* » furent les derniers.
Puis dans le M du cinquième vocable,
elles restèrent ordonnées, si bien que Jupiter
y paraissait argent incrusté d'or.
Et je vis descendre d'autres lumières
au sommet du M, et là se poser
en chantant le bien qui les attire.
Puis, comme en frappant des tisons embrasés
on fait surgir des milliers d'étincelles,
d'où les sots font souvent leurs présages*,
plus de mille feux semblèrent là resurgir
et monter, l'un très haut, l'autre moins,
comme voulut le soleil qui les enflamme ;

e quïetata ciascuna in suo loco,
la testa e 'l collo d'un 'aguglia vidi
rappresentare a quel distinto foco.

Quei che dipinge lí, non ha chi 'l guidi;
ma esso guida, e da lui si rammenta
quella virtú ch'è forma per li nidi.

L'altra bëatitudo, che contenta
pareva prima d'ingigliarsi a l'emme,
con poco moto seguitò la 'mprenta.

O dolce stella, quali e quante gemme
mi dimostraro che nostra giustizia
effetto sia del ciel che tu ingemme!

Per ch'io prego la mente in che s'inizia
tuo moto e tua virtute, che rimiri
ond' esce il fummo che 'l tuo raggio vizia;

sí ch'un'altra fïata omai s'adiri
del comperare e vender dentro al templo
che si murò di segni e di martíri.

O milizia del ciel cu' io contemplo,
adora per color che sono in terra
tutti svïati dietro al malo essemplo!

Già si solea con le spade far guerra;
ma or si fa togliendo or qui or quivi
lo pan che 'l pïo Padre a nessun serra.

Ma tu che sol per cancellare scrivi,
pensa che Pietro e Paulo, che moriro
per la vigna che guasti, ancor son vivi.

Ben puoi tu dire : « I' ho fermo 'l disiro
sí a colui che volle viver solo
e che per salti fu tratto al martiro,
ch'io non conosco il pescator né Polo. »

et quand chacune fut tranquille à sa place,
je vis la tête et le cou d'un aigle
figuré par ces feux distincts.
Celui qui peint là-haut n'a pas de guide;
mais il guide lui-même et de lui se souvient
la vertu qui forme les nids*.
Les autres bienheureux, qui semblaient d'abord
contents de former un lys dans le M,
d'un léger mouvement, achevèrent l'empreinte.
O douce étoile, combien de belles gemmes
me démontrèrent que notre justice
est un effet du ciel où tu resplendis* !
Aussi je prie l'esprit en qui commence
ton mouvement et ta vertu, de regarder
d'où sort la fumée qui trouble ton rayon*;
afin qu'une fois encore il se courrouce
de ce qu'on achète et vend dans le temple
maçonné de signes et de martyres.
O milice du ciel que je contemple,
prie pour ceux qui sont sur la terre,
tous fourvoyés par le mauvais exemple!
Jadis on faisait la guerre avec l'épée;
mais à présent en ôtant çà et là
le pain que le Père ne refuse à personne.
Mais toi, qui écris seulement pour effacer,
pense que Pierre et Paul, qui moururent
pour la vigne que tu détruis, vivent encore.
Tu peux bien dire : « Je suis si attaché
à celui qui voulut vivre seul
et qui pour quatre sauts fut mené au martyre,
que je ne connais ni le pêcheur ni Paul*. »

CANTO XIX

Parea dinanzi a me con l'ali aperte
la bella image che nel dolce *frui*
liete facevan l'anime conserte;
parea ciascuna rubinetto in cui
raggio di sole ardesse sí acceso,
che ne' miei occhi rifrangesse lui.
E quel che mi convien ritrar testeso,
non portò voce mai, né scrisse incostro,
né fu per fantasia già mai compreso;
ch'io vidi e anche udi' parlar lo rostro,
e sonar ne la voce e « io » e « mio »,
quand' era nel concetto e 'noi' e 'nostro'.
E cominciò : « Per esser giusto e pio
son io qui essaltato a quella gloria
che non si lascia vincere a disio;
e in terra lasciai la mia memoria
sí fatta, che le genti lí malvage
commendan lei, ma non seguon la storia ».
Cosí un sol calor di molte brage
si fa sentir, come di molti amori
usciva solo un suon di quella image.
Ond' io appresso : « O perpetüi fiori
de l'etterna letizia, che pur uno
parer mi fate tutti vostri odori,
solvetemi, spirando, il gran digiuno
che lungamente m'ha tenuto in fame,
non trovandoli in terra cibo alcuno.

CHANT XIX

Ciel de Jupiter. L'aigle parle. Doutes de Dante. Réponse de l'aigle : la justice divine est insondable. Doctrine du salut. Indignité des souverains d'Europe.

Les ailes déployées, devant moi paraissait
la belle image que dans leur doux jouir*
formaient, joyeuses, les âmes assemblées ;
chacune paraissait un petit rubis
où brûlait un rayon de soleil si ardent
qu'il reflétait son éclat dans mes yeux.
Et ce qu'il me faut décrire à présent
jamais voix ne l'a dit, ni encre écrit,
et jamais l'imagination ne l'a conçu ;
puisque je vis et entendis parler le bec
et résonner dans cette voix et « je » et « mien »,
quand « nous » et « nôtre » étaient dans la pensée*.
Il commença : « Pour avoir été juste et pieux
je suis ici haussé à cette gloire
qui ne peut se gagner par le désir ;
j'ai laissé sur terre une telle mémoire
que les gens qui là-bas sont méchants
en font l'éloge, mais ne suivent pas l'histoire* ».
Comme de plusieurs braises une seule chaleur
se fait sentir, de même de tant d'amours
un seul son sortait, venant de cette image.
Alors je dis : « O fleurs perpétuelles
de l'éternel bonheur qui me faites paraître
en un seul parfum tous vos parfums,
de votre haleine rompez-moi le grand jeûne
qui m'a tenu longuement dans la faim,
ne trouvant sur terre aucun aliment.

Ben so io che, se 'n cielo altro reame
la divina giustizia fa suo specchio,
che 'l vostro non l'apprende con velame.

Sapete come attento io m'apparecchio
ad ascoltar; sapete qual è quello
dubbio che m'è digiun cotanto vecchio ».

Quasi falcone ch'esce del cappello,
move la testa e con l'ali si plaude,
voglia mostrando e faccendosi bello,

vid' io farsi quel segno, che di laude
de la divina grazia era contesto,
con canti quai si sa chi là sú gaude.

Poi cominciò : « Colui che volse il sesto
a lo stremo del mondo, e dentro ad esso
distinse tanto occulto e manifesto,

non poté suo valor sí fare impresso
in tutto l'universo, che 'l suo verbo
non rimanesse in infinito eccesso.

E ciò fa certo che 'l primo superbo,
che fu la somma d'ogne creatura,
per non aspettar lume, cadde acerbo;

e quinci appar ch'ogne minor natura
è corto recettacolo a quel bene
che non ha fine e sé con sé misura.

Dunque vostra veduta, che convene
essere alcun de' raggi de la mente
di che tutte le cose son ripiene,

non pò da sua natura esser possente
tanto, che suo principio non discerna
molto di là da quel che l'è parvente.

Però ne la giustizia sempiterna
la vista che riceve il vostro mondo,
com' occhio per lo mare, entro s'interna;

che, ben che da la proda veggia il fondo,
in pelago nol vede; e nondimeno
èli, ma cela lui l'esser profondo.

Lume non è, se non vien dal sereno
che non si turba mai; anzi è tenèbra
od ombra de la carne o suo veleno.

Je sais que si au ciel la divine Justice
se mire dans un autre royaume,
le vôtre aussi l'apprend sans voiles.

Vous savez avec quel soin je me prépare
à écouter ; et vous savez quel est
ce doute qui est pour moi faim si ancienne. »

Comme un faucon qui sort du chapeau
remue la tête et bat des ailes,
montrant son désir et se faisant beau,

je vis frémir ce signe, qui était tissé
des louanges de la joie divine,
avec des chants que savent ceux qui jouissent là-haut.

Puis il commença : « Celui qui tourna le compas
aux bords du monde, et au-dedans
distingua l'occulte et le manifeste,

ne peut imprimer assez fort sa valeur
dans l'univers pour que son verbe
n'y reste pas en excès infini*.

Preuve en est que le premier des orgueilleux
qui fut la plus haute créature,
pour n'avoir attendu la lumière, tomba trop vert* ;

d'où il apparaît que toute nature mineure
est bref réceptacle à ce bien
qui est sans fin, et n'a que soi pour mesure.

Donc votre vue, qui par nécessité
n'est qu'un des rayons de l'intelligence
qui est infuse en toutes choses,

ne peut par sa nature être assez puissante
pour que son principe discerne
loin au-delà de l'apparence.

Aussi, dans la justice sempiternelle,
la vue que reçoit votre monde,
pénètre à l'intérieur comme l'œil dans la mer

qui, bien que du rivage il voie le fond,
en haute mer ne le voit plus ; et pourtant
il y est, mais sa profondeur le lui cache.

Il n'est pas de lumière, sinon du ciel serein,
qui ne se trouble pas ; hors de là c'est ténèbre,
ou ombre de la chair, ou son poison*.

Assai t'è mo aperta la latebra
che t'ascondeva la giustizia viva,
di che facei question cotanto crebra;
ché tu dicevi : "Un uom nasce a la riva
de l'Indo, e quivi non è chi ragioni
di Cristo né chi legga né chi scriva;
e tutti suoi voleri e atti buoni
sono, quanto ragione umana vede,
sanza peccato in vita o in sermoni.
Muore non battezzato e sanza fede :
ov' è questa giustizia che 'l condanna?
ov' è la colpa sua, se ei non crede?".
Or tu chi se', che vuo' sedere a scranna,
per giudicar di lungi mille miglia
con la veduta corta d'una spanna?
Certo a colui che meco s'assottiglia,
se la Scrittura sovra voi non fosse,
da dubitar sarebbe a maraviglia.
Oh terreni animali! oh menti grosse!
La prima volontà, ch'è da sé buona,
da sé, ch'è sommo ben, mai non si mosse.
Cotanto è giusto quanto a lei consuona :
nullo creato bene a sé la tira,
ma essa, radïando, lui cagiona ».
Quale sovresso il nido si rigira
poi c'ha pasciuti la cicogna i figli,
e come quel ch'è pasto la rimira;
cotal si fece, e sí leväi i cigli,
la benedetta imagine, che l'ali
movea sospinte da tanti consigli.
Roteando cantava, e dicea : « Quali
son le mie note a te, che non le 'ntendi,
tal è il giudicio etterno a voi mortali ».
Poi si quetaro quei lucenti incendi
de lo Spirito Santo ancor nel segno
che fé i Romani al mondo reverendi,
esso ricominciò : « A questo regno
non salí mai chi non credette 'n Cristo,
né pria né poi ch'el si chiavasse al legno.

A présent t'est bien ouvert le lieu obscur
qui te cachait la justice vivante
sur qui tu posais tant de questions;
car tu disais : "un homme naît sur la rive
de l'Indus, et là il n'est personne
qui parle du Christ ou en lise ou en écrive;
et tous ses vouloirs et actes bons
sont, autant que peut voir la raison humaine,
sans péchés en œuvres ou en paroles.
Il meurt non baptisé et sans la foi :
où est cette justice qui le condamne?
où est sa faute, s'il ne croit pas?"
Mais toi, qui es-tu, qui veut t'asseoir en chaire
pour juger à distance de mille milles
avec la vue qui porte à un empan?
Certes, pour celui qui s'affine avec moi,
si l'Écriture n'était au-dessus de vous,
il y aurait matière sans pareille à douter*.
O animaux terriens! O esprits grossiers!
La première volonté, qui est bonne en soi,
qui est le plus haut bien, ne s'éloigna jamais de soi.
Tout ce qui s'accorde avec elle est juste :
aucun bien créé ne l'attire à soi :
c'est elle qui le cause en rayonnant.
Comme la cigogne au-dessus du nid,
après avoir nourri ses petits, fait ses tours,
et le petit, repu, la regarde;
ainsi devint, ainsi je regardai
l'image bénie, qui remuait ses ailes,
poussées par tant de volontés*.
En tournoyant elle chantait et disait : "Tels
sont mes chants pour toi, qui ne les comprends pas,
tel est le jugement divin pour vous mortels."
Quand s'apaisèrent ces brillants incendies
de l'esprit saint encore dans ce signe
qui fait révérer les Romains dans le monde*,
il recommença : "A ce royaume
jamais ne monta qui ne crut pas au Christ,
ni avant ni après qu'il fût cloué au bois.

Ma vedi: molti gridan "Cristo, Cristo!",
che saranno in giudicio assai men *prope*
a lui, che tal che non conosce Cristo;

e tai Cristian dannerà l'Etïòpe,
quando si partiranno i due collegi,
l'uno in etterno ricco e l'altro inòpe.

Che poran dir li Perse a' vostri regi,
come vedranno quel volume aperto
nel qual si scrivon tutti suoi dispregi?

Lí si vedrà, tra l'opere d'Alberto,
quella che tosto moverà la penna,
per che 'l regno di Praga fia diserto.

Lí si vedrà il duol che sovra Senna
induce, falseggiando la moneta,
quel che morrà di colpo di cotenna.

Lí si vedrà la superbia ch'asseta,
che fa lo Scotto e l'Inghilese folle,
sí che non può soffrir dentro a sua meta.

Vedrassi la lussuria e 'l viver molle
di quel di Spagna e di quel di Boemme,
che mai valor non conobbe né volle.

Vedrassi al Ciotto di Ierusalemme
segnata con un i la sua bontate,
quando 'l contrario segnerà un emme.

Vedrassi l'avarizia e la viltate
di quei che guarda l'isola del foco,
ove Anchise finí la lunga etate;

e a dare ad intender quanto è poco,
la sua scrittura fian lettere mozze,
che noteranno molto in parvo loco.

E parranno a ciascun l'opere sozze
del barba e del fratel, che tanto egregia
nazione e due corone han fatte bozze.

E quel di Portogallo e di Norvegia
lí si conosceranno, e quel di Rascia
che male ha visto il conio di Vinegia.

O beata Ungheria, se non si lascia
piú malmenare! e beata Navarra,
se s'armasse del monte che la fascia!

Mais vois : bien des gens crient “Christ, Christ!”
qui au jugement seront moins proches
de lui, que tel qui ne connaît pas le Christ;
et l’Ethiopien* damnera de pareils chrétiens
quand se sépareront les deux collèges*,
l’un riche pour toujours, et l’autre pauvre.
Que pourront dire les Perses à vos rois
lorsqu’ils verront ouvert le livre
dans lequel tous leurs méfaits* s’écrivent?
Là on verra, dans les œuvres d’Albert*,
nouvelle qui fera bientôt courir la plume,
et dévastera le règne de Prague.
Là on verra quelle douleur sur la Seine
apporte, en faussant la monnaie,
celui qui mourra d’un coup de couenne*.
Là on verra l’orgueil qui assoiffe
et rend fou l’Anglais et l’Ecossais,
si bien qu’il ne peut rester sur ses confins.
On verra la mollesse et la luxure
du roi d’Espagne et du roi de Bohême*,
qui n’ont jamais connu ni voulu le courage.
On verra au Boiteux de Jérusalem*
sa bonté marquée avec un i,
quand le contraire marquera un m*.
On verra l’avarice et la lâcheté
de celui qui garde l’île du feu
où Anchise a fini sa longue vie*;
et pour montrer qu’il est peu de chose,
son écrit sera en lettres tronquées
qui noteront beaucoup en peu d’espace.
A tous apparaîtront les actions affreuses
de l’oncle et du frère* qui ont déshonoré
une nation si belle et deux couronnes.
Le roi de Portugal et celui de Norvège*
se connaîtront là, et celui de Serbie*
qui contrefit la monnaie de Venise.
O heureuse Hongrie*, si elle ne se laisse plus
mal gouverner! et heureuse Navarre*,
si elle s’armait du mont qui la borde!

E creder de' ciascun che già, per arra
di questo, Niccosïa e Famagosta
per la lor bestia si lamenti e garra,
che dal fianco de l'altre non si scosta ».

Et chacun doit croire que déjà en présage
d'un tel sort, Nicosie et Famagouste[146]
crient et se lamentent contre leur bête
qui ne s'écarte pas du flanc des autres bêtes. »

CANTO XX

Quando colui che tutto 'l mondo alluma
de l'emisperio nostro sí discende,
che 'l giorno d'ogne parte si consuma,
lo ciel, che sol di lui prima s'accende,
subitamente si rifà parvente
per molte luci, in che una risplende;
e questo atto del ciel mi venne a mente,
come 'l segno del mondo e de' suoi duci
nel benedetto rostro fu tacente;
però che tutte quelle vive luci,
vie piú lucendo, cominciaron canti
da mia memoria labili e caduci.
O dolce amor che di riso t'ammanti,
quanto parevi ardente in que' flailli,
ch'avieno spirto sol di pensier santi!
Poscia che i cari e lucidi lapilli
ond' io vidi ingemmato il sesto lume
puoser silenzio a li angelici squilli,
udir mi parve un mormorar di fiume
che scende chiaro giú di pietra in pietra,
mostrando l'ubertà del suo cacume.
E come suono al collo de la cetra
prende sua forma, e sí com' al pertugio
de la sampogna vento che penètra,
cosí, rimosso d'aspettare indugio,
quel mormorar de l'aguglia salissi
su per lo collo, come fosse bugio.

CHANT XX

Ciel de Jupiter. Chant des esprits justes, séparément puis ensemble dans l'aigle. L'œil de l'aigle. Deux païens au paradis : Riphée et Trajan.

Lorsque celui qui éclaire le monde*
est descendu de notre hémisphère,
si bien que partout le jour se consume,
le ciel, qui jusqu'alors s'allumait de lui seul,
tout à coup redevient lumineux
de nombreuses lumières, où une resplendit ;
ce changement du ciel me vint à la mémoire
quand le signe du monde et de ses chefs
se tut dans son rostre béni* ;
car toutes ces vivantes lumières,
brillant de plus en plus, entonnèrent des chants
qui fuient et glissent hors de ma mémoire.
O doux amour qui t'entoures de rire,
comme tu semblais ardent dans ces flûtes
qui soufflaient seulement des pensées saintes !
Quand ces gemmes précieuses et brillantes
dont je vis incrustée la sixième lumière*
eurent cessé leurs notes angéliques,
il me sembla entendre un murmure de rivière*
descendant claire de pierre en pierre,
en montrant la fertilité de sa source.
Et de même qu'un son prend sa forme
au col de la cithare, de même qu'au trou
du chalumeau un vent pénètre*,
ainsi, dissipant toute attente,
ce murmure de l'aigle se mit à monter
le long du cou comme s'il était creux.

Fecesi voce quivi, e quindi uscissi
per lo suo becco in forma di parole,
quali aspettava il core ov' io le scrissi.

« La parte in me che vede e pate il sole
ne l'aguglie mortali », incominciommi,
« or fisamente riguardar si vole,

perché d'i fuochi ond' io figura fommi,
quelli onde l'occhio in testa mi scintilla,
e' di tutti lor gradi son li sommi.

Colui che luce in mezzo per pupilla,
fu il cantor de lo Spirito Santo,
che l'arca traslatò di villa in villa :

ora conosce il merto del suo canto,
in quanto effetto fu del suo consiglio,
per lo remunerar ch'è altrettanto.

Dei cinque che mi fan cerchio per ciglio,
colui che piú al becco mi s'accosta,
la vedovella consolò del figlio :

ora conosce quanto caro costa
non seguir Cristo, per l'esperïenza
di questa dolce vita e de l'opposta.

E quel che segue in la circunferenza
di che ragiono, per l'arco superno,
morte indugiò per vera penitenza :

ora conosce che 'l giudicio etterno
non si trasmuta, quando degno preco
fa crastino là giú de l'odïerno.

L'altro che segue, con le leggi e meco,
sotto buona intenzion che fé mal frutto,
per cedere al pastor si fece greco :

ora conosce come il mal dedutto
dal suo bene operar non li è nocivo,
avvegna che sia 'l mondo indi distrutto.

E quel che vedi ne l'arco declivo,
Guiglielmo fu, cui quella terra plora
che piagne Carlo e Federigo vivo :

ora conosce come s'innamora
lo ciel del giusto rege, e al sembiante
del suo fulgore il fa vedere ancora.

Là il se fit voix, puis il sortit
à travers le bec en forme de paroles
qu'attendait mon cœur, où je les écrivis.

« La partie qui voit et endure le soleil
chez les aigles mortels », commença-t-il, « en moi
doit être à présent regardée fixement,

car des feux qui forment ma figure,
ceux dont l'œil scintille dans ma tête
sont les plus hauts de tous leurs degrés.

Celui qui brille au milieu comme pupille
fut le chantre de l'Esprit Saint*,
que l'arche transporta de ville en ville :

à présent il connaît le mérite qu'a son chant,
qui fut effet de son vouloir,
par la récompense qui est aussi grande.

Des cinq qui forment mon sourcil,
celui qui est le plus proche du bec
consola la veuve pour son fils* :

à présent il connaît combien il en coûte
de ne pas suivre Christ, par l'expérience
de cette douce vie et de la vie contraire*.

Celui qui vient après dans la circonférence
que je décris, en haut de l'arc,
retarda sa mort par vraie pénitence*;

à présent il connaît qu'éternel jugement
ne change pas, quand de bonnes prières
font qu'aujourd'hui devient demain*.

L'autre qui suit, avec les lois et avec moi,
et bon vouloir donnant un mauvais fruit,
se fit grec pour céder au pasteur* :

à présent il connaît comme le mal induit
par ses bonnes œuvres ne peut lui nuire,
bien que le monde en soit détruit*.

Et celui que tu vois dans l'arc déclinant
fut Guillaume, que regrette la terre
qui pleure Charles et Frédéric vivant*.

A présent il connaît comme le ciel
s'éprend du juste roi, et le fait voir encore
par la splendeur de son éclat.

Chi crederebbe giú nel mondo errante
che Rifëo Troiano in questo tondo
fosse la quinta de le luci sante?

Ora conosce assai di quel che 'l mondo
veder non può de la divina grazia,
ben che sua vista non discerna il fondo ».

Quale allodetta che 'n aere si spazia
prima cantando, e poi tace contenta
de l'ultima dolcezza che la sazia,

tal mi sembiò l'imago de la 'mprenta
de l'etterno piacere, al cui disio
ciascuna cosa qual ell' è diventa.

E avvegna ch'io fossi al dubbiar mio
lí quasi vetro a lo color ch'el veste,
tempo aspettar tacendo non patio,

ma de la bocca, « Che cose son queste? »,
mi pinse con la forza del suo peso :
per ch'io di coruscar vidi gran feste.

Poi appresso, con l'occhio piú acceso,
lo benedetto segno mi rispuose
per non tenermi in ammirar sospeso :

« Io veggio che tu credi queste cose
perch'io le dico, ma non vedi come;
sí che, se son credute, sono ascose.

Fai come quei che la cosa per nome
apprende ben, ma la sua quiditate
veder non può se altri non la prome.

Regnum celorum vïolenza pate
da caldo amore e da viva speranza,
che vince la divina volontate :

non a guisa che l'omo a l'om sobranza,
ma vince lei perché vuole esser vinta,
e, vinta, vince con sua beninanza.

La prima vita del ciglio e la quinta
ti fa maravigliar, perché ne vedi
la regïon de li angeli dipinta.

D'i corpi suoi non uscir, come credi,
Gentili, ma Cristiani, in ferma fede
quel d'i passuri e quel d'i passi piedi.

Qui croirait là-bas dans le monde errant
que le Troyen Riphée* dans ce cercle
fût la cinquième des lumières saintes?

A présent il connaît bien des choses que le monde
ne peut voir de la grâce divine,
bien que sa vue ne distingue pas le fond. »

Comme l'alouette qui s'élance dans l'air
chantant d'abord, et puis se tait, contente
de la dernière douceur qui la comble,

telle me sembla l'image de l'empreinte
du plaisir éternel, au désir de qui
toute chose devient ce qu'elle est.

Et bien que je fusse à l'égard de mon doute
pareil au verre pour la couleur qu'il couvre*,
il ne lui suffit pas d'attendre en se taisant,

mais il me poussa un « Qu'est-ce là ? »
hors de la bouche, avec la force de son poids;
et je vis briller de grands éclats de joie.

Puis aussitôt, avec son œil plus enflammé,
le signe béni me répondit
pour ne pas me tenir étonné en suspens :

« Je vois bien que tu crois ces choses
parce que je les dis, mais tu ne sais comment;
si bien que tu les crois, mais qu'elles restent cachées.

Tu fais comme celui qui apprend bien
la chose par son nom, mais ne peut voir
quelle est sa quiddité si autrui ne l'extrait.

*Regnum celorum** souffre la violence
de grand amour et de vive espérance,
qui vainc la volonté divine;

non comme l'homme qui surpasse l'homme,
mais elle vainc, parce qu'elle veut être vaincue,
et, vaincue, elle vainc par sa bénignité.

La première âme dans le sourcil et la cinquième*
t'émerveillent parce que tu vois
que la région des anges en est ornée.

Ils ne sortirent pas de leurs corps, comme tu crois,
païens, mais chrétiens, ayant foi en ces pieds
qui avaient souffert, ou qui devaient souffrir*.

Ché l'una de lo 'nferno, u' non si riede
già mai a buon voler, tornò a l'ossa;
e ciò di viva spene fu mercede :
di viva spene, che mise la possa
ne' prieghi fatti a Dio per suscitarla,
sí che potesse sua voglia esser mossa.
L'anima gloriosa onde si parla,
tornata ne la carne, in che fu poco,
credette in lui che potëa aiutarla;
e credendo s'accese in tanto foco
di vero amor, ch'a la morte seconda
fu degna di venire a questo gioco.
L'altra, per grazia che da sí profonda
fontana stilla, che mai creatura
non pinse l'occhio infino a la prima onda,
tutto suo amor là giú pose a drittura :
per che, di grazia in grazia, Dio li aperse
l'occhio a la nostra redenzion futura;
ond' ei credette in quella, e non sofferse
da indi il puzzo piú del paganesmo;
e riprendiene le genti perverse.
Quelle tre donne li fur per battesmo
che tu vedesti de la destra rota,
dinanzi al battezzar piú d'un millesmo.
O predestinazion, quanto remota
è la radice tua da quelli aspetti
che la prima cagion non veggion *tota!*
E voi, mortali, tenetevi stretti
a giudicar : ché noi, che Dio vedemo,
non conosciamo ancor tutti li eletti;
ed ènne dolce cosí fatto scemo,
perché il ben nostro in questo ben s'affina,
che quel che vole Iddio, e noi volemo. »
Cosí da quella imagine divina,
per farmi chiara la mia corta vista,
data mi fu soave medicina.
E come a buon cantor buon citarista
fa seguitar lo guizzo de la corda,
in che piú di piacer lo canto acquista,

Car de l'Enfer, où il n'est jamais de retour
au bon vouloir, l'un revint dans ses os*;
et ce fut le salaire de sa vive espérance;
vive espérance, qui mit sa force
dans les prières à Dieu pour la ressusciter,
afin que son vouloir pût être changé.
L'âme glorieuse dont on parle,
revenue dans sa chair, où elle resta peu,
crut en celui qui pouvait l'aider*;
et, en croyant, s'alluma d'un tel feu
de vrai amour, qu'à la seconde mort
elle fut digne de venir à cette joie.
L'autre, par la grâce qui jaillit
de source si profonde que jamais créature
ne porta les yeux jusqu'à la première onde,
donna tout son amour sur terre à la justice;
aussi, de grâce en grâce, Dieu lui ouvrit
les yeux à notre rédemption future*;
il crut en elle, et ne souffrit plus
dès lors la puanteur du paganisme;
et il en blâmait la gent perverse*.
Ces trois dames lui servirent de baptême,
celles que tu vis à la roue droite,
plus de mille ans avant l'usage de baptiser*.
O prédestination, comme ta racine
est éloignée de ces regards
qui ne voient pas la cause première *toute**!
Et vous, mortels, soyez lents
à juger; car nous, qui voyons Dieu,
ne connaissons pas encore tous les élus;
et un tel manque nous est doux,
parce que notre bien s'affine dans ce bien,
et ce que Dieu veut, nous le voulons aussi. »
Ainsi par image divine*
pour éclairer ma courte vue
me fut donné un remède suave.
Et comme à bon chanteur bon cithariste
fait suivre le frémissement des cordes
qui accroît le plaisir du chant,

sí, mentre ch'e' parlò, sí mi ricorda
ch'io vidi le due luci benedette,
pur come batter d'occhi si concorda,
con le parole mover le fiammette.

ainsi, tant qu'il parla, je me souviens
que je vis les deux lumières bénies,
comme un battement d'yeux s'accorde,
mouvoir leurs flammes avec les paroles.

CANTO XXI

Già eran li occhi miei rifissi al volto
de la mia donna, e l'animo con essi,
e da ogne altro intento s'era tolto.
E quella non ridea; ma « S'io ridessi »,
mi cominciò, « tu ti faresti quale
fu Semelè quando di cener fessi :
ché la bellezza mia, che per le scale
de l'etterno palazzo piú s'accende,
com' hai veduto, quanto piú si sale,
se non si temperasse, tanto splende,
che 'l tuo mortal podere, al suo fulgore,
sarebbe fronda che trono scoscende.
Noi sem levati al settimo splendore,
che sotto 'l petto del Leone ardente
raggia mo misto giú del suo valore.
Ficca di retro a li occhi tuoi la mente,
e fa di quelli specchi a la figura
che 'n questo specchio ti sarà parvente ».
Qual savesse qual era la pastura
del viso mio ne l'aspetto beato
quand' io mi trasmutai ad altra cura,
conoscerebbe quanto m'era a grato
ubidire a la mia celeste scorta,
contrapesando l'un con l'altro lato.
Dentro al cristallo che 'l vocabol porta,
cerchiando il mondo, del suo caro duce
sotto cui giacque ogne malizia morta,

CHANT XXI

Septième ciel : le ciel de Saturne (les contemplatifs). Béatrice ne sourit plus, les élus ne chantent pas : trop d'éclat pour un mortel. L'échelle d'or de Saturne à l'Empyrée. Saint Pierre Damien. Mystère de la prédestination. Invective contre les prélats. Un grand cri dans le ciel.

Déjà mes yeux étaient refixés au visage
de ma dame, et avec eux mon âme,
qui s'était détachée de toute autre pensée.
Elle ne riait pas; mais, « Si je riais »,
dit-elle, « tu deviendrais pareil
à Sémélé* réduite en cendres :
car ma beauté, qui s'accroît à mesure,
par les degrés du palais éternel,
que je monte plus haut, comme tu as vu,
si elle ne se voilait, brille si fort
que tes sens mortels, à son éclat,
seraient feuillage que la foudre brise.
Nous sommes arrivés à la septième splendeur*,
qui, sous le poitrail du lion ardent,
mêle maintenant ses rayons aux siens.
Mets ton esprit là où sont tes yeux,
et fait d'eux un miroir pour l'image
qui t'apparaîtra dans ce miroir-ci*. »
Celui qui saurait quelle nourriture
était pour mon regard le visage heureux,
lorsque je passai à un autre objet,
comprendrait combien il m'était plaisant
d'obéir à ma céleste escorte,
en contrebalançant un côté par l'autre*.
Dans le cristal qui encercle le monde*,
portant le nom de son seigneur aimé,
sous le règne de qui toute malice resta morte,

di color d'oro in che raggio traluce
vid' io uno scaleo eretto in suso
tanto, che nol seguiva la mia luce.
Vidi anche per li gradi scender giuso
tanti splendor, ch'io pensai ch'ogne lume
che par nel ciel, quindi fosse diffuso.
E come, per lo natural costume,
le pole insieme, al cominciar del giorno,
si movono a scaldar le fredde piume;
poi altre vanno via sanza ritorno,
altre rivolgon sé onde son mosse,
e altre roteando fan soggiorno;
tal modo parve me che quivi fosse
in quello sfavillar che 'nsieme venne,
sí come in certo grado si percosse.
E quel che presso piú ci si ritenne,
si fé sí chiaro, ch'io dicea pensando :
'Io veggio ben l'amor che tu m'accenne.
Ma quella ond' io aspetto il come e 'l quando
del dire e del tacer, si sta; ond' io,
contra 'l disio, fo ben ch'io non dimando'.
Per ch'ella, che vedëa il tacer mio
nel veder di colui che tutto vede,
mi disse : « Solvi il tuo caldo disio. »
E io incominciai : « La mia mercede
non mi fa degno de la tua risposta;
ma per colei che 'l chieder mi concede,
vita beata che ti stai nascosta
dentro a la tua letizia, fammi nota
la cagion che sí presso mi t'ha posta;
e dí perché si tace in questa rota
la dolce sinfonia di paradiso,
che giú per l'altre suona sí divota. »
« Tu hai l'udir mortal sí come il viso »,
rispuose a me; « onde qui non si canta
per quel che Bëatrice non ha riso.
Giú per li gradi de la scala santa
discesi tanto sol per farti festa
col dire e con la luce che mi ammanta;

je vis, d'une couleur d'or traversée de rayons,
une échelle si longue vers le haut
que mon regard ne pouvait la suivre*.
Je vis aussi par les degrés descendre
tant de splendeurs, qu'il me sembla
que toutes les lumières du ciel venaient de là.
Et comme les corneilles, par instinct naturel,
s'ébrouent ensemble au lever du jour
pour réchauffer leurs plumes froides,
puis les unes s'en vont sans retour,
d'autres reviennent d'où elles sont parties,
et d'autres, tournoyant, demeurent;
il me sembla que là il en allait de même,
dans ce scintillement venu tout ensemble,
lorsqu'un certain degré fut touché.
Le feu qui s'arrêta le plus près de nous
devint si clair que je dis en pensée :
« Je vois bien l'amour que tu m'indiques.
Mais celle dont j'attends le quand et le comment
du dire et du faire, ne bouge pas; aussi fais-je bien
malgré mon désir, de ne rien demander. »
D'où elle, qui voyait mon taire
dans la vue de celui qui voit tout,
me dit : « Délivre le désir qui te brûle. »
Et je commençai : « Mon mérite
ne me rend pas digne de ta réponse;
mais par celle qui permet la question*,
vie bienheureuse qui te tiens cachée
dans ta joie, révèle-moi
la cause qui t'a placée près de moi;
dis-moi pourquoi se tait dans cette sphère
la douce symphonie de paradis
qui résonne plus bas si dévotement. »
« Tu as l'ouïe mortelle comme la vue »,
me répondit-elle; « on ne chante pas ici
pour la même cause que Béatrice n'a pas ri.
J'ai descendu tous ces degrés
de l'échelle sainte pour te fêter
par la parole et la lumière qui m'enveloppe.

né piú amor mi fece esser piú presta,
ché piú e tanto amor quinci sú ferve,
sí come il fiammeggiar ti manifesta.
Ma l'alta carità, che ci fa serve
pronte al consiglio che 'l mondo governa,
sorteggia qui sí come tu osserve ».
« Io veggio ben », diss' io, « sacra lucerna,
come libero amore in questa corte
basta a seguir la provedenza etterna;
ma questo è quel ch'a cerner mi par forte,
perché predestinata fosti sola
a questo officio tra le tue consorte ».
Né venni prima a l'ultima parola,
che del suo mezzo fece il lume centro,
girando sé come veloce mola;
poi rispuose l'amor che v'era dentro :
« Luce divina sopra me s'appunta,
penetrando per questa in ch'io m'inventro,
la cui virtú, col mio veder congiunta,
mi leva sopra me tanto, ch'i' veggio
la somma essenza de la quale è munta.
Quinci vien l'allegrezza ond' io fiammeggio;
per ch'a la vista mia, quant' ella è chiara,
la chiarità de la fiamma pareggio.
Ma quell' alma nel ciel che piú si schiara,
quel serafin che 'n Dio piú l'occhio ha fisso,
a la dimanda tua non satisfara,
però che sí s'innoltra ne lo abisso
de l'etterno statuto quel che chiedi,
che da ogne creata vista è scisso.
E al mondo mortal, quando tu riedi,
questo rapporta, sí che non presumma
a tanto segno piú mover li piedi.
La mente, che qui luce, in terra fumma;
onde riguarda come può là giúe
quel che non pote perché 'l ciel l'assumma ».
Sí mi prescrisser le parole sue,
ch'io lasciai la quistione e mi ritrassi
a dimandarla umilmente chi fue.

Ce n'est pas plus d'amour qui m'a rendue plus prompte ;
car plus et tant d'amour brûle d'ici en haut,
comme ce flamboiement te manifeste.

Mais la haute charité, qui nous rend servantes
empressées du conseil qui gouverne le monde,
fixe ici les rôles, comme tu l'observes*. »

« Je vois bien », dis-je, « lampe sacrée,
comme libre amour suffit dans cette cour
pour suivre l'éternelle providence* ;

mais ce qui me paraît dur à saisir,
c'est pourquoi tu fus toi seule prédestinée
à cet office entre tes compagnes. »

Je n'étais pas encore à mon dernier mot
que la lumière pivota sur son centre,
tournoyant comme une meule rapide ;

puis l'amour qui était en elle répondit :
« Lumière divine a fondu sur moi,
pénétrant par celle-ci, où je m'enventre*,

et sa vertu, jointe à ma vision,
m'élève tant au-dessus de moi que je vois
la suprême essence dont elle est extraite.

De là vient l'allégresse dont je flambe ;
parce qu'à ma vue, autant qu'elle est claire,
j'égale la clarté de ma flamme.

Mais l'âme du ciel qui resplendit le plus,
le séraphin qui a les yeux les mieux fixés en Dieu,
ne pourrait satisfaire à ta requête,

car ce que tu demandes s'enfonce dans l'abîme
de l'éternel conseil, si loin
qu'il est séparé de tout regard créé*.

Et au monde mortel, à ton retour,
rapporte ceci, pour qu'il ne présume plus
de porter ses pas vers un pareil but.

L'esprit, lumineux ici, à terre est fumée ;
songe donc comment il peut en bas
ce qu'il ne peut quand le ciel l'accueille. »

Ses paroles me fixèrent un terme, si bien
que j'abandonnai la question et me limitai
à lui demander humblement qui elle était.

« Tra' due liti d'Italia surgon sassi,
e non molto distanti a la tua patria,
tanto che' troni assai suonan piú bassi,
e fanno un gibbo che si chiama Catria,
di sotto al quale è consecrato un ermo,
che suole esser disposto a sola latria. »
Cosí ricominciommi il terzo sermo;
e poi, continüando, disse : « Quivi
al servigio di Dio mi fe' sí fermo,
che pur con cibi di liquor d'ulivi
lievemente passava caldi e geli,
contento ne' pensier contemplativi.
Render solea quel chiostro a questi cieli
fertilemente; e ora è fatto vano,
sí che tosto convien che si riveli.
In quel loco fu' io Pietro Damiano,
e Pietro Peccator fu' ne la casa
di Nostra Donna in sul lito adriano.
Poca vita mortal m'era rimasa,
quando fui chiesto e tratto a quel cappello,
che pur di male in peggio si travasa.
Venne Cefàs e venne il gran vasello
de lo Spirito Santo, magri e scalzi,
prendendo il cibo da qualunque ostello.
Or voglion quinci e quindi chi rincalzi
li moderni pastori e chi li meni,
tanto son gravi, e chi di rietro li alzi.
Cuopron d'i manti loro i palafreni,
sí che due bestie van sott' una pelle :
oh pazïenza che tanto sostieni! »
A questa voce vid' io piú fiammelle
di grado in grado scendere e girarsi,
e ogne giro le facea piú belle.
Dintorno a questa vennero e fermarsi,
e fero un grido di sí alto suono,
che non potrebbe qui assomigliarsi;
né io lo 'ntesi, sí mi vinse il tuono.

« Entre les deux rives d'Italie des rochers
se dressent, non loin de ta patrie, si hauts
que les tonnerres grondent beaucoup plus bas,
formant une échine qui a nom Catria*,
au-dessous de laquelle est un ermitage
consacré seulement au culte de latrie*. »
Il commença ainsi son troisième discours;
et puis, en continuant, il dit : « Là,
au service de Dieu je me renforçai tant
que, nourri seulement de liqueur d'olive,
je passais légèrement la chaleur et le gel,
content dans mes pensées contemplatives.
Le cloître donnait des moissons fertiles
à ces cieux-ci; à présent il est vide,
en sorte qu'il devra se révéler bientôt*.
En ce lieu je fus Pierre Damien*,
et je fus Pierre Pécheur dans la maison
de Notre Dame sur le rivage adriatique.
Peu de vie mortelle m'était restée
quand je fus appelé et poussé au chapeau*
qui se transmet de mal en pis.
Céfas vint, et vint le grand vaisseau*
de l'Esprit Saint, maigres et déchaussés,
prenant leur nourriture en toute auberge.
A présent ils veulent qu'on les aide
ici et là, les modernes pasteurs, et qu'on les mène*,
tant ils sont lourds, et qu'on les soulève par-derrière.
Ils couvrent de leurs capes leurs palefrois;
si bien que deux bêtes vont sous une seule peau* :
ô patience de Dieu, qui supportes tant! ».
A cette voix je vis plusieurs flammettes
descendre et se tourner de degré en degré,
et chaque tour les rendait plus belles.
Elles vinrent s'arrêter autour de la première
et lancèrent un cri d'un son si haut
que rien ne pourrait s'y comparer ici;
je ne le compris pas, le tonnerre me vainquit*.

CANTO XXII

Oppresso di stupore, a la mia guida
mi volsi, come parvol che ricorre
sempre colà dove piú si confida;
e quella, come madre che soccorre
súbito al figlio palido e anelo
con la sua voce, che 'l suol ben disporre,
mi disse : « Non sai tu che tu se' in cielo?
e non sai tu che 'l cielo è tutto santo,
e ciò che ci si fa vien da buon zelo?
Come t'avrebbe trasmutato il canto,
e io ridendo, mo pensar lo puoi,
poscia che 'l grido t'ha mosso cotanto;
nel qual, se 'nteso avessi i prieghi suoi,
già ti sarebbe nota la vendetta
che tu vedrai innanzi che tu muoi.
La spada di qua sú non taglia in fretta
né tardo, ma' ch'al parer di colui
che disïando o temendo l'aspetta.
Ma rivolgiti omai inverso altrui;
ch'assai illustri spiriti vedrai,
se com' io dico l'aspetto redui. »
Come a lei piacque, li occhi ritornai,
e vidi cento sperule che 'nsieme
piú s'abbellivan con mutüi rai.
Io stava come quei che 'n sé repreme
la punta del disio, e non s'attenta
di domandar, sí del troppo si teme;

CHANT XXII

Ciel de Saturne. Stupeur de Dante. Béatrice le rassure. Saint Benoît parle. La corruption des monastères. Montée au *huitième ciel : le ciel des étoiles fixes*. (Le triomphe du Christ.) Invocation à la constellation des Gémeaux, le signe de la naissance de Dante. Regard vers les planètes et vers la terre.

Oppressé de stupeur, du côté de mon guide
je me tournai, comme l'enfant qui recourt
là où toujours il se confie le plus ;
et elle, comme mère qui secourt
aussitôt son fils pâle et hors d'haleine,
de sa voix, qui le réconforte,
me dit : « Ne sais-tu pas que tu es au ciel ?
et ne sais-tu pas que le ciel est tout saint,
et que ce qu'on y fait vient d'un bon zèle ?
Comme le chant t'aurait transmué,
et moi riant, tu peux le penser à présent,
puisque le cri t'a ému si fort ;
si tu avais en lui entendu ses prières,
déjà te serait connue la vengeance
que tu verras avant ta mort*.
L'épée d'en haut ne frappe pas en hâte,
ni en retard, sauf au gré de celui
qui l'attend désirant ou craignant.
Mais tourne-toi désormais vers d'autres ;
tu verras des esprits très illustres
si tu portes ton regard où je dis. »
Comme il lui plut je tournai les yeux
et vis cent petites sphères, qui ensemble
s'embellissaient à leurs rayons mutuels.
J'étais comme celui qui réprime en lui-même
la pointe du désir, et ne tente pas
de demander, craignant l'excès ;

e la maggiore e la piú luculenta
di quelle margherite innanzi fessi,
per far di sé la mia voglia contenta.
Poi dentro a lei udi' : « Se tu vedessi
com' io la carità che tra noi arde,
li tuoi concetti sarebbero espressi.
Ma perché tu, aspettando, non tarde
a l'alto fine, io ti farò risposta
pur al pensier, da che sí ti riguarde.
Quel monte a cui Cassino è ne la costa
fu frequentato già in su la cima
da la gente ingannata e mal disposta;
e quel son io che sú vi portai prima
lo nome di colui che 'n terra addusse
la verità che tanto ci soblima;
e tanta grazia sopra me relusse,
ch'io ritrassi le ville circunstanti
da l'empio cólto che 'l mondo sedusse.
Questi altri fuochi tutti contemplanti
uomini fuoro, accesi di quel caldo
che fa nascere i fiori e' frutti santi.
Qui è Maccario, qui è Romoaldo,
qui son li frati miei che dentro ai chiostri
fermar li piedi e tennero il cor saldo. »
E io a lui : « L'affetto che dimostri
meco parlando, e la buona sembianza
ch'io veggio e noto in tutti li ardor vostri,
cosí m'ha dilatata mia fidanza,
come 'l sol fa la rosa quando aperta
tanto divien quant' ell' ha di possanza.
Però ti priego, e tu, padre, m'accerta
s'io posso prender tanta grazia, ch'io
ti veggia con imagine scoverta. »
Ond' elli : « Frate, il tuo alto disio
s'adempierà in su l'ultima spera,
ove s'adempion tutti li altri e 'l mio.
Ivi è perfetta, matura e intera
ciascuna disïanza; in quella sola
è ogne parte là ove sempr' era,

et la plus grande et la plus éclatante
de toutes ces perles s'approcha
pour contenter mon envie par son geste.
Puis j'entendis en elle : « Si tu voyais
comme je la vois la charité qui nous embrase,
tes pensées seraient exprimées.
Mais pour qu'en attendant tu ne retardes pas
le noble but, je répondrai
à la pensée dont tu te gardes tant.
Ce mont qui a Cassino sur son flanc*
fut fréquenté jadis, en son sommet,
par des gens abusés, mal instruits;
et je fus le premier à y porter
le nom de celui qui amena sur terre
la vérité qui nous élève si haut;
et tant de grâce brilla sur moi
que je tirai les villes environnantes
du culte impie qui séduisit le monde*.
Ces autres feux furent tous des hommes
contemplatifs, embrasés de l'ardeur
qui fait naître les fleurs et les fruits saints.
Ici est Macaire, ici Romuald*,
ici sont mes frères qui dans les cloîtres
arrêtèrent leurs pas et tinrent fermes leurs cœurs. »
Et moi à lui : « L'affection que tu montres
en parlant avec moi, et l'air de bienveillance
que je vois et note en toutes vos ardeurs,
a dilaté ma confiance aussi fort
que fait le soleil à la rose
quand elle s'ouvre de toute sa puissance.
Aussi je te prie, et toi, père, apprends-moi
si je peux obtenir une telle grâce,
que je te voie en figure découverte. »
Et lui : « Frère, ton noble désir
s'accomplira dans la plus haute sphère
où s'accomplissent tous les autres, et le mien.
Là tout désir est parfait, mûr et entier ;
en elle seule est chaque partie
là où elle a toujours été,

perché non è in loco e non s'impola;
e nostra scala infino ad essa varca,
onde cosí dal viso ti s'invola.
Infin là sú la vide il patriarca
Iacobbe porger la superna parte,
quando li apparve d'angeli sí carca.
Ma, per salirla, mo nessun diparte
da terra i piedi, e la regola mia
rimasa è per danno de le carte.
Le mura che solieno esser badia
fatte sono spelonche, e le cocolle
sacca son piene di farina ria.
Ma grave usura tanto non si tolle
contra 'l piacer di Dio, quanto quel frutto
che fa il cor de' monaci sí folle;
ché quantunque la Chiesa guarda, tutto
è de la gente che per Dio dimanda;
non di parenti né d'altro piú brutto.
La carne d'i mortali è tanto blanda,
che giú non basta buon cominciamento
dal nascer de la quercia al far la ghianda.
Pier cominciò sanz' oro e sanz' argento,
e io con orazione e con digiuno,
e Francesco umilmente il suo convento;
e se guardi 'l principio di ciascuno,
poscia riguardi là dov' è trascorso,
tu vederai del bianco fatto bruno.
Veramente Iordan vòlto retrorso
piú fu, e 'l mar fuggir, quando Dio volse,
mirabile a veder che qui 'l soccorso. »
Cosí mi disse, e indi si raccolse
al suo collegio, e 'l collegio si strinse;
poi, come turbo, in sú tutto s'avvolse.
La dolce donna dietro a lor mi pinse
con un sol cenno su per quella scala,
sí sua virtú la mia natura vinse;
né mai qua giú dove si monta e cala
naturalmente, fu sí ratto moto
ch'agguagliar si potesse a la mia ala.

car elle n'a pas de lieu ni de pôle ;
et notre échelle arrive jusqu'à elle,
c'est pourquoi elle vole ainsi hors de ta vue*.

Jusque là-haut la vit le patriarche
Jacob dresser sa partie supérieure,
quand elle lui apparut si chargée d'anges*.

Mais pour la gravir personne à présent
ne lève les pieds de terre, et ma règle
est restée pour gâcher du papier*.

Les murs qui étaient jadis des abbayes
sont devenus cavernes, et les capuches
sont des sacs pleins de farine gâtée.

Mais la grave usure ne se dresse pas
contre le plaisir de Dieu autant que ce fruit
qui rend si fou le cœur des moines* ;

car tout ce que l'Église garde, tout
est à qui demande au nom de Dieu,
non pas aux parents et à d'autres pires.

La chair des mortels est si faible
qu'un bon commencement ne dure pas
de la naissance du chêne à la venue du gland.

Pierre commença sans or et sans argent,
moi avec le jeûne et l'oraison,
et François commença humblement son couvent*.

Et si tu regardes le début de chacun,
et ensuite le point où il est venu,
tu verras du blanc devenu brun*.

Vraiment le Jourdain revenant en arrière,
et la mer fuyant, quand Dieu le voulut,
furent plus surprenants qu'ici le secours*. »

Il me parla ainsi, puis il rejoignit
sa compagnie, et sa compagnie se resserra ;
puis, comme un tourbillon, elle s'élança toute.

La douce dame me poussa derrière eux,
d'un seul geste, sur cette échelle,
tant sa vertu vainquit ma nature ;

jamais ici-bas, là où on monte et on descend
naturellement, on ne vit mouvement si rapide
qu'il pût s'égaler à mon aile.

S'io torni mai, lettore, a quel divoto
trïunfo per lo quale io piango spesso
le mie peccata e 'l petto mi percuoto,

tu non avresti in tanto tratto e messo
nel foco il dito, in quant' io vidi 'l segno
che segue il Tauro e fui dentro da esso.

O glorïose stelle, o lume pregno
di gran virtú, dal quale io riconosco
tutto, qual che si sia, il mio ingegno,

con voi nasceva e s'ascondeva vosco
quelli ch'è padre d'ogne mortal vita,
quand' io senti' di prima l'aere tosco;

e poi, quando mi fu grazia largita
d'entrar ne l'alta rota che vi gira,
la vostra regïon mi fu sortita.

A voi divotamente ora sospira
l'anima mia, per acquistar virtute
al passo forte che a sé la tira.

« Tu se' sí presso a l'ultima salute »,
cominciò Bëatrice, « che tu dei
aver le luci tue chiare e acute;

e però, prima che tu piú t'inlei,
rimira in giú, e vedi quanto mondo
sotto li piedi già esser ti fei;

sí che 'l tuo cor, quantunque può, giocondo
s'appresenti a la turba trïunfante
che lieta vien per questo etera tondo ».

Col viso ritornai per tutte quante
le sette spere, e vidi questo globo
tal, ch'io sorrisi del suo vil sembiante;

e quel consiglio per migliore approbo
che l'ha per meno; e chi ad altro pensa
chiamar si puote veramente probo.

Vidi la figlia di Latona incensa
sanza quell' ombra che mi fu cagione
per che già la credetti rara e densa.

L'aspetto del tuo nato, Iperïone,
quivi sostenni, e vidi com' si move
circa e vicino a lui Maia e Dïone.

Puissé-je revenir, lecteur, à ce triomphe
sacré pour qui souvent je pleure
mes péchés et me frappe la poitrine* ;
tu n'aurais pas tiré et mis le doigt
au feu en moins de temps que je vis le signe
qui suit le Taureau et me trouvai en lui*.
O étoiles glorieuses, ô lumière pleine
de grande vertu, à qui je reconnais
devoir tout mon génie, quoi qu'il vaille,
avec vous naissait, avec vous se cachait
celui qui est père de toute vie mortelle,
quand je sentis d'abord l'air toscan* ;
puis quand la grâce me fut accordée
d'entrer dans la haute sphère qui vous fait tourner,
votre région me fut assignée.
Vers vous soupire à présent dévotement
mon âme, pour acquérir la force
de franchir le dur pas qui l'attire.
« Tu es si près de l'ultime salut »,
commença Béatrice, « que tu dois
avoir la vue claire et pénétrante ;
aussi, avant que tu y entres,
regarde en bas, vois quelle partie de monde
j'ai déjà fait passer sous tes pieds ;
afin que ton cœur, aussi joyeux qu'il peut,
se présente à la foule triomphante
qui vient heureuse dans ce cercle éthéré ».
Je retournai par le regard à travers toutes
les sept sphères, et je vis ce globe
tel, que je souris de sa vile apparence* ;
et j'approuve pour meilleure l'opinion
qui en fait moins de cas ; qui pense à autre chose
peut véritablement s'appeler sage.
Je vis la fille de Latone* enflammée
sans cette ombre qui me fut cause
que je la crus jadis à la fois rare et dense*.
L'éclat de ton fils, Hypérion*,
je le soutins là, et je vis comment
se meuvent autour de lui Maia et Dioné*

Quindi m'apparve il temperar di Giove
tra 'l padre e 'l figlio; e quindi mi fu chiaro
147 il varïar che fanno di lor dove;
e tutti e sette mi si dimostraro
quanto son grandi e quanto son veloci
150 e come sono in distante riparo.
L'aiuola che ci fa tanto feroci,
volgendom' io con li etterni Gemelli,
tutta m'apparve da' colli a le foci;
154 poscia rivolsi li occhi a li occhi belli.

Puis m'apparut la tempérance de Jupiter
entre le père et le fils; et dès lors me fut clair
le changement qu'ils font de leur *où**;
et tous les sept* me montrèrent
comme ils sont grands, et comme ils sont rapides,
et comme ils sont en demeures distantes.
La petite aire qui nous rend si féroces,
comme je tournais avec les éternels Gémeaux,
m'apparut toute, des collines aux rivages;
puis je reportai mes yeux vers les beaux yeux.

CANTO XXIII

Come l'augello, intra l'amate fronde,
posato al nido de' suoi dolci nati
la notte che le cose ci nasconde,
che, per veder li aspetti disïati
e per trovar lo cibo onde li pasca,
in che gravi labor li sono aggrati,
previene il tempo in su aperta frasca,
e con ardente affetto il sole aspetta,
fiso guardando pur che l'alba nasca;
cosí la donna mïa stava eretta
e attenta, rivolta inver' la plaga
sotto la quale il sol mostra men fretta :
sí che, veggendola io sospesa e vaga,
fecimi qual è quei che disïando
altro vorria, e sperando s'appaga.
Ma poco fu tra uno e altro quando,
del mio attender, dico, e del vedere
lo ciel venir piú e piú rischiarando;
e Bëatrice disse : « Ecco le schiere
del trïunfo di Cristo e tutto 'l frutto
ricolto del girar di queste spere! »
Pariemi che 'l suo viso ardesse tutto,
e li occhi avea di letizia sí pieni,
che passarmen convien sanza costrutto.
Quale ne' plenilunïi sereni
Trivïa ride tra le ninfe etterne
che dipingon lo ciel per tutti i seni,

CHANT XXIII

Ciel des étoiles fixes. Attente de Béatrice. Descente du Christ et de Marie parmi les bienheureux. Extase de Dante. Le rire de Béatrice. Gloire de Marie et image de l'assomption. Hymne des élus. Apparition de saint Pierre. Jeudi de Pâques, 14 avril 1300, à midi.

Comme l'oiseau, sous le feuillage aimé,
posé sur le nid de ses doux rejetons,
pendant la nuit qui nous cache les choses
qui, pour voir leurs formes désirées,
et trouver l'aliment dont il les nourrira,
avec un dur labeur qui lui est plaisant,
devance le temps sur une haute branche,
et attend le soleil avec amour,
guettant fixement la naissance de l'aube,
ainsi ma dame se tenait dressée
et attentive, tournée vers la région
où le soleil montre le moins de hâte* :
et moi, la voyant ardente et suspendue,
je devins comme celui qui désire
une autre chose, et qui s'apaise en espérant.
Mais peu de temps passa entre l'un et l'autre,
entre attendre, dis-je, et voir
le ciel s'éclairer de plus en plus;
et Béatrice dit : « Voici les armées
du triomphe du Christ et tout le fruit
que moissonne le tournoiement des sphères* ! »
Il me sembla que son visage flamboyait,
et elle avait les yeux si pleins de joie
qu'il me faut passer outre sans en parler.
Pareil à Trivia* dans les clairs de lune,
riant parmi les nymphes éternelles
qui fleurissent tous les golfes du ciel,

vid' i' sopra migliaia di lucerne
un sol che tutte quante l'accendea,
come fa 'l nostro le viste superne;
e per la viva luce trasparea
la lucente sustanza tanto chiara
nel viso mio, che non la sostenea.
Oh Bëatrice, dolce guida e cara!
Ella mi disse : « Quel che ti sobranza
è virtú da cui nulla si ripara.
Quivi è la sapïenza e la possanza
ch' aprí le strade tra 'l cielo e la terra,
onde fu già sí lunga disïanza. »
Come foco di nube si diserra
per dilatarsi sí che non vi cape,
e fuor di sua natura in giú s'atterra,
la mente mia cosí, tra quelle dape
fatta piú grande, di sé stessa uscío,
e che si fesse rimembrar non sape.
« Apri li occhi e riguarda qual son io;
tu hai vedute cose, che possente
se' fatto a sostener lo riso mio. »
Io era come quei che si risente
di visïone oblita e che s'ingegna
indarno di ridurlasi a la mente,
quand' io udi' questa proferta, degna
di tanto grato, che mai non si stingue
del libro che 'l preterito rassegna.
Se mo sonasser tutte quelle lingue
che Polimnïa con le suore fero
del latte lor dolcissimo piú pingue,
per aiutarmi, al millesmo del vero
non si verria, cantando il santo riso
e quanto il santo aspetto facea mero;
e cosí, figurando il paradiso,
convien saltar lo sacrato poema,
come chi trova suo cammin riciso.
Ma chi pensasse il ponderoso tema
e l'omero mortal che se ne carca,
nol biasmerebbe se sott' esso trema :

je vis, au-dessus de milliers de flambeaux,
un soleil qui les embrassait tous,
comme le nôtre allume les étoiles d'en haut;
et à la lumière vive transparaissait
la substance brillante, si claire
dans mon regard, qu'il ne pouvait la soutenir.
O Béatrice, doux et cher guide!
Elle me dit : « Ce qui t'abat
est une force à quoi rien ne résiste.
Là est la sagesse et la puissance
qui ouvrit la voie entre ciel et terre,
dont jadis le monde eut un si long désir. »
Comme le feu s'échappe du nuage,
se dilatant si fort qu'il ne tient plus en lui,
et tombe à terre contre sa nature,
ainsi mon esprit, dans ce banquet,
devenu plus grand, sortit de soi-même,
et ne sait plus se souvenir de ce qu'il fit.
« Ouvre les yeux, regarde comme je suis :
tu as vu des choses qui t'ont donné
la puissance de supporter mon rire. »
J'étais comme celui qui se ressent
d'une vision oubliée et qui s'ingénie
en vain à se la remettre en mémoire,
quand j'entendis cette offre, digne
d'une gratitude qui ne s'éteint jamais
du livre où s'enregistre le passé.
Si à présent résonnaient toutes les langues
que Polymnie fit avec ses sœurs*,
les plus nourries de leur lait si doux
pour me secourir, on n'atteindrait pas
au millième du vrai, en chantant le saint rire,
et comme la sainte lumière le rendait pur;
ainsi, en décrivant le paradis,
le poème sacré doit faire un saut,
comme celui qui trouve la voie interrompue.
Mais qui voudrait songer au poids de mon thème
et aux épaules mortelles qui le chargent
ne les blâmera pas si elles tremblent sous lui :

non è pareggio da picciola barca
quel che fendendo va l'ardita prora,
né da nocchier ch'a sé medesmo parca.
« Perché la faccia mia sí t'innamora,
che tu non ti rivolgi al bel giardino
che sotto i raggi di Cristo s'infiora?
Quivi è la rosa in che 'l verbo divino
carne si fece; quivi son li gigli
al cui odor si prese il buon cammino. »
Cosí Beatrice; e io, che a' suoi consigli
tutto era pronto, ancora mi rendei
a la battaglia de' debili cigli.
Come a raggio di sol, che puro mei
per fratta nube, già prato di fiori
vider, coverti d'ombra, li occhi miei;
vid' io cosí piú turbe di splendori,
folgorate di sú da raggi ardenti,
sanza veder principio di folgóri.
O benigna vertú che sí li 'mprenti,
sú t'essaltasti per largirmi loco
a li occhi lí che non t'eran possenti.
Il nome del bel fior ch'io sempre invoco
e mane e sera, tutto mi ristrinse
l'animo ad avvisar lo maggior foco;
e come ambo le luci mi dipinse
il quale e il quanto de la viva stella
che là sú vince come qua giú vinse,
per entro il cielo scese una facella,
formata in cerchio a guisa di corona,
e cinsela e girossi intorno ad ella.
Qualunque melodia piú dolce suona
qua giú e piú a sé l'anima tira,
parrebbe nube che squarciata tona,
comparata al sonar di quella lira
onde si coronava il bel zaffiro
del quale il ciel piú chiaro s'inzaffira.
« Io sono amore angelico, che giro
l'alta letizia che spira del ventre
che fu albergo del nostro disiro;

ce ne sont point parages pour un petit bateau
ceux que va fendant ma proue hardie,
ni pour un nocher qui ménage sa peine.
« Pourquoi mon visage te charme-t-il si fort
que tu ne regardes pas le beau jardin
qui s'épanouit sous les rayons du Christ ?
Là est la rose* où le verbe divin
est devenu chair ; là sont les lis*
dont le parfum montra le bon chemin. »
Ainsi dit Béatrice ; et moi, qui étais prêt
pour ses conseils, je me rendis encore
à la bataille de mes faibles cils*.
De même qu'au rayon du soleil, qui traverse pur
un nuage brisé, parfois mes yeux ont vu
tout couverts d'ombre, un pré de fleurs ;
ainsi je vis des foisons de lumière,
fulgurées d'en haut par des rayons ardents,
sans voir la source des éclairs.
O bénigne vertu qui t'imprimes ainsi,
tu t'élevas plus haut pour secourir mes yeux
qui là n'étaient pas assez puissants pour toi.
Le nom de la belle fleur* que j'invoque sans cesse,
matin et soir, tourna tout mon esprit
vers la vision du plus grand feu ;
et lorsqu'elle peignit dans mes deux yeux
la grandeur et beauté de l'étoile vive
qui vainc là-haut comme elle vainquit sur terre,
un flambeau descendit dans le ciel,
formé en cercle, comme une couronne,
qui la ceignit et tourna autour d'elle.
La mélodie qui résonne la plus douce
ici-bas, et qui tire l'âme le plus à soi,
semblerait nuage éventré qui tonne,
comparée au son de cette lyre
qui couronnait le beau saphir
dont le ciel le plus clair s'ensaphire*.
« Je suis l'amour angélique*, qui fais tourner
la haute joie qui s'exhale du ventre
qui fut la demeure de notre désir ;

e girerommi, donna del ciel, mentre
che seguirai tuo figlio, e farai dia
piú la spera supprema perché lí entre. »
Cosí la circulata melodia
si sigillava, e tutti li altri lumi
facean sonare il nome di Maria.
Lo real manto di tutti i volumi
del mondo, che piú ferve e piú s'avviva
ne l'alito di Dio e nei costumi,
avea sopra di noi l'interna riva
tanto distante, che la sua parvenza,
là dov' io era, ancor non appariva :
però non ebber li occhi miei potenza
di seguitar la coronata fiamma
che si levò appresso sua semenza.
E come fantolin che 'nver' la mamma
tende le braccia, poi che 'l latte prese,
per l'animo che 'nfin di fuor s'infiamma;
ciascun di quei candori in sú si stese
con la sua cima, sí che l'alto affetto
ch'elli avieno a Maria mi fu palese.
Indi rimaser lí nel mio cospetto,
'*Regina celi*' cantando sí dolce,
che mai da me non si partí 'l diletto.
Oh quanta è l'ubertà che si soffolce
in quelle arche ricchissime che fuoro
a seminar qua giú buone bobolce!
Quivi si vive e gode del tesoro
che s'acquistò piangendo ne lo essilio
di Babillòn, ove si lasciò l'oro.
Quivi trïunfa, sotto l'alto Filio
di Dio e di Maria, di sua vittoria,
e con l'antico e col novo concilio,
colui che tien le chiavi di tal gloria.

et je tournerai, dame du ciel, tandis
que tu suivras ton fils, et rendras plus divine
la sphère suprême, par ton entrée. »
Ainsi la mélodie tournoyante
se concluait, et les autres lumières
faisaient résonner le nom de Marie.
Le royal manteau de toutes les sphères
du monde, qui flambe le plus et s'avive le plus
dans le souffle de Dieu et dans ses actes*,
avait au-dessus de nous sa rive interne
si éloignée que son aspect,
là où j'étais, ne m'apparaissait pas encore*;
mes yeux pourtant n'eurent pas la puissance
de suivre la flamme couronnée
qui se leva derrière sa semence*.
Et comme un nourrisson qui tend les bras
vers sa mère quand il a pris son lait,
pour la joie qui enfin s'enflamme au-dehors,
chacune de ces blancheurs tendit vers le haut
sa cime, si bien que me fut claire
la haute affection qu'ils avaient pour Marie.
Là ils restèrent à ma vue
chantant « *Regina celi** » si doucement
que jamais le plaisir ne m'en a plus quitté.
O quelle est l'abondance qui s'amasse
dans ces très riches arches qui furent
à semer ici-bas si bonnes laboureuses*!
Ici on vit et on jouit du trésor
qui s'acquiert en pleurant dans l'exil
de Babylone*, où l'or fut délaissé.
Ici triomphe, sous le haut fils
de Dieu et de Marie, de sa victoire,
et avec l'ancien et le nouveau conseil,
celui qui tient les clés de cette gloire*.

CANTO XXIV

« O sodalizio eletto a la gran cena
del benedetto Agnello, il qual vi ciba
sí, che la vostra voglia è sempre piena,
se per grazia di Dio questi preliba
di quel che cade de la vostra mensa,
prima che morte tempo li prescriba,
ponete mente a l'affezione immensa
e roratelo alquanto : voi bevete
sempre del fonte onde vien quel ch'ei pensa. »
Cosí Beatrice; e quelle anime liete
si fero spere sopra fissi poli,
fiammando, volte, a guisa di comete.
E come cerchi in tempra d'orïuoli
si giran sí, che 'l primo a chi pon mente
quïeto pare, e l'ultimo che voli;
cosí quelle carole, differente-
mente danzando, de la sua ricchezza
mi facieno stimar, veloci e lente.
Di quella ch'io notai di piú carezza
vid' ïo uscire un foco sí felice,
che nullo vi lasciò di piú chiarezza;
e tre fïate intorno di Beatrice
si volse con un canto tanto divo,
che la mia fantasia nol mi ridice.
Però salta la penna e non lo scrivo :
ché l'imagine nostra a cotai pieghe,
non che 'l parlare, è troppo color vivo.

CHANT XXIV

Ciel des étoiles fixes. Prière de Béatrice aux apôtres pour Dante. Joie dans le ciel. Saint Pierre interroge Dante sur la foi. Credo de Dante. Approbation de l'examen.

« O compagnie élue au grand banquet
de l'Agneau béni, qui vous nourrit si bien
que votre faim est toujours rassasiée,
si par la grâce de Dieu cet homme goûte à l'avance
de ce qui tombe de votre table,
avant que la mort lui assigne son temps,
songez à son immense aspiration :
irriguez-le un peu : car vous buvez
toujours à la source d'où vient ce qu'il songe. »
Ainsi dit Béatrice : et ces âmes heureuses
devinrent des cercles à pôles fixes,
en flamboyant fort, comme font les comètes*.
Et comme des roues en harmonie d'horloge
tournent de façon que qui les contemple
voit la première tranquille, et la dernière qui vole* ;
ainsi ces caroles, diversement
dansant, me donnaient leur degré
de richesse, rapides et lentes*.
De celle qui me parut la plus précieuse
je vis sortir un feu si joyeux
qu'il n'y laissa aucun de plus grande clarté ;
et trois fois autour de Béatrice
il tourna en chantant un chant si divin
que ma fantaisie ne peut le redire.
Aussi ma plume saute, et je ne l'écris pas :
car l'imagination, non la seule parole,
pour de tels plis a des couleurs trop vives*.

« O santa suora mia che sí ne prieghe
divota, per lo tuo ardente affetto
da quella bella spera mi disleghe. »

Poscia fermato, il foco benedetto
a la mia donna dirizzò lo spiro,
che favellò cosí com' i' ho detto.

Ed ella : « O luce etterna del gran viro
a cui Nostro Segnor lasciò le chiavi,
ch'ei portò giú, di questo gaudio miro,

tenta costui di punti lievi e gravi,
come ti piace, intorno de la fede,
per la qual tu su per lo mare andavi.

S'elli ama bene e bene spera e crede,
non t'è occulto, perché 'l viso hai quivi
dov'ogne cosa dipinta si vede;

ma perché questo regno ha fatto civi
per la verace fede, a gloriarla,
di lei parlare è ben ch'a lui arrivi. »

Sí come il baccialier s'arma e non parla
fin che 'l maestro la question propone,
per approvarla, non per terminarla,

cosí m'armava io d'ogne ragione
mentre ch'ella dicea, per esser presto
a tal querente e a tal professione.

« Dí, buon Cristiano, fatti manifesto :
fede che è ? » Ond' io levai la fronte
in quella luce onde spirava questo;

poi mi volsi a Beatrice, ed essa pronte
sembianze femmi perch' ïo spandessi
l'acqua di fuor del mio interno fonte.

« La Grazia che mi dà ch'io mi confessi »,
comincia' io, « da l'alto primipilo,
faccia li miei concetti bene espressi ».

E seguitai : « Come 'l verace stilo
ne scrisse, padre, del tuo caro frate
che mise teco Roma nel buon filo,

fede è sustanza di cose sperate
e argomento de le non parventi;
e questa pare a me sua quiditate. »

« O ma sainte sœur, qui nous pries ainsi,
dévotement, par ton ardent amour
tu me délies de cette belle ronde. »

Quand il fut arrêté, ce feu béni
dressa vers ma dame son souffle
qui lui parla comme j'ai dit.

Et elle : « O lumière éternelle du grand homme
à qui notre Seigneur laissa les clefs
qu'il apporta sur terre, de la joie admirable,

éprouve celui-ci sur des points légers
et lourds, comme il te plaît, touchant la foi
qui te fit marcher sur la mer*.

S'il aime bien, espère bien et croit,
ce ne t'est pas caché, puisque ton regard
est ici, où toute chose est peinte;

mais puisque ce royaume a fait ses citoyens
par la vraie foi, et pour la glorifier,
il est bon qu'il lui arrive de parler d'elle. »

Comme le bachelier s'arme, et ne parle pas
avant que le maître ait posé la question,
pour la démontrer, non pour la conclure*,

ainsi je m'armais de tous mes arguments,
tandis qu'elle parlait, afin d'être prêt
pour un tel maître, et pour une telle déclaration*.

« Parle, bon chrétien, explique-toi :
qu'est-ce que la foi* ? » Alors je relevai le front
vers la lumière d'où ces mots soufflaient,

puis me tournai vers Béatrice, et elle me fit
aussitôt signe de répandre au-dehors
l'eau de ma fontaine intérieure.

« La grâce qui m'accorde de me confesser »,
commençai-je, « au noble primipile*
fasse que mes pensées soient bien exprimées. »

Et je continuai : « Comme l'écrivit
la plume véridique, père, de ton frère aimé,
qui mit avec toi Rome dans le droit fil*,

foi est substance de choses espérées
et argument des invisibles;
telle me paraît être sa quiddité*. »

Allora udi' : « Dirittamente senti,
se bene intendi perché la ripuose
tra le sustanze, e poi tra li argomenti. »

E io appresso : « Le profonde cose
che mi largiscon qui la lor parvenza,
a li occhi di là giú son sí ascose,

che l'esser loro v'è in sola credenza,
sopra la qual si fonda l'alta spene;
e però di sustanza prende intenza.

E da questa credenza ci convene
silogizzar, sanz' avere altra vista :
però intenza d'argomento tene. »

Allora udi' :« Se quantunque s'acquista
giú per dottrina, fosse cosí 'nteso,
non lí avria loco ingegno di sofista. »

Cosí spirò di quello amore acceso;
indi soggiunse : « Assai bene è trascorsa
d'esta moneta già la lega e 'l peso;

ma dimmi se tu l'hai ne la tua borsa. »
Ond' io : « Sí ho, sí lucida e sí tonda,
che nel suo conio nulla mi s'inforsa. »

Appresso uscí de la luce profonda
che lí splendeva : « Questa cara gioia
sopra la quale ogne virtú si fonda,

onde ti venne? ». E io : « La larga ploia
de le Spirito Santo, ch'è diffusa
in su le vecchie e' n su le nuove cuoia,

è silogismo che la m'ha conchiusa
acutamente sí, che 'nverso d'ella
ogne dimostrazion mi pare ottusa. »

Io udi' poi : « L'antica e la novella
proposizion che cosí ti conchiude,
perché l'hai tu per divina favella ? »

E io : « La prova che 'l ver mi dischiude,
son l'opere seguite, a che natura
non scalda ferro mai né batte incude. »

Risposto fummi : « Dí, chi t'assicura
che quell' opere fosser? Quel medesmo
che vuol provarsi, non altri, il ti giura ».

Alors j'entendis : « Tu penses droitement
si tu comprends pourquoi il la mit d'abord
parmi les substances*, et puis parmi les arguments. »
Et moi, alors : « Les choses profondes
qui me font ici don de leur apparence
sont si cachées aux yeux d'en bas
que leur être y est en seule croyance,
sur quoi le grand espoir se fonde ;
c'est pourquoi elle prend nom de substance.
Et sur cette croyance il nous convient
de syllogiser sans rien voir d'autre :
c'est pourquoi on l'appelle d'argument*. »
J'entendis alors : « Si tout ce qui s'apprend
sur terre par doctrine se comprenait ainsi,
l'esprit de sophistique n'aurait pas lieu. »
Ainsi souffla cet amour ardent ;
puis il ajouta : « L'alliage et le poids
de cette monnaie ont bien passé entre tes mains ;
mais dis-moi si tu l'as dans ta bourse*. »
Et moi : « Oui je l'ai, si brillante et si ronde
que rien ne me fait douter de son coin. »
Alors j'entendis dans la lumière profonde
qui resplendissait : « Ce joyau précieux
sur quoi toute vertu se fonde,
d'où te vient-il ? » Et moi : « La large pluie
de l'Esprit Saint, qui est diffuse
sur les parchemins anciens et nouveaux
est le syllogisme qui me l'a prouvé
si nettement qu'à côté d'elle
toute démonstration me semble émoussée*. »
J'entendis ensuite : « L'ancienne et la nouvelle
proposition qui te font conclure*,
pourquoi les tiens-tu pour parole divine ? »
Et moi : « La preuve qui m'ouvre le vrai,
ce sont les œuvres qui suivirent, pour qui la nature
n'échauffe pas le fer et ne bat pas l'enclume*. »
Il me fut répondu : « Dis-moi, qui donc t'assure
que ces œuvres furent ? Cela même
qui est à prouver te le jure, et rien d'autre*. »

« Se 'l mondo si rivolse al cristianesmo »,
diss' io, « sanza miracoli, quest' uno
è tal, che li altri non sono il centesmo :

ché tu intrasti povero e digiuno
in campo, a seminar la buona pianta
che fu già vite e ora è fatta pruno ».

Finito questo, l'alta corte santa
risonò per le spere un 'Dio laudamo'
ne la melode che là sú si canta.

E quel baron che sí di ramo in ramo,
essaminando, già tratto m'avea,
che a l'ultime fronde appressavamo,

ricominciò : « La Grazia, che donnea
con la tua mente, la bocca t'aperse
infino a qui come aprir si dovea,

sí ch'io approvo ciò che fuori emerse;
ma or convien espremer quel che credi,
e onde a la credenza tua s'offerse ».

« O santo padre, e spirito che vedi
ciò che credesti sí, che tu vincesti
ver' lo sepulcro piú giovani piedi »,

comincia' io, « tu vuo' ch'io manifesti
la forma qui del pronto creder mio,
e anche la cagion di lui chiedesti.

E io rispondo : Io credo in uno Dio
solo ed etterno, che tutto 'l ciel move,
non moto, con amore e con disio;

e a tal creder non ho io pur prove
fisice e metafisice, ma dalmi
anche la verità che quinci piove

per Moïsè, per profeti e per salmi,
per l'Evangelio e per voi che scriveste
poi che l'ardente Spirto vi fé almi;

e credo in tre persone etterne, e queste
credo una essenza sí una e sí trina,
che soffera congiunto 'sono' ed 'este'.

De la profonda condizion divina
ch'io tocco mo, la mente mi sigilla
piú volte l'evangelica dottrina.

« Si le monde s'est tourné vers le christianisme »,
dis-je, « sans miracles, ce seul miracle est tel
108 que les autres ne sont pas le centième :

car tu es entré pauvre et sans moyen*
dans le champ pour semer la bonne plante
111 qui fut vigne jadis, et puis s'est faite ronce*. »

Ces mots finis, la haute et sainte cour
entonna dans la sphère un « Louons Dieu »
114 avec la mélodie qu'on chante là-haut*.

Et ce baron* qui de branche en branche,
en m'examinant, m'avait mené si haut
117 que nous approchions des derniers feuillages,

recommença : « La Grâce, qui devise d'amour
avec ton esprit, t'a ouvert la bouche
120 jusqu'ici comme elle devait s'ouvrir,

si bien que j'approuve ce qui en est sorti ;
mais il faut à présent dire ce que tu crois
123 et d'où cela s'offrit à ta croyance. »

« O saint père, qui es esprit qui vois
ce que tu crus, si bien que tu vainquis
126 en courant au sépulcre, sur des pieds plus jeunes »,

commençai-je, « tu veux que j'exprime
la forme ici de ma prompte croyance,
129 et m'en demandes aussi la raison.

Et je réponds : « Je crois en un Dieu
seul et éternel, qui meut tout le ciel
132 sans être mû, avec amour et avec désir* ;

et pour cette croyance je n'ai pas que des preuves
physiques et métaphysiques : elle m'est donnée
135 aussi par la vérité qui pleut ici

par Moïse, par les prophètes et par les psaumes,
par l'évangile, et par vous qui avez écrit
138 après que l'Esprit ardent vous eut fait saints* ;

et je crois en trois personnes éternelles,
et je les crois une essence une et trine
141 qui admet à la fois « sont » et « est* ».

De la profonde condition divine
que je touche à présent, le sceau est mis souvent
144 dans mon esprit par la doctrine évangélique.

Quest' è 'l principio, quest' è la favilla
che si dilata in fiamma poi vivace,
e come stella in cielo in me scintilla. »
Come 'l segnor ch' ascolta quel che i piace,
da indi abbraccia il servo, gratulando
per la novella, tosto ch'el si tace;
cosí, benedicendomi cantando,
tre volte cinse me, sí com' io tacqui,
l'appostolico lume al cui comando
io avea detto : sí nel dir li piacqui!

C'est là le principe, c'est là l'étincelle
qui se dilate ensuite en flamme vive
147 et scintille en moi comme étoile au ciel. »
Comme le maître entendant chose qui lui plaît
embrasse alors son serviteur, se réjouissant
150 de la nouvelle, dès qu'il se tait,
ainsi, en me bénissant par son chant,
tourna trois fois autour de moi
la lumière de l'apôtre sur les ordres de qui
154 j'avais parlé, tant mon parler lui plut !

CANTO XXV

Se mai continga che 'l poema sacro
al quale ha posto mano e cielo e terra,
sí che m'ha fatto per molti anni macro,
vinca la crudeltà che fuor mi serra
del bello ovile ov' io dormi' agnello,
nimico ai lupi che li danno guerra;
con altra voce omai, con altro vello
ritornerò poeta, e in sul fonte
del mio battesmo prenderò 'l cappello;
però che ne la fede, che fa conte
l'anime a Dio, quivi intra'io, e poi
Pietro per lei sí mi girò la fronte.
Indi si mosse un lume verso noi
di quella spera ond' uscí la primizia
che lasciò Cristo d'i vicari suoi;
e la mia donna, piena di letizia,
mi disse : « Mira, mira : ecco il barone
per cui là giú si vicita Galizia. »
Sí come quando il colombo si pone
presso al compagno, l'uno a l'altro pande,
girando e mormorando, l'affezione;
cosí vid' ïo l'un da l'altro grande
principe glorïoso essere accolto,
laudando il cibo che là sú li prande.
Ma poi che 'l gratular si fu assolto,
tacito *coram me* ciascun s'affisse,
ignito sí che vincëa 'l mio volto.

CHANT XXV

Ciel des étoiles fixes. Nostalgie de Florence. Certitude de la future couronne poétique. Saint Jacques interroge Dante sur l'Espérance. Apparition de saint Jean. Dante essaie de voir son corps. Ébloui, il devient momentanément aveugle.

Si jamais il advient que le poème sacré
où le ciel et la terre ont mis la main*
et qui m'a fait maigrir de longues années

vainque la cruauté qui me tient au-dehors
du beau bercail où je dormis agneau*,
ennemi des loups qui lui font la guerre;

avec une autre voix alors, avec une autre laine,
je reviendrai poète, et sur les fonts
de mon baptême je prendrai la couronne*;

car c'est là que j'entrai dans la foi
qui fait à Dieu reconnaître les âmes, et plus tard
Pierre me ceignit le front pour elle.

A ce moment une lumière vint vers nous
de cette sphère d'où sortit le premier
des vicaires que le Christ a laissés*;

et ma dame, pleine de joie, dit « Regarde,
Regarde : voici le baron
pour qui, sur terre, on visite la Galice*. »

Comme quand se pose la colombe
auprès de sa compagne, et qu'elles se montrent,
tournant et murmurant, leur affection,

ainsi je vis accueillis l'un par l'autre
les deux grands princes glorieux,
louant le mets qui les nourrit là-haut*.

Mais quand les compliments furent achevés,
en silence, *coram me**, ils s'arrêtèrent,
si ardents que je baissai le visage.

Ridendo allora Bëatrice disse :
« Inclita vita per cui la larghezza
de la nostra basilica si scrisse,
fa risonar la spene in questa altezza :
tu sai, che tante fiate la figuri,
quante Iesú ai tre fé piú carezza. »
« Leva la testa e fa che t'assicuri :
ché ciò che vien qua sú del mortal mondo,
convien ch'ai nostri raggi si maturi. »
Questo conforto del foco secondo
mi venne ; ond' io levăi li occhi a' monti
che li 'ncurvaron pria col troppo pondo.
« Poi che per grazia vuol che tu t'affronti
lo nostro Imperadore, anzi la morte,
ne l'aula piú secreta co' suoi conti,
sí che, veduto il ver di questa corte,
la spene, che là giú bene innamora,
in te e in altrui di ciò conforte,
dí quel ch'ell' è, dí come se ne 'nfiora
la mente tua, e dí onde a te venne. »
Cosí seguí 'l secondo lume ancora.
E quella pïa che guidò le penne
de le mie ali a cosí alto volo,
a la risposta cosí mi prevenne :
« La Chiesa militante alcun figliuolo
non ha con piú speranza, com'è scritto
nel Sol che raggia tutto nostro stuolo :
però li è conceduto che d'Egitto
vegna in Ierusalemme per vedere,
anzi che 'l militar li sia prescritto.
Li altri due punti, che non per sapere
son dimandati, ma perch' ei rapporti
quanto questa virtú t'è in piacere,
a lui lasc' io, ché non li saran forti
né di iattanza ; ed elli a ciò risponda,
e la grazia di Dio ciò li comporti. »
Come discente ch'a dottor seconda
pronto e libente in quel ch'elli è esperto,
perché la sua bontà si disasconda,

En riant alors Béatrice dit :
« Ame illustre qui décrivis
la libéralité de notre basilique*,
fais sonner l'espérance dans ces hauteurs :
tu le sais, toi qui la figures aussi souvent
que Jésus montra aux trois sa bienveillance*. »
« Lève la tête et prends de l'assurance :
car ce qui vient ici du monde mortel
doit se mûrir à nos rayons. »
Ce réconfort me vint du second feu;
et je levai les yeux vers ces cimes
dont le poids les avait d'abord inclinés.
« Puisque par grâce notre Empereur veut
que tu t'affrontes, avant la mort,
avec ses comtes, dans la chambre secrète*,
si bien qu'ayant vu le vrai de cette cour,
l'espoir, qui en bas enamoure,
se renforce par là, en toi et en autrui,
dis ce qu'elle est, dis comme en est fleurie
ton âme, et d'où elle t'est venue. »
Ainsi continua la seconde lumière.
Et la pieuse amie qui dans un vol si haut
avait guidé les plumes de mes ailes
devança ainsi ma réponse :
« L'Église militante n'a pas un fils
qui ait plus d'espérance, comme il est écrit
dans le Soleil qui éclaire toute notre cohorte :
c'est pourquoi il lui est accordé de venir
d'Égypte pour voir Jérusalem*
avant que soit achevée sa milice.
Les deux autres points qui lui sont demandés,
non pour savoir, mais pour qu'il rapporte
combien cette vertu te plaît,
je les lui laisse : car ils ne seront pour lui ni durs
ni de jactance; qu'il y réponde
et que la grâce de Dieu le lui consente. »
Comme un disciple qui seconde son maître,
prompt et ouvert sur ce qu'il sait,
pour que sa valeur se révèle,

« Spene », diss' io, « è uno attender certo
de la gloria futura, il qual produce
grazia divina e precedente merto.
Da molte stelle mi vien questa luce;
ma quei la distillò nel mio cor pria
che fu sommo cantor del sommo duce.
'Sperino in te', ne la sua tëodia
dice,'color che sanno il nome tuo':
e chi nol sa, s'elli ha la fede mia?
Tu mi stillasti, con lo stillar suo,
ne la pistola poi; sí ch'io son pieno,
e in altrui vostra pioggia repluo ».
Mentr' io diceva, dentro al vivo seno
di quello incendio tremolava un lampo
súbito e spesso a guisa di baleno.
Indi spirò : « L'amore ond' ïo avvampo
ancor ver' la virtú che mi seguette
infin la palma e a l'uscir del campo,
vuol ch'io respiri a te che ti dilette
di lei; ed emmi a grato che tu diche
quello che la speranza ti 'mpromette. »
E io : « Le nove e le scritture antiche
pongon lo segno, ed esso lo mi addita,
de l'anime che Dio s'ha fatte amiche.
Dice Isaia che ciascuna vestita
ne la sua terra fia di doppia vesta :
e la sua terra è questa dolce vita;
e 'l tuo fratello assai vie piú digesta,
là dove tratta de le bianche stole,
questa revelazion ci manifesta. »
E prima, appresso al fin d'este parole,
'*Sperent in te*' di sopr' a noi s'udí;
a che rispuoser tutte le carole.
Poscia tra esse un lume si schiarí
sí che, se 'l Cancro avesse un tal cristallo,
l'inverno avrebbe un mese d'un sol dí.
E come surge e va ed entra in ballo
vergine lieta, sol per fare onore
a la novizia, non per alcun fallo,

« l'Espérance », dis-je, « est l'attente certaine
de la gloire future, qui est produite
par grâce divine et par mérite ancien*.

De plusieurs étoiles me vient cette lumière,
mais le premier à la distiller dans mon cœur
fut le plus grand chantre du plus grand roi.

“Que ceux qui savent ton nom”, dit-il
dans sa théodie*, “espèrent en toi” :
et qui ne le sait pas, s'il a ma foi?

Puis tu me l'instillas, comme il me l'instilla,
avec ton épître* : et j'en suis débordé,
et je reverse en autrui votre pluie*. »

Tandis que je parlais, dans le sein vivant
de ce brasier, une lumière tremblait,
soudaine et répétée comme un éclair.

Puis il parla : « L'amour dont je brûle
encore pour la vertu qui me suivit
jusqu'au palmier, et jusqu'au bout du champ*,

veut que je te parle, à toi qui l'aimes;
et je te saurai gré si tu me dis
ce que l'espérance te promet. »

Et moi : « Les écritures nouvelles et les anciennes
posent le but, et ce but me l'indique,
des âmes que Dieu s'est rendu amies.

Isaïe* dit que chacune sera
vêtue dans sa patrie d'un double habit :
et sa patrie est cette douce vie ;

ton frère* aussi, en mots plus explicites,
là où il traite des blanches robes,
nous manifeste cette révélation. »

Et d'abord, après la fin de ces paroles,
on entendit « *Sperent in te** » au-dessus de nous ;
et toutes les caroles lui répondirent.

Puis parmi elles une lumière s'éclaira,
tant que si le Cancer avait un tel cristal,
l'hiver aurait un mois fait d'un seul jour*.

Et comme se dresse et va et entre dans la danse
une vierge joyeuse pour faire honneur
à la mariée, sans rien de mal,

così vid' io lo schiarato splendore
venire a' due che si volgieno a nota
qual conveniesi al loro ardente amore.
Misesi lí nel canto e ne la rota;
e la mia donna in lor tenea l'aspetto,
pur come sposa tacita e immota.
« Questi è colui che giacque sopra 'l petto
del nostro pellicano, e questi fue
di su la croce al grande officio eletto. »
La donna mia cosí; né però piúe
mosser la vista sua di stare attenta
poscia che prima le parole sue.
Qual è colui ch'adocchia e s'argomenta
di vedere eclissar lo sole un poco,
che, per veder, non vedente diventa;
tal mi fec' ïo a quell' ultimo foco
mentre che detto fu : « Perché t'abbagli
per veder cosa che qui non ha loco?
In terra è terra il mio corpo, e saragli
tanto con li altri, che 'l numero nostro
con l'etterno proposito s'agguagli.
Con le due stole nel beato chiostro
son le due luci sole che saliro;
e questo apporterai nel mondo vostro. »
A questa voce l'infiammato giro
si quïetò con esso il dolce mischio
che si facea nel suon del trino spiro,
sí come, per cessar fatica o rischio,
li remi, pria ne l'acqua ripercossi,
tutti si posano al sonar d'un fischio.
Ahi quanto ne la mente mi commossi,
quando mi volsi per veder Beatrice,
per non poter veder, benché io fossi
presso di lei, e nel mondo felice!

ainsi je vis la splendeur éclatante
venir vers les deux qui tournaient en mesure
comme il convenait à leur ardent amour.
Elle se mit là dans le chant et la danse,
et ma dame tenait sur elles son regard,
comme une épousée silencieuse, immobile.
« Voici celui qui s'appuya sur la poitrine
de notre pélican*, et qui fut
élu sur la croix pour le grand office. »
Ainsi parla ma dame, mais ses paroles
n'empêchèrent pas sa vue
d'être attentive, après comme avant.
Tel est celui qui regarde et s'efforce
de voir le soleil s'éclipser un peu,
et qui, pour voir, devient non voyant,
tel je devins devant ce dernier feu,
tandis qu'une voix disait : « Pourquoi t'éblouis-tu
pour voir une chose qui n'est pas ici* ?
Mon corps est terre dans la terre, et il y sera
avec les autres, tant que notre nombre
ne sera pas égal au décret éternel.
Avec leurs deux robes dans le bienheureux cloître
il n'est que deux lumières qui sont montées* ;
tu le rapporteras dans votre monde. »
A cette voix le cercle enflammé
se calma, avec le doux mélange
qui se faisait dans le son des trois souffles*,
comme, pour faire cesser le risque ou la fatigue,
les rames, d'abord frappées dans l'eau,
se posent toutes au son d'un sifflet*.
Ahi ! combien je m'émus dans mon âme,
quand je me tournai pour voir Béatrice
et ne pus voir*, bien que je fusse
près d'elle, et dans le monde heureux !

CANTO XXVI

Mentr' io dubbiava per lo viso spento,
de la fulgida fiamma che lo spense
uscí un spiro che mi fece attento,
dicendo : « Intanto che tu ti risense
de la vista che haï in me consunta,
ben è che ragionando la compense.
Comincia dunque ; e dí ove s'appunta
l'anima tua, e fa ragion che sia
la vista in te smarrita e non defunta :
perché la donna che per questa dia
regïon ti conduce, ha ne lo sguardo
la virtú ch'ebbe la man d'Anania. »
Io dissi : « Al suo piacere e tosto e tardo
vegna remedio a li occhi, che fuor porte
quand' ella entrò col foco ond' io sempr' ardo.
Lo ben che fa contenta questa corte,
Alfa e O è di quanta scrittura
mi legge Amore o lievemente o forte. »
Quella medesma voce che paura
tolta m'avea del súbito abbarbaglio,
di ragionare ancor mi mise in cura ;
e disse : « Certo a piú angusto vaglio
ti conviene schiarar : dicer convienti
chi drizzò l'arco tuo a tal berzaglio. »
E io : « Per filosofici argomenti
e per autorità che quinci scende
cotale amor convien che in me si 'mprenti :

CHANT XXVI

Ciel des étoiles fixes. Saint Jean interroge Dante sur la Charité. Applaudissements des bienheureux. Retour de la vue. Apparition d'Adam. Il parle du temps de la création, de la langue des premiers hommes, des noms de Dieu.

Comme je m'angoissais pour ma vue éteinte*,
de la flamme fulgurante qui l'éteignit
sortit un souffle qui me fit attentif,
et qui disait : « En attendant que tu recouvres
la vue que tu as consumée en moi,
il est bon qu'en parlant tu la compenses.
Commence donc : dis-moi à quoi ton âme
aspire, et pense qu'en toi la vue
est égarée mais non défunte;
car la dame qui te guide par ces divines
régions a dans son regard
la vertu qu'eut la main d'Anania*. »
Je dis : « Que vienne, à son gré, tôt ou tard
un remède à mes yeux, qui furent des portes
quand elle entra avec le feu dont je brûle encore.
Le bien qui rend cette cour contente,
Alpha et Oméga de toute l'écriture
Amour me le lit, avec force ou douceur*. »
La même voix qui m'avait ôté
la peur du soudain éblouissement
me donna encore le désir de parler,
et dit : « Certes, il faut éclaircir ta pensée
par un crible plus fin; il te faut dire
qui dressa ton arc vers telle cible. »
Et moi : « Par arguments philosophiques
et par l'autorité qui descend ici
il faut qu'un tel amour s'imprime en moi :

ché 'l bene, in quanto ben, come s'intende,
cosí accende amore, e tanto maggio
quanto piú di bontate in sé comprende.
Dunque a l'essenza ov' è tanto avvantaggio,
che ciascun ben che fuor di lei si trova
altro non è ch'un lume di suo raggio,
piú che in altra convien che si mova
la mente, amando, di ciascun che cerne
il vero in che si fonda questa prova.
Tal vero a l'intelletto mïo sterne
colui che mi dimostra il primo amore
di tutte le sustanze sempiterne.
Sternel la voce del verace autore,
che dice a Moïsè, di sé parlando :
'Io ti farò vedere ogne valore'.
Sternilmi tu ancora, incominciando
l'alto preconio che grida l'arcano
di qui là giú sovra ogne altro bando. »
E io udi' : « Per intelletto umano
e per autoritadi a lui concorde
d'i tuoi amori a Dio guarda il sovrano.
Ma dí ancor se tu senti altre corde
tirarti verso lui, sí che tu suone
con quanti denti questo amor ti morde. »
Non fu latente la santa intenzione
de l'aguglia di Cristo, anzi m'accorsi
dove volea menar mia professione.
Però ricominciai : « Tutti quei morsi
che posson far lo cor volgere a Dio,
a la mia caritate son concorsi :
ché l'essere del mondo e l'esser mio,
la morte ch'el sostenne perch' io viva,
e quel che spera ogne fedel com' io,
con la predetta conoscenza viva,
tratto m'hanno del mar de l'amor torto,
e del diritto m'han posto a la riva.
Le fronde onde s'infronda tutto l'orto
de l'ortolano etterno, am' io cotanto
quanto da lui a lor di bene è porto. »

car le bien, en tant que bien, dès qu'on l'entend,
allume ainsi l'amour et d'autant plus
qu'il comprend en soi plus de bonté*.

Donc vers l'essence où est tant d'abondance
que tout bien qui se trouve hors d'elle
n'est que lumière de son rayon,

il faut que se dirige, plutôt que vers une autre,
en aimant, l'esprit de celui qui discerne
le vrai sur quoi cette preuve se fonde.

Qui révèle ce vrai à mon intellect
est celui qui me démontre que l'Amour
est la première substance sempiternelle*.

La voix du véridique auteur le révèle
qui dit à Moïse, en parlant de soi :
“Je te ferai voir toute valeur*.”

Toi aussi tu me le révèles, en commençant
la haute annonce qui clame en bas
les mystères d'ici, plus que tout autre ban. »

Et j'entendis : « Par l'intellect humain
et par l'autorité qui concorde avec lui,
ton amour le plus haut regarde Dieu.

Mais dis-moi encore si tu sens d'autres cordes
te tirer vers lui, fais-nous entendre
avec combien de dents cet amour te mord*. »

Elle n'était pas cachée la sainte intention
de l'aigle du Christ, et je compris
où il voulait mener ma déclaration.

Je recommençai : « Toutes les morsures
qui peuvent tourner le cœur vers Dieu
ont concouru à ma charité ;

car l'être du monde et mon être,
la mort qu'il endura pour que je vive,
et ce qu'espère tout fidèle comme je fais,

avec la vive connaissance que j'ai dite,
m'ont tiré de la mer de l'amour dévié
et m'ont mis sur la rive de l'amour vrai.

Les feuilles* dont s'enfeuille le jardin
de l'éternel jardinier, je les aime
à la mesure du bien qu'il leur a donné. »

Sí com' io tacqui, un dolcissimo canto
risonò per lo cielo, e la mia donna
dicea con li altri : « Santo, santo, santo! »

E come a lume acuto si disonna
per lo spirto visivo che ricorre
a lo splendor che va di gonna in gonna,

e lo svegliato ciò che vede aborre,
sí nescïa è la súbita vigilia
fin che la stimativa non soccorre;

cosí de li occhi miei ogne quisquilia
fugò Beatrice col raggio d'i suoi,
che rifulgea da piú di mille milia :

onde mei che dinanzi vidi poi;
e quasi stupefatto domandai
d'un quarto lume ch'io vidi tra noi.

E la mia donna : « Dentro da quei rai
vagheggia il suo fattor l'anima prima
che la prima virtú creasse mai. »

Come la fronda che flette la cima
nel transito del vento, e poi si leva
per la propria virtú che la soblima,

fec' io in tanto in quant' ella diceva,
stupendo, e poi mi rifece sicuro
un disio di parlare ond' ïo ardeva.

E cominciai : « O pomo che maturo
solo prodotto fosti, o padre antico
a cui ciascuna sposa è figlia e nuro,

divoto quanto posso a te supplíco
perché mi parli : tu vedi mia voglia,
e per udirti tosto non la dico. »

Talvolta un animal coverto broglia,
si che l'affetto convien che si paia
per lo seguir che face a lui la 'nvoglia;

e similmente l'anima primaia
mi facea trasparer per la coverta
quant' ella a compiacermi venía gaia.

Indi spirò : « Sanz' essermi proferta
da te, la voglia tua discerno meglio
che tu qualunque cosa t'è piú certa;

Quand je me tus, un chant très doux
résonna par le ciel, et ma dame
disait avec les autres : « Saint, saint, saint! »
Et comme une lumière intense nous réveille
par l'esprit visuel qui court à la rencontre
de la clarté qui va de membrane en membrane*,
et le réveillé fuit tout ce qu'il voit,
si privée de conscience est la veille soudaine
tant que le jugement ne vient pas à son aide;
ainsi de ses yeux Béatrice
chassa toute poussière par le rayon des siens
qui resplendissait à plus de mille milles :
d'où je vis alors mieux d'auparavant;
et, presque stupéfait, je demandai le nom
d'une quatrième lumière que je vis parmi nous.
Et ma dame : « Dans ces rayons
la première âme* que la première vertu
ait jamais créée adore son créateur. »
Comme le feuillage qui incline sa cime
au passage du vent, puis se lève
par sa propre vertu qui la redresse,
ainsi fis-je moi-même pendant qu'elle parlait,
plein de stupeur, et puis un désir de parler,
dont je brûlais, me rendit l'assurance.
Et je commençai : « O fruit qui seul
fut produit mûr, ô père antique
à qui toute épouse est fille et bru,
je te supplie, aussi pieusement que je peux,
de me parler : tu vois mon désir,
et, pour t'entendre vite je ne le dis pas. »
Parfois un animal couvert s'agite
si bien qu'on perçoit ce qu'il sent
à travers l'étoffe qui suit ses mouvements;
pareillement la première âme
me faisait transparaître par son enveloppe
comme elle venait me complaire avec joie.
Puis elle dit : « Sans être proféré
par toi, ton désir m'est plus clair
qu'à toi la chose qui t'est la plus certaine;

perch' io la veggio nel verace speglio
che fa di sé pareglio a l'altre cose,
e nulla face lui di sé pareglio.

Tu vuogli udir quant' è che Dio mi puose
ne l'eccelso giardino, ove costei
a cosí lunga scala ti dispuose,

e quanto fu diletto a li occhi miei,
e la propria cagion del gran disdegno,
e l'idïoma ch'usai e che fei.

Or, figliuol mio, non il gustar del legno
fu per sé la cagion di tanto essilio,
ma solamente il trapassar del segno.

Quindi onde mosse tua donna Virgilio,
quattromilia trecento e due volumi
di sol desiderai questo concilio;

e vidi lui tornare a tutt' i lumi
de la sua strada novecento trenta
fïate, mentre ch'ïo in terra fu'mi.

La lingua ch'io parlai fu tutta spenta
innanzi che a l'ovra inconsummabile
fosse la gente di Nembròt attenta :

ché nullo effetto mai razïonabile,
per lo piacere uman che rinovella
seguendo il cielo, sempre fu durabile.

Opera naturale è ch'uom favella;
ma cosí o cosí, natura lascia
poi fare a voi secondo che v'abbella.

Pria ch'i' scendessi a l'infernale ambascia,
I s'appellava in terra il sommo bene
onde vien la letizia che mi fascia;

e *El* si chiamò poi : e ciò convene,
ché l'uso d'i mortali è come fronda
in ramo, che sen va e altra vene.

Nel monte che si leva piú da l'onda,
fu' io, con vita pura e disonesta,
da la prim' ora a quella che seconda,
come 'l sol muta quadra, l'ora sesta. »

parce que je la vois dans le vrai miroir
qui fait pareilles en soi les autres choses,
et nulle ne peut le réfléchir*.
Tu veux savoir quand Dieu me mit
dans le haut jardin, où cette dame-ci
te prépara pour la longue montée,
et combien de temps il réjouit mes yeux,
et la vraie raison du grand courroux,
et l'idiome que j'usai, et que je fis.
Or, mon fils, ce ne fut pas goûter à l'arbre
qui fut la cause d'un tel exil,
mais seulement d'avoir passé le signe*.
Donc, là d'où ta dame a tiré Virgile,
pendant quatre mille trois cents ans et deux tours
du soleil, j'ai eu désir de ce concile*;
je l'ai vu revenir à toutes les lumières
de son chemin neuf cent trente
fois, quand j'étais sur la terre*.
La langue que je parlai s'éteignit toute
avant qu'à l'œuvre inachevable
fût occupée la race de Nemrod* :
car jamais nul effet de la raison,
par le plaisir humain, qui change
en suivant le ciel, ne fut toujours durable.
Œuvre de nature est que l'homme parle,
mais ainsi ou ainsi, nature vous le laisse
faire ensuite vous-même comme il vous plaît.
Avant que je descende à l'angoisse d'Enfer,
I était sur terre le nom du bien suprême*
d'où vient la joie qui m'enveloppe;
puis on l'appela *El** : et ce fut bien,
car l'usage des mortels est comme feuille
sur la branche, qui s'en va et une autre vient.
Sur le mont qui s'élève le plus haut sur la mer,
je fus, avec vie pure puis pécheresse,
de la première heure à celle qui suit,
quand le soleil change de quadrant, la sixième heure*. »

CANTO XXVII

'Al Padre, al Figlio, a lo Spirito Santo',
cominciò, 'gloria!', tutto 'l paradiso,
sí che m'inebrïava il dolce canto.
Ciò ch'io vedeva mi sembiava un riso
de l'universo; per che mia ebbrezza
intrava per l'udire e per lo viso.
Oh gioia! oh ineffabile allegrezza!
oh vita intègra d'amore e di pace!
oh sanza brama sicura ricchezza!
Dinanzi a li occhi miei le quattro face
stavano accese, e quella che pria venne
incominciò a farsi piú vivace,
e tal ne la sembianza sua divenne,
qual diverrebbe Iove, s'elli e Marte
fossero augelli e cambiassersi penne.
La provedenza, che quivi comparte
vice e officio, nel beato coro
silenzio posto avea da ogne parte,
quand' ïo udi' : « Se io mi trascoloro,
non ti maravigliar, ché, dicend'io,
vedrai trascolorar tutti costoro.
Quelli ch'usurpa in terra il luogo mio,
il luogo mio, il luogo mio che vaca
ne la presenza del Figliuol di Dio,
fatt' ha del cimitero mio cloaca
del sangue e de la puzza; onde 'l perverso
che cadde di qua sú, là giú si placa. »

CHANT XXVII

Ciel des étoiles fixes. Hymnes des saints. Invective de saint Pierre contre le pape Boniface VIII. Dante tourne avec les Gémeaux et le ciel étoilé. Prophétie : la mission de Dante. Retour des bienheureux dans l'Empyrée. Montée de Dante au *neuvième ciel, ou Premier Mobile* (Dieu et les Anges). Béatrice explique la nature du Premier Mobile. Invective contre la corruption de l'humanité. Annonce d'une prochaine rénovation morale.

« Au Père, au Fils, au saint Esprit »,
commença, "gloire !", tout le paradis,
en un chant si doux qu'il m'enivrait.

Ce que je voyais me semblait un rire
de l'univers ; et mon ivresse
entrait par l'ouïe et par la vue.

O joie ! ô ineffable allégresse !
ô vie entière d'amour et de paix !
ô richesse assurée sans convoitise !

Devant mes yeux les quatre flambeaux*
étaient allumés, et le premier qui était venu
commença à se faire plus vif,

et devint pareil dans son aspect
à ce que serait Jupiter, si lui et Mars
étaient oiseaux, et échangeaient leurs plumes*.

La providence qui répartit ici
tours et offices, dans le chœur bienheureux,
avait fait le silence de tous côtés,

lorsque j'entendis : « Si je me décolore,
ne t'étonne pas, car, quand je parlerai,
tu verras tous ceux-ci se décolorer.

Celui qui sur terre usurpe mon lieu*,
mon lieu, mon lieu, qui est vacant
à la présence du Fils de Dieu,

a fait de mon cimetière un cloaque
de sang et de puanteur ; et le pervers
qui tomba d'ici, s'apaise en bas*. »

Di quel color che per lo sole avverso
nube dipigne da sera e da mane,
vid' ïo allora tutto 'l ciel cosperso.

E come donna onesta che permane
di sé sicura, e per l'altrui fallanza,
pur ascoltando, timida si fane,

cosí Beatrice trasmutò sembianza;
e tale eclissi credo che 'n ciel fue
quando patí la supprema possanza.

Poi procedetter le parole sue
con voce tanto da sé trasmutata,
che la sembianza non si mutò piúe :

« Non fu la sposa di Cristo allevata
del sangue mio, di Lin, di quel di Cleto,
per essere ad acquisto d'oro usata;

ma per acquisto d'esto viver lieto
e Sisto e Pïo e Calisto e Urbano
sparser lo sangue dopo molto fleto.

Non fu nostra intenzion ch'a destra mano
d'i nostri successor parte sedesse,
parte da l'altra del popol cristiano;

né che le chiavi che mi fuor concesse,
divenisser signaculo in vessillo
che contra battezzati combattesse;

né ch'io fossi figura di sigillo
a privilegi venduti e mendaci,
ond'io sovente arrosso e disfavillo.

In vesta di pastor lupi rapaci
si veggion di qua sú per tutti i paschi :
o difesa di Dio, perché pur giaci?

Del sangue nostro Caorsini e Guaschi
s'apparecchian di bere : o buon principio,
a che vil fine convien che tu caschi!

Ma l'alta provedenza, che con Scipio
difese a Roma la gloria del mondo,
soccorrà tosto, sí com' io concipio;

e tu, figliuol, che per lo mortal pondo
ancor giú tornerai, apri la bocca,
e non asconder quel ch'io non ascondo. »

La couleur qui peint les nuages,
en face du soleil, au soir et au matin,
se répandit alors sur tout le ciel.

Et comme une femme honnête qui demeure
sûre d'elle, et qui devient craintive
rien qu'en écoutant les fautes d'autrui,

ainsi Béatrice changea de visage ;
et je crois qu'au ciel se fit pareille éclipse
lorsque souffrit la suprême puissance*.

Puis ses paroles continuèrent
avec une voix si altérée
que son aspect n'était pas plus changé :

« L'épouse du Christ ne fut pas nourrie
de mon sang, de celui de Lin et de Cletos*
pour servir à acquérir de l'or ;

mais pour acquérir cette vie heureuse
et Sixte et Pie et Calixte et Urbain*
versèrent leur sang après bien des larmes.

Ce n'était pas notre intention qu'à la droite
de nos successeurs s'assît une partie
du peuple chrétien, et l'autre à la gauche*,

ni que les clefs qui me furent données
devinssent emblèmes sur un étendard
qui combattît contre les baptisés* ;

ni que je fusse figure sur un sceau
pour des privilèges vendus et menteurs,
ce dont je rougis souvent, et m'enflamme*.

En robes de bergers des loups rapaces
se voient d'en haut dans tous les pâturages* :
ô défense de Dieu, pourquoi dors-tu ?

A boire notre sang Cahorsins et Gascons*
se préparent : ô bon commencement,
à quelle fin misérable dois-tu tomber !

Mais la haute providence, qui avec Scipion*
défendit à Rome la gloire du monde,
viendra bientôt à l'aide, à ce que je comprends ;

et toi, mon fils, que le poids mortel*
ramènera sur terre, ouvre la bouche,
ne cache pas le mal que je n'ai pas caché. »

Sí come di vapor gelati fiocca
in giuso l'aere nostro, quando 'l corno
de la capra del ciel col sol si tocca,
in sú vid' io cosí l'etera addorno
farsi e fioccar di vapor trïunfanti
che fatto avien con noi quivi soggiorno.
Lo viso mio seguiva i suoi sembianti,
e seguí fin che 'l mezzo, per lo molto,
li tolse il trapassar del piú avanti.
Onde la donna, che mi vide assolto
de l'attendere in sú, mi disse : « Adima
il viso e guarda come tu se' vòlto. »
Da l'ora ch'ïo avea guardato prima
i' vidi mosso me per tutto l'arco
che fa dal mezzo al fine il primo clima;
sí ch'io vedea di là da Gade il varco
folle d'Ulisse, e di qua presso il lito
nel qual si fece Europa dolce carco.
E piú mi fora discoverto il sito
di questa aiuola; ma 'l sol procedea
sotto i mie' piedi un segno e piú partito.
La mente innamorata, che donnea
con la mia donna sempre, di ridure
ad essa li occhi piú che mai ardea;
e se natura o arte fé pasture
da pigliare occhi, per aver la mente,
in carne umana o ne le sue pitture,
tutte adunate, parrebber nïente
ver' lo piacer divin che mi refulse,
quando mi volsi al suo viso ridente.
E la virtú che lo sguardo m'indulse,
del bel nido di Leda mi divelse
e nel ciel velocissimo m'impulse.
Le parti sue vivissime ed eccelse
sí uniforme son, ch'i' non so dire
qual Bëatrice per loco mi scelse.
Ma ella, che vedëa 'l mio disire,
incominciò, ridendo tanto lieta,
che Dio parea nel suo volto gioire :

Comme il neige en bas, dans notre air, des flocons
de vapeur gelée, lorsque la corne
de la chèvre du ciel touche le soleil*,
je vis en haut l'éther s'orner,
et neiger des vapeurs triomphantes
qui avaient fait là séjour avec nous.
Mon regard suivait leurs figures,
et les suivit jusqu'au moment où la distance
l'empêcha d'aller plus avant.
Alors ma dame, qui me vit cesser
de regarder en haut, me dit : « Baisse
ton regard, vois comme tu as tourné. »
Depuis l'heure où j'avais d'abord regardé
je me vis déplacé de tout l'arc
que fait, du milieu à la fin, le premier climat*
si bien que je voyais au-delà de Gadès
le passage fou d'Ulysse, et plus près le rivage
où Europe se fit tendre fardeau*.
L'espace de cet arpent m'aurait été
mieux découvert ; mais le soleil courait
sous nos pieds, distant d'un signe et plus*.
Mon esprit amoureux, qui devisait
toujours avec ma dame, brûlait
plus que jamais d'avoir les yeux en elle ;
et si nature ou art ont formé des appas
pour capturer les yeux, pour prendre l'âme,
en chair humaine ou en peinture,
tous rassemblés ils sembleraient néant
auprès de la beauté divine qui m'éblouit
quand je me tournai vers ses yeux riants.
Et la vertu que son regard me prodigua
m'arracha au beau nid de Léda
et me lança dans le ciel très rapide*.
Ses régions très vives et très hautes
sont si uniformes, que je ne sais dire
laquelle me choisit Béatrice pour entrer*.
Mais elle, qui voyait mon désir,
commença, en riant si joyeuse
que Dieu semblait jouir dans son visage :

« La natura del mondo, che quïeta
il mezzo e tutto l'altro intorno move,
quinci comincia come da sua meta;

e questo cielo non ha altro dove
che la mente divina, in che s'accende
l'amor che 'l volge a la virtú ch'ei piove.

Luce e amor d'un cerchio lui comprende,
sí come questo li altri; e quel precinto
colui che 'l cinge solamente intende.

Non è suo moto per altro distinto,
ma li altri son mensurati da questo,
sí come diece da mezzo e da quinto;

e come il tempo tegna in cotal testo
le sue radici e ne li altri le fronde,
omai a te può esser manifesto.

Oh cupidigia, che i mortali affonde
sí sotto te, che nessuno ha podere
di trarre li occhi fuor de le tue onde!

Ben fiorisce ne li uomini il volere;
ma la pioggia continüa converte
in bozzacchioni le sosine vere.

Fede e innocenza son reperte
solo ne' parvoletti; poi ciascuna
pria fugge che le guance sian coperte.

Tale, balbuzïendo ancor, digiuna,
che poi divora, con la lingua sciolta,
qualunque cibo per qualunque luna;

e tal, balbuzïendo, ama e ascolta
la madre sua, che, con loquela intera,
disïa poi di vederla sepolta.

Cosí si fa la pelle bianca nera
nel primo aspetto de la bella figlia
di quel ch'apporta mane e lascia sera.

Tu, perché non ti facci maraviglia,
pensa che 'n terra non è chi governi;
onde sí svïa l'umana famiglia.

Ma prima che gennaio tutto si sverni
per la centesma ch'è là giú negletta,
raggeran sí questi cerchi superni,

« La nature du monde, qui tient en repos
le centre et meut tout le reste alentour,
108 commence ici comme à son terme*;
et ce ciel n'a pas d'autre *où**
que l'esprit divin, en qui s'allument
111 l'amour qui le meut et la vertu qu'il verse*.
Lumière et amour l'entourent d'un cercle,
et comme lui les autres cercles; et cet enclos,
114 seul celui qui le ceint peut l'entendre.
Son mouvement n'est pas mesuré par un autre,
mais les autres sont mesurés par lui,
117 comme dix par la moitié et le cinquième*;
et comment le temps tient ses racines
dans ce vase, et son feuillage dans les autres,
120 cela peut maintenant t'être manifeste*.
Oh cupidité, qui noie les mortels
si profond sous toi, que nul n'a pouvoir
123 de tirer les yeux hors de tes ondes!
Le vouloir fleurit bien chez les hommes,
mais la pluie continuelle change
126 les prunes vraies en avortons.
Foi et innocence se trouvent seulement
chez les petits enfants, puis elles s'enfuient
129 avant que leurs joues soient couvertes.
Tel jeûne, encore balbutiant,
qui dévore ensuite, à langue déliée,
132 n'importe quels mots par n'importe quelle lune*,
et tel, balbutiant, aime et écoute
sa mère, qu'avec tout son langage
135 il désire ensuite voir ensevelie.
Ainsi la peau blanche devient noire
à l'apparition de la belle fille
138 de celui qui amène le matin et laisse le soir*.
Toi, pour ne pas en être étonné,
pense que personne ne gouverne sur terre;
141 c'est pourquoi est déviée la famille humaine*.
Mais avant que janvier sorte tout de l'hiver
à cause de la centième qu'on néglige sur terre*,
144 ces cercles supérieurs rayonneront si fort

che la fortuna che tanto s'aspetta,
le poppe volgerà u' son le prore,
sí che la classe correrà diretta;
148 e vero frutto verrà dopo 'l fiore. »

que la fortune tant attendue
tournera les poupes là où sont les proues,
si bien que la flotte courra tout droit ;
148 et le vrai fruit viendra après la fleur. »

CANTO XXVIII

Poscia che 'ncontro a la vita presente
d'i miseri mortali aperse 'l vero
quella che 'mparadisa la mia mente,

come in lo specchio fiamma di doppiero
vede colui che se n'alluma retro,
prima che l'abbia in vista o in pensiero,

e sé rivolge per veder se 'l vetro
li dice il vero, e vede ch'el s'accorda
con esso come nota con suo metro;

cosí la mia memoria si ricorda
ch'io feci riguardando ne' belli occhi
onde a pigliarmi fece Amor la corda.

E com' io mi rivolsi e furon tocchi
li miei da ciò che pare in quel volume,
quandunque nel suo giro ben s'adocchi,

un punto vidi che raggiava lume
acuto sí, che 'l viso ch'elli affoca
chiuder conviensi per lo forte acume;

e quale stella par quinci piú poca,
parrebbe luna, locata con esso
come stella con stella si collòca.

Forse cotanto quanto pare appresso
alo cigner la luce che 'l dipigne
quando 'l vapor che 'l porta piú è spesso,

distante intorno al punto un cerchio d'igne
si girava sí ratto, ch'avria vinto
quel moto che piú tosto il mondo cigne;

CHANT XXVIII

Premier Mobile. Vision d'un point lumineux entouré de neuf cercles de feu. Béatrice explique le rapport des neuf cercles aux neuf cieux. Les hiérarchies angéliques.

Après que sur la vie présente
des pauvres mortels m'eut ouvert le vrai
celle par qui mon esprit s'emparadise,
comme voit dans un miroir une flamme de torche
celui qui en est éclairé par-derrière,
avant qu'il l'ait dans son regard ou en pensée,
et qu'il se tourne pour voir si la vitre
lui a dit vrai, et voit qu'elle s'accorde
avec lui comme un chant à son rythme* ;
ainsi, ma mémoire le sait,
je fis en regardant dans les beaux yeux
dont Amour fit un cordeau pour me prendre.
Et quand je me tournai et que les miens
furent frappés par ce qui paraît dans ce ciel
lorsqu'on regarde bien dans son cercle,
je vis un point irradiant une lumière
si aiguë que le regard qu'il brûle
doit se fermer à son éclat trop vif ;
et l'étoile qui semble ici la plus petite
paraîtrait lune, placée auprès de lui
comme une étoile auprès d'une autre étoile.
Aussi proche peut-être qu'apparaît le halo
de la lumière qui le colore
quand la vapeur qui le porte est plus dense,
tournait autour du point un cercle de feu,
si rapide qu'il aurait dépassé
le mouvement le plus vif qui ceint le monde* ;

e questo era d'un altro circumcinto,
e quel dal terzo, e 'l terzo poi dal quarto,
dal quinto il quarto, e poi dal sesto il quinto.

Sopra seguiva il settimo sí sparto
già di larghezza, che 'l messo di Iuno
intero a contenerlo sarebbe arto.

Cosí l'ottavo e 'l nono; e ciascheduno
piú tardo si movea, secondo ch'era
in numero distante piú da l'uno;

e quello avea la fiamma piú sincera
cui men distava la favilla pura,
credo, però che piú di lei s'invera.

La donna mia, che mi vedëa in cura
forte sospeso, disse : « Da quel punto
depende il cielo e tutta la natura.

Mira quel cerchio che piú li è congiunto;
e sappi che 'l suo muovere è sí tosto
per l'affocato amore ond' elli è punto ».

E io a lei : « Se 'l mondo fosse posto
con l'ordine ch'io veggio in quelle rote,
sazio m'avrebbe ciò che m'è proposto;

ma nel mondo sensibile si puote
veder le volte tanto piú divine,
quant' elle son dal centro piú remote.

Onde, se 'l mio disir dee aver fine
in questo miro e angelico templo
che solo amore e luce ha per confine,

udir convienmi ancor come l'essemplo
e l'essemplare non vanno d'un modo,
ché io per me indarno a ciò contemplo ».

« Se li tuoi diti non sono a tal nodo
sufficïenti, non è maraviglia :
tanto, per non tentare, è fatto sodo! ».

Cosí la donna mia; poi disse : « Piglia
quel ch'io ti dicerò, se vuo' saziarti;
e intorno da esso t'assottiglia.

Li cerchi corporai sono ampi e arti
secondo il piú e 'l men de la virtute
che si distende per tutte lor parti.

il était entouré par un autre cercle,
et celui-ci par le troisième, puis par le quatrième,
le quatrième par le cinquième, puis le cinquième par le sixième.
Au-dessus venait le septième, si étendu
en largeur, que le messager de Junon
serait étroit pour l'enclore en entier*.
De même le huitième et neuvième ; et chacun d'eux
tournait plus lentement, selon qu'il était
plus distant en nombre de l'unité ;
et celui qui avait la flamme la plus limpide
était plus près de la pure étincelle,
car il se pénètre, je pense, le plus d'elle*.
Ma dame, qui me voyait tout en suspens
dans le doute, me dit : « De ce point
dépend le ciel et toute la nature.
Regarde ce cercle qui est le plus près ;
et sache que son mouvement est si rapide
pour l'amour brûlant qui le point*. »
Et moi à elle : « Si le monde était disposé
avec l'ordre que j'ai vu dans ces sphères,
ce qui m'est proposé m'aurait comblé ;
mais on peut dans le monde sensible
voir les sphères d'autant plus divines
qu'elles sont plus éloignées du centre.
D'où, si mon désir doit avoir une fin
dans cet admirable temple angélique
qui n'a qu'amour et lumière pour confins,
je dois savoir encore comment l'image
et le modèle sont discordants*,
car pour moi je le contemple en vain ».
« Si tes doigts ne sont pas pour ce nœud
assez habiles, ne t'étonne pas
car, pour n'être pas tenté, il s'est durci ! ».
Ainsi dit ma dame ; et puis : « Accueille
ce que je vais te dire, si tu veux t'apaiser ;
et affine ton esprit alentour.
Les cercles corporels sont larges ou étroits
selon le plus et moins de la vertu
qui s'étend en toutes leurs parties*.

Maggior bontà vuol far maggior salute;
maggior salute maggior corpo cape,
s'elli ha le parti igualmente compiute.
Dunque costui che tutto quanto rape
l'altro universo seco, corrisponde
al cerchio che piú ama e che piú sape :
per che, se tu a la virtú circonde
la tua misura, non a la parvenza
de le sustanze che t'appaion tonde,
tu vederai mirabil consequenza
di maggio a piú e di minore a meno,
in ciascun cielo, a süa intelligenza ».
Come rimane splendido e sereno
l'emisperio de l'aere, quando soffia
Borea da quella guancia ond' è piú leno,
per che si purga e risolve la roffia
che pria turbava, sí che 'l ciel ne ride
con le bellezze d'ogne sua paroffia;
cosí fec'ïo, poi che mi provide
la donna mia del suo risponder chiaro,
e come stella in cielo il ver si vide.
E poi che le parole sue restaro,
non altrimenti ferro disfavilla
che bolle, come i cerchi sfavillaro.
L'incendio suo seguiva ogne scintilla;
ed eran tante, che 'l numero loro
piú che 'l doppiar de li scacchi s'inmilla.
Io sentiva osannar di coro in coro
al punto fisso che li tiene a li *ubi*,
e terrà sempre, ne' quai sempre fuoro.
E quella che vedëa i pensier dubi
ne la mia mente, disse : « I cerchi primi
t'hanno mostrato Serafi e Cherubi.
Cosí veloci seguono i suoi vimi,
per somigliarsi al punto quanto ponno;
e posson quanto a veder son soblimi.
Quelli altri amori che 'ntorno li vonno,
si chiaman Troni del divino aspetto,
per che 'l primo ternaro terminonno;

Plus grande bonté donne plus grand salut;
plus grand salut contient un plus grand corps
s'il a des parties également parfaites.

Donc celui-ci, qui entraîne avec lui
tout l'univers, correspond
au cercle qui aime et qui sait le plus;

par là, si tu adaptes ta mesure
à la vertu, et non à l'apparence
de ces substances qui te semblent rondes,

tu verras une admirable proportion
de plus à moins, et de moins à plus
en chaque ciel, à son intelligence*. »

Comme reste splendide et serein
l'hémisphère de l'air, lorsque Borée
souffle par la joue où il est le plus doux*,

si bien qu'il lave et dissout la croûte
qui le troublait d'abord, et que le ciel rit
avec les beautés de toutes ses régions;

ainsi fis-je moi-même, lorsque ma dame
m'eut accordé sa réponse claire
et que le vrai se vit comme étoile au ciel.

Et lorsque cessèrent ces paroles,
le feu qui bout n'étincelle pas différemment
du scintillement de ces cercles.

Chaque étincelle suivait son incendie;
et elles étaient tant que leur nombre
dépasse par milliers le double des échecs*.

J'entendais hosanna chanté de chœur en chœur
au point fixe qui les tient à leurs *ubi**
et les tiendra toujours, là où ils furent toujours.

Et celle qui voyait les pensées du doute
en mon esprit, me dit : « Les premiers cercles
t'ont montré Séraphins et Chérubins;

ils suivent ainsi, rapides, leurs liens d'amour
pour ressembler au point autant qu'ils peuvent;
et ils peuvent d'autant plus qu'ils ont la vue plus haute.

Les autres amours qui volent autour d'eux
s'appellent Trônes du divin aspect*,
et comme tels ils achèvent le dernier terne*;

e dei saper che tutti hanno diletto
quanto la sua veduta si profonda
nel vero in che si queta ogne intelletto.
Quinci si può veder come si fonda
l'esser beato ne l'atto che vede,
non in quel ch'ama, che poscia seconda;
e del vedere è misura mercede,
che grazia partorisce e buona voglia :
cosí di grado in grado si procede.
L'altro ternaro, che cosí germoglia
in questa primavera sempiterna
che notturno Arïete non dispoglia,
perpetüalemente '*Osanna*' sberna
con tre melode, che suonano in tree
ordini di letizia onde s'interna.
In essa gerarcia son l'altre dee :
prima Dominazioni, e poi Virtudi;
l'ordine terzo di Podestadi èe.
Poscia ne' due penultimi tripudi
Principati e Arcangeli si girano;
l'ultimo è tutto d'Angelici ludi.
Questi ordini di sú tutti s'ammirano,
e di giú vincon sí, che verso Dio
tutti tirati sono e tutti tirano.
E Dïonisio con tanto disio
a contemplar questi ordini si mise,
che li nomò e distinse com' io.
Ma Gregorio da lui poi si divise;
onde, sí tosto come li occhi aperse
in questo ciel, di sé medesmo rise.
E se tanto secreto ver proferse
mortale in terra, non voglio ch'ammiri.
ché chi 'l vide qua sú gliel discoperse
con altro assai del ver di questi giri ».

tu dois savoir que tous ont de la joie
selon que leur vue va plus profond
dans la vérité où tout esprit s'apaise.
On peut voir par là comment se fonde
l'être bienheureux dans l'acte de voir,
non dans celui d'aimer, qui vient en second*;
et le voir se mesure au mérite,
qui engendre la grâce et le bon vouloir :
ainsi on avance de degré en degré*.
L'autre terne, qui bourgeonne ainsi
dans un printemps sempiternel,
non dépouillé par le Bélier nocturne*,
chante « Hosannah » perpétuellement,
avec trois mélodies qui sonnent en trois
ordres de joie d'où naît le terne.
Dans cette hiérarchie sont les autres déesses* :
d'abord Dominations, et puis Vertus;
le troisième ordre est de Puissances.
Dans les deux pénultièmes jubilations
tournent Archanges et principautés;
le dernier est tout de jeux angéliques*.
Tous ces ordres sont en haut dans l'extase;
en bas ils sont si puissants que vers Dieu
tous sont attirés, et tous attirent*.
Denys* se mit avec un tel désir
à contempler ces ordres
qu'ils les nomma et distingua comme moi.
Mais Grégoire* ensuite se sépara de lui;
puis, aussitôt qu'il ouvrit les yeux
au ciel, il se mit à rire de lui-même.
Et si un mortel proféra sur terre une vérité
si secrète, je ne veux pas que tu t'étonnes;
car qui l'a vue ici la lui découvrit
avec d'autres vérités de ces sphères*. »

CANTO XXIX

Quando ambedue li figli di Latona,
coperti del Montone e de la Libra,
fanno de l'orizzonte insieme zona,
quant' è dal punto che 'l cenít inlibra
infin che l'uno e l'altro da quel cinto,
cambiando l'emisperio, si dilibra,
tanto, col volto di riso dipinto,
si tacque Bëatrice, riguardando
fiso nel punto che m'avëa vinto.
Poi cominciò : « Io dico, e non dimando,
quel che tu vuoli udir, perch' io l'ho visto
là 've s'appunta ogne *ubi* e ogne *quando*.
Non per aver a sé di bene acquisto,
ch'esser non può, ma perché suo splendore
potesse, risplendendo, dir "*Subsisto*",
in sua etternità di tempo fore,
fuor d'ogne altro comprender, come i piacque,
s'aperse in nuovi amor l'etterno amore.
Né prima quasi torpente si giacque;
ché né prima né poscia procedette
lo discorrer di Dio sovra quest' acque.
Forma e materia, congiunte e purette,
usciro ad esser che non avia fallo,
come d'arco tricordo tre saette.

CHANT XXIX

Premier Mobile. Béatrice décrit la création et l'histoire des anges. Anges rebelles et anges fidèles. Les facultés angéliques. Contre les fantaisies théologiques et le trafic des indulgences. Nombre des anges et grandeur de Dieu. Jeudi de Pâques, 14 avril 1300, dans l'après-midi.

Lorsque les deux fils de Latone
couverts par le Bélier et la Balance
sont coupés ensemble au centre par l'horizon*
entre l'instant où le zénith les équilibre
et le moment où changeant d'hémisphère
ils se libèrent tous deux de cette ceinture*,
pendant le même temps, le visage peint de rire,
Béatrice se tut en regardant
fixement le point qui m'avait vaincu.
Puis elle commença : « Je dis, sans demander,
ce que tu veux entendre, parce que je l'ai vu,
là où aboutit tout *ubi* et *quando**.
Non pour acquérir un bien pour soi-même,
ce qui ne peut être, mais pour que sa splendeur
pût, en resplendissant, dire : "*Subsisto**",
en son éternité, hors du temps,
hors de tout l'espace, comme il lui plut,
l'éternel amour s'ouvrit en nouveaux amours*.
Avant quoi il ne resta pas en sommeil,
car le passage de Dieu sur ces eaux
ne procéda ni avant ni après*.
Forme et matière, conjointes et toutes pures,
émergent à l'être sans défaut
comme trois flèches d'un arc à trois cordes*.

E come in vetro, in ambra o in cristallo
raggio resplende sí, che dal venire
a l'esser tutto non è intervallo,

cosí 'l triforme effetto del suo sire
ne l'esser suo raggiò insieme tutto
sanza distinzïone in essordire.

Concreato fu ordine e costrutto
a le sustanze; e quelle furon cima
nel mondo in che puro atto fu produtto;

pura potenza tenne la parte ima;
nel mezzo strinse potenza con atto
tal vime, che già mai non si divima.

Ieronimo vi scrisse lungo tratto
di secoli de li angeli creati
anzi che l'altro mondo fosse fatto;

ma questo vero è scritto in molti lati
da li scrittor de lo Spirito Santo,
e tu te n'avvedrai se bene agguati;

e anche la ragione il vede alquanto,
che non concederebbe che' motori
sanza sua perfezion fosser cotanto.

Or sai tu dove e quando questi amori
furon creati e come : sí che spenti
nel tuo disïo già son tre ardori.

Né giugneriesi, numerando, al venti
sí tosto, come de li angeli parte
turbò il suggetto d'i vostri alimenti.

L'altra rimase, e cominciò quest' arte
che tu discerni, con tanto diletto,
che mai da circüir non si diparte.

Principio del cader fu il maladetto
superbir di colui che tu vedesti
da tutti i pesi del mondo costretto.

Quelli che vedi qui furon modesti
a riconoscer sé da la bontate
che li avea fatti a tanto intender presti :

per che le viste lor furo essaltate
con grazia illuminante e con lor merto,
si c'hanno ferma e piena volontate;

Et comme dans le verre, dans l'ambre ou le cristal
un rayon resplendit, si vif, qu'entre venir
et être il n'est pas d'intervalle,

ainsi le triforme effet de son seigneur
rayonna tout entier dans mon être
sans distinction dans son commencement.

Avec les substances furent concréées
l'ordre et la construction, et les cimes du monde
furent celles qu'un acte pur avait produites* ;

la pure puissance eut la partie plus basse ;
au milieu un lien qui ne se défait pas
serra la puissance avec l'acte*.

Jérôme écrivit pour vous que les anges*
furent créés de longs siècles avant
que fût créé le reste du monde ;

mais ce vrai est écrit en plusieurs lieux
par des scribes de l'Esprit saint*,
tu t'en aviseras si tu es attentif ;

et la raison aussi le voit assez,
car elle ne consentirait pas que les moteurs
fussent aussi longtemps sans leur perfection*.

Tu sais à présent où et quand
et comment furent créés ces amours ; ainsi
dans ton désir trois ardeurs sont éteintes.

Et tu n'arriverais pas, en comptant, jusqu'à vingt,
en moins de temps que mit une partie des anges
à troubler le support* de vos éléments.

L'autre resta, et commença cet art
que tu perçois, avec tant de joie
qu'elle ne cesse jamais de tournoyer.

Cause de la chute fut le maudit
orgueil de celui-là que tu as vu
forcé par tous les poids du monde*.

Ceux que tu vois ici eurent la modestie
de se reconnaître créés par la bonté
qui les avait faits prêts à tant comprendre ;

c'est pourquoi leur vision fut exaltée
par grâce illuminante et par leur mérite,
si bien qu'ils ont la pleine et ferme volonté ;

e non voglio che dubbi, ma sia certo,
che ricever la grazia è meritorio
secondo che l'affetto l'è aperto.

Omai dintorno a questo consistorio
puoi contemplare assai, se le parole
mie son ricolte, sanz'altro aiutorio.

Ma perché 'n terra per le vostre scole
si legge che l'angelica natura
è tal, che 'ntende e si ricorda e vole,

ancor dirò, perché tu veggi pura
la verità che là giù si confonde,
equivocando in sí fatta lettura.

Queste sustanze, poi che fur gioconde
de la faccia di Dio, non volser viso
da essa, da cui nulla si nasconde :

però non hanno vedere interciso
da novo obietto, e però non bisogna
rememorar per concetto diviso;

sí che là giú, non dormendo, si sogna,
credendo e non credendo dicer vero;
ma ne l'uno è piú colpa e piú vergogna.

Voi non andate giú per un sentiero
filosofando; tanto vi trasporta
l'amor de l'apparenza e 'l suo pensiero!

E ancor questo qua sú si comporta
con men disdegno che quando è posposta
la divina Scrittura o quando è torta.

Non vi si pensa quanto sangue costa
seminarla nel mondo e quanto piace
chi umilmente con essa s'accosta.

Per apparer ciascun s'ingegna e face
sue invenzioni; e quelle son trascorse
da' predicanti e 'l Vangelio si tace.

Un dice che la luna si ritorse
ne la passion di Cristo e s'interpuose,
per che 'l lume del sol giú non si porse;

e mente, ché la luce si nascose
da sé : però a li Spani e a l'Indi
come a' Giudei tale eclissi rispuose.

et je ne veux pas que tu doutes ; sois certain
que recevoir la grâce est méritoire
selon que le désir s'ouvre pour elle.

Désormais, touchant ce consistoire
tu peux beaucoup contempler sans autre aide,
si tu recueilles bien mes paroles.

Mais comme sur terre dans vos écoles* on lit
que la nature angélique est telle
qu'elle entend, et se souvient, et veut,

je te dirai encore, pour que tu voies
la vérité pure, que là-bas on confond
en équivoquant dans la lecture*.

Ces substances, après avoir joui
de la face de Dieu, n'ont plus détourné le regard
d'elle, à qui rien n'est caché :

c'est pourquoi elles n'ont pas la vue interrompue
par un nouvel objet, et n'ont donc pas besoin
de se remémorer par idées séparées ;

si bien que là-bas, sans dormir, on rêve
croyant et ne croyant pas dire le vrai ;
mais l'un a plus de faute et plus de honte*.

Vous n'allez pas par un seul sentier
en philosophant : tant vous transporte
l'amour de l'apparence et son souci !

Et cela encore on le supporte ici
avec moins de dédain que lorsque l'Écriture
est mise au second rang ou falsifiée*.

Vous ne pensez pas tout le sang qu'il en coûte
pour la semer au monde et combien plaît ici
celui qui humblement s'appuie sur elle.

Pour apparaître chacun s'ingénie et fait
ses inventions ; et les prédicateurs
les glosent, et l'Évangile est tu.

L'un dit que la lune revint en arrière,
à la passion du Christ, et s'interposa* ;
si bien que le soleil n'éclaira plus en bas ;

il ment, parce que la lumière se cacha
d'elle-même ; et aux Espagnols et aux Indiens
comme aux Juifs l'éclipse fut commune*.

Non ha Fiorenza tanti Lapi e Bindi
quante sí fatte favole per anno
in pergamo si gridan quinci e quindi :

sì che le pecorelle, che non sanno,
tornan del pasco pasciute di vento,
e non le scusa non veder lo danno.

Non disse Cristo al suo primo convento
'Andate, e predicate al mondo ciance';
ma diede lor verace fondamento;

e quel tanto sonò ne le sue guance,
sí ch'a pugnar per acceder la fede
de l'Evangelio fero scudo e lance.

Ora si va con motti e con iscede
a predicare, e pur che ben si rida,
gonfia il cappuccio e piú non si richiede.

Ma tale uccel nel becchetto s'annida,
che se 'l vulgo il vedesse, vederebbe
la perdonanza di ch'el si confida :

per cui tanta stoltezza in terra crebbe,
che, sanza prova d'alcun testimonio,
ad ogne promession si correrebbe.

Di questo ingrassa il porco sant' Antonio,
e altri assai che sono ancor piú porci,
pagando di moneta sanza conio.

Ma perché siam digressi assai, ritorci
li occhi oramai verso la dritta strada,
sí che la via col tempo si raccorci.

Questa natura sí oltre s'ingrada
in numero, che mai non fu loquela
né concetto mortal che tanto vada;

e se tu guardi quel che si revela
per Danïel, vedrai che 'n sue migliaia
determinato numero si cela.

La prima luce, che tutta la raia,
per tanti modi in essa si recepe,
quanti son li splendori a chi s'appaia.

Onde, però che a l'atto che concepe
segue l'affetto, d'amar la dolcezza
diversamente in essa ferve e tepe.

Florence a moins de Lapi et Bindi*
qu'elle n'entend çà et là de pareilles fables
créées en chaire chaque année ;
ainsi les brebis, qui ne savent rien,
reviennent du pâturage nourries de vent,
et leur aveuglement ne les excuse pas.
Christ n'a pas dit, à son premier couvent :
"Allez et prêchez au monde des sottises" ;
il leur donna un fondement vrai,
lequel résonna si bien sur leurs bouches
qu'en bataillant pour allumer la foi
ils firent de l'Évangile écu et lance.
On prêche à présent avec des facéties
et des quolibets, et pourvu qu'on rie bien,
le capuchon se gonfle, et ne demande rien*.
Mais un tel oiseau* se niche à sa pointe
que si le voyait le vulgaire, il verrait
à quelle indulgence il se confie :
par elle tant de sottise a poussé sur terre
que, sans preuve d'aucun témoignage,
on accourrait à toutes les promesses.
Ainsi s'engraisse le porc de saint Antoine*,
et bien d'autres qui sont encore plus porcs,
et paient avec une monnaie sans coin*.
Mais comme nous avons fait une longue digression
tourne à nouveau les yeux vers la voie droite,
pour que la route s'ajuste avec le temps*.
Cette nature s'accroît si fort en nombre*
qu'il n'y eut jamais un langage
ni un concept humain qui allât aussi loin ;
et si tu regardes ce qui est révélé
par Daniel, tu verras que dans ses milliers
un nombre déterminé est absent*.
La première lumière, qui l'éclaire toute,
est reçue en elle d'autant de façons
qu'il est de splendeurs auxquelles elle s'unit*.
D'où, puisqu'à l'acte qui conçoit
suit l'affection, la douceur d'aimer
y est diversement ardente ou tiède*.

Vedi l'eccelso omai e la larghezza
de l'etterno valor, poscia che tanti
speculi fatti s'ha in che si spezza,
uno manendo in sé come davanti. »

Tu vois maintenant la grandeur et largeur
de l'éternelle valeur, après qu'elle a créé
tant de miroirs où elle se morcèle,
en restant une en soi, comme auparavant. »

CANTO XXX

Forse semilia miglia di lontano
ci ferve l'ora sesta, e questo mondo
china già l'ombra quasi al letto piano,
quando 'l mezzo del cielo, a noi profondo,
comincia a farsi tal, ch'alcuna stella
perde il parere infino a questo fondo;
e come vien la chiarissima ancella
del sol piú oltre, cosí 'l ciel si chiude
di vista in vista infino a la piú bella.
Non altrimenti il trïunfo che lude
sempre dintorno al punto che mi vinse,
parendo inchiuso da quel ch'elli 'nchiude,
a poco a poco al mio veder si stinse :
per che tornar con li occhi a Bëatrice
nulla vedere e amor mi costrinse.
Se quanto infino a qui di lei si dice
fosse conchiuso tutto in una loda,
poca sarebbe a fornir questa vice.
La bellezza ch'io vidi si trasmoda
non pur di là da noi, ma certo io credo
che solo il suo fattor tutta la goda.
Da questo passo vinto mi concedo
piú che già mai da punto di suo tema
soprato fosse comico o tragedo :
ché, come sole in viso che piú trema,
cosí lo rimembrar del dolce riso
la mente mia da me medesmo scema.

CHANT XXX

Dixième ciel ou *Empyrée* (la cour céleste, Anges et bienheureux). Disparition des anges et nouvelle beauté de Béatrice. Dante est frappé par un éclair. Fleuve de lumière, fleurs et étincelles. La Rose céleste. Le siège d'Henri VII (Hors du temps et de l'espace.)

Peut-être à six mille milles de distance
rayonne la sixième heure*, et le monde
penche déjà son ombre presqu'à l'horizontale,

lorsque le champ du ciel profond
commence à s'éclaircir et que quelques étoiles
perdent leur éclat qui venait jusqu'en bas ;

et comme apparaît la très claire servante*
du soleil, alors le ciel se ferme
de lumière en lumière jusqu'à la plus belle.

Pareillement le triomphe qui joue*
toujours autour du point qui me vainquit,
et qui semble enclos dans ce qu'il enclot,

s'éteignit peu à peu à ma vue :
aussi le non-voir et l'amour me forcèrent
à reporter les yeux vers Béatrice.

Si tout ce qui s'est dit d'elle jusqu'ici
était resserré en louange unique,
ce serait peu pour remplir cet office.

La beauté que je vis ne passe pas seulement
notre mesure, mais je crois bien
que seul son créateur jouit d'elle toute.

Je me déclare vaincu par ce passage
plus que jamais par un point de son thème
ne fut un auteur comique, ou tragique :

car, comme soleil en un regard qui tremble,
ainsi le souvenir de son rire si doux
sépare mon esprit de moi-même.

Dal primo giorno ch'i' vidi il suo viso
in questa vita, infino a questa vista,
non m'è il seguire al mio cantar preciso;
ma or convien che mio seguir desista
piú dietro a sua bellezza, poetando,
come a l'ultimo suo ciascuno artista.
Cotal qual io lascio a maggior bando
che quel de la mia tuba, che deduce
l'ardüa sua matera terminando,
con atto e voce di spedito duce
ricominciò : « Noi siamo usciti fore
del maggior corpo al ciel ch'è pura luce :
luce intellettüal, piena d'amore;
amor di vero ben, pien di letizia;
letizia che trascende ogne dolzore.
Qui vederai l'una e l'altra milizia
di paradiso, e l'una in quelli aspetti
che tu vedrai a l'ultima giustizia. »
Come súbito lampo che discetti
li spiriti visivi, sí che priva
da l'atto l'occhio di piú forti obietti,
cosí mi circunfulse luce viva,
e lasciommi fasciato di tal velo
del suo fulgor, che nulla m'appariva.
« Sempre l'amor che queta questo cielo
accoglie in sé con sí fatta salute,
per far disposto a sua fiamma il candelo. »
Non fur piú tosto dentro a me venute
queste parole brievi, ch'io compresi
me sormontar di sopr' a mia virtute;
e di novella vista mi raccesi
tale, che nulla luce è tanto mera,
che li occhi miei non si fosser difesi;
e vidi lume in forma di rivera
fulvido di fulgore, intra due rive
dipinte di mirabil primavera.
Di tal fiumana uscian faville vive,
e d'ogne parte si mettien ne' fiori,
quasi rubin che oro circunscrive;

Du premier jour où je vis son visage
en cette vie, jusqu'à cette vision,
le cours de mon chant n'a pas été rompu;
mais il faut à présent que cesse ma poursuite
derrière sa beauté, en poésie,
comme tout artiste à sa limite.
Elle, que je laisse à une voix plus puissante
que celle de ma lyre qui travaille
pour porter à terme sa dure matière,
du geste et de la voix d'un guide expert,
reprit : « Nous sommes sortis du plus grand corps
au ciel qui est pure lumière* :
lumière intellectuelle, pleine d'amour;
amour de vrai bien, plein d'allégresse;
allégresse qui transcende toute douceur*.
Là tu verras l'une et l'autre milice*
de paradis, et l'une avec l'aspect
que tu verras au dernier jugement. »
Comme un éclair soudain qui disperse
les esprits de la vue, et prive l'œil
de l'action des objets les plus forts,
ainsi la lumière vive m'enveloppa,
me laissant entouré d'un tel voile
de son éclat, que plus rien ne m'apparaissait.
« L'amour qui apaise le ciel
accueille toujours en soi avec pareil salut
pour préparer le cierge à sa flamme*. »
Ces paroles brèves ne furent pas plutôt
parvenues en moi, que je compris
que je dépassais ma propre vertu;
et je me rallumai d'une vue nouvelle
telle qu'il n'est pas de clarté si pure
que mes yeux n'eussent pu se défendre d'elle;
et je vis une lumière en forme de fleuve
fulgurant de splendeur, entre deux rives
peintes d'un merveilleux printemps.
De ce fleuve sortaient des étincelles vives
qui partout se posaient dans les fleurs
comme rubis entourés d'or*;

poi, come inebrïate da li odori,
riprofondavan sé nel miro gurge,
e s'una intrava, un'altra n'uscia fori.
« L'alto disio che mo t'infiamma e urge,
d'aver notizia di ciò che tu vei,
tanto mi piace piú quanto piú turge;
ma di quest' acqua convien che tu bei
prima che tanta sete in te si sazi » :
cosí mi disse il sol de li occhi miei.
Anche soggiunse : « Il fiume e li topazi
ch'entrano ed escono e 'l rider de l'erbe
son di lor vero umbriferi prefazi.
Non che da sé sian queste cose acerbe;
ma è difetto da la parte tua,
che non hai viste ancor tanto superbe. »
Non è fantin che sí súbito rua
col volto verso il latte, se si svegli
molto tardato da l'usanza sua,
come fec' io, per far migliori spegli
ancor de li occhi, chinandomi a l'onda
che si deriva perché vi s'immegli;
e sí come di lei bevve la gronda
de le palpebre mie, cosí mi parve
di sua lunghezza divenuta tonda.
Poi, come gente stata sotto larve,
che pare altro che prima, se si sveste
la sembianza non süa in che disparve,
cosí mi si cambiaro in maggior feste
li fiori e le faville, sí ch'io vidi
ambo le corti del ciel manifeste.
O isplendor di Dio, per cu' io vidi
l'alto trïunfo del regno verace,
dammi virtú a dir com' ïo il vidi!
Lume è là sú che visibile face
lo creatore a quella creatura
che solo in lui vedere ha la sua pace.
E' si distende in circular figura,
in tanto che la sua circunferenza
sarebbe al sol troppo larga cintura.

puis, comme enivrées par les parfums,
elles se replongeaient dans le gouffre étonnant,
et si l'une y entrait, une autre en ressortait.
« Le haut désir qui t'enflamme et te presse
de savoir le sens de ce que tu vois,
plus il s'enfle et plus il me plaît ;
mais il faut que tu boives de cette eau
avant que tant de soif s'apaise en toi » :
ainsi parla le soleil de mes yeux.
Puis il ajouta : « Le fleuve et les topazes
qui passent et repassent, et le rire des herbes
sont une annonce ombreuse de leur vrai*.
Non que ces choses soient en soi imparfaites ;
mais le défaut vient de ta part,
car tu n'as pas la vue encore assez puissante. »
Il n'est pas d'enfançon qui se rue aussi vite,
le visage vers le lait, s'il se réveille
en retard sur l'heure accoutumée,
que je fis alors pour faire de mes yeux
meilleurs miroirs, en me penchant sur l'onde
qui s'écoule pour nous rendre meilleurs* ;
et dès qu'en elle eût bu le bord
de mes paupières, elle m'apparut
de longue être devenue ronde*.
Puis, comme des gens restés sous le masque
paraissent autres s'ils se dépouillent
de l'aspect d'emprunt qui les cachait,
ainsi les fleurs et les étincelles
se changèrent pour moi en plus grande fête,
et je vis clairement les deux cours du ciel*.
O splendeur de Dieu, par qui je vis
le haut triomphe du règne véridique,
donne-moi la force de dire comme je le vis !
Une lumière est là-haut, qui rend visible
le créateur à ses créatures
qui ont leur paix seulement à sa vue.
Elle s'étend en figure circulaire,
si largement que sa circonférence
serait au soleil trop large ceinture.

Fassi di raggio tutta sua parvenza
reflesso al sommo del mobile primo,
che prende quindi vivere e potenza.

E come clivo in acqua di suo imo
sí specchia, quasi per vedersi addorno,
quando è nel verde e ne' fioretti opimo,

sì, soprastando al lume intorno intorno,
vidi specchiarsi in piú di mille soglie
quanto di noi là sú fatto ha ritorno.

E se l'infimo grado in sé raccoglie
sí grande lume, quanta è la larghezza
di questa rosa ne l'estreme foglie!

La vista mia ne l'ampio e ne l'altezza
non si smarriva, ma tutto prendeva
il quanto e 'l quale di quella allegrezza.

Presso e lontano, lí, né pon né leva :
ché dove Dio sanza mezzo governa,
la legge natural nulla rileva.

Nel giallo de la rosa sempiterna,
che si digrada e dilata e redole
odor di lode al sol che sempre verna,

qual è colui che tace e dicer vole,
mi trasse Bëatrice, e disse : « Mira
quanto è 'l convento de le bianche stole!

Vedi nostra città quant' ella gira;
vedi li nostri scanni sí ripieni,
che poca gente piú ci si disira.

E'n quel gran seggio a che tu li occhi tieni
per la corona che già v'è sú posta,
prima che tu a queste nozze ceni,

sederà l'alma, che fia giú agosta,
de l'alto Arrigo, ch'a drizzare Italia
verrà in prima ch'ella sia disposta.

La cieca cupidigia che v'ammalia
simili fatti v'ha al fantolino
che muor per fame e caccia via la balia.

E fia prefetto nel foro divino
allora tal, che palese e coverto
non anderà con lui per un cammino.

Tout ce qu'on voit d'elle est fait de rayons
réfléchis au sommet du premier mobile
qui prend de là sa vie et sa puissance*.
Et ainsi qu'un coteau dans les eaux à ses pieds
se mire comme pour se voir orné,
quand il est opulent de verdure et de fleurs,
ainsi, dominant la lumière alentour,
je vis se mirer en plus de mille gradins
tout ce qui de nous a fait retour là-haut.
Si le plus bas degré recueille en soi
une lumière si grande, quelle n'est pas la largeur
de cette rose en ses feuilles extrêmes!
Ma vue dans son ampleur et sa hauteur
ne s'égarait pas, mais prenait tout
le quel et le combien de cette joie*.
Près et loin, là-haut, n'enlèvent ni n'ajoutent :
car là où Dieu règne sans intermédiaire,
la loi naturelle est sans effet.
Au cœur jaune de la rose éternelle
qui monte et se dilate, exhalant son parfum
de louange au soleil d'un éternel printemps,
comme fait qui se tait et veut parler,
Béatrice m'entraîna, et dit : « Regarde
comme est grand le couvent des robes blanches!
Vois notre cité, comme elle fait un grand tour;
vois nos sièges si remplis
qu'on n'y attend plus que peu d'autres gens.
Et sur le grand siège où tes yeux sont fixés
à cause de la couronne qui déjà s'y trouve,
avant que tu dînes à ces noces
siégera l'âme, qui sur la terre sera auguste,
du grand Henri qui viendra redresser
l'Italie avant qu'elle y soit disposée*.
L'aveugle convoitise qui vous ensorcelle
vous a rendus pareils au nourrisson
qui meurt de faim et chasse sa nourrice.
Alors sera préfet dans le forum divin
quelqu'un qui ne suivra pas le même chemin
que lui, à découvert et en secret*.

Ma poco poi sarà da Dio sofferto
nel santo officio : ch'el sarà detruso
là dove Simon mago è per suo merto,
e farà quel d'Alagna intrar piú giuso. »

Mais il ne sera pas supporté longtemps
par Dieu au saint office ; car il sera plongé
là où Simon le mage a mérité d'être,
et poussera plus bas l'homme d'Anagni*. »

CANTO XXXI

In forma dunque di candida rosa
mi si mostrava la milizia santa
che nel suo sangue Cristo fece sposa;
ma l'altra, che volando vede e canta
la gloria di colui che la 'nnamora
e la bontà che la fece cotanta,
sí come schiera d'ape che s'infiora
una fïata e una si ritorna
là dove suo laboro s'insapora,
nel gran fior discendeva che s'addorna
di tante foglie, e quindi risaliva
là dove 'l süo amor sempre soggiorna.
Le facce tutte avean di fiamma viva
e l'ali d'oro, e l'altro tanto bianco,
che nulla neve a quel termine arriva.
Quando scendean nel fior, di banco in banco
porgevan de la pace e de l'ardore
ch' elli acquistavan ventilando il fianco.
Né l'interporsi tra 'l disopra e 'l fiore
di tanta moltitudine volante
impediva la vista e lo splendore :
ché la luce divina è penetrante
per l'universo secondo ch'è degno,
sí che nulla le puote essere ostante.
Questo sicuro e gaudïoso regno,
frequente in gente antica e in novella,
viso e amore avea tutto ad un segno.

CHANT XXXI

Empyrée. La Rose blanche. Stupeur de Dante. Saint Bernard remplace Béatrice. Salut et prière de Dante à Béatrice. Conseils du saint. La Vierge Marie dans sa gloire.

En forme donc de rose blanche
m'apparaissait la sainte milice
que le Christ épousa dans son sang*;
mais l'autre, qui voit et chante en volant
la gloire de celui qui l'embrase d'amour,
et la bonté qui la fit si grande,
comme essaim d'abeilles, qui tantôt
s'enfleure et tantôt retourne
là où son butin prend saveur,
plongeait dans la grande fleur qui s'orne
de tant de feuilles, puis remontait
là où son amour séjourne toujours*.
Tous avaient le visage de flamme vive,
et les ailes d'or, et le reste si blanc
que nulle neige n'arrive à ce terme.
Descendant dans la fleur, de marche en marche,
ils offraient la paix et l'ardeur
qu'ils prenaient par le vent de leurs ailes.
Mais l'intensité de la foule volant
entre le sommet et la fleur
n'empêchait pas la vue et la splendeur;
car la lumière divine est pénétrante
par l'univers selon qu'il en est digne,
si bien que rien ne peut lui faire obstacle*.
Ce royaume tranquille et plein de joie,
peuplé de gens antiques et nouveaux,
tenait regard et amour en un seul point.

Oh trina luce che 'n unica stella
scintillando a lor vista, sí li appaga!
guarda qua giuso a la nostra procella!
Se i barbari, venendo da tal plaga
che ciascun giorno d'Elice si cuopra,
rotante col suo figlio ond' ella è vaga,
veggendo Roma e l'ardüa sua opra,
stupefaciensi, quando Laterano
a le cose mortali andò di sopra;
ïo, che al divino da l'umano,
a l'etterno dal tempo era venuto,
e di Fiorenza in popol giusto e sano,
di che stupor dovea esser compiuto!
Certo tra esso e 'l gaudio mi facea
libito non udire e starmi muto.
E quasi peregrin che si ricrea
nel tempio del suo voto riguardando,
e spera già ridir com' ello stea,
su per la viva luce passeggiando,
menava ïo li occhi per li gradi,
mo sú, mo giú e mo recirculando.
Vedëa visi a carità süadi,
d'altrui lume fregiati et di suo riso,
e atti ornati di tutte onestadi.
La forma general di paradiso
già tutta mïo sguardo avea compresa,
in nulla parte ancor fermato fiso;
e volgeami con voglia rïaccesa
per domandar la mia donna di cose
di che la mente mia era sospesa.
Uno intendëa, e altro mi rispuose :
credea veder Beatrice e vidi un sene
vestito con le genti glorïose.
Diffuso era per li occhi e per le gene
di benigna letizia, in atto pio
quale a tenero padre si convene.
E « Ov' è ella? », súbito diss' io.
Ond' elli : « A terminar lo tuo disiro
mosse Beatrice me del loco mio;

O triple lumière, qui en une étoile
scintillant à leur vue, les charmes tant!
vois ici-bas notre tempête!
Si les barbares, venant de ces rivages
qui sont chaque jour couverts par Hélice*
tournoyant avec son fils qu'elle aime,
en voyant Rome et ses grands édifices,
s'émerveillèrent quand le Latran*
domina les choses mortelles,
moi, qui étais venu au divin
de l'humain, à l'éternel du temps,
et de Florence au peuple juste et sain,
de quelle stupeur devais-je être empli!
Certes, entre stupeur et joie il m'était doux
de ne pas entendre et de rester muet.
Et comme un pèlerin qui se repose
au temple de son vœu, en regardant,
et qui espère déjà redire comme il était,
allant et venant par la vive lumière,
je promenais mes yeux par les gradins,
en haut, en bas, et à la ronde.
Je voyais des yeux invitant à aimer, brillants
de la lumière d'un Autre et de leur propre rire,
et des gestes parés d'honnêteté.
La forme générale de paradis,
déjà mon regard l'avait toute saisie
sans se poser encore en aucun point;
et je me tournais avec désir réenflammé
pour questionner ma dame sur des points
qui tenaient mon esprit en suspens.
J'attendais une chose, une autre répondit :
croyant voir Béatrice, je vis un vieillard*
vêtu comme ces âmes glorieuses.
Sur ses yeux et ses joues était diffuse
une allégresse douce, avec des gestes pieux
comme il convient à un tendre père.
Et : « Où est-elle? », dis-je aussitôt.
Et lui : « Pour porter ton désir à son terme
Béatrice m'a fait descendre de ma place;

e se riguardi sú nel terzo giro
dal sommo grado, tu la rivedrai
nel trono che suoi merti le sortiro. »
Sanza risponder, li occhi sú levai,
e vidi lei che si facea corona
reflettendo da sé li etterni rai.
Da quella regïon che piú sú tona
occhio mortale alcun tanto non dista,
qualunque in mare piú giú s'abbandona,
quanto lí da Beatrice la mia vista;
ma nulla mi facea, ché süa effige
non discendëa a me per mezzo mista.
« O donna in cui la mia speranza vige,
e che soffristi per la mia salute
in inferno lasciar le tue vestige,
di tante cose quant' i' ho vedute,
dal tuo podere e da la tua bontate
riconosco la grazia e la virtute.
Tu m'hai di servo tratto a libertate
per tutte quelle vie, per tutt' i modi
che di ciò fare avei la potestate.
La tua magnificenza in me custodi,
sí che l'anima mia, che fatt' hai sana,
piacente a te dal corpo si disnodi. »
Cosí orai; e quella, sí lontana
come parea, sorrise e riguardommi;
poi si tornò a l'etterna fontana.
E 'l santo sene : « Acciò che tu assommi
perfettamente », disse, « il tuo cammino,
a che priego e amor santo mandommi,
vola con li occhi per questo giardino;
ché veder lui t'acconcerà lo sguardo
piú al montar per lo raggio divino.
E la regina del cielo, ond'ïo ardo
tutto d'amor, ne farà ogne grazia,
però ch'i' sono il suo fedel Bernardo ».
Qual è colui che forse di Croazia
viene a veder la Veronica nostra,
che per l'antica fame non sen sazia,

et si tu regardes au troisième rang
à partir du plus haut gradin, tu la reverras
sur le trône gagné par ses mérites. »
Sans répondre, je levai les yeux
et je la vis qui se faisait une couronne
des rayons éternels réfléchis en elle.
De la région qui tourne le plus haut
un œil mortel n'est pas aussi distant,
même plongé dans le fond de la mer,
que là mes yeux l'étaient de Béatrice ;
mais cela n'était rien, car son image
descendait vers moi sans nul mélange.
« O dame en qui prend vie mon espérance,
et qui souffris pour mon salut
de laisser en enfer la trace de tes pas,
de tant de choses que j'ai vues
par ton pouvoir et ta bonté,
je reconnais la grâce et la vertu.
Tu m'as tiré de servitude à liberté
par toutes ces voies, par tous ces modes
que tu avais le pouvoir d'user.
Conserve en moi ta magnificence,
afin que mon âme, que tu as guérie,
se dénoue de mon corps en te plaisant. »
Je priai ainsi ; et elle, si lointaine
qu'elle paraissait, sourit et me regarda ;
puis elle se tourna vers l'éternelle fontaine*.
Et le saint vieillard : « Pour que tu achèves
parfaitement », dit-il, « ton chemin,
ce pourquoi m'envoient prière et amour saint,
vole avec les yeux par ce jardin ;
car le voir mûrira ton regard
pour mieux monter par le rayon divin.
Et la reine du ciel, pour qui je brûle
tout entier d'amour, nous fera toute grâce,
parce que je suis son fidèle Bernard* ».
Tel est celui qui vient de Croatie
peut-être, afin de voir notre Véronique*,
et qui par faim ancienne ne s'en rassasie pas,

ma dice nel pensier, fin che si mostra :
'Segnor mio Iesú Cristo, Dio verace,
or fu sí fatta la sembianza vostra?';

tal era io mirando la vivace
carità di colui che 'n questo mondo,
contemplando, gustò di quella pace.

« Figliuol di grazia, quest' esser giocondo »,
cominciò elli, « non ti sarà noto,
tenendo li occhi pur qua giú al fondo;

ma guarda i cerchi infino al piú remoto,
tanto che veggi seder la regina
cui questo regno è suddito e devoto. »

Io levai li occhi; e come da mattina
la parte orïental de l'orizzonte
soverchia quella dove 'l sol declina,

cosí, quasi di valle andando a monte
con li occhi, vidi parte ne lo stremo
vincer di lume tutta l'altra fronte.

E come quivi ove s'aspetta il temo
che mal guidò Fetonte, piú s'infiamma,
e quinci e quindi il lume si fa scemo,

cosí quella pacifica oriafiamma
nel mezzo s'avvivava, e d'ogne parte
per igual modo allentava la fiamma;

e a quel mezzo, con le penne sparte,
vid' io piú di mille angeli festanti,
ciascun distinto di fulgore e d'arte.

Vidi a lor giochi quivi e a lor canti
ridere una bellezza, che letizia
era ne li occhi a tutti li altri santi;

e s'io avessi in dir tanta divizia
quanta ad imaginar, non ardirei
lo minimo tentar di sua delizia.

Bernardo, come vide li occhi miei
nel caldo suo caler fissi e attenti,
li suoi con tanto affetto volse a lei,
che ' miei di rimirar fé piú ardenti.

mais dit dans sa pensée, tant qu'on la montre :
« Mon Seigneur Jésus-Christ, Dieu vrai,
108 votre visage était donc ainsi? »;

tel j'étais moi-même en regardant la vive
charité de celui qui dans ce monde,
111 en contemplant, goûta cette paix.

« Enfant de grâce, cette vie heureuse »,
commença-t-il, « ne pourra pas t'être connue
114 si tu tiens tes yeux seulement vers le fond;

regarde les cercles jusqu'au plus éloigné,
jusqu'à ce que tu voies siéger la reine
117 dont ce royaume est sujet dévot ».

Je levai les yeux; et comme le matin
la partie orientale de l'horizon
120 dépasse celle où le soleil décline,

ainsi, comme en allant des yeux à la montagne,
je vis une partie à la cime
123 vaincre en lumière tout l'autre front.

Et comme ici au point où on attend le char
que Phaéton* conduisit mal, l'air s'enflamme plus,
126 et des deux côtés la lumière s'atténue,

ainsi cette oriflamme pacifique
se ravivait au centre, et de toutes parts
129 de la même façon pâlissait ce feu;

et, dans le milieu, les ailes déployées,
je vis plus de mille anges en liesse,
132 tous différents par l'art et par l'éclat.

Là je vis à leurs jeux et à leurs chants
rire une beauté qui donnait de la joie
135 aux yeux de tous les autres saints.

Et si j'étais aussi riche de langage
que d'imaginative, je n'oserais
138 tenter un seul trait de ses délices.

Bernard, lorsqu'il vit mes yeux
dans sa chaude chaleur fixes et attentifs,
porta les siens vers elle avec tant d'affection
142 qu'il me fit plus ardent à regarder.

CANTO XXXII

Affetto al suo piacer, quel contemplante
libero officio di dottore assunse,
e cominciò queste parole sante:
« La piaga che Maria richiuse e unse,
quella ch'è tanto bella da' suoi piedi
è colei che l'aperse e che la punse.
Ne l'ordine che fanno i terzi sedi,
siede Rachel di sotto da costei
con Bëatrice, sí come tu vedi.
Sarra e Rebecca, Iudít e colei
che fu bisava al cantor che per doglia
del fallo disse '*Miserere mei*',
puoi tu veder cosí di soglia in soglia
giú digradar, com' io ch'a proprio nome
vo per la rosa giú di foglia in foglia.
E dal settimo grado in giú, sí come
infino ad esso, succedono Ebree,
dirimendo del fior tutte le chiome;
perché, secondo lo sguardo che fée
la fede in Cristo, queste sono il muro
a che si parton le sacre scalee.
Da questa parte onde 'l fiore è maturo
di tutte le sue foglie, sono assisi
quei che credettero in Cristo venturo;
da l'altra parte onde sono intercisi
di vòti i semicirculi, si stanno
quei ch'a Cristo venuto ebber li visi.

CHANT XXXII

Empyrée. Distribution des bienheureux dans la Rose. Les élus de l'Ancienne et de la Nouvelle Loi. Les enfants innocents. Marie glorifiée par les anges et les saints. L'Archange Gabriel. Les grands princes du ciel.

Épris de l'amour d'elle, ce contemplant
prit librement office de docteur,
et commença ces saintes paroles :

« La plaie que Marie referma et pansa,
cette femme si belle qui est à ses pieds
est celle qui l'ouvrit et qui la causa*.

Dans le rang que forment les troisièmes sièges
se tient Rachel* au-dessous d'elle,
avec Béatrice, comme tu vois.

Sarah et Rébecca, Judith et celle*
qui fut aïeule du chantre qui par remords
de son péché dit "*Miserere mei**",

tu peux les voir ainsi de gradin en gradin,
en descendant, tandis que je les nomme
en allant par la rose, de feuille en feuille.

Et du septième rang jusqu'en bas,
de même que jusqu'à lui se succèdent les Juives*,
divisant les cheveux de la flamme ;

car, selon le regard que porta la foi
dans le Christ, elles sont le mur
où se partagent les escaliers sacrés*.

De ce côté où la fleur est mûre,
de toutes ses feuilles, sont assis
ceux qui crurent dans le Christ à venir ;

de l'autre côté où les demi-cercles
sont coupés de vides, se tiennent ceux
qui eurent le regard sur le Christ advenu.

E come quinci il glorïoso scanno
de la donna del cielo e li altri scanni
di sotto lui cotanta cerna fanno,

così di contra quel del gran Giovanni,
che sempre santo 'l diserto e 'l martiro
sofferse, e poi l'inferno da due anni;

e sotto lui così cerner sortiro
Francesco, Benedetto e Augustino
e altri fin qua giú di giro in giro.

Or mira l'alto proveder divino :
ché l'uno e l'altro aspetto de la fede
igualmente empierà questo giardino.

E sappi che dal grado in giú che fiede
a mezzo il tratto le due discrezioni,
per nullo proprio merito si siede,

ma per l'altrui, con certe condizioni :
ché tutti questi son spiriti asciolti
prima ch'avesser vere elezïoni.

Ben te ne puoi accorger per li volti
e anche per le voci püerili,
se tu li guardi bene e se li ascolti.

Or dubbi tu e dubitando sili;
ma io discioglierò 'l forte legame
in che ti stringon li pensier sottili.

Dentro a l'ampiezza di questo reame
casüal punto non puote aver sito,
se non come tristizia o sete o fame :

ché per etterna legge è stabilito
quantunque vedi, sí che giustamente
ci si risponde da l'anello al dito;

e però questa festinata gente
a vera vita non è *sine causa*
intra sé qui piú e meno eccellente.

Lo rege per cui questo regno pausa
in tanto amore e in tanto diletto,
che nulla volontà è di piú ausa,

le menti tutte nel suo lieto aspetto
creando, a suo piacer di grazia dota
diversamente; e qui basti l'effetto.

Et comme par ici le siège glorieux
de la dame du ciel forme avec les autres
au-dessous de lui cette séparation,
de même, vis-à-vis, est assis le grand Jean*
qui, toujours saint, endura le désert
et le martyre, et puis l'enfer deux ans;
au-dessous forment la même séparation
François, Benoît et Augustin*,
et d'autres jusqu'en bas, de file en file.
Considère donc la haute providence divine :
car les deux aspects de la foi
empliront également ce jardin.
Et sache qu'au-dessous du gradin qui coupe
à mi-hauteur les deux divisions,
nul ne siège par son propre mérite
mais par celui d'autrui, à certaines conditions;
car tous ceux-ci sont des esprits absous
avant d'avoir le vrai discernement.
Tu peux t'en apercevoir aux visages
et aussi aux voix enfantines,
si tu regardes bien, et si tu les écoutes.
A présent tu doutes, et, doutant, tu te tais :
mais je dénouerai le fort lien
où les pensées subtiles t'enserrent.
Dans l'espace de ce royaume,
un point fortuit n'a pas de place;
non plus que tristesse, ou soif, ou faim :
car tout ce que tu vois est établi
par loi éternelle si bien qu'exactement
tout s'y répond, comme de la bague au doigt;
aussi cette foule venue précocement
à la vraie vie, n'a pas été sans cause
placée ici de façon plus ou moins excellente.
Le roi par qui ce royaume repose
en tant d'amour et tant de joie
que nulle volonté n'ose en désirer plus,
en créant les esprits dans son regard joyeux,
les dote à son plaisir diversement
de grâce : et qu'ici nous suffise l'effet*.

E ciò espresso e chiaro vi si nota
ne la Scrittura santa in quei gemelli
che ne la madre ebber l'ira commota.
Però, secondo il color d'i capelli,
di cotal grazia l'altissimo lume
degnamente convien che s'incappelli.
Dunque, sanza mercé di lor costume,
locati son per gradi differenti,
sol differendo nel primiero acume.
Bastavasi ne' secoli recenti
con l'innocenza, per aver salute,
solamente la fede d'i parenti;
poi che le prime etadi fuor compiute,
convenne ai maschi a l'innocenti penne
per circuncidere acquistar virtute;
ma poi che 'l tempo de la grazia venne,
sanza battesmo perfetto di Cristo
tale innocenza là giú si ritenne.
Riguarda omai ne la faccia che a Cristo
piú si somiglia, ché la sua chiarezza
sola ti può disporre a veder Cristo ».
Io vidi sopra lei tanta allegrezza
piover, portata ne le menti sante
create a trasvolar per quella altezza,
che quantunque io avea visto davante,
di tanta ammirazion non mi sospese,
né mi mostrò di Dio tanto sembiante;
e quello amor che primo lí discese,
cantando '*Ave, Maria, gratïa plena*',
dinanzi a lei le sue ali distese.
Rispuose a la divina cantilena
da tutte parti la beata corte,
sí ch'ogne vista sen fé piú serena.
« O santo padre, che per me comporte
l'esser qua giú, lasciando il dolce loco
nel qual tu siedi per etterna sorte,
qual è quell' angel che con tanto gioco
guarda ne li occhi la nostra regina,
innamorato sí che par di foco? »

Cela est exprimé de façon claire
dans l'écriture sainte, par ces jumeaux
qui furent dans leur mère agités de colère*.
Aussi, selon la couleur de leurs cheveux,
il convient que la haute lumière
les coiffe dignement de telle grâce*.
Donc sans le secours de leurs œuvres,
ils sont placés en gradins différents,
différant seulement par leur premier regard*.
Il suffisait, dans les siècles neufs,
pour avoir le salut avec l'innocence,
simplement de la foi des parents;
quand les premiers âges furent accomplis,
il fallut aux mâles pour leur aile innocente
gagner la vertu par circoncision*;
mais lorsque vint le temps de la grâce,
sans le parfait baptême du Christ,
cette innocence fut confinée en bas.
Regarde à présent la face qui au Christ
ressemble le plus, car seule sa clarté
peut te disposer à voir le Christ. »
Je vis au-dessus d'elle tant d'allégresse
pleuvoir, portée par les saintes intelligences
créées pour voler à travers ces hauteurs,
que tout ce que j'avais vu jusqu'alors
ne m'avait pas ravi en tel enchantement,
ni montré avec Dieu pareille ressemblance;
et le premier amour qui descendit
en chantant « *Ave Maria, gratia plena** »
déploya ses ailes devant elle.
A la divine cantilène, de tous côtés,
répondit la cour bienheureuse,
et tous les visages en furent plus sereins.
« O Saint Père, qui supportes pour moi
d'être ici en laissant le doux lieu
où tu sièges par le sort éternel,
quel est cet ange qui si joyeux
regarde dans les yeux notre reine,
si amoureux qu'il paraît de feu ? »

Cosí ricorsi ancora a la dottrina
di colui ch'abbelliva di Maria,
come del sole stella mattutina.

Ed elli a me : « Baldezza e leggiadria
quant' esser puote in angelo e in alma,
tutta è in lui; e sí volem che sia,

perch' elli è quelli che portò la palma
giuso a Maria, quando 'l Figliuol di Dio
carcar si volse de la nostra salma.

Ma vieni omai con li occhi sí com' io
andrò parlando, e nota i gran patrici
di questo imperio giustissimo e pio.

Quei due che seggon là sú piú felici
per esser propinquissimi ad Agusta,
son d'esta rosa quasi due radici :

colui che da sinistra le s'aggiusta
è 'l padre per lo cui ardito gusto
l'umana specie tanto amaro gusta;

dal destro vedi quel padre vetusto
di Santa Chiesa a cui Cristo le chiavi
raccomandò di questo fior venusto.

E quei che vide tutti i tempi gravi,
pria che morisse, de la bella sposa
che s'acquistò con la lancia e coi clavi,

siede lungh' esso, e lungo l'altro posa
quel duca sotto cui visse di manna
la gente ingrata, mobile e retrosa.

Di contr' a Pietro vedi sedere Anna,
tanto contenta di mirar sua figlia,
che non move occhio per cantare osanna;

e contro al maggior padre di famiglia
siede Lucia, che mosse la tua donna
quando chinavi, a rovinar, le ciglia.

Ma perché 'l tempo fugge che t'assonna,
qui farem punto, come buon sartore
che com' elli ha del panno fa la gonna;

e drizzeremo li occhi al primo amore,
sí che, guardando verso lui, penètri
quant' è possibil per lo suo fulgore.

Ainsi eus-je recours encore à la doctrine
de celui qui s'embellissait de Marie
comme du soleil l'étoile du matin.
Et lui à moi : « Hardiesse et grâce,
autant qu'elles peuvent être en ange ou en âme,
sont en lui; et nous voulons ainsi,
car il est celui qui porta la palme
sur terre à Marie, quand le Fils de Dieu
voulut se charger de notre poids.
Mais suis-moi maintenant des yeux, et note,
pendant que je parle, les grands patriciens
de cet empire si juste et pieux.
Ces deux qui siègent là-haut, plus heureux
pour être tout près de la dame auguste
sont comme deux racines de cette rose :
celui qui touche sa main gauche
est le père dont le goût hardi
fit goûter l'amertume à l'espèce humaine*;
tu vois à droite le père vénérable
de la Sainte Église à qui le Christ
recommanda les clefs de cette fleur gracieuse*.
Et celui qui vit tous les temps de malheur,
avant de mourir, de la belle épouse
qui fut gagnée par la lance et les clous,
siège auprès de lui*, et près de l'autre
se tient le chef sous qui vécut de manne
le peuple ingrat, changeant et rétif*.
En face de Pierre tu vois siéger Anne
si heureuse de regarder sa fille
qu'elle chante Hosannah sans la quitter des yeux;
en face du plus ancien père de la famille
est assise Lucie* qui fit venir ta dame,
quand tu baissais le front devant le primipile.
Mais comme le temps fuit qui t'ensommeille,
nous mettrons là un point, comme le bon tailleur
qui fait l'habit selon le drap qu'il a;
et nous lèverons les yeux vers le premier amour,
afin que tu pénètres, en regardant vers lui,
autant qu'il est possible, dans son éclat.

Veramente, *ne* forse tu t'arretri
movendo l'ali tue, credendo oltrarti,
orando grazia conven che s'impetri
grazia da quella che puote aiutarti;
e tu mi seguirai con l'affezione,
sí che dal dicer mio lo cor non parti ».
E cominciò questa santa orazione :

Pourtant, de peur que tu recules
en agitant tes ailes, croyant avancer,
il convient en priant d'obtenir la grâce,
grâce de celle qui peut t'aider ;
et tu me suivras avec ton sentiment,
pour ne pas séparer ton cœur de mon dire. »
Et il commença cette sainte oraison :

CANTO XXXIII

« Vergine Madre, figlia del tuo figlio,
umile e alta piú che creatura,
termine fisso d'etterno consiglio,
tu se' colei che l'umana natura
nobilitasti sí, che 'l suo fattore
non disdegnò di farsi sua fattura.
Nel ventre tuo si raccese l'amore,
per lo cui caldo ne l'etterna pace
cosí è germinato questo fiore.
Qui se' a noi meridïana face
di caritate, e giuso, intra' mortali,
se' di speranza fontana vivace.
Donna, se' tanto grande e tanto vali,
che qual vuol grazia e a te non ricorre
sua disïanza vuol volar sanz' ali.
La tua benignità non pur soccorre
a chi domanda, ma molte fïate
liberamente al dimandar precorre.
In te misericordia, in te pietate,
in te magnificenza, in te s'aduna
quantunque in creatura è di bontate.
Or questi, che da l'infima lacuna
de l'universo infin qui ha vedute
le vite spiritali ad una ad una,

CHANT XXXIII

Empyrée. Prière de saint Bernard à la Vierge en faveur de Dante. Dante plonge les yeux dans l'Essence infinie : intuition de l'unité de l'univers en Dieu, de l'unité et de la trinité, du mystère de l'Incarnation. Aux limites de l'expression. Extase et fulguration.

« Vierge mère, fille de ton fils*,
humble et haute plus que créature,
terme arrêté d'un éternel conseil*,
tu es celle qui as tant annobli
notre nature humaine, que son créateur
daigna se faire sa créature.
Dans ton ventre l'amour s'est rallumé
par la chaleur de qui, dans le calme éternel,
cette fleur ainsi est éclose*.
Ici tu es pour nous la torche méridienne*
de charité, en bas chez les mortels
tu es source vivace d'espérance.
Dame tu es si grande et de valeur si haute
que qui veut une grâce et à toi ne vient pas,
il veut que son désir vole sans ailes.
Ta bienveillance répond non seulement
à celui qui demande, mais souvent
elle devance librement la demande.
En toi miséricorde, en toi pitié,
en toi magnificence, en toi s'assemble
tout ce qui est bonté en créature.
Or celui-ci, qui du fond de l'abîme
de l'univers jusqu'ici a vu
les vies spirituelles, une à une,

supplica a te, per grazia, di virtute
tanto, che possa con li occhi levarsi
piú alto verso l'ultima salute.

E io, che mai per mio veder non arsi
piú ch'i' fo per lo suo, tutti miei prieghi
ti porgo, e priego che non sieno scarsi,

perché tu ogne nube li disleghi
di sua mortalità co' prieghi tuoi,
sí che 'l sommo piacer li si dispieghi.

Ancor ti priego, regina, che puoi
ciò che tu vuoli, che conservi sani,
dopo tanto veder, li affetti suoi.

Vinca tua guardia i movimenti umani :
vedi Beatrice con quanti beati
per li miei prieghi ti chiudon le mani! »

Li occhi da Dio diletti e venerati,
fissi ne l'orator, ne dimostraro
quanto i devoti prieghi le son grati;

indi a l'etterno lume s'addrizzaro,
nel qual non si dee creder che s'invii
per creatura l'occhio tanto chiaro.

E io ch'al fine di tutt' i disii
appropinquava, sí com' io dovea,
l'ardor del desiderio in me finii.

Bernardo m'accennava, e sorridea,
perch'io guardassi suso; ma io era
già per me stesso tal qual ei volea :

ché la mia vista, venendo sincera,
e piú e piú intrava per lo raggio
de l'alta luce che da sé è vera.

Da quinci innanzi il mio veder fu maggio
che 'l parlar mostra, ch'a tal vista cede,
e cede la memoria a tanto oltraggio.

Qual è colüi che sognando vede,
che dopo 'l sogno la passione impressa
rimane, e l'altro a la mente non riede,

cotal son io, ché quasi tutta cessa
mia visïone, e ancor mi distilla
nel core il dolce che nacque da essa.

implore de toi par grâce d'avoir la force
de pouvoir se lever dans son regard
plus haut, vers l'ultime béatitude.

Et moi, qui jamais ne brûlai pour ma vue
plus que je ne fais pour la sienne, je te prie,
et mes prières ne soient insuffisantes,

que tu le délies de tout nuage
de sa mortalité par tes prières,
afin que s'ouvre à lui la joie suprême.

Encore je te prie, reine qui peux
ce que tu veux, que tu conserves saines,
après qu'il aura vu, ses affections.

Que ta garde vainque les mouvements humains :
vois Béatrice et tant de bienheureux
joignant les mains vers toi pour mes prières! »

Les yeux aimés et vénérés de Dieu,
fixés sur l'âme orante, nous montrèrent
combien leur plaît une prière ardente;

et puis ils se dressèrent vers le feu éternel,
où l'on ne doit pas croire que pénètre
regard de créature qui soit plus clair.

En moi qui touchais à la fin
de tous mes vœux, comme il fallait,
se parfit l'ardeur du désir.

Bernard souriait et me faisait signe
de regarder en haut; mais j'étais déjà
par moi-même tel qu'il me voulait :

puisque ma vue, en devenant limpide,
entrait de plus en plus dans le rayon
de la haute lumière qui par soi-même est vraie.

A partir de ce point mon voir alla plus loin
que notre parler, qui cède à la vision,
et la mémoire cède à cette outrance.

Tel est celui qui voit en rêvant,
et, le rêve fini, la passion imprimée
reste, et il n'a plus souvenir d'autre chose,

tel je suis à présent, car presque toute cesse
ma vision, et dans mon cœur
coule encore la douceur qui naquit d'elle.

Cosí la neve al sol si disigilla;
cosí al vento ne le foglie levi
si perdea la sentenza di Sibilla.

O somma luce che tanto ti levi
da' concetti mortali, a la mia mente
ripresta un poco di quel che parevi,

e fa la lingua mia tanto possente,
ch'una favilla sol de la tua gloria
possa lasciare a la futura gente;

ché, per tornare alquanto a mia memoria
e per sonare un poco in questi versi,
piú si conceperà di tua vittoria.

Io credo, per l'acume ch'io soffersi
del vivo raggio, ch'i' sarei smarrito,
se li occhi miei da lui fossero aversi.

E' mi ricorda ch'io fui piú ardito
per questo a sostener, tanto ch'i' giunsi
l'aspetto mio col valore infinito.

Oh abbondante grazia ond' io presunsi
ficcar lo viso per la luce etterna,
tanto che la veduta vi consunsi!

Nel suo profondo vidi che s'interna,
legato con amore in un volume,
ciò che per l'universo si squaderna :

sustanze e accidenti e lor costume
quasi conflati insieme, per tal modo
che ciò ch'i' dico è un semplice lume.

La forma universal di questo nodo
credo ch'i' vidi, perché piú di largo,
dicendo questo, mi sento ch'i' godo.

Un punto solo m'è maggior letargo
che venticinque secoli a la 'mpresa
che fé Nettuno ammirar l'ombra d'Argo.

Cosí la mente mia, tutta sospesa,
mirava fissa, immobile e attenta,
e sempre di mirar faceasi accesa.

A quella luce cotal si diventa,
che volgersi da lei per altro aspetto
è impossibil che mai si consenta;

Ainsi la neige se descelle au soleil;
ainsi au vent dans les feuilles légères
se perdait la sentence de Sibylle*.
O lumière souveraine qui tant t'élèves
au-dessus des pensées mortelles, reprête un peu
à mon esprit de ce que tu semblais,
et rends ma langue si puissante
qu'une étincelle de ta gloire
puisse arriver aux gens futurs;
si elle revient un peu à ma mémoire
et résonne à peine dans mes vers,
on concevra mieux ta victoire.
Je crois, par l'acuité que je sentis alors,
du vivant rayon, que si mes yeux
s'en étaient détournés, je me serais perdu.
Et je me souviens que je fus plus hardi
par cela même à résister, jusqu'à unir
mon regard avec la valeur infinie.
O grâce très abondante qui me fit présumer
de planter mes yeux dans le feu éternel,
tant que j'y consumai la vue*!
Dans sa profondeur je vis que se recueille,
lié avec amour en un volume*,
ce qui dans l'univers se dissémine :
accidents et substances et leurs modalités
comme fondus ensemble*, en sorte
que ce que j'en dis est simple lueur.
Je crois bien que je vis la forme universelle
de ce nœud, car en disant cela
je sens en moi s'élargir la jouissance*.
Et un seul point m'est plus violent oubli
que vingt-cinq siècles à l'entreprise
qui fit s'émerveiller Neptune à voir l'ombre d'Argo*.
Ainsi mon âme, tout en suspens,
regardait fixement, immobile, attentive,
et s'enflammait sans cesse à regarder encore.
A cette lumière on devient tel
que se détourner d'elle pour une autre vision
est impossible à jamais consentir;

però che 'l ben, ch'è del volere obietto,
tutto s'accoglie in lei, e fuor di quella
è defettivo ciò ch'è lí perfetto.
Omai sarà piú corta mia favella,
pur a quel ch'io ricordo, che d'un fante
che bagni ancor la lingua a la mammella.
Non perché piú ch'un semplice sembiante
fosse nel vivo lume ch'io mirava,
che tal è sempre qual s'era davante;
ma per la vista che s'avvalorava
in me guardando, una sola parvenza,
mutandom' io, a me si travagliava.
Ne la profonda e chiara sussistenza
de l'alto lume parvermi tre giri
di tre colori e d'una contenenza;
e l'un da l'altro come iri da iri
parea reflesso, e 'l terzo parea foco
che quinci e quindi igualmente si spiri.
Oh quanto è corto il dire e come fioco
al mio concetto! e questo, a quel ch'i' vidi,
è tanto, che non basta a dicer 'poco'.
O luce etterna che sola in te sidi,
sola t'intendi, e da te intelletta
e intendente te ami e arridi!
Quella circulazion che sí concetta
pareva in te come lume reflesso,
da li occhi miei alquanto circunspetta,
dentro da sé, del suo colore stesso,
mi parve pinta de la nostra effige :
per che 'l mio viso in lei tutto era messo.
Qual è 'l geomètra che tutto s'affige
per misurar lo cerchio, e non ritrova,
pensando, quel principio ond' elli indige,
tal era io a quella vista nova :
veder voleva come si convenne
l'imago al cerchio e come vi s'indova;
ma non eran da ciò le proprie penne :
se non che la mia mente fu percossa
da un fulgore in che sua voglia venne.

puisque le bien, qui est seul objet du vouloir,
s'accueille tout en elle, et hors d'elle
105 est en défaut ce qui là est parfait*.
Ma parole désormais sera plus courte,
même au regard de ce dont j'ai mémoire,
108 que d'un enfant qui baigne encore la langue au sein.
Non pas que plus d'une seule apparence
fût enclose dans la lumière que je voyais,
111 car elle est toujours telle qu'elle était alors;
mais pour la vue qui gagnait en valeur
en moi qui regardais, une seule apparence,
114 tandis que je changeais, pour moi se transmuait.
Dans la profonde et claire subsistance
de la haute lumière trois cercles m'apparurent,
117 de trois couleurs et de grandeur unique*;
et l'un par l'autre, comme iris en iris,
paraissait réfléchi, et le troisième semblait un feu,
120 qui d'ici et de là pareillement respire*.
O comme le dire est faible et qu'il est court
à ma pensée! si court, devant ce que j'écris,
123 que dire « peu » ne suffit pas.
O lumière éternelle qui seule en toi résides,
seule te penses, et par toi entendue
126 et t'entendant, ris à toi-même, et t'aimes*!
Ce cercle ainsi conçu
qui semblait en toi lumière réfléchie
129 longuement contemplé par mes yeux
à l'intérieur de soi, de sa même couleur,
me sembla peint de notre image*;
132 si bien que mon regard était tout en elle.
Tel est le géomètre attaché tout entier
à mesurer le cercle, et qui ne peut trouver
135 en pensant, le principe qui manque*,
tel j'étais moi-même à cette vue nouvelle :
je voulais voir comment se joint
138 l'image au cercle, comment elle s'y noue*;
mais pour ce vol mon aile était trop faible :
sinon qu'alors mon esprit fut frappé
141 par un éclair qui vint à son désir*.

A l'alta fantasia qui mancò possa;
ma già volgeva il mio disio e 'l *velle*,
sí come rota ch'igualmente è mossa,
l'amor che move il sole e l'altre stelle.

Ici la haute fantaisie perdit sa puissance ;
mais déjà il tournait mon désir et vouloir
tout comme roue également poussée,
l'amour qui meut le soleil et les autres étoiles*.

NOTES

Chant I

1. *Celui qui meut toutes choses :* selon saint Thomas, « Dieu meut sans être mû » (*Summa theologica*, I, CV, 2).

3. *et moins ailleurs :* Dante écrit, dans le *De Vulgari Eloquentia* (I, 2, 16) : « Dieu apparaît plus dans l'homme que dans les bêtes, plus dans les bêtes que dans les plantes. »

4. *qui prend le plus de sa lumière :* l'Empyrée, le ciel qui est, étymologiquement, de feu.

7. *de son désir :* Dieu est l'« ultime désirable », écrit Dante dans le *Convivio* (IV, XII, 17).

13. *O bon Apollon :* pour l'*Enfer* et le *Purgatoire*, Dante a invoqué l'aide des Muses. Il a besoin pour le *Paradis* des Muses et d'Apollon, des deux cimes du Parnasse.

16. *l'une des cimes du Parnasse :* la première cime est l'Hélicon, séjour des Muses, l'autre est Cirrha, séjour d'Apollon.

20. *tu as tiré Marsyas :* Apollon, défié par le satyre Marsyas à une confrontation musicale, triomphe de lui et l'écorche vif. Ovide raconte qu'Apollon arracha la peau du satyre, Dante qu'il tira le satyre de sa peau.

26. *ces feuilles :* celles du laurier, arbre d'Apollon.

31. *le feuillage pénéen :* le laurier, encore ; la nymphe Daphné, aimée d'Apollon et changée en laurier pour lui échapper, était la fille du fleuve Pénée.

35. *avec des mots meilleurs :* faut-il entendre qu'un autre poète viendra, meilleur poète que Dante.

39. *quatre cercles avec trois croix :* il s'agit du moment où le soleil est dans le Bélier, à l'équinoxe de printemps; les quatre cercles sont l'horizon, le zodiaque, l'équateur, et le méridien qui passe par les deux points équinoxiaux. Mais ce sont aussi les quatre vertus cardinales (et les trois croix sont les vertus théologales).

40. *meilleur cours et meilleure étoile :* avec l'équinoxe de printemps commence la plus belle époque de l'année. La « meilleure étoile » est la constellation du Bélier, considérée comme très favorable.

45. *et l'autre côté noir :* au Paradis, Dante n'indique pas l'heure. Ici c'est peut-être le matin, peut-être midi. La partie noire correspond au Purgatoire.

49. *le deuxième rayon :* le rayon réfléchi par un miroir.

57. *séjour :* le paradis terrestre, où l'homme fut parfait.

63. *d'un deuxième soleil :* la sphère de feu, que les Anciens voyaient entre la terre et le ciel de la lune.

68. *Glaucus :* pêcheur mythique de Béotie, qui, voyant les poissons qu'il avait pêchés reprendre vie en mangeant l'herbe sur laquelle ils étaient posés, mangea cette herbe et fut changé en dieu marin (Ovide, *Métamorphoses*, XIII, 898-968).

70. *Outrepasser l'humain :* Dante écrit, en un seul mot, « trasumanar » — premier néologisme du *Paradis*.

73. *Si je n'étais qu'âme :* Dante ici s'applique à lui-même un célèbre passage de saint Paul : « Je connais un homme dans le Christ qui, il y a quatorze ans, fut ravi jusqu'au ciel; si ce fut dans son corps je ne sais, si ce fut hors de son corps je ne sais, Dieu le sait. »

92. *en fuyant son séjour :* Dante traverse la sphère de feu, qui est la demeure des éclairs.

109. *sont inclinées :* toutes les créatures procédant de Dieu sont d'instinct inclinées vers le bien, mais de diverses manières (cf. Thomas d'Aquin).

122. *le ciel en repos :* l'Empyrée, qui est immobile.

123. *le plus de hâte :* c'est le Premier Mobile, ou ciel cristallin, qui « ordonne de son mouvement la révolution quotidienne de toutes les sphères » (*Convivio*, II, XV).

Chant II

9. *les Ourses :* c'est-à-dire la direction du pôle, et, métaphoriquement, les étoiles du salut.

11. *le pain des anges :* la science divine.

16. *Ces glorieux :* les Argonautes, dont le chef, Jason, avait dû se faire laboureur pour conquérir la Toison d'Or.

20. *du règne déiforme :* l'Empyrée.

30. *la première étoile :* en fait la première planète, la Lune.

39. *un autre corps :* il est difficile de comprendre comment une « dimension » (une matière étendue : la lune) et un corps (le corps de Dante) peuvent se compénétrer sans se briser.

42. *et Dieu s'unissent :* Jésus-Christ.

51. *des fables sur Caïn :* la légende populaire reconnaissait Caïn dans la Lune : prisonnier dans l'astre, il était condamné à porter pour toujours un fagot sur l'épaule (cf. *Enfer*, XX, 126).

60. *rares et denses :* rares sont les parties que nous voyons lumineuses, denses celles que nous voyons obscures. Cette théorie, que Dante a illustrée dans le *Convivio* II, XIII, 9, remonte à Averroès.

64. *La huitième sphère :* le ciel des Étoiles fixes.

89. *un verre :* un miroir.

95. *l'expérience :* Dante puise le concept d'expérience chez Aristote.

112. *ciel de la paix divine :* l'Empyrée.

113. *tourne un corps :* le Premier Mobile, ou ciel cristallin, qui, comme écrit Dante dans le *Convivio*, « par son mouvement règle la révolution quotidienne de tous les astres, par laquelle ceux-ci reçoivent et font descendre chaque jour leur influence de toutes parts ». (*Convivio*, II, 15.)

115. *Le ciel suivant :* le ciel des étoiles fixes.

118. *Les autres cieux :* les ciels des sept planètes.

121. *Les organes du monde :* les ciels; ils reçoivent

l'influence du ciel supérieur, et exercent leur influence sur le ciel qui leur est immédiatement inférieur.

129. *des moteurs bienheureux :* les Intelligences motrices, c'est-à-dire les Anges.

132. *le sceau :* il en fait le sceau, c'est-à-dire qu'il empreint de cette vertu les étoiles qui sont en lui.

133. *votre poussière :* le corps.

145. *De là vient :* c'est de l'intelligence motrice, et non de la différence de densité, que provient ce qui semble différer de lumière en lumière, c'est-à-dire les taches de la Lune.

Chant III

1. *Ce soleil :* Béatrice.

13. *les contours :* Dante emploie le mot « *postille* », qui veut dire « annotation » dans la marge d'un livre : elles sont au texte ce qu'est l'image reflétée au vrai visage.

18. *l'homme et la source :* Narcisse, qui se regarde dans la fontaine et prend son image pour un corps réel; à l'inverse Dante voit des figures réelles et les prend pour des images reflétées.

30. *reléguées :* l'expression de Dante laisse croire volontairement que ces âmes ont leur siège dans le ciel de la Lune; au chant IV (28-63), Dante expliquera la situation des bienheureux au paradis : il imagine qu'ils ont tous leur siège dans l'Empyrée, mais qu'ils lui apparaissent dans les différents ciels pour lui indiquer leurs différents degrés de béatitude. Les trois premiers ciels sont aussi appelés « ciels inférieurs ».

49. *Piccarda :* Piccarda Donati, sœur de Forese, ami de Dante (cf. *Purg.*, XXIII, 40-133 et XXIV, 1-99); c'est aussi la sœur de Corso, le chef des Guelfes noirs (*Purg.*, 82-87); elle racontera plus loin (97-108) sa triste destinée; Dante avait de l'amitié pour elle.

51. *la sphère la plus lente :* le ciel de la Lune.

55. *si bas :* parce que dans un ciel inférieur; les vœux inaccomplis ont été en partie négligés, en partie insuffisants.

77. *necesse* : Dante l'écrit en latin, *necesse*, formule du langage scolastique qui indique la conséquentialité d'un discours logique.

82. *de seuil en seuil* : c'est-à-dire de degré en degré : image pour indiquer les différents degrés de béatitude et annoncer par avance que Dante verra les bienheureux de ciel en ciel.

98. *une dame plus haut* : sainte Claire d'Assise, qui fonda l'ordre des Clarisses.

103. . *Je m'enfuis du monde* : Piccarda, attirée par la vie de sainte Claire, se réfugia dans le couvent d'où la violence de son frère la tira de force.

118. *la grande Constance* : fille posthume de Roger, roi de Sicile, née en 1154, elle épousa en 1185, à Milan, l'empereur Henri VI, « le second ouragan de Souabe », fils de Frédéric Barberousse ; elle fut la mère de Frédéric II, né en 1194, « la troisième et l'ultime puissance ».

Chant IV

13. *Daniel* : Daniel, grâce à une révélation de Dieu, put satisfaire le roi Nabuchodonosor, qui avait été « injustement cruel » parce qu'il avait fait mettre à mort les sages de Babylone, non seulement pour ne pas lui avoir expliqué ses rêves, mais aussi pour n'avoir pas su les deviner, alors qu'il les avait oubliés lui-même (*Daniel*, II, 1-45).

19. *le bon vouloir* : c'est le cas de Piccarda et de Constance.

24. *selon la sentence de Platon* : dans le *Timée* (que Dante connaissait peut-être directement dans la traduction latine, ou indirectement, à travers saint Augustin, saint Thomas, et Macrobe), les âmes, créées avant les corps, sont distribuées dans les étoiles où elles retournent après la mort.

25. *de ton velle* : de ta volonté. Infinitif latin scolastique.

27. *fiel* : la seconde, la théorie de Platon, est la plus dangereuse ; car, si elle est vraie, la doctrine chrétienne est fausse.

29. *Samuel, Jean* : Samuel est le prophète qui fut le dernier des Juges et qui institua la Monarchie en Israël, le Jean que tu veux : Jean-Baptiste ou l'Évangéliste.

40. *Il faut parler ainsi* : un des principes de la doctrine aristotélicienne, que Dante reprend à travers saint Thomas.

48. *Tobie* : l'archange Raphaël, qui guérit Tobie de sa cécité.

49. *Ce que Timée argumente* : ce que Timée expose est différent de ce qu'on voit dans la Lune (où les âmes apparaissent, mais ne demeurent pas), parce qu'il semble que Timée pense exactement ce qu'il dit — que ses paroles doivent être prises à la lettre, et non au sens figuré.

54. *sa forme* : la forme est, au sens scolastique, le principe distinct qui donne aux choses leur manière d'être, leurs attributs. « L'âme raisonnable est la forme de l'homme » (saint Thomas d'Aquin, *Summa theologica*, I. I, 9).

63. *à nommer Jupiter, Mercure et Mars* : cette doctrine des influx astraux amena presque tous les peuples (sauf le peuple élu) à assigner aux astres des noms divins, c'est-à-dire à les déifier.

69. *noirceur hérétique* : Dieu est suprême justice, mais ses jugements sont imperscrutables : aussi, un acte divin qui apparaît « injuste » est par là même « démonstration », « preuve » de la validité de la foi.

83. *Laurent* : saint Laurent, diacre à Rome, martyrisé sur le gril en 258.

84. *Mucius* : Mucius Scoevola se brûla la main parce que cette main n'avait pas réussi à tuer le tyran Porsenna.

103. *Alcméon* : cf. *Purg.*, XII, 49-51 ; « en tuant sa mère pour venger son père, il se montra en même temps pieux et criminel » (Ovide, *Métamorphoses*, IX, 407-408).

129. *en vain* : Dante écrit en latin — « *frustra* » — expression scolastique.

Chant V

15. *litige* : comme controverse avec la justice divine, plutôt que comme conflit de l'âme avec elle-même, ou comme rivalité entre les anges et les démons à propos du sort d'une âme.

44. *matière* : la matière du vœu est la chose qu'on offre (jeûne, pauvreté, etc.).

45. *convention :* le pacte, la forme du vœu.

49. *aux Hébreux :* c'est pourquoi l'obligation des offrandes à Dieu fut prescrite aux juifs (cf. *Lévitique*, XXVII, 1-33).

57. *et la clef blanche et la clef jaune :* les deux clefs que le Christ a données à saint Pierre, qui ouvrent le royaume des cieux ; la clef d'or vient de Dieu ; la clef d'argent défait le nœud du péché (cf. *Purg.*, IX, 117).

60. *comme quatre dans six :* la proportion mathématique n'est sans doute pas rigoureuse (mais le *Lévitique* fixait l'augmentation d'un cinquième).

66. *Jephté :* juge d'Israël, il fit le vœu de sacrifier à Dieu, s'il rentrait de guerre victorieux, la première chose qui sortirait de sa maison ; ce fut sa fille ; il accomplit son vœu (*Juges*, XI, 39-40).

69. *le grand chef des Grecs :* Agamemnon, qui sacrifia sa fille Iphigénie pour obtenir à Aulis des vents favorables (*Enéide*, II, 116, et *Métamorphoses*, XII, 27).

81. *le Juif :* en tant que peuple qui n'a pas une réglementation précise en fait de vœu.

93. *second royaume :* le ciel de Mercure.

121. *un de ces esprits pieux :* l'empereur Justinien, le lecteur l'apprendra dans le chant VI.

128. *la sphère :* Mercure.

Chant VI

1. *Constantin :* Constantin Ier le Grand transféra en 330 le siège impérial de Rome à Byzance, contre le cours du ciel, c'est-à-dire d'Occident vers l'Orient.

3. *Lavinia :* Enée, débarquant dans le Latium, épousa Lavinia, fille du roi Latinus.

4. *cent et cent ans et plus :* l'aigle resta à Byzance, près des montagnes d'où était parti Enée, pendant plus de deux cents ans (chronologie fondée probablement sur les textes de Brunetto Latini : en réalité deux cent six ans).

7. *là :* en Orient.

12. *lois :* Justinien enlève ce qui était superflu dans la législation romaine.

14. *une nature :* c'est l'hérésie qu'on appelle monophysite.

16. *Agapit :* pape de 535 à 536.

25. *Bélisaire :* le plus célèbre général de Justinien; il subit l'envie des courtisans, et la défaveur de l'Empereur.

36. *Pallas :* fils d'Evandre, roi du Latium, envoyé par son père au secours d'Enée.

39. *trois contre trois :* les Horaces contre les Curiaces.

41. *Lucrèce :* c'est-à-dire jusqu'à l'expulsion des Tarquins et à l'établissement de la république romaine, qui suivirent le suicide de Lucrèce, violée par le fils de Tarquin le Superbe.

44. *Brennus, Pyrrhus :* Dante évoque les grands Romains, et les entreprises contre les Gaulois guidés par Brennus, contre les habitants de Tarante aidés par Pyrrhus.

46. *Torquatus et Quintius :* Titus Manlius Torquatus, consul et dictateur, vainqueur des Gaulois et des Latins, Quintius : Cincinnatus, qui labourait son champ au moment où on vint lui annoncer qu'il était élu dictateur; il tirait son surnom de sa chevelure, « *cincinnus* » (boucle).

47. *les Decius et les Fabius :* les Decius, père et fils, tous deux tombés sur le champ de bataille et vainqueurs l'un des Latins l'autre des Samnites. Les Fabius : les trois cents membres de la famille Fabia, tombés dans la guerre contre Véies, et le dictateur Fabius Maximus Cunctator.

49. *de ces Arabes :* les Carthaginois. Au temps de Dante, on appelait Arabes tous les occupants de l'Afrique du Nord.

53. *Scipion et Pompée :* Scipion avait trente-trois ans quand il vainquit Hannibal; Pompée obtint le triomphe à vingt-cinq ans.

56. *à son image :* la fonction providentielle de l'Empire est pour Dante celle de pacifier le monde à l'approche de la naissance du Christ.

60. *le Rhône :* César soumit la France transalpine.

66. *au Nil brûlant :* César, ayant franchi le Rubicon, qui marquait la frontière entre l'Italie et la Gaule cisalpine, amena les armées en Espagne, contre les lieutenants de Pompée, puis sur la côte dalmate, à Durazzo, puis à

Pharsale, en Thessalie, où Pompée fut définitivement vaincu, et le deuil fut senti jusqu'en Égypte, où Pompée, qui s'était réfugié à la cour de Ptolémée, fut assassiné.

69. *Ptolémée :* Lucain raconte qu'après la bataille de Pharsale César fit un détour pour voir les ruines de Troie, et aussi Antandros, le port d'où partit Enée, et le Simoïs, auprès duquel était la tombe d'Hector ; puis il alla en Égypte, enlevant son royaume à Ptolémée pour le donner à Cléopâtre.

72. *Pompée :* César vainc d'abord Juba, roi de Mauritanie, partisan de Pompée, puis défait en Espagne les fils de Pompée.

75. *en pâtirent :* celui qui a porté ensuite l'aigle impérial, Auguste, fait encore souffrir en Enfer Brutus et Cassius (cf. *Enfer*, XXXIV, 64-67) ; sous les murs de Modène Marc Antoine fut vaincu et Pérouse fut saccagée par les troupes d'Octave.

78. *une mort subite et noire :* Cléopâtre, après la défaite et la mort d'Antoine, se tue en se faisant mordre par un aspic.

81. *le temple de Janus :* Octave, vainqueur de Cléopâtre, conquiert l'Égypte ; sous le règne d'Auguste, le temple de Janus est fermé, ce qui advenait quand Rome était en paix avec tous les peuples.

87. *un cœur pur :* toutes les entreprises accomplies par l'aigle jusqu'à ce moment sont peu de chose, en comparaison avec ce qu'il fit sous Tibère.

90. *venger sa colère :* la colère de Dieu pour le péché d'Adam fut vengée par la mort du Christ, sous l'empereur Tibère.

93. *de l'ancien péché :* Titus détruit Jérusalem en 70. Cette destruction est considérée par Dante comme une juste punition de la mort du Christ, même si cette mort, prenant sur elle tous les péchés de l'humanité, est juste punition du péché d'Adam. Cette idée de « vengeance d'une vengeance » trouble Dante : Béatrice lui donnera des explications au chant suivant.

96. *la secourut :* Charlemagne vint au secours de l'Église attaquée par les Lombards (cf. *Paradis*, XVIII, 43) à la demande du pape Adrien Ier. Dante établit une continuité entre l'Empire romain antique et le Saint Empire romain.

100. *les lys jaunes :* les Guelfes opposent au signe universel, l'aigle romain, les lys d'or de la maison de France ; et les Gibelins font de cet aigle un instrument de parti.

103. *les Gibelins :* les Gibelins, pour masquer leurs haines, reprochent à leurs adversaires d'être rebelles au Saint Empire.

108. *des lions plus fiers :* le nouveau Charles est Charles II d'Anjou, roi de Naples, qui s'attaque en vain à l'aigle impériale, qui a défait des rois plus redoutables.

112. *Cette petite étoile :* Mercure est la plus petite étoile du système solaire.

128. *Romieu :* Romieu de Villeneuve, ministre et sénéchal de Raymond Bérenger, comte de Provence, fut après sa mort en 1245 le tuteur de sa dernière fille, Béatrice, fille de Charles Ier d'Anjou. Une légende du temps de Dante raconte qu'il fut accusé par les seigneurs provençaux envieux d'avoir dilapidé le trésor de son maître. Il partit alors en pèlerin et personne ne le revit jamais. Romieu obtint des noces honorables pour les quatre filles de Raymond. Dante perçoit une ressemblance entre la condition de Romieu et sa propre condition d'exilé.

133. *Raymond Bérenger :* Raymond Bérenger meurt en 1245. Il fut un des plus jeunes souverains de l'époque, loué pour ses dons d'homme politique et pour sa sagesse d'administrateur. Dante cependant l'enclôt dans le blâme qu'il adresse aux Provençaux.

Chant VII

1. *Osanna :* « Osanna, Dieu saint des armées, toi qui d'en haut fais resplendir de ta clarté les feux bienheureux de ces royaumes ! » Les mots *hosanna*, *sabaoth* et *malacoth* sont empruntés à l'hébreu.

6. *double lumière :* sens très discuté : s'agit-il de la lumière de Dieu et de celle de Justinien ? ou, plus vraisemblablement, de la lumière de l'empire et de celle des lois, en Justinien lui-même (cf. Sapegno) ?

26. *cet homme qui n'est pas né :* Adam.

51. *une juste cour :* par Titus, c'est-à-dire par le légitime tribunal romain.

102. *de satisfaire :* l'homme, en voulant se rendre égal à Dieu, avait commis un péché d'orgueil infini ; il était exclu de la possibilité de faire amende par soi-même de son péché.

105. *par les deux :* par la miséricorde seule, par la justice seule, ou par les deux.

141. *des lumières saintes :* le rayonnement et le mouvement des étoiles produit, à partir de l'ensemble de la matière propre à prendre forme, l'âme des animaux et des plantes. Ils ne sont pas créés directement par Dieu ; ils sont donc corruptibles.

Chant VIII

2. *Cypris :* Vénus, née à Chypre selon une tradition vivante à l'époque de Dante, donne son nom à l'astre (cf. *Par.*, IV, 61-63).

3. *le troisième épicycle :* l'épicycle est le petit cercle sur lequel, suivant le système de Ptolémée, chaque planète, sauf le soleil, opérait son mouvement propre.

7. *Dioné et Cupidon :* Dioné, fille de l'Océan et de Thétis, était mère de Vénus ; Cupidon son fils.

9. *Didon :* dans l'*Enéide* (I, 657), Cupidon, envoyé par sa mère, sous les traits d'Ascagne, fils d'Enée, s'assied sur les genoux de Didon, et la blesse, en l'enflammant d'amour pour le héros de Troie.

11. *le nom de l'étoile :* l'étoile Vénus, qui suit le Soleil le soir et le précède le matin.

27. *le ciel des Séraphins :* en interrompant la danse commencée dans le Premier Mobile.

31. *l'une :* Charles Martel, fils aîné de Charles II d'Anjou et de Marie de Hongrie ; il mourut à Naples en 1295 âge de vingt-quatre ans. Il avait passé l'année précédente quelques jours à Florence, où il avait rencontré Dante.

37. *Vous dont l'esprit meut le troisième ciel :* premier vers d'une chanson de Dante, dans le *Convivio*, où il s'adresse aux Intelligences célestes : Charles Martel était donc ami de Dante poète.

51. *qui n'auraient pas été :* Dante anticipe ainsi sa condamnation du gouvernement des Anjou.

55. *Tu m'as beaucoup aimé :* on ne sait rien de plus du rapport entre Charles Martel et Dante que ce que Dante en dit ici.

58. *Cette rive gauche :* la Provence était désignée comme le territoire qui s'étend sur la rive gauche du Rhône, après sa confluence avec la Sorgue.

61. *la corne d'Ausonie :* le royaume de Naples. « Ausonie », chez les poètes latins, désignait tantôt l'Italie inférieure, tantôt l'Italie entière. Catona, ville de Calabre aujourd'hui disparue, ou absorbée par Reggio, était un lieu d'embarquement pour la Sicile, lieu de rassemblement des troupes de Charles Ier et de ses alliés.

66. *rives allemandes :* la Hongrie, arrosée par le Danube sorti du territoire aujourd'hui autrichien.

67. *Trinacrie :* la Sicile, entre les deux caps de Pachino et Peloro (aujourd'hui cap Passaro au sud-est et cap Faro au nord-est). « Le golfe » est celui de Catane, battu par les vents d'est.

70. *Typhée :* géant foudroyé par Jupiter, enseveli sous l'Etna, cause des éruptions volcaniques (cf. *Enfer*, XXXI, 124, *Métamorphoses*, V, 306 s., *Enéide*, III, 570 s., IX, 710 s.); Dante remplace ces fables par une cause scientifique, « le soufre naissant ».

75. *Palerme :* le 30 mars 1282 à Palerme, à cause des vexations d'un soldat français, à l'heure des Vêpres du lundi de Pâques, le peuple se souleva contre la domination des Anjou, en criant : « A mort les Français ! » (*Chroniques*, VII, 61).

78. *de Catalogne :* le frère de Charles Martel, Robert d'Anjou, avait été retenu comme otage en Catalogne, avec ses jeunes frères, de 1288 à 1295. De Catalogne Robert aurait amené à Naples des officiers avares et cupides.

84. *ses coffres :* Robert aurait besoin d'une éducation chevaleresque, qui lui apprenne à ne pas se soucier de « mettre dans ses coffres ».

120. Charles Martel donne lui-même la réponse, en anticipant celle de Dante. Le « maître » est Aristote (*De Anima*, III, 9).

124. *Solon, Xerxès :* l'un législateur, l'autre guerrier.

125. *Melchisédech :* prêtre (*Genèse*, XIV, 18).

130-131. *Esaü, Jacob, Quirinus :* Jacob était plus pacifique qu'Esaü, et ils s'étaient heurtés dans le sein de leur mère (*Genèse*, XXV, 21-28). Quirinus : c'est-à-dire Romulus ; on le fit passer pour fils de Mars, tant son père était de basse extraction.

Chant IX

1. *belle Clémence :* la femme de Charles d'Anjou, morte à 27 ans. Dante l'a peut-être vue passer par Florence, toute jeune fille, en 1281, allant vers Naples pour ses noces (la fille de Charles s'appelait aussi Clémence, et certains commentateurs suggèrent que Dante pourrait aussi s'adresser à elle).

6. *votre infortune :* il y a peut-être dans cette prophétie du châtiment de Robert d'Anjou une allusion à la défaite qu'infligea aux Guelfes, en 1315, à Montecatini, le gibelin Uguccione della Faggiuola ; le fils et le frère de Robert moururent dans la bataille.

23. *là d'où elle chantait :* quand elle chantait *Hosanna* avec les autres bienheureux.

25. *de la terre dépravée :* les marches de Trévise, entre Venise et la Brenta.

30. *cette contrée :* la colline de Romano, entre Vicence et Trévise, où s'élevait le château des Ezzelini. La « torche » est le tyran Ezzelino III (*Enfer*, XII, 109-110).

32. *Cunizza :* Cunizza da Romano, sœur d'Ezzelino ; elle eut trois maris et un grand nombre d'amants, parmi lesquels le troubadour Sordello (*Purg.*, VI, 58-75).

37. *joyau :* c'est Folquet de Marseille (voir plus bas).

44. *enclosent :* les deux fleuves délimitent à l'est et à l'ouest la marche de Trévise.

46. *Padoue :* première prophétie de Cunizza : les Padouans rougiront de leur sang le marais près de Vicence : Dante fait sans doute allusion à la défaite sanglante infligée aux Guelfes de Padoue en 1314 par les Gibelins de Vicence.

49. *s'unissent :* seconde prophétie de Cunizza : Rizzardo

da Camino, fils du bon Gherardo (*Purg.*, XVI, 124) seigneur de Trévise, succédera à son père et se fera tuer traîtreusement par son partenaire aux échecs.

52. *Feltre* : troisième prophétie de Cunizza : des exilés de Ferrare, réfugiés auprès de l'évêque Alessandro Novello, pasteur de Feltre, seront livrés par lui « pour se montrer bon partisan », c'est-à-dire pour démontrer ses sentiments guelfes.

54. *en malte* : il ne s'agit pas de l'île de Malte, mais d'un nom commun qui signifie prison souterraine sale et obscure, comme il en était par exemple à Bolsenna et à Padoue.

58. *prêtre courtois* : cet évêque est généreux, non d'or mais de sang ; les exilés qu'il fit tuer étaient si nombreux qu'il aurait fallu un très large baquet pour recueillir leur sang.

61. *Trônes* : c'est le troisième ordre de la première hiérarchie angélique (Séraphins, Chérubins, Trônes).

78. *six ailes* : c'est l'iconographie traditionnelle des séraphins (cf. *Isaïe*, VI, 2).

81. *si je voyais en toi comme tu vois en moi* : deux néologismes de même formation chez Dante « s'io m'*intuassi*, come tu t'*immii* » (formés non sur le pronom mais sur l'adjectif possessif).

87. *l'horizon* : longue périphrase pour indiquer la Méditerranée « elle fait le méridien là où elle faisait d'abord l'horizon » : on croyait au temps de Dante que la Méditerranée s'étendait sur 90 degrés, du méridien de Cadix au-dessous du méridien de Jérusalem.

90. *du Toscan* : le fleuve Magra sépare la Ligurie de la Toscane, mais seulement dans le bas de sa vallée.

93. *de son sang* : allusion au massacre des Marseillais fait par Brutus, lieutenant de César.

94. *Folquet* : célèbre poète provençal, génois d'origine et marseillais de naissance, qui devint, en 1205, évêque de Toulouse.

97. *la fille de Bélus* : la reine Didon, fille de Creüse, veuve de Sichée, qu'elle oublie pour Enée.

100. *Rhodopée* : Phyllis, fille de Sion, roi de Thrace, qui

vivait auprès du fleuve Rhodopos ; elle se tua pour s'être crue abandonnée par Démophonte, fils de Thésée, et fut changée en amandier (Ovide, *Héroïdes*, II).

101. *Alcide :* Hercule, qui excita la jalousie de Déjanire par son amour pour Iole, fille du roi de Thessalie.

116. *Rahab :* courtisane de Jéricho, qui cacha dans sa maison deux explorateurs envoyés par Josué qui assiégeait la ville ; elle aida ainsi la cause du peuple hébreu.

119. *votre monde :* selon la doctrine d'Alfragan, bien connue de Dante, le cône d'ombre projeté par la terre avait son terme dans le ciel de Vénus.

123. *l'une et l'autre paume :* par les deux mains jointes de la prière ; mais il s'agit peut-être des mains du Christ, et, plus que de la prise de Jéricho, du triomphe du Christ même.

125. *Josué :* la première entreprise glorieuse de Josué fut justement la prise de Jéricho.

127. *de celui :* Florence est la plante du diable.

130. *la fleur maudite :* le florin, la monnaie de Florence.

134. *décrétales :* le droit canon, dont l'étude est lucrative ; leurs marges portent de nombreuses annotations.

142. *adultère :* c'est-à-dire la profanation que font ces ecclésiastiques des choses de Dieu qu'ils altèrent pour de l'or et de l'argent (cf. *Enfer*, XIX, 4).

Chant X

1. *Regardant :* ces trois premiers vers décrivent avec une précision théologique le processus de la création, opérée par le Père (puissance) par le moyen du Verbe (sagesse) avec l'Esprit Saint (amour).

9. *s'entrechoquent :* sur les points équinoxiaux se rencontrent le mouvement diurne, d'Orient en Occident, et le mouvement du zodiaque, d'Occident en Orient.

14. *le cercle oblique :* le zodiaque.

16. *inclinée :* si le zodiaque n'était pas incliné sur l'équateur, bien des vertus des astres seraient sans effet et presque toutes les potentialités terrestres seraient « mortes » — ne pourraient s'exercer.

21. *défaillant :* sur terre et au ciel ? plutôt dans les deux hémisphères.

31. *que j'ai dit plus haut :* le point équinoxial évoqué aux vers 8-9.

49. *la quatrième famille :* les bienheureux du quatrième ciel — les théologiens, les savants, les doctes.

53. *au Soleil des anges :* Dieu.

67. *la fille de Latone :* Diane, la Lune.

75. *d'un muet :* expression de caractère proverbial : qui n'expérimente pas ces joies ne peut se les faire raconter.

82. *l'un d'eux :* dans l'un de ces bienheureux.

94. *du saint troupeau :* l'Ordre dominicain.

96. *où l'on s'engraisse bien :* dans l'ordre dominicain on s'enrichit de mérites, si on ne dévie pas de la règle donnée par le saint fondateur, en poursuivant les biens terrestres.

98. *Albert :* Albert le Grand, de Cologne, mort en 1280, très étudié par Dante.

99. *Thomas, d'Aquin :* (1225-1274), appelé *doctor angelicus* ; la pensée de Dante est en partie de dérivation thomiste.

104. *Gratien :* moine camaldule, qui composa vers 1140 le *Decretum*, qui éclairait le droit civil et le droit canon.

107. *Pierre :* Pierre Lombard, mort vers 1164 à Paris, où il enseigna la théologie et devint évêque en 1159.

109. *La cinquième lumière :* c'est l'âme de Salomon, fils de David et roi d'Israël.

117. *ministère :* la nature et l'office des Anges. Il s'agit de Denys l'Aréopagite, converti par saint Paul.

120. *Augustin :* cet « avocat » utile au « discours » (*latino*) de saint Augustin est peut-être Paul Orose, auteur des *Histoires contre les païens* (autres interprétations : saint Ambroise, Lactance, le rhéteur Marius Victorinus).

125. *l'âme sainte :* Boèce, mort en 520 ou 526, auteur de la *Consolation de la philosophie*.

131. *Isidore, Bède, Richard :* Isidore de Séville, né à Carthagène vers 560, évêque de Séville, mort en 636, qui

écrivit l'Encyclopédie en vingt livres, *Etymologiarum Libri*. Bède le Vénérable, moine anglais mort en 735, auteur d'une Histoire d'Angleterre. Richard de Saint-Victor fut prieur de l'abbaye de Saint-Victor jusqu'à sa mort en 1173 ; il est l'un des plus grands représentants du courant mystique.

136. *Sigier* : Sigier de Brabant, maître à la Faculté des Arts de l'université de Paris, le plus grand de l'averroïsme latin. Son enseignement fut attaqué par saint Thomas, il fut condamné comme hérétique en 1277, et mourut de mort violente à Orvieto vers 1283. Il avait enseigné à Paris dans la rue du Fouarre, près de la place Maubert. Dante, très influencé par la pensée averroïste, honore sans doute en Sigier la victime de la pensée philosophique.

138. *qui lui firent tort* : il démontra par syllogismes des vérités qui lui procurèrent envie et persécutions.

140. *l'épouse de Dieu* : l'Église se lève pour réciter les matines au Christ.

148. *joue pour toujours* : néologisme de Dante : s'« *insempra* », construit sur l'adverbe « sempre » (toujours).

Chant XI

2. *syllogismes* : syllogisme ici comme argumentation.

4. *aphorismes* : les sciences médicales, alors étudiées dans le texte d'Hippocrate, intitulé *Aphorismes* ; « le Droit » représente les sciences juridiques.

17. *tout d'abord* : Thomas d'Aquin.

25. *« où l'on s'engraisse bien »* : Dante cite le chant précédent (v. 96).

26. « *Un autre n'est pas né* » : ce second doute sera éclairci par saint Thomas dans le chant XIII.

32. *l'épouse* : l'Église.

35. *deux princes* : latinisme, chefs (saint François et saint Dominique).

39. *lumière chérubique* : saint François, brûlant d'ardeur mystique de charité comme un Séraphin ; saint Dominique, lumineusement savant comme un Chérubin.

43. *Topino :* l'eau qui descend de la montagne (la rivière Chiascio) au-dessus de Gubbio, où le bienheureux Ubaldo Baldassini vécut de vie érémitique, se réunit au Topino et se jette dans le Tibre.

48. *joug cruel :* les deux villes de Gualdo Tadino et de Nocero Umbra sont en face de Pérouse, derrière le mont Subiaso, qui les domine et cause des conditions climatiques défavorables (certains commentateurs voient une allusion au gouvernement tyrannique de ces villes).

51. *du Gange :* comme le soleil quand il sort du Gange pendant l'équinoxe de printemps.

59. *une dame :* la Pauvreté.

62. *coram patre :* devant son père, en latin dans le texte.

64. *premier époux :* Jésus.

67. *Amyclas :* pêcheur qui, pendant la guerre civile entre César et Pompée, dormait la porte ouverte, et ne se troubla pas devant César : il pensait que sa pauvreté le mettait à l'abri de tout danger (Lucain, *Pharsale*, V, 519 s.).

79. *Bernard le Vénérable :* Bernard de Quintavalle, né à Assise vers 1170. Sur l'exemple de saint François, il distribua ses richesses aux pauvres.

83. *Egidio, Silvestro :* Egidio, né à Assise, homme simple et extatique ; il s'unit très jeune à saint François. Silvestre, prêtre d'Assise, ayant rêvé que la ville était la proie d'un terrible dragon, qui était repoussé par une croix sortie de la bouche de saint François, devint son disciple.

87. *cordon :* « capestro » est la corde avec laquelle on lie la tête des chevaux, des bœufs, etc., et que François adopta comme ceinture, en signe d'humilité.

89. *Pietro Bernardone :* père de saint François, riche marchand d'Assise.

92. *Innocent :* le pape Innocent III, d'abord hostile à saint François, eut un rêve où il voyait l'église Saint-Jean-de-Latran, près de s'écrouler, soutenue par les épaules du saint ; il donna alors l'approbation à sa règle.

97. *archimandrite :* hellénisme ecclésiastique : pasteur.

99. *Honorius :* le pape Honorius donna son approbation officielle en 1223.

102. *le suivaient :* allusion au voyage de saint François en Orient avec douze moines en 1219. Il fut fait prisonnier à Saint-Jean-d'Acre, et tenta en vain, pendant sa captivité, de convertir le sultan Malek al-Kamil, qui pourtant lui rendit la liberté.

108. *deux ans :* le miracle des stigmates, advenu en 1224 ; le saint les porta jusqu'à sa mort, c'est-à-dire pendant deux ans.

117. *d'autre bière :* en octobre 1226, sentant sa mort prochaine, saint François se fit déposer nu sur la terre nue, pour signifier sa dédition à la pauvreté évangélique.

120. *la barque de Pierre :* l'Église.

124. *son troupeau :* c'est-à-dire l'ordre dominicain.

136. *en partie :* parce que saint Thomas a, par son discours, dissipé un seul des doutes de Dante.

Chant XII

2. *la flamme bénie :* saint Thomas.

12. *sa messagère :* Iris.

14. *cette errante :* la nymphe Eco, amoureuse de Narcisse, et qui se changea en voix.

29. *une voix :* celle de saint Bonaventure.

30. *l'aiguille :* l'aiguille aimantée (la boussole est inventée depuis peu).

32. *l'autre chef :* saint Dominique.

33. *du mien :* saint François. C'est saint Bonaventure, franciscain, qui fait l'éloge de saint Dominique, comme un dominicain, saint Thomas, a fait l'éloge de saint François.

38. *son enseigne :* la croix.

40. *l'empereur :* Dieu.

52. *Calaruega :* petit bourg de la vieille Castille.

60. *prophète :* sa mère rêva qu'elle accouchait d'un chien noir et blanc, qui tenait dans ses crocs une torche embrasée avec laquelle il incendiait le monde.

66. *ses héritiers :* les moines de son Ordre.

79. *Félix* : heureux non seulement de nom mais de fait, pour être le père d'un si grand saint.

80. *Jeanne* : en hébreu signifie « grâce de Dieu ».

83. *Ostie* : Henri de Suze, célèbre canoniste, évêque de Sisteron, fut nommé cadinal d'Ostie en 1262. Thadée est peut-être Thadée Pepoli, Polonais, canoniste connu, contemporain de Dante ; ou plutôt Thadée d'Alderotto, Florentin, né vers 1215, médecin célèbre.

93. *decimas quae sunt pauperum Dei* : les dîmes qui sont aux pauvres de Dieu ; les dîmes sont une part des récoltes due à l'Église pour les pauvres. Dante emploie ironiquement le latin.

96. *vingt-quatre rameaux* : les deux files de douze élus qui font cercle autour de Dante.

98. *pontifical* : l'approbation des frères prêcheurs par Honorius III en 1216.

114. *tartre* : l'image est celle d'un tonneau incrusté de tartre.

117. *s'en vont à l'envers* : les Frères Mineurs ne suivent plus l'ordre de saint François, ils prennent une direction toute contraire. L'expression est ici assez obscure.

120. *lui soit fermé* : allusion à certaines sectes franciscaines, les « spirituels », qui furent exclus de l'ordre.

124. *à Casale ni à Acquasparta* : Ubertino da Casale, l'un des plus fougueux des Spirituels, né en 1250, et qui passa en 1317 à l'ordre bénédictin. Matteo d'Acquasparta, ministre général de l'ordre des Mineurs, fut fait cardinal en 1288 puis envoyé par Boniface VIII à Florence comme pacificateur entre les Guelfes blancs et les Guelfes noirs.

127. *saint Bonaventure* : Bonaventure, le *doctor seraphicus*, cardinal en 1272, mort en 1274, a laissé une œuvre théologique considérable, aux tendances mystiques souvent en opposition avec saint Thomas.

130. *Illuminato, Augustin* : tous deux entrèrent dans l'ordre en 1210, parmi les premiers.

133. *Hughes de Saint-Victor* : théologien mystique né en Flandre, chanoine de l'abbaye de Saint-Victor à Paris, mort en 1141.

134. *Pierre le Mangeur et Pietro Spano* : Pierre le Mangeur, théologien français, chancelier de l'université de Paris en 1164 ; il mourut à l'abbaye de Saint-Victor en 1179. Pietro Spano, né à Lisbonne, il étudia la médecine ; nommé cardinal en 1274, il devint pape en 1276 sous le nom de Jean XXI ; il mourut en 1277 ; les douze livres qu'il composa sont ceux de ses *Summae logicales* (c'est le seul pape que Dante met au Paradis — comme auteur, non comme pape).

136. *Nathan prophète* : prophète hébraïque qui reprocha à David l'adultère avec Bethsabée. Pourquoi Dante le nomme-t-il ici ? peut-être le nom de Nathan signifie en hébreu « celui qui donne » — comme « Dante ».

137. *Chrysostome et Anselme et ce Donat* : saint Jean Chrysostome d'Antioche (347-407), patriarche de Constantinople en 398, l'un des plus illustre Pères de l'Église, célèbre par son éloquence. *Anselme* : né à Aoste en 1033, entré dans l'ordre bénédictin, il fut archevêque de Canterbury en 1093. Il mourut en 1109 ; il fut l'un des plus célèbres théologiens du Moyen Age. *Donat*, grammairien très connu et maître de saint Jérôme.

139. *Raban* : Raban Maur, né à Mayence vers 766, moine puis abbé de Folda, évêque de Mayence, mort en 856. Il est resté célèbre pour ses interprétations allégoriques de la Bible.

140. *Joachim* : Joachim de Flore, né vers 1130, d'abord moine cistercien puis fondateur d'un ordre nouveau ; il mourut en Calabre en 1202, connu surtout pour ses interprétations mystiques des textes bibliques.

Chant XIII

1. *comprendre* : pour donner l'idée du spectacle paradisiaque, Dante utilise dans les vers suivants une astronomie imaginaire.

14. *la fille de Minos* : Ariane, selon Ovide, fut changée à sa mort par Bacchus en constellation (*Met.* VIII, 169).

23. *la Chiana* : fleuve de Toscane, qui autrefois se jetait dans le Tibre. Au Moyen Age il devint marécage.

25. *Péan* : Apollon.

32. *lumière :* saint Thomas.

39. *au monde :* Ève, dont le palais, mangeant la pomme, coûta cher au genre humain.

40. *la lance :* la poitrine du Christ.

48. *la cinquième flamme :* Salomon.

58. *neuf substances :* le Verbe concentre ses rayons en neuf substances, c'est-à-dire dans les neuf chœurs angéliques, sans perdre son unité.

68. *le signe idéal :* la matière manifeste de façon plus ou moins grande la lumière divine.

93. *à demander :* quel était le motif qui poussa Salomon à demander le don de la sagesse, quand Dieu l'invita à demander.

99. *du nécessaire :* question de logique aristotélicienne.

100. *si est dare primum motum esse :* « s'il convient qu'il existe un moteur premier », problème de physique ou « philosophie naturelle ». (Cf. saint Thomas, *Summa theologica*, I, II, a 3.)

105. *intention :* la sagesse sans pareille à laquelle tendait l'intention de mes paroles est la prudence royale.

106. « *n'est pas né* » : Dante veut dire ici que dans l'énoncé du *Par.*, X, 114, implicite l'idée qu'il s'agissait d'un roi.

121. *plus qu'en vain :* car, non seulement il perd son temps, mais, au lieu de prêcher le vrai, il rapporte l'erreur.

125. *et bien d'autres :* Parménide, philosophe grec de l'école éléatique, né vers 540 av. J.-C. ; Mélissos, né à Samos, vécut vers la moitié du ve siècle av. J.-C., disciple de Parménide ; Bryson, philosophe grec d'Héraclée, fils d'Hérodote, et disciple d'Euclide. Ces trois noms, parmi d'autres, contestés, Dame pouvait les trouver chez Albert le Grand.

127. *et ces fous :* Sabellius, hérétique du IIIe siècle ; il niait le dogme de la Trinité. Arius (280-336), niait l'unité et la consubstantialité des personnes divines ; le Christ était une créature parfaite mais n'était pas Dieu lui-même. Cette théorie donna naissance à l'hérésie arienne.

139. *dame Berthe et messire Martin :* noms populaires et paysans.

Chant XIV

13. *lumière :* question débattue par la théologie scolastique (cf. saint Thomas d'Aquin, *Summa*, Suppl. q. LXXXV, a. I-3).

34. *la plus divine :* l'âme de Salomon.

62. « *Amen* » *:* Dante emploie une forme populaire : « Amme ».

63. *corps morts.* Les bienheureux montrent le désir de retrouver leurs corps.

84. *un ciel plus haut :* Dante écrit : « dans un salut plus haut », ce qui signifie : dans un plus haut degré de béatitude.

89. *holocauste :* l'offrande de tout soi-même.

99. *Galaxie :* la Voie lactée, qui provoquait des discussions entre les sages.

102. *en cercle :* il en résulte une croix grecque.

125. « *Resurgi* » *et* « *Vinci* » *:* hymne non identifiable. Il s'agit évidemment de la résurrection du Christ.

Chant XV

3. *se fond en mal :* Dante ici emploie un verbe à la fois concret (se liquéfier) et abstrait, grammatical (se résoudre en).

6. *relâche et tire :* comme on fait pour accorder l'instrument.

18. *rien ne se perd :* aucun astre ne disparaît.

21. *qui resplendit là-bas :* la lumière de Cacciaguida, l'ancêtre, qui est un des astres de cette constellation (la croix lumineuse).

23. *la zone radiale :* du latin *radius :* : « formé par la rencontre des rayons qui délimitent les quadrants d'un cercle ». Les commentateurs anciens donnent par ailleurs le sens de « rayonnante ».

30. « ... *reclusa* » *:* « O mon sang, ô abondante grâce divine, à qui comme à toi fut ouverte deux fois la porte du

ciel ? » : ce discours latin de Dante, écrit avec des réminiscences virgiliennes (*Enéide* VI, 835) et des souvenirs bibliques, donne une sacralité particulière au langage de l'ancêtre ; l'épisode de Cacciaguida, situé au centre du *Paradis*, confirme la mission, politique et morale, de Dante.

33. *des deux côtés :* par les paroles de Cacciaguida et la beauté accrue de Béatrice.

49. *longue faim :* désir de te voir.

53. *celle :* Béatrice.

61. *les petits et les grands :* tous les bienheureux, quel que soit le degré de leur béatitude.

74. *égalité :* Dieu, qui est égalité parfaite, puisque ses attributs, étant infinis, sont égaux entre eux.

78. *insuffisante :* toute autre égalité serait incapable de rendre l'idée de l'équilibre qui est en Dieu.

83. *disparité :* les capacités des mortels sont inégales ; qui est privé de la capacité d'expression ne dispose que du sentiment.

86. *ce précieux joyau :* la croix lumineuse.

89. *ta racine :* Cacciaguida, aïeul de Dante, dont le lecteur n'apprendra le nom qu'au vers 135.

94. *ton bisaïeul :* Alighiero Ier, fils de Cacciaguida et père de Bellincione, dont naquit Alighiero II, père de Dante.

98. *la tierce et la none :* selon les commentateurs anciens, près de la vieille enceinte : « c'est une église, appelée Badia, qui sonne la tierce et la none et les autres heures où les travailleurs des arts entrent et sortent du travail » (Lana).

105. *la mesure :* l'usage habituel, au temps de Dante, était de marier les filles très jeunes avec des dots excessives ; aussi les pères craignaient-ils la naissance d'une fille.

108. *en la chambre :* Sardanapale, roi d'Assyrie au VIIe siècle av. J.-C., symbole de mollesse et de luxure au Moyen Age (Orose I, 19).

109. *Montemalo :* aujourd'hui Monte Mario, à Rome.

110. *Uccellatoio :* mont au nord de Florence.

112. *Bellincion Berti* : illustre citoyen florentin, père de « la bonne Gualdrada » (*Enf.*, XVI, 37).

115. *des Nerli et des Vecchio* : anciennes familles du parti guelfe.

120. *seule au lit* : abandonnée par son mari, qui allait commercer en France. Ainsi, exil et commerce sont désignés comme les causes de la ruine et du trouble des familles (Bosco).

123. *les pères et les mères* : le langage enfantin que les parents emploient aussi avec les enfants (cf. *Purg.*, XXIII, 111).

127. *Cianghella, Lapo Saltarello* : Cianghella, femme effrontée et scandaleuse, qui, selon Lana, régentait les modes florentines; Lapo Saltarello, juriste et poète, politicien, affairiste louche.

129. *Cincinnatus ou Cornelia* : Cincinnatus, le célèbre dictateur romain, exemple de probité politique et de sobriété de mœurs, déjà évoqué au *Paradis* (VI, 46); Cornélie, la vertueuse mère des Gracques (cf. *Enf.*, IV, 128).

135. *Cacciaguida* : on a très peu de documents sur l'aïeul de Dante. Il naquit sans doute vers 1106 d'une famille parente des Elisei, d'antique noblesse citadine. Il suivit l'empereur Conrad III dans la deuxième croisade. Il mourut en combattant les Infidèles, peut-être en 1147.

136. *Moronto, Eliseo* : aucune information n'est parvenue sur ces deux frères de Cacciaguida.

138. *que tu portes* : à l'époque de Dante, le patronyme est encore un surnom, ou un prénom.

139. *Conrad* : Conrad III de Souabe. Il prit part à la deuxième croisade avec Louis VII de France; il y arma Cacciaguida chevalier.

144. *votre justice* : la justice à laquelle ont droit les chrétiens, alors que c'est la loi musulmane qui usurpe en Terre sainte, par la faute des papes, les droits de la chrétienté.

148. *du martyre* : la mort rencontrée en combattant pour la foi.

Chant XVI

6. *je m'en glorifiai* : Dante vient d'apprendre qu'il descendait d'un ancêtre noble, armé chevalier par l'empereur.

10. *vous* : pronom honorifique; Dante l'emploie seule-

ment, dans la *Divine Comédie*, avec Brunetto Latini, avec Farinata, Cavalcanti, Adrien V, Guinizelli, et Béatrice ; à présent aussi avec Cacciaguida, qu'il a d'abord tutoyé (*Par.*, XV, 85).

14. *celle qui se mit à tousser :* la dame de Malehaut, dans le roman *Lancelot*. Assistant à l'écart au colloque entre le héros et Guenièvre, lorsque celle-ci révèle leur amour commun, la dame simule un accès de toux pour signaler sa présence ; de même ici Béatrice ranime en Dante, par son rire, la conscience de sa présence.

25. *bercail de saint Jean :* Florence, dont Jean-Baptiste est le saint patron.

34. *« Ave » :* depuis le jour de l'Annonciation (25 mars) à la naissance de Cacciaguida, la planète Mars est repassée 580 fois par le signe du Lion.

39. *sa patte :* elle représente la constellation dans la figure du Zodiaque.

42. *jeu annuel :* le palio, dans le sextier de Porta San Pietro, au centre de la ville ancienne.

45. *parler :* ce serait vanité déplacée au Paradis que de s'étendre sur la noblesse des origines familiales. Par ailleurs, Dante, dans sa généalogie, ne remontait sans doute guère au-delà de Cacciaguida.

47. *entre Mars et Baptiste :* entre le Baptistère et la statue de Mars sur le Ponte Vecchio, limites nord et sud de l'ancienne ville.

50. *Campi, Certaldo et Fegghine :* dans la vallée du Bisenzio ; dans le Val d'Elsa ; dans le Valdarno.

54. *à Galluzzo et à Trespiano :* bourgades à quelques kilomètres de Florence, sur les routes de Sienne et de Bologne.

56. *d'Agulfon, de celui de Signa :* il s'agit de Baldo d'Aguglione, juriste, responsable de la Réforme de 1311, qui donnait aux exilés l'amnistie et renouvelait en même temps l'exclusion des Gibelins et des Guelfes Blancs, dont Dante ; et de Fagio da Signa, jurisconsulte, qui passa du parti Blanc au parti Noir, et soutint Boniface VIII contre Henri VII.

57. *pour escroquer :* il aiguise son regard pour tirer un profit personnel de ses charges publiques.

59. *César :* si les gens d'Église n'avaient pas essayé de contrôler le pouvoir civil de l'Empereur (il existe une autre hypothèse, cf. Pézard).

63. *ses tours :* « avec des paniers » (Buti) pour faire du commerce ; ou, autre hypothèse, « montant la garde » (l'Ottimo, Benvenuto) ; Semifonte est une petite place forte du Valdelsa.

63-66. ... *val de Greve :* les comtes Guidi n'auraient pas dû céder aux Florentins leur château-fort de Montemurlo (entre Florence et Pistoïa). Les Cerchi n'auraient pas quitté la paroisse de val de Sieve pour s'enrichir. De même les Buondelmonti, dont il sera question plus bas (v. 140-144).

72-75. ... *leurs traces :* Luni, ancienne ville étrusque sur la côte tyrhénienne, déjà morte au temps de Dante ; Orbisaglia, petite ville près d'Ancône, détruite par les Wisigoths ; Chiusi : l'ancienne ville étrusque de Clusium, en val di Chiana, était en décadence au temps de Dante à cause de la malaria ; Sinisgalia, dans les Marches, avait été dévastée par les Sarrasins et par la malaria ; elle était au temps de Dante en voie d'extinction.

88-90. ... *sur leur déclin :* Cacciaguida fait ici une première liste des grandes familles de Florence déjà éteintes au XIVe siècle.

92-93. ... *Bostichi :* toutes ces familles étaient alors déchues, « en état très populaire » (l'Ottimo).

94-99. *Bellincione :* il a déjà été question de Bellincione au chant précédent (XV, 112). La porte dont il s'agit, lieu favori des affrontements, était la porte San Pietro.

102. *dorés :* le quartier de la Pressa était situé près du Dôme ; ses habitants participaient depuis longtemps au gouvernement de la ville ; *Galigai :* famille éteinte de la porte de San Pietro ; leur enseigne de chevalerie était la garde et le pommeau dorés.

103-105. *pour le boisseau :* la famille des Pigli avait pour emblème une bande verticale (« colonne ») de vaire ; les autres familles sont éteintes ; les Chiaromontesi rougissent encore pour l'escroquerie du boisseau de sel, à laquelle il a été fait allusion dans le *Purgatoire* (XII, 105).

108. *curules :* les hautes charges.

110. *boules d'or :* emblème de la famille des Lamberti.

114. *consistoire :* lieu de réunion, ou salle de conseil de l'Empereur. Au Moyen Age on adopte ce terme pour désigner l'assemblée des cardinaux. Il s'agit ici de la réunion des ecclésiastiques pour élire l'évêque.

115. *s'endragonne :* devient dragon (néologisme de Dante : *s'indraca*).

120. *leur parent :* Dante montre l'origine récente de la famille des Adimari.

126. *les gens de la Pera :* dans la petite enceinte de la ville ancienne on entrait par une porte qui devait son nom à la famille de la Pera, sans doute apparentée aux Peruzzi.

130. *privilège :* toutes les familles qui portaient les armoiries d'Hughes le Grand, marquis de Toscane, obtinrent de lui le droit de porter, le jour de la fête de saint Thomas, la dignité de chevalier et ses privilèges.

130-132. ... *une broderie :* un membre de ces familles nobles a toutefois pris le parti du peuple au temps de Dante : Giano della Bella.

133-135. ... *voisins :* les Buondelmonti, Gualderotti, Importuni, étaient des familles en partie guelfes ; le Borgo aurait été plus tranquille si les autres familles ne les avaient pas eus pour nouveaux voisins.

136. *vos larmes :* la maison des Amidei, offensée par Buondelmonte, le tua en 1216 ; de là naît la division de la ville.

140. *Buondelmonte :* dei Buondelmonti, fiancé avec une jeune Amidei, rompit ses fiançailles à cause de Gualdrada Donati, qui lui fit épouser sa fille. D'où la vengeance des Amidei.

143. *l'Ema :* torrent qui traverse la route entre Florence et le château des Buondelmonti.

146. *sur le pont :* la statue mutilée de Mars sur le Ponte Vecchio.

152-154. *division :* le lys, emblème de Florence ; sa hampe renversée était signe de défaite. En 1251, le lys blanc fut remplacé par un lys rouge, par le vouloir des Guelfes.

Chant XVII

1-3. *fils :* c'est l'histoire de Phaéton, qui vient demander à sa mère Clymène s'il est bien fils d'Apollon ; pour lui prouver sa paternité, Apollon accepte de lui confier son char ; Phaéton dévie de sa voie, et Jupiter le foudroie, montrant la nécessité pour les pères d'être durs envers leurs fils (Ovide, *Métamorphoses*, I, 748).

5. *lampe sainte :* Cacciaguida.

13. *souche :* le terme italien « piota », plante du pied, est un mot populaire et fort, qui a pour sens figuré « racine ».

23. *qui me pèsent :* ce sont les prédictions variées qui ont été faites à Dante pendant son voyage : dans l'*Enfer*, aux chants X, XV, XXIV ; dans le *Purgatoire*, aux chants VIII, XII, XXIV.

31. *ambages :* latinisme – « ambages » : tortuosité, expression obscure.

38. *du cahier de votre matière :* au sens figuré (cf. Curtius).

47. *marâtre :* Phèdre, amoureuse de son beau-fils Hippolyte, le fait chasser d'Athènes. Dante est innocent comme Hippolyte.

51. *le Christ :* Boniface VIII, en 1300, préparait des accords secrets pour renverser à Florence le gouvernement des Blancs ; le « lieu où l'on trafique » est la Curie papale.

56. *chèrement :* c'est là la seule allusion dans la *Comédie* à la famille de Dante.

62-63. *dans cette vallée :* les compagnons d'exil blancs ; allusion à la malheureuse entreprise de la Lastra (1304).

69. *toi seul :* l'image de l'aigle impériale.

78. *ses œuvres fameuses :* Cangrande della Scala, seigneur de Vérone de 1312 à 1329, à qui Dante dédie le *Paradis*.

82. *avant que le Gascon dupe le grand Henri :* avant 1312, lorsque Clément V, pape gascon, s'opposera à l'empereur Henri VII après l'avoir poussé à venir en Italie, la valeur de Cangrande se manifestera, dans le courage militaire et dans la libéralité.

111. *par mes vers :* si mes vers sont trop violents et accusateurs.

114. *d'où m'enlevèrent les yeux de ma dame :* la cime du Purgatoire, d'où Béatrice a fait monter Dante au Paradis.

Chant XVIII

30. *ses feuilles :* métaphore du paradis : l'arbre qui reçoit vie par sa cime (Dieu) et qui ne se dépouille jamais de ses feuilles (il s'enrichit sans cesse de nouvelles âmes, sans en perdre).

38. *Josué :* le successeur de Moïse, qui conduisit le peuple hébreu à la Terre Promise.

40. *Macchabée :* mort en 160 av. J.-C. Il combattit avec ses quatre frères contre Antiochus Epiphane, roi de Syrie, libérant ainsi les Juifs de sa tyrannie.

46. *Guillaume et Rainouard :* Guillaume, duc d'Orange, conseiller de Charlemagne, grand capitaine; il fonde un monastère, et meurt en 812 en odeur de sainteté; Rainouard, personnage de fiction : païen converti et baptisé par Guillaume, d'une force démesurée; il devient moine.

47. *Godefroy :* Godefroy de Bouillon, duc de Lorraine, né en 1058, il meurt à Jérusalem en 1100; il fut l'un des chefs de la première croisade, et l'objet de chansons de geste connues de Dante.

48. *Robert Guiscard :* Guiscard veut dire « le rusé »; fils de Tancrède de Hauteville, né en Normandie en 1015, il vient en Italie en 1047 et, avec ses frères, participe à la conquête de l'Italie du Sud contre les Byzantins. Il meurt duc des Pouilles et de Calabre en 1085.

69. *tempérée :* Jupiter est « étoile de complexion tempérée, entre la froideur de Saturne et la chaleur de Mars » (*Convivio*, II, XVIII, 25).

70. *ce flambeau de Jupiter :* « gioviale » signifie « de Jupiter ». Le sens de « jovial » en dérivera plus tard.

78. *dans leurs figures :* les âmes se disposent de façon à former des lettres (D, I, L : premières lettres de l'hymne *Diligite justitiam*).

82. *Pégasée :* Muse, selon le mythe de Pégase; le cheval ailé, d'un coup de sabot, fit sortir de l'Hélicon la source Hippocrène, symbole de l'inspiration poétique.

87. *en ces vers brefs :* c'est-à-dire « dans ces quelques vers » (Bosco) ou « dans ces vers trop courts, inadéquats » (Sapegno).

91-93. *Diligite justitiam... terram :* « Aimez la justice, vous qui jugez la terre » (ce sont les premiers mots du *Livre de la Sagesse*).

102. *présages :* Dante méprise les superstitions.

111. *qui forme les nids :* Dieu forme les créatures au

moyen d'une vertu qui donne forme à leurs demeures singulières (ici « nids », par rapport à l'aigle).

117. *où tu resplendis* : le ciel qui s'orne, qui s'« engemme » de toi.

120. *qui trouble ton rayon* : cette fumée est l'avarice (allusion à la Curie romaine).

136. *ni Paul* : ce pêcheur est saint Pierre. « Polo » est forme vulgaire de « Paolo » : ironie méprisante, ou figuration de la prononciation française de ce pape.

Chant XIX

2. *jouir* : en latin dans le texte « -frui » : infinitif substantivé, terme technique pour la jouissance paradisiaque (saint Thomas d'Aquin, *Summa*, III, 9. XI, a. 3).

12. *pensée* : l'aigle, formé d'esprits innombrables, parle comme s'il était un être unique, pour indiquer que la justice est une seule.

18. *ne suivent pas l'histoire* : ils ne recréent pas l'exemple qui leur a été transmis (l'« histoire » est « la matière de l'histoire »).

45. *excès infini* : Dieu ne peut imprimer sa puissance dans tout l'univers de telle façon que l'idée divine n'excède infiniment le contenu de la création (Bosco).

48. *sans être mûr* : « acerbo », « vert », comme un fruit, « non mûr » : non arrivé à sa perfection.

66. *son poison* : la connaissance est gênée par les erreurs des sens, ou même corrompue, empoisonnée par eux.

84. *à douter* : s'il n'y avait pas l'Écriture pour guide, le problème de la justice divine pourrait donner lieu à des doutes.

96. *tant de volontés* : de tant de volontés, concordant entre elles, aussi nombreuses que les âmes qui la forment.

102. *dans le monde* : c'est l'aigle impérial qui fit révérer les Romains dans le monde.

109. *l'Éthiopien* : c'est-à-dire les Infidèles en général.

110. *les deux collèges* : les élus et les damnés.

114. *tous leurs méfaits :* « dispregio » : « mépris » — le péché implique le mépris de Dieu.

115. *Albert :* avec ce vers commencent les reproches de l'aigle aux princes chrétiens. Albert est l'empereur Albert d'Autriche (cf. *Purg.*, VI, 97).

120. *d'un coup de couenne :* Philippe le Bel, qui avait fait frapper une monnaie sans valeur, mourut d'une chute à la chasse, son cheval ayant été chargé par un sanglier.

125. *du roi d'Espagne et du roi de Bohême :* Ferdinand IV, roi de Castille (1295-1312); Venceslas IV, roi de Bohême (cf. *Purg.*, VII, 101-102).

127. *Boiteux de Jérusalem :* Charles II d'Anjou dit le Boiteux; le titre honorifique de Jérusalem lui revenait car il avait été conquis par son père Charles Ier. Le sarcasme de Dante est pesant; il ruine l'attribution du titre : I et M sont la première et la dernière lettre de *Jérusalem*.

129. *un m :* les bonnes actions de Charles sont marquées par un I (un); les mauvaises par un M (c'est-à-dire mille).

132. *sa longue vie :* Frédéric II, d'abord régent, en 1291, puis roi (en 1296) de Sicile, mort en 1337. Les jugements de Dante sur lui sont négatifs, l' « île de feu » est la Sicile; Anchise y finit ses jours (*Enéide*, III, 707ss).

137. *de l'oncle et du frère :* Jacques, roi de Majorque, appelé « barbe », terme dialectal qui comporte une nuance de mépris; le « frère » est Jacques II, roi de Sicile puis d'Aragon.

139. *de Portugal et celui de Norvège :* Denys le laboureur, mort en 1325; il se conduisait « comme un marchand, non comme un roi » (l'Ottimo); et Hacon VII, mort en 1319. On ne sait pas ce que Dante pouvait connaître de lui.

140. *celui de Serbie :* Étienne II, mort en 1331; il falsifia la monnaie de Venise.

142. *heureuse Hongrie :* André III mourut en 1301. Dante veut dire que la Hongrie a été mal gouvernée par lui et par ses prédécesseurs.

143. *Navarre :* si elle pouvait se défendre contre la France, dont le roi, Louis XI, devait perdre en 1304 le titre de roi de Navarre.

146. *Nicosie et Famagouste :* principales villes de l'île de

Chypre, elles se lamentent sous le joug d'un prince français, Henri II de Lusignan, mort en 1324, qui ne vaut pas mieux que les autres rois.

Chant XX

1. *celui qui éclaire le monde :* le soleil.

9. *son rostre béni :* le bec de l'aigle.

17. *la sixième lumière :* le ciel de Jupiter.

19. *un murmure de rivière :* le son encore indistinct qui se forme dans le cou de l'aigle, et qui correspond au passage du chant choral de tous les esprits à la parole en première personne.

24. *un vent pénètre :* Dante recourt à deux similitudes musicales précises, qui utilisent la physique du son : l'articulation de la voix dans le cou de l'aigle est analogue à la formation du son dans le col de la cithare, quand on pince la corde ; et, dans la flûte, où les trous s'ouvrent et se ferment. Cf. Boccace : « Dans sa jeunesse Dante se plaisait extrêmement aux sons et aux chants » (Bosco).

38. *le chantre de l'Esprit Saint :* David, roi d'Israël, auteur des *Psaumes*.

45. *pour son fils :* le premier esprit de l'arc est l'empereur Trajan, qui consola la pauvre veuve de la mort de son fils, et fit justice de ceux qui l'avaient tué (cf. *Purg.*, X, 73-79).

48. *de la vie contraire :* en Enfer.

51. *vraie pénitence :* Ezéchias, roi de Judée, eut, à sa prière, la vie prolongée par Dieu de quinze ans. La Bible ne dit pas que ce fut par vrai repentir. Mais Dante interprète ainsi les larmes qu'il répandit après sa guérison (*Isaïe*, 15).

54. *demain :* l'heure de la justice divine vient toujours, l'ajourner ne peut servir à l'éviter.

53-57. ... *au pasteur :* Constantin, qui, transportant le siège de l'Empire à Byzance, se fit grec, pour céder Rome au pape, mû par une bonne intention qui eut des effets désastreux pour l'Église et pour la Chrétienté. Dante blâme souvent Constantin, cause de la confusion des deux pouvoirs.

60. *détruit :* malgré les désastres qu'il a causés, Constantin, dont l'intention était bonne, est au Paradis.

61-63. *vivants :* Guillaume II le Bon, mort en 1189, que pleure la Sicile dont il était roi, alors qu'elle pleure de voir vivants Charles II et Frédéric II.

68. *le Troyen Riphée :* compagnon assez obscur d'Enée; Virgile l'appelle « le plus juste et le plus vertueux des Troyens ». L'Aigle va revenir sur le problème de son salut (cf. v. 118-119).

80. *qu'il couvre :* le doute de Dante est aussi apparent sur son visage qu'une couleur à travers un verre.

94. *Regnam celoram... :* paraphrase de la sentence évangélique « le royaume des cieux souffre la violence, et les violents s'en emparent » (*Matthieu*, XI, 12).

100. *le sourcil et la cinquième :* l'âme de Trajan et celle de Riphée.

105. ... *ou qui devraient souffrir :* les pieds crucifiés du Christ : pour Riphée, dans la passion future; pour Trajan, dans la passion soufferte.

107. *revint dans ses os :* ressuscita.

114. *celui qui pouvait l'aider :* le Christ rédempteur.

121-123. ... *rédemption future :* ce salut d'un païen, Dante peut l'appuyer sur saint Thomas, qui parle de ceux qui eurent une « foi implicite » (*Summa* II IIa, 9II a 7).

124-126. ... *la gent perverse :* Dante imagine que Riphée croit en la rédemption future du genre humain et reproche aux païens leur paganisme.

129. ... *avant qu'on baptisât :* ces trois dames sont les vertus théologales (vues par Dante à la roue droite du char mystique, dans le Purgatoire,) *Purg.*, XXIX, 121-129).

132. ... *la cause première* toute : ceux qui ne voient pas Dieu dans sa totalité.

139. *cette image divine :* l'aigle, symbole de justice.

Chant XXI

16. *Sémélé :* fille de Cadmos; sur les conseils intéressés de Junon, elle voulut voir Jupiter, son amant, dans toute sa gloire, et fut réduite en cendres (Ovide, *Met.*, III 253s; cf. *Enf.*, XXX, 1-3).

13-15. *septième splendeur :* Saturne, la plus haute des planètes connues au temps de Dante ; pendant le voyage d'outre-tombe, Saturne est dans la constellation du Lion, et l'influence du Lion se mêle à celle de Saturne.

18. *ce miroir-ci :* cette planète (c'est ainsi qu'est nommé souvent aussi le soleil).

24. *un côté par l'autre :* le plaisir de regarder Béatrice et le plaisir de lui obéir s'équilibrent.

25. *qui encercle le monde :* la planète transparente qui tourne autour de la terre.

30. *la suivre :* on rencontre l'échelle dans différents textes médiévaux sur le Paradis. La première source est l'échelle vue en rêve par Jacob, selon le récit biblique (*Genèse*, XXVIII, 12s).

54. *celle qui permet la question :* Béatrice.

70-72. ... *comme tu l'observes.* C'est donc Dieu qui a ordonné à cette âme de venir au-devant du pèlerin.

75. *l'éternelle providence :* Dante a bien compris que la condition de « servantes » (v. 70) n'implique aucune contrainte, et demande un acte libre d'amour.

84. *où je m'enventre :* néologisme de Dante (« inventro »).

96. *de tout regard créé :* de toute intelligence appartenant à des êtres créés, hommes et anges.

109. *Catria :* le mont Catria dans les Apennins (1 700 mètres) ; isolé, il forme une bosse dans le paysage.

111. *latrie :* mot technique d'origine grecque (*latreia*) : service de Dieu, culte dû à Dieu seul (cf. Isidore de Séville, *Etym.*, VIII, XI, II).

120. *se révéler bientôt :* on ne voit pas à quoi Dante fait ici allusion : à une punition pour les mauvais moines ?

121-123. *Pierre Damien :* né d'une pauvre famille de Ravenne au début du XIe siècle, il devient un avocat connu, et, à trente ans, il se fait moine ; en 1057 il est nommé cardinal ; mais il revient au monastère comme simple moine, et meurt à Ostie en 1072 ; auteur de nombreux ouvrages ascétiques, il écrit contre les fastes de la Curie. Le tercet de Dante est très obscur. Considère-t-il Pierre Damien et Pierre le Mangeur comme la même personne ?

125. *au chapeau :* de cardinal (en réalité l'usage du chapeau de cardinal fut institué plus tard, en 1252, par Innocent IV).

127. ... *le grand vaisseau :* Simon, fils de Jean, prend le nom de Céphas (Pierre) (*Jean*, I, 42) ; le grand vaisseau est saint Paul, le « vas electionis » (*Actes des Apôtres*, IX, 15).

131. *qu'on les mène :* qu'on les conduise en voiture à porteurs.

134. *sous une seule peau :* bête est le palefroi, bête est le cavalier, et la seule peau est la cape de cardinal.

142. *le tonnerre me vainquit :* c'est un cri dont Dante ne perçoit que le bruyant écho, sans comprendre les paroles. Le non-rire de Béatrice, le silence des élus, le cri incompréhensible donnent un aspect particulier — solennel et impressionnant — au chant XXI (cf. Bosco).

Chant XXII

15. *avant que ta mort :* de quelle punition s'agit-il ? la mort de Boniface VIII, celle de Clément V ? La prophétie est probablement ici indéterminée.

37. *Cassino sur son flanc :* une colline de 500 mètres après du mont Cairo (cette précision topographique vient à Dante de Grégoire le Grand) (*Dialogues*, II, 2).

45. *qui séduisit le monde :* le culte des faux dieux, qui fit dévier le monde.

49. *Macaire, Romuald :* les anachorètes appelés Macaire sont très nombreux ; il s'agit sans doute ici de saint Macaire l'Égyptien, né en Égypte vers 1300, ou encore de saint Macaire dit l'Alexandrin, contemporain du précédent, ou encore des deux confondus. Ils étaient tous deux disciples de saint Antoine (il s'agit ici probablement pour Dante de faire précéder un ermite occidental par un ermite oriental) ; saint Romuald degli Onesti, de Ravenne, né vers 956 ; il institua l'ordre des Camaldules à Camaldoli, en Toscane. Saint Pierre Damien écrivit sa biographie.

69. *hors de ta vue :* l'Empyrée est immobile et insaisissable. La connaissance de Dieu, qui ne se concède pas à la spéculation rationnelle, peut être atteinte seulement dans le feu de la contemplation mystique.

72. *si chargée d'anges :* c'est la description de la Genèse (XXVIII, 12).

75. *pour gâcher du papier :* la règle bénédictine a perdu toute fonction de formation à la vie contemplative ; elle n'est restée sur terre que pour gâcher le papier où on la transcrit.

81. *le cœur des moines :* l'usure, même dans ses aspects les plus graves, n'offense pas Dieu aussi profondément que l'abus de ce « fruit » (les rentes ecclésiastiques), que les moines veulent posséder, en trompant les fidèles.

90. *son couvent :* sa communauté.

93. *du blanc devenu noir :* les vertus initiales se sont chargées dans les vices opposés.

96. *qu'ici le secours :* les miracles du Jourdain et de la mer Rouge furent plus étonnants que le secours de Dieu en cette situation.

106-108. *me frappe la poitrine :* dernier appel au lecteur dans la *Divine Comédie*, qui s'explique par ce prodige « personnel » : Dante est monté, dans ce ciel, précisément dans la constellation (les Gémeaux) qui a présidé à sa naissance ; c'est aussi l'adieu au lecteur avant de passer à la partie la plus sublime de l'expérience (cf. Bosco).

111. *en lui :* le signe qui suit le Taureau : les Gémeaux.

117. ... *l'air toscan :* Dante naît en mai 1265, dans les premiers jours des Gémeaux.

135. *vile apparence :* l'apparence mesquine de la Terre vue de la Lune (cf. Cicéron, *Somnium Scipionis*, 3-16).

139. *la fille de Latone :* la Lune.

141. *rare et dense :* allusion aux taches de la Lune, et à l'erreur d'interprétation de Dante décrite au chant II.

142. Hypérion : fils d'Uranus et de Géa, et selon une mythologie plus ancienne, père d'Hélios, le soleil (Ovide, *Met.*, IV, 192-241). Ici Dante, dont la capacité visuelle a augmenté, peut soutenir la vue du soleil.

144. *Maia et Dioné :* Mercure (Maia) et Vénus (Dioné).

147. *leurs lieux :* la complexité du mouvement des sphères devient ici claire à Dante, du haut du ciel étoilé.

148. *les sept :* les sept planètes.

Chant XXIII

12. *le moins de hâte :* la partie du ciel où le soleil semble aller le plus lentement : le midi.

21. *le tournoiement des sphères :* tout le fruit des influences célestes sur les hommes.

25. *Trivia :* la lune, aux trois visages.

56. *avec ses sœurs :* Polymnie, muse de la poésie lyrique.

73. *Là est la rose :* la Vierge Marie.

74. *les lis :* les Apôtres.

78. *mes faibles cils :* l'épreuve de voir, avec mes faibles yeux, un spectacle qui m'avait déjà vaincu une fois.

88. *la belle fleur :* le nom de Marie prononcé par Béatrice.

102. *s'ensaphire :* le ciel le plus clair est l'Empyrée ; s'« ensaphirer » est un néologisme, qui permet de créer un écho musical dans ces vers.

103. *l'amour angélique :* Gabriel, qui est le plus ardent de tous les anges (cf. *Par.*, XXXII, 103-114).

114. *et dans ses actes :* le Premier Mobile, « manteau » de toutes les sphères, enveloppe les huit ciels qui tournent sous et en lui ; il reçoit son impulsion directement de Dieu, il s'imprègne de son esprit et de lui prend les lois.

117. *ne m'apparaissait pas encore :* la partie concave du neuvième ciel est si éloignée que le voyageur ne la discerne pas encore.

120. *derrière sa semence :* les yeux de Dante n'auraient pas la puissance de voir la lumière de Marie entourée par la guirlande lumineuse de l'ange, qui est montée à l'Empyrée derrière son fils.

128. *« Regina celi » :* l'antienne du temps pascal, ici chantée par les bienheureux en l'honneur de Marie.

132. *si bonnes laboureuses :* latinisme – « bobolce » de « pubulcus » : « paysannes, travailleuses ». Certains commentateurs entendent « champs à labourer ».

135. *de Babylone :* l'exil de Babylone, comme symbole de l'existence terrestre; image tirée du récit biblique de la captivité du peuple hébreu à Babylone.

139. *de cette gloire :* saint Pierre.

Chant XXIV

12. *comme font les comètes :* ici les comètes sont évoquées pour leur intensité lumineuse, non pour leur forme.

15. *et la dernière qui vole :* la première semble très lente, la dernière très rapide.

18. *rapides et lentes :* la rapidité est liée au bonheur. L'adverbe « différemment », plus haut, dont dépend la différence entre lenteur et rapidité, est coupé dans le texte, de façon à obtenir une rime brisée (rare, mais présente dans la poésie du temps de Dante).

27. *des couleurs trop vives :* notre langage n'a pas de nuances assez subtiles pour rendre la suavité de ce chant.

39. *sur la mer :* la référence à l'épisode de Pierre marchant sur la mer (Matthieu, XIV, 28-29) sert à indiquer une *foi absolue*, sur laquelle Pierre interrogera Dante.

48. *pour la conclure :* terme du vocabulaire scolastique, signifie « définir », terminer une question; comme « approuver » signifie « donner les preuves ».

51. *une telle déclaration :* c'est une triple profession de foi, portant sur foi, espérance et charité; en même temps l'examen de Dante prend le sens d'une glorification solennelle des trois vertus (chants XXIV, XXV, XXVI).

53. *qu'est-ce que la foi? :* l'examen de Dante se déroule selon le processus scolastique exact, avec ses différentes étapes.

60. *au noble primipile :* terme du langage militaire romain; il désigne le centurion qui commande la première section des triaires.

64. *dans le droit fil :* suivant la foi, suivant l'évangélisation de Rome.

67. *sa quiddité :* son essence; terme scolastique.

70. *substances :* saint Thomas définit la foi « une subs-

tance, parce qu'elle est le fondement essentiel de choses que l'on espère et qui nous sont cachées » (*Summa*, I.c.).

79. *argument :* « Par l'argument l'intellect est conduit à adhérer à quelque vérité : c'est pourquoi la ferme adhésion de l'intellect à la vérité cachée de la foi est appelée argument » (*Summa*, e.c.).

84-85. ... *dans ta bourse :* « monnaie » : chose définie; « alliage », définition; « poids » : intention de la définition (Buti); la métaphore se prolonge dans la réponse de Dante, puis dans la réplique de l'apôtre.

97. *émoussée : « ottusa »*, comme une lame émoussée.

99. *te font conclure :* les deux parties de l'Écriture sont comparées aux deux propositions d'un syllogisme dont la conclusion est la foi...

102. *ne bat pas l'enclume :* n'a pas de matière ni d'instruments adéquats.

105. *et rien d'autre :* saint Pierre a découvert le sophisme dans le raisonnement de Dante : qu'est-ce qui assure de la valeur des miracles, sinon la Bible, dont la vérité doit être démontrée, « et rien d'autre »?

109. *sans moyen :* « pauvre et jeûnant » c'est-à-dire privé de doctrine.

111. *s'est faite ronce :* devenue sauvage; la métaphore agricole se poursuit.

114. *qu'on chante là-haut :* c'est le « *Te Deum* », ce chant de remerciement interrompt curieusement l'examen; mais l'examen proprement dit est terminé; il reste ce qui regarde l'individu Dante.

115. *Et ce baron :* saint Pierre; le titre nobiliaire est tiré de la métaphore de la haute cour, qui indique le paradis.

132. *avec amour et avec désir :* avec amour de la part de Dieu, désir de la part des ciels vers lui.

138. *vous eut faits saints :* « almi » : saints, mais aussi nourriciers, propagateurs : nourriciers de la foi dans le monde.

141. *à la fois « sont » et « est » :* Dante s'inspire ici du symbole de saint Athanase.

Chant XXV

2. *la main :* la science divine (le ciel) et l'expérience terrestre (la terre) ont concouru à la création du poème. L'expression « poème sacré » désigne sans doute le *Paradis*

seulement (cf. XXIII, 62). Autre interprétation : Pézard propose de comprendre « mettre la main » comme une locution militaire, équivalent à « armer », dont il voit l'origine dans saint Paul (les *Epîtres* comme « glaive »).

5-6. *agneau... loups :* métaphores venues du langage de l'Écriture (Isaïe, X, 6, etc.).

9. *couronne :* le « cappello » est un gallicisme pour « guirlande »; « mon baptême » : il s'agit du baptistère de San Giovanni, cher à Dante.

15. ... *a laissés :* saint Pierre.

18. *la Galice :* le sépulcre de saint Jacques à Saint-Jacques-de-Compostelle.

24. *qui les nourrit là-haut :* c'est Dieu même, qui est la nourriture des bienheureux.

26. *coram me :* devant moi; formule solennelle.

30. *notre basilique :* autre métaphore pour désigner le paradis.

33. *sa bienveillance :* allusion aux moments décrits par l'Evangile, où le Christ choisit, parmi les apôtres, Pierre, Jacques et Jean, pour les faire participer à quelques faits essentiels (transfiguration, résurrection de la fille de Jaïre, prière dans le jardin de Gethsémani).

42. *dans la chambre secrète :* terminologie féodale; la chambre secrète est sans doute l'Empyrée.

56. *Jérusalem* : c'est-à-dire le ciel, la cité céleste.

69. *mérite ancien :* le mérite déjà acquis.

74. *dans sa théodie :* chant adressé à Dieu, néologisme de Dante, grécisant et correct (Bosco), calqué sur « psalmodie ».

77. *épître :* aujourd'hui attribuée à l'autre apôtre, Jacques le Mineur; elle ne traite pas explicitement du thème de l'espérance.

78. *votre pluie :* la répétition, l'insistance font partie du caractère particulier de ce chant XXV.

84. *jusqu'au bout du champ :* jusqu'à la fin de la vie (métaphore scripturale de la vie comme bataille).

91. *Isaïe :* Dante traduit et commente Isaïe : chaque élu

sera vêtu du double vêtement dans sa terre, et sa terre est le paradis.

94. *ton frère :* saint Jean l'Evangéliste.

98. « *Sperent in te :* » début du verset II du psaume IX.

102. *d'un seul jour :* si le Cancer avait une étoile semblable, l'hiver aurait un mois d'un seul jour ininterrompu (hypothèse scientifiquement absurde) : Cancer et Capricorne sont constellations opposées dans le Zodiaque ; pendant le mois d'hiver où le soleil est dans le Capricorne, le Cancer se lève ; si le Cancer avait une étoile aussi brillante que la lumière que Dante vient de voir, la terre serait éclairée pendant un mois sans interruption, le jour par le soleil et la nuit par l'étoile.

113. *notre pélican :* image biblique ; on croyait au Moyen Age que le pélican nourrissait ses petits de sa propre chair (cf. Brunetto Latini, *Trésor*, V, 30).

123. *qui n'est pas ici? :* ce qui n'est pas « ici », au Paradis, c'est le corps de saint Jean. La légende de l'ascension du corps de saint Jean au Paradis, contre laquelle Dante fait protester le saint lui-même, venait d'une interprétation erronée de *Jean*, XXI, 22.

128. *qui sont montées :* le Christ et la Vierge qui sont montés à l'Empyrée pendant que les bienheureux se sont arrêtés dans le ciel pour assister à l'examen de Dante.

132. *des trois souffles :* le son des trois voix : danses et chants s'arrêtent ensemble.

135. *au son d'un sifflet :* au signal du commandant.

138. *et ne pus voir :* Dante a été ébloui par la lumière de saint Jean.

Chant XXVI

1. *ma vue éteinte :* Dante a perdu la vue dans le chant précédent pour avoir essayé d'apercevoir le corps de saint Jean.

12. *Anania :* il rendit la vue à saint Paul terrassé sur le chemin de Damas (*Actes des Apôtres*, IX, 3-18).

18. *... ou doucement ou fort :* métaphore venue de l'Apocalypse.

30. *de bonté* : plus il renferme de bien en soi (plus il est parfait), plus il suscite d'amour.

39. *sempiternelle* : l'Amour est la première des substances éternelles; *celui* qui démontre est Aristote, sans doute lu dans ce cas à travers le commentaire d'Albert le Grand.

42. *toute valeur* : Dieu dit à Moïse : « Ego ostendam *omne* bonum tibi » (*Exode*, XXXIII, 19).

51. *cet amour te mord* : la métarphore dantesque de la morsure peut être rattachée à la « corpulence des images propres au langage mystique » (Bosco).

64. ... *les feuilles* : métaphore venue de saint Jean (*Jean*, XVI).

72. *de membrane en membrane* : la lumière de l'extase passe à travers les diverses tuniques ou membranes de l'œil (paupières, cornée, etc.).

83. *la première âme* : Adam.

108. *le réfléchir : pareglio*, « pareil » : qui présente une image exacte. Cf. Pézard.

117. *d'avoir passé le signe* : le péché ici n'est pas d'avoir goûté le fruit, mais d'avoir violé consciemment la limite imposée à l'homme.

120. *ce concile* : le Paradis. Adam est resté dans le Limbe pendant 4 302 ans.

123. *sur la terre* : pendant qu'Adam vécut sur terre, il vit le soleil retourner 930 fois aux signes du Zodiaque qu'il touche sur son chemin : Adam vécut donc 930 ans (cette considération vient de la Bible). En ajoutant ce chiffre au nombre d'années passées dans les Limbes (4 302) on obtient « cinq mille ans et plus » (précisément 5 232) que Béatrice avait déjà comptés (*Purg.*, XXXIII, 61-63).

126. ... *la race de Nemrod* : à la construction de la tour de Babel.

134. *bien suprême* : Dieu. Dante corrige dans ce Chant sa première doctrine linguistique : dans le *De Vulgari Eloquentia* il soutenait que le langage d'Adam était incorruptible et restait intact après la confusion de Babel comme langage des Hébreux. A présent il pense que même le

langage d'Adam est mortel. Dans le *De Vulgari Eloquentia* il affirmait aussi que la première parole d'Adam était *El*, un des noms de Dieu en hébreu. *I* représente l'unité – à la fois le chiffre romain I, et le cri de joie *i*.

136. *El :* Dante lit certainement ici Isidore de Séville (*Etym.*, VII 1). L'articulation de I à EL souligne « l'arbitraire du signe qui est indépendant des attributs de Dieu » (cf. N. Borsellino, *Notizie dell' Eden*, in *Lettere italiane*, 3-89, Florence, Olschki, 1989).

142. *sixième heure :* de 6 heures du matin à 1 heure de l'après-midi : 7 heures en tout.

Chant XXVII

10. *les quatre flambeaux :* saint Pierre, saint Jacques, saint Jean, et Adam ; le premier qui était venu : saint Pierre.

15. *leurs plumes :* Jupiter est blanc argent ; Mars rouge.

22. *mon lieu :* le vicariat du Christ est vacant sur terre, bien qu'il n'apparaisse pas comme tel aux hommes ; Dante ici vise Boniface VIII et Clément V ; la répétition du terme « mon lieu » correspond à un des modules de l'éloquence biblique.

27. *tout en bas :* Lucifer s'apaise en se réjouissant de la discorde qui afflige l'Église et la Chrétienté.

36. *la suprême puissance :* l'éclipse au moment de la mort du Christ (*Matthieu*, XXVII, 45). Béatrice pâlit par douleur de la corruption de l'Église.

41. *de Lin et de Cletos :* Lin, successeur de saint Pierre, martyrisé en 78 ; Cletos, successeur de Lin, martyrisé en 90.

44. *Sixte et Pie et Calixte et Urbain :* papes du deuxième et du troisième siècle, tous martyrisés.

48. *et l'autre à main gauche :* ce n'était pas notre intention que la papauté favorisât une partie de la Chrétienté contre l'autre, les Guelfes contre les Gibelins.

51. *contre les baptisés :* les clefs de saint Pierre sur le drapeau du pape en guerre contre des chrétiens (contre les Colonna).

54. *m'enflamme :* Jean XXII est accusé ici.

56. *dans tous les pâturages :* cf. *Matthieu*, VII, 15.

58. *Cahorsins et Gascons :* allusion au pape Clément V, gascon (cf. *Par.*, XVII, 82) et à Jean XXII de Cahors (*Par.*, XVIII, 130-136). Les Gascons passaient pour cupides, les Cahorsins pour usuriers (*Enf.*, XI, 50).

61. *avec Scipion :* Scipion l'Africain, qui, par ses victoires sur les Carthaginois, sauva Rome.

64. *poids mortel :* le poids du corps.

69. *touche le soleil :* en hiver, quand le soleil est dans le Capricorne, entre le 21 décembre et le 21 janvier.

81. *le premier climat :* casse-tête astronomique (Margueron) : le premier climat était la zone la plus voisine de l'équateur parmi les sept zones habitables du monde ; elle commençait au méridien du Gange, avait son milieu au méridien de Jérusalem, et sa fin au méridien de Gadès, ou Cadix, en tout 180°, dont Dante, dans les Gémeaux, a franchi la moitié. Il est donc resté six heures au ciel des étoiles ; comment peut-il voir le rivage sur lequel Europe fut enlevée (la Phénicie) ? à présent Dante se trouve sur le méridien de Cadix, l'extrême point occidental de l'hémisphère habité.

84. *fardeau :* Europe sur le dos de Zeus changé en taureau (*Mét.*, II, 833-75).

87. *distant d'un signe et plus :* casse-tête astronomique, la Phénicie, dans ces conditions, ne peut être visible. Dante pense peut-être à la Crète, lieu d'arrivée d'Europe et du taureau, non à la Phénicie.

99. *dans le ciel très rapide :* le Premier Mobile, dont la « rapidité est presque incompréhensible » (*Convivio*, II, III, 9).

102. *pour entrer :* dans les autres ciels, Dante est entré dans la planète correspondante ; dans le 8e il est entré dans la constellation des Gémeaux. Mais le 9e ciel n'a ni planète ni constellations ; c'est une sphère uniforme, et Dante ne peut savoir quelle est la partie du ciel où il se trouve.

108. *comme à son terme :* « meta » en italien est la borne dans le cirque, autour de laquelle tournent les chars.

109. *où :* terme technique de la langue scolastique : *ubi*.

111. *qu'il verse :* la vertu qu'il irradie dans les ciels inférieurs.

117. *et le cinquième :* comme le 10 est mesuré par le 5 (la moitié) et par le 2 (le cinquième) : c'est-à-dire que le mouvement du Premier Mobile est comme le 2 et le 5 pour le 10 : ses nombres fondamentaux.

120. *t'être manifeste :* le temps est comparé à une plante qui a ses racines dans le Premier Mobile et ses feuilles dans les autres ciels, en tant que le Premier Mobile donne la mesure du temps, bien que son mouvement soit invisible.

132. *n'importe quelle lune :* sans tenir compte des règlements de l'Église sur le jeûne.

138. *laisse le soir :* la fille du Soleil est peut-être Circé, symbole des séductions terrestres, et magicienne.

141. *la famille humaine :* la papauté et l'Empire étant vacants, il manque un guide à l'humanité.

143. *on néglige sur terre :* le calendrier Julien supposait que l'année était de 365 jours un quart, alors qu'il s'en faut d'environ 10 minutes : c'est la centième partie du jour qui est négligée. D'où, au temps de Dante, le mois de janvier tend à sortir de l'hiver : avec le passage des années, les mois ne coïncideront plus avec le passage des saisons.

Chant XXVIII

9. *à son rythme :* chant et musique reproduisent l'accord entre l'image reflétée et le vrai.

27. *qui ceint le monde :* le mouvement du Premier Mobile ; le cercle de feu : les Séraphins.

32-33. *... pour le contenir en entier :* le messager de Junon est l'arc-en-ciel ; s'il était un cercle entier, et non un demi-cercle, il serait trop petit pour l'encercler.

38-39. *... le plus d'elle :* plus il se pénètre de la vérité — la pure étincelle est le Point —, plus il se pénètre d'elle (« s'invera » : se pénètre de sa volonté).

56. *discordants :* dans le monde sensible, le ciel le plus rapide et dont la perfection est la plus grande est le plus éloigné du centre : or le monde sensible est image du monde surnaturel ; et là c'est le contraire qui a lieu :

rapidité et perfection sont d'autant plus grandes qu'on est plus près du centre.

66. *en toutes leurs parties :* plus un corps a de vertus, plus il peut faire de bien ; si toutes ses parties sont parfaites, le bien qu'il déclenche dépendra de ses dimensions.

73-78. *à son intelligence :* parmi les substances angéliques, les Intelligences, qui tournent autour du Point, tu verras que celle qui a le plus de vertu, à l'autre extrémité, les Anges, qui ont le moins de vertu, comme étant les plus éloignés du Point, correspondent au ciel de la Lune, le dernier des cercles sensibles. C'est-à-dire que la correspondance entre les sphères célestes et les cercles angéliques est inverse seulement en apparence ; par rapport à la vertu la correspondance est parfaite.

81. *sa joue où il est le plus doux :* les vents sont représentés comme des visages humains soufflant dans plusieurs directions. Borée, le vent du Nord, quand il souffle par le coin droit de la bouche (Nord-Ouest) suscite le vent le plus doux : l'aquilon.

93. *dépasse par milliers le double des échecs :* allusion au conte populaire oriental sur l'inventeur du jeu d'échecs ; celui-ci, ayant demandé, comme récompense, au roi de Perse à qui il avait fait présent de son invention, un grain de blé pour la première case, deux pour la seconde, quatre pour la troisième, et ainsi de suite, en doublant le nombre de grains à chaque case, le roi lui accorda sa demande. Mais il lui fallut bientôt s'aviser qu'il n'y aurait jamais, dans tous ses États, assez de blé pour satisfaire à sa promesse. En effet, la somme totale était de 2 à la soixante-quatrième puissance, soit, à peu près, 18 quintillions et demi...

95. *ubi :* au sens de *lieu*, langage technique de la philosophie médiévale (cf. *Par.*, XXIX, 12, etc.). Le Point, créant en eux un perpétuel désir de sa grâce, toujours assouvi et toujours renaissant, tient éternellement les chœurs angéliques dans leurs lieux assignés.

104. *Trônes du divin aspect :* les Intelligences du troisième cercle sont les Trônes, comme sièges où se promulguent les décrets divins, par leur fonction de reflets du divin aspect ; ils furent choisis par le créateur pour clore le premier terne (c'est-à-dire la première des trois hiérarchies, distinctes chacune en trois ordres dans lesquels se distribuent les Intelligences).

105. *dernier terne :* les Trônes terminent la première hiérarchie, formée de trois ordres angéliques.

109-111. ... *en second :* la béatitude se fonde sur l'acte de la vision, non sur l'amour, qui vient après (sur l'acte intellectif, non sur l'acte d'amour). Dante choisit le courant rationnel de la philosophie scolastique.

114. *de degré en degré :* la vision bienheureuse de Dante est proportionnelle au mérite, et celui-ci est produit par la grâce divine et par la bonne volonté avec laquelle on collabore avec la grâce.

117. *le Bélier nocturne :* au début du printemps la constellation du Bélier se lève et se couche avec le soleil; elle est donc alors diurne et invisible; le Bélier devient nocturne, c'est-à-dire visible de nuit, en automne (du 21 septembre au 21 octobre) quand le soleil occupe le signe opposée de la Balance.

121. *déesses :* autres essences angéliques (elles ont dans les trois ordres des noms féminins : Dominations, Trônes, Vertus, Puissances).

128. *angéliques :* au sens spécifique, se réfère à l'ordre le plus bas des anges, au cercle qui tourne le plus loin de Dieu, au troisième ordre de la troisième hiérarchie.

129. *tous attirent :* au-dessous d'eux ils exercent une influence de nature à attirer vers Dieu les ordres inférieurs.

130. *Denys :* Denys l'Aéropagyte (ct.*Par.*, X, 117). Dans le *Di coelesti hierarchia* les chœurs angéliques sont disposés dans cet ordre. Dante suit Denys en corrigeant sa première classification (dans le *Convivio*, II, V, 6).

133. *Grégoire :* le pape Grégoire le Grand, qui obtint la « grande victoire », en sauvant l'âme de l'empereur Trajan.

139. *de ces sphères :* Dante puise ici son inspiration dans saint Paul, qui aurait connu ces vérités pendant son ravissement au troisième ciel (cf. *Enfer*, II, 30).

Chant XXIX

1-3. ... *par l'horizon :* quand le Soleil et la Lune, Apollon et Diane, les enfants de Latone, se trouvent l'un dans le Bélier, l'autre dans la Balance, constellations opposées, et que tous deux sont dans le même horizon — se font « ceinture » de l'horizon —, l'un se levant, l'autre se couchant.

3-6. ... *de cette ceinture :* alors le zénith les tient en équilibre, puisque les deux astres sont à la même distance de lui ; mais le phénomène ne dure qu'un temps imperceptible, puisque le Soleil et la Lune changent aussitôt d'hémisphère.

12. *ubi et quando :* l'espace et le temps.

15. *subsisto :* « j'existe par moi-même ». Le latin scolastique souligne le caractère solennel du discours de Béatrice.

18. *en nouveaux amours :* le premier Amour, dans son éternité, par un acte spontané de sa volonté, s'ouvre en une multiplicité d'êtres aimants, en créant les anges, et les autres êtres.

21. *ni avant ni après :* il n'y a pas eu un avant et un après du processus de la création. C'est seulement avec la création des sphères célestes, ou plutôt, du Premier Mobile, début du mouvement et du temps, qu'on peut parler d'un *avant* et d'un *après*, qui sont parties potentielles du temps (cf. *Genèse*, 1-2).

22-24. *d'un arc à trois cordes :* de même que d'un arc à trois cordes sortent en même temps trois flèches, de même naquirent sans aucun défaut la forme pure (ou acte pur — les Intelligences célestes), la matière pure ou « puissance pure » (la matière informe, pure potentialité), et forme et matière conjointes (les cieux).

33. *celles qu'un acte pur avait produites :* les anges.

34-36. ... *la puissance avec l'acte :* au milieu, les cieux.

37. *les anges :* saint Jérôme écrit que les anges ont été créés bien avant le monde sensible.

41. *scribes de l'Esprit saint :* par la Bible, par les textes sacrés, inspirés de l'Esprit saint. Dante refuse l'opinion de saint Jérôme (comme saint Thomas : « Dieu créa toutes les choses ensemble », *Ecclésiaste*, XVIII, I).

45. *leur perfection :* les intelligences motrices, pour remplir la fonction à laquelle elles étaient destinées — celle de rejoindre la perfection — ne pouvaient rester longtemps sans sphères à faire tourner. L'argument remonte à Aristote (Bosco).

51. *le support :* la terre, qui est le support des trois autres éléments ; certains commentateurs entendent la matière primordiale, qui se divise ensuite en quatre éléments. La rébellion de Lucifer eut lieu en moins de temps qu'il n'en faut pour compter jusqu'à vingt.

57. *par tous les poids du monde :* le poids de l'univers entier pèse sur Lucifer (cf. *Enf.*, XXXIV, 110-111).

70. *dans vos écoles :* la deuxième personne du pluriel révèle le détachement par rapport à la science humaine.

75. *dans la lecture :* en employant les termes intellect, volonté, mémoire, de façon équivoque, Dante veut mettre en garde contre le danger d'employer des catégories humaines pour décrire les anges. Dante est contre l'idée d'une « mémoire » angélique (alors que saint Thomas, Albert le Grand et d'autres la soutiennent).

84. *plus de faute et plus de honte :* ceux que trompent leurs rêveries mais qui les enseignent de bonne foi sont moins coupables que ceux qui veulent seulement faire étalage de leur science.

90. *falsifiée :* fait allusion aux interprétations hérétiques de la Bible.

97-102. *... fut commune :* comme exemple de « fables », Dante rapporte l'opinion de ceux qui à propos de l'obscurcissement du jour à la mort du Christ, supposent que la Lune avait rétrocédé de sept signes pour s'interposer entre la Terre et le Soleil ; en ce cas l'éclipse n'aurait intéressé que certaines régions et ne se serait pas étendue, comme disent les Évangiles, « super universam terram ». Dante s'élève avec violence contre cette opinion.

98. *s'interposa :* on raconte que pendant la Passion du Christ, la Lune recula, et se plaça entre le Soleil et la Terre, ce qui obscurcit la lumière du Soleil (tradition recueillie par le pseudo-Denys, et acceptée par saint Thomas).

103. *de Lapi et Bindi :* noms très courants dans la Florence médiévale.

117. *et ne demande rien :* le capuchon du prédicateur se gonfle de vanité ; et son public n'attend rien de plus de lui.

118. *un tel oiseau :* le diable (en opposition à la colombe des Apôtres).

124. *le porc de saint Antoine :* les moines Antonins tirent profit de cette crédulité (avec les cochons qu'ils élèvent).

126. *monnaie sans coin :* fausse monnaie : indulgences qui n'ont pas été accordées de façon régulière.

129. *la route s'ajuste avec le temps :* pour que le raisonnement qui nous reste s'abrège et se proportionne au peu de temps qui nous reste à passer au ciel.

130. *si fort en nombre :* la nature des anges se multiplie.

135. *un nombre déterminé est absent :* le prophète Daniel, dans ses indications numériques, ne donne pas un nombre d'anges déterminé.

138. *elle s'unit :* la lumière divine illumine d'une manière différente chacun des anges.

139-141. *ardente ou tiède :* par suite les anges n'ont pas tous une vision également profonde de Dieu, ni un amour également brûlant.

Chant XXX

2. *arde la sixième heure :* peut-être est-il midi à 6 mille milles de nous (Dante évaluait la circonférence de la terre à 20 400 milles – *Conv.*, III, 5, IV, 8). La comparaison astronomique indique qu'on est à l'aube.

7. *la très claire servante :* l'Aurore.

10. *le triomphe qui joue ;* le spectacle des neuf chœurs angéliques en fête.

39. *au ciel qui est pure lumière :* l'Empyrée, qui est pure lumière intellectuelle et feu de charité.

42. *qui transcende toute douceur :* l'Empyrée est lumière de l'esprit divin, en qui s'allume l'amour (*Par.*, XXVIII, 110-12). Cet amour est source de béatitude parce que par là l'âme s'élève à la vision de Dieu et goûte la joie.

43. *l'une et l'autre milice :* le chœur des anges, et celui des bienheureux.

54. *le cierge à sa flamme :* la violence de la lumière éblouit les âmes, et les prépare à recevoir la force de la vision divine.

64-66. *... comme rubis entourés d'or :* la vision du fleuve est chez Dante à la fois *vue*, avec précision, et comme dématérialisée ; les étincelles sont les anges, les fleurs les bienheureux. L'image du fleuve vient sans doute de l'Apocalypse, XXII, I.

78. *une annonce ombreuse de leur vrai :* préface : mot liturgique, forme préliminaire de prière. Il signifie ici seulement « anticipation ».

87. *pour nous rendre meilleurs :* « immegli » de « immegliare », inventé par Dante.

90. *de longue être devenue ronde :* le fleuve a pris la forme d'un cercle ; plus l'objet de la vision semble se dématérialiser, plus les termes qui le désignent deviennent concrets (Bosco).

96. *les deux cours du ciel :* les anges et les bienheureux.

108. *sa vie et sa puissance :* tout ce qu'on voit de cette lumière est formé par un rayon de lumière divine, réfléchi sur la surface concave du Premier Mobile, qui prend de lui sa vertu vitale, c'est-à-dire son mouvement et la vertu qui influe sur les ciels au-dessus de lui.

120. *le quel et le combien de cette joie :* la qualité et la quantité. Dante emploie les termes du vocabulaire philosophique.

136-138. *avant qu'elle y soit disposée :* Henri VII, comte de Luxembourg, né entre 1270 et 1280, fut élu en 1308 et consacré roi d'Allemagne à Aix-la-Chapelle en janvier 1309. Il accepte de venir en Italie pour mettre la paix entre les factions. Il est couronné roi des Romains à Milan le jour de l'Epiphanie 1311 ; Dante le rencontra peut-être alors. Henri VII incarne son idéal de monarque universel. Mais Henri use son pouvoir en essayant de dompter la rébellion de plusieurs villes de l'Italie septentrionale et tente de briser la coalition formée contre lui par Clément V. Couronné à Rome en 1313, il meurt près de Sienne le 24 août 1313. L'Italie n'était pas encore, selon Dante, préparée à accueillir l'ordre politique qu'Henri VII venait instaurer.

144. *à découvert et en secret :* Clément V, après avoir d'abord favorisé les desseins d'Henri VII, le trahit.

147. *l'homme d'Anagni :* Boniface VIII, né à Anagni ; Dante fait allusion à la place de ces papes en Enfer, plongés dans des trous la tête en bas.

Chant XXXI

1-3. *que le Christ épousa dans son sang* : la rose blanche est formée par les manteaux blancs des élus, qui sont, selon l'Apocalypse, les corps glorieux et lumineux des saints : « blanche » signifie donc ici « étincelante », « incandescente » ; « dans son sang », cf. *Actes des Apôtres*, XX, 28.

12. *où son amour séjourne toujours :* dans la lumière divine, en Dieu objet de leur amour perpétuel.

24. *lui faire obstacle :* parce que la lune pénètre toutes les parties du monde.

32. *couverts par Hélice :* Hélice, ou Calisto, est le nom de la nymphe transformée en Grande Ourse (Ovide, *Mét.*, II, 401s).

35. *le Latran :* où siégeait le pape, et qui a été demeure des empereurs jusqu'à Constantin.

59. *un vieillard :* Dante emploie un latinisme (*sene*) qui donne plus de solennité à la figure de saint Bernard, et aussi plus de distance à l'égard de celle de Béatrice.

93. *vers l'éternelle fontaine :* Dieu, source de béatitude et fontaine de toute grâce (*Psaumes*, XXXV, 10).

102. *son fidèle Bernard :* saint Bernard, né à Fontaines, près de Dijon, en 1091, fonde l'abbaye de Clairvaux, participe à la deuxième croisade, et meurt en 1153. Ses écrits expriment son ardente dévotion pour la Vierge Marie.

103-104. *voir notre Véronique :* icône byzantine conservée dans une des loges de la coupole de Saint-Pierre à Rome, que l'on considérait comme la véritable image de Jésus ; elle était offerte à la dévotion des pèlerins pendant la semaine sainte ; de Croatie, c'est-à-dire d'un pays lointain.

125. *Phaéton :* le char que Phaéton sut mal guider (*cf. Par.*, XVII, 3, n.).

Chant XXXII

4-6. *qui la causa :* Ève, qui causa la plaie du péché originel.

8. *Rachel :* deuxième femme de Jacob, symbole de la vie contemplative (*Genèse*, XXIX, 16-30; *Purg.*, 8).

10. *Sarah et Rébecca, Judith et celle :* Sarah, femme d'Abraham et mère d'Isaac ; Rébecca, femme d'Isaac et mère de Jacob ; Judith, qui sauva les Juifs de l'esclavage des Assyriens en tuant Holopherne ; « celle » Ruth, trisaïeule de David.

12. *Miserere mei :* par douleur du péché commis, David composa le psaume *Miserere mei* ; allusion à l'adultère avec Bethsabée et au meurtre de son époux, Urie (II, *Rois* XI, 1-16).

17. *se succèdent des Juives :* en formant une ligne verticale qui divise la rose blanche.

21. *les escaliers sacrés :* selon la façon dont la foi se tourne vers le Christ : vers le Christ à venir, ou vers le Christ déjà venu.

31-33. *le grand Jean :* Jean-Baptiste, le précurseur, le plus grand des hommes nés d'une femme (*Matth.*, XI, II). Il demeura deux ans dans les Limbes, de sa mort à la mort du Christ ; *toujours saint :* parce qu'il a été sanctifié dans le sein de sa mère avant sa naissance (*Luc*, I, 39-41).

35. *François, Benoît et Augustin :* François : cf. *Par.*, X ; Benoît : cf. XXII ; Augustin : Dante connaît bien ses œuvres et le cite souvent. Il nomme ici non les fondateurs mais les auteurs des règles fondamentales des ordres religieux.

66. *nous suffise l'effet :* parce que les causes nous restent inconnues.

69. *agités de colère :* Esaü et Jacob, en conflit dans le ventre de leur mère (*Gendèse*, XXV, 22) : le premier refusé, le deuxième aimé de Dieu. L'interprétation de cet exemple remonte à saint Paul (*Rom.*, IX, 11-13) ; il était cité comme exemple de l'imperscrutabilité de la grâce.

72. *de telle grâce :* la lumière de la gloire divine couronne la tête des bienheureux proportionnellement à cette grâce.

75. *premier regard :* la situation différente — plus ou moins haute — sur les degrés de l'amphithéâtre céleste (situation qui exprime un degré plus ou moins haut de béatitude) ne correspond pas à une différence de mérite, mais à une différence d'*acuité* dans le regard vers Dieu à la naissance — qui traduit une différence dans la grâce accordée par Dieu au nouveau-né.

81. *par circoncision :* les mâles durent donner de la force à leur innocence par la circoncision.

95. « *Ave Maria, gratia plena* » *:* en acte d'hommage; c'est l'archange Gabriel, déjà descendu dans le Premier Mobile pour vénérer Marie.

123. *à l'espèce humaine :* Adam, père du genre humain; à cause de sa hardiesse à goûter le fruit défendu, il fit « goûter l'amertume » à l'espèce humaine.

126. *cette fleur gracieuse :* le Paradis, le règne des cieux.

130. *auprès de lui :* saint Jean l'Évangéliste, qui, avant de mourir, eut la révélation, et prophétisa dans l'*Apocalypse* le temps de malheur de l'Église qui fut acquise par le Christ avec le sacrifice de la croix.

132. *le peuple ingrat, changeant et rétif :* Moïse, sous la conduite de qui les Juifs, changeants et réluctant à lui obéir, se nourrissaient de manne dans le désert (*Exode*, XVII, 13-15).

137. *Lucie :* la sainte de Syracuse, protectrice des yeux, dont Dante était un fidèle. Elle poussa Béatrice à se mouvoir de son siège du Paradis pour sauver Dante quand il se perdait dans la forêt (*Enfer*, I, 61; II, 100-108).

Chant XXXIII

1. *fille de ton fils :* figure appartenant à la tradition liturgique (cf. Auerbarch).

3. *éternel conseil :* à l'œuvre de la rédemption, où furent exécutés les desseins éternels (cf. *Convivio*, IV, 5).

9. *est éclose :* cette fleur : la rose céleste. La maternité de la Vierge, qui a déterminé la rédemption de l'humanité, a permis aux âmes qui en étaient dignes de monter au ciel et de former la fleur.

10. *la torche méridienne :* ici : dans l'Empyrée; la torche ardente comme le soleil à midi.

66. *la sentence de Sibylle :* la Sibylle de Cumes écrivait ses sentences sur des feuilles, qu'un souffle de vent, pénétrant dans son antre, dispersait ensuite (*Enéide*, III, 443-451).

84. *tant que j'y consumai la vue :* c'est-à-dire tant que

j'employai ma vue jusqu'à la limite de ses possibilités (cf. Gilson). Dans ces vers commence l'effort dramatique pour représenter l'essence divine (Bosco).

86. *en un volume :* la métaphore du livre, comme expression de l'unité de l'univers, est fréquente dans la *Comédie*.

89. *comme fondus ensemble :* ici Dante reprend philosophiquement le tercet précédent : la substance de la substance.

93. *s'élargir la jouissance :* la certitude est fondée sur la jouissance.

94-96. *... l'ombre d'Argo :* un seul point : un instant, ou un point vu pendant un instant, est cause de plus d'oubli que vingt-cinq siècles pour l'entreprise des Argonautes, quand Neptune, dans la profondeur de la mer, vit en levant les yeux vers la surface passer l'ombre de leur bateau.

105. *ce qui là est parfait :* même le bien, s'il est hors de Dieu, n'est plus bien. Tout ce qui est hors de Dieu est imparfait.

117. *et de grandeur unique :* Dante tente d'exprimer le mystère de la Trinité divine : trois cercles, ou sphères, de trois couleurs, et de même dimension.

120. *respire :* représentation théologiquement orthodoxe de la trinité ; le premier cercle, celui qui reflète, est le Père ; le second, qui est reflété, est le Fils, ou Logos, engendré par le Père ; le troisième, venu en égale mesure du Père et du Fils, est l'Esprit Saint.

126. *ris à toi-même, et t'aimes :* la Trinité s'aime elle-même, comme un tout.

131. *me sembla peint de notre image :* Dante décrit ici le mystère de l'incarnation, de la fusion des deux natures, humaine et divine, dans le Christ ; de même couleur : les deux natures sont inséparables dans la personne du Christ.

135. *le principe qui manque :* pour décrire la vanité de l'effort de pénétrer le mystère divin, Dante recourt à la similitude du géomètre qui essaie de penser la quadrature du cercle (dans le *Convivio*, II, 14, il écrit que ce problème est insoluble).

138. *comment elle s'y noue :* « *s'indova* » : se « met dans le où » : dernier néologisme de Dante dans le *Paradis*, particulièrement hardi et efficace.

141. *à son désir :* l'éclair marque l'illumination suprême.

145. *l'amour qui meut le soleil et les autres étoiles :* (cf. saint Paul). Le dernier vers du *Paradis* reprend le premier « la gloire de celui qui meut toutes choses ». Le mot « étoiles » est le dernier mot du *Paradis*, comme de l'*Enfer* et du *Purgatoire*. La « haute vision » s'est évanouie.

BIBLIOGRAPHIE

Les principales éditions de la *Comédie* utilisées sont les suivantes :

G. PETROCCHI, *Dante Alighieri, La Commedia secondo l'antica vulgata*, Milan, Mondadori, 1966-1967.

U. BOSCO et G. REGGIO, *La Divina Commedia*, Florence, Le Monnier, 1979.

N. SAPEGNO, *Dante, La Divina Commedia*, Florence, La Nuova Italia, 1985.

E. PASQUINI et A. QUAGLIO, *Dante, Commedia*, Milan, Garzanti, 1987.

A.M. CHIAVACCI LEONARDI, *Dante Alighieri, Commedia*, Milan, Mondadori, 1991-1997.

En français :

F. LAMENNAIS, *Dante, La Divine Comédie*, Paris, Didier, 1863.

A. MASSERON, *Dante, La Divine Comédie*, Paris, Club français du Livre, 1965.

A. PEZARD, *Dante, Œuvres complètes*, Paris, Gallimard, 1965.

L. PORTIER, *Dante, La Divine Comédie*, Paris, Éditions du Cerf, 1987.

J.-C. VEGLIANTE, *Dante, L'Enfer, Le Purgatoire*, Paris, Imprimerie Nationale, 1996-1998.

M. SCIALOM, in C. BEC (dir.), *Dante, Œuvres Complètes*, Paris, Le Livre de poche, 1996.

Études sur Dante et sur *La Divine Comédie* :

E. AUERBACH, *Studi su Dante*, Milan, Feltrinelli, 1963 ; *Figura*, Paris, Macula, 2003.

T. BAROLINI, *The Undivine Comedy, Detheologizing Dante*, Princeton University, 1992 ; *La Commedia senza Dio*, Milan, Feltrinelli, 2003.
G. BOCCACIO, *Vite di Dante*, Milan, Mondadori, 2002 ; *Vie de Dante Alighieri*, Marseille, Via Valeriano/Paris, Léo Scheer, 2002.
J.-L. BORGES, *Nueve Ensayos Dantescos*, Madrid, 1982 ; *Neuf Essais sur Dante*, trad. F. Rosset, Paris, Gallimard, 1987.
N. BORSELLINO, *Ritratto di Dante*, Bari, Laterza, 1998.
G. CONTINI, *Un'idea di Dante*, Turin, Einaudi, 1976.
M. CORTI, *Percorsi dell'invenzione*, Turin, Einaudi, 1993.
J. FRECCERO, *Dante, the Poetics of Conversion*, Cambridge, Harvard University Press, 1986.
E. GILSON, *Dante et la philosophie*, Paris, Vrin, 1939.
–, *Dante et Béatrice*, Paris, Vrin, 1979.
J. GOUDET, *Dante et la politique*, Paris, Aubier, 1969.
F. LE BLAY, *La Divine Comédie, Dante*, Paris, Larousse, 2001.
O. MANDELSTAM, *Entretien sur Dante*, « Argile » XII, 76-77.
B. NARDI, *Saggi di filosofia dantesca*, Bari, Laterza, 1974.
G. PADOAN, *Introduzione a Dante*, Florence, Sansoni, 1995.
A. PAGLIARO, *Ulisse, Ricerche semantiche sulla Divina Commedia*, Florence, Messina, 1969.
E. PASQUINI, *Dante e le figure del vero*, Milan, Mondadori, 2001.
G. PASSERONE, *Dante, Cartographie de la vie*, Paris, Kimé, 2001.
G. PETROCCHI, *Itinerari danteschi*, Bari, Adriatica, 1969.
–, *Vita di Dante*, Bari, Laterza, 1983.
P. RENUCCI, *Dante juge et témoin du monde gréco-latin*, Paris, Les Belles Lettres, 1954.
J. RISSET, *Dante écrivain, ou L'Intelletto d'Amore*, Paris, Seuil, 1982.
–, *Dante, une vie*, Paris, Flammarion, 1995.
M. RODDEWIG, *Dante Alighieri, Die göttliche Komödie*, Stuttgart, Hierseman, 1984.
CH. SINGLETON, *La Poesia della Divina Commedia*, Bologne, Il Mulino, 1978 et 1983.
PH. SOLLERS, *Dante et la traversée de l'éctirure*, in *Logiques*, Paris, Seuil, 1968.
–, *La Divine Comédie, entretiens avec Benoît Chantre*, Paris, Desclée de Brouwer, 2000.
A. VALLONE, *Percorsi danteschi*, Florence, Le Lettere, 1991.

VIE DE DANTE

1265 : Fin mai : Naissance de Dante Alighieri à Florence, dans une famille de la petite noblesse citadine. Son père, Alighiero, est agent de change et prêteur d'argent. Sa mère, Bella, mourra avant 1275.

Alighiero se remariera par la suite avec Lapa di Chiarissimo Cialuffi, et mourra vers 1281, laissant à Dante la charge de ses frères et sœurs (dont Francesco, son demi-frère, qui sera commerçant, et Tana, sa demi-sœur).

1274 : Première rencontre avec Béatrice (Bice Portinari).

1277 : Promesse de mariage avec Gemma Donati.

1287 : Dante, étudiant en droit, en philosophie, ou peut-être en médecine, fait un bref séjour à Bologne.

1289 : Dante prend part aux batailles de Campaldino (contre Arezzo) et de Caprona (contre Pise).

1290 : Mort de Béatrice.

1291-1295 : Études philosophico-théologiques auprès des écoles de religieux : l'école franciscaine de Santa Croce et dominicaine de Santa Maria Novella. Enseignement de Brunetto Latini et élaboration de la *Vita Nuova*.

1295 : Une nouvelle loi permet aux nobles de participer à la vie publique (ils en étaient exclus depuis 1293 à la suite des *Ordonnances de Justice* de Giano della Bella), à condition de s'inscrire à une corporation. Dante s'inscrit à la corporation des Médecins et Apothicaires, la plus acceptable pour les intellectuels.

1296 : Dante commence à participer aux débats de la

commune, dans l'aile la plus démocratique, et se définit comme guelfe blanc.

1300 : Dante assiste à Rome au Jubilé.

En mai, le gouvernement des Blancs lui confie la mission d'établir des alliances à San Gimignano contre la politique du pape Boniface VIII.

Dante est nommé prieur pour deux mois.

1301 : Dante figure parmi les ambassadeurs florentins auprès de Boniface VIII. Il est retenu à Rome par le pape, pendant que les Noirs prennent le pouvoir à Florence.

1302 : Condamnation à mort de Dante et de quatorze guelfes blancs par les Noirs, à Florence.

1303-1304 : Dante, qui participe activement aux réunions des exilés, fait divers séjours à Arezzo, Forlì, Bologne, Vérone.

Il écrit le *De Vulgari Eloquentia*.

1304 : Dante est porte-parole des guelfes blancs auprès du légat du nouveau pape (Benoît XI), Nicola da Prato ; par la suite, il se détache des Blancs.

Il commence à écrire le *Convivio*.

1304-1309 : Voyages de Dante en Italie dans le Casen tino, dans la Lunigiana, à Lucques en Vénétie).

1310 : Probablement, voyage à Paris.

1311 : Rencontre avec l'empereur Henri VII à Milan.

1313 : Mort d'Henri VII.

1313-1318 : Séjour à Vérone chez Can Grande della Scala.

1314 : Publication de l'*Enfer*.

1315 : Publication du *Purgatoire*.

1319-1320 : Dante à Ravenne, chez Guido Novello da Polenta, écrit le *Paradis*.

1321 : Mission à Venise.

13-14 septembre : mort de Dante à Ravenne.

INDEX
DES NOMS

TABLE

DERNIÈRES PARUTIONS

ARISTOTE
Petits Traités d'histoire naturelle (979)
Physique (887)

AVERROÈS
L'Intelligence et la pensée (974)
L'Islam et la raison (1132)

BERKELEY
Trois Dialogues entre Hylas et Philonous (990)

CHÉNIER (Marie-Joseph)
Théâtre (1128)

COMMYNES
Mémoires sur Charles VIII et l'Italie, livres VII et VIII (bilingue) (1093)

DÉMOSTHÈNE
Philippiques, suivi de **ESCHINE,** Contre Ctésiphon (1061)

DESCARTES
Discours de la méthode (1091)

DIDEROT
Le Rêve de d'Alembert (1134)

DUJARDIN
Les lauriers sont coupés (1092)

ESCHYLE
L'Orestie (1125)

GOLDONI
Le Café. Les Amoureux (bilingue) (1109)

HEGEL
Principes de la philosophie du droit (664)

HÉRACLITE
Fragments (1097)

HIPPOCRATE
L'Art de la médecine (838)

HOFMANNSTHAL
Électre. Le Chevalier à la rose. Ariane à Naxos (bilingue) (868)

HUME
Essais esthétiques (1096)

IDRÎSÎ
La Première Géographie de l'Occident (1069)

JAMES
Daisy Miller (bilingue) (1146)
Les Papiers d'Aspern (bilingue) (1159)

KANT
Critique de la faculté de juger (1088)
Critique de la raison pure (1142)

LEIBNIZ
Discours de métaphysique (1028)

LONG & SEDLEY
Les Philosophes hellénistiques (641 à 643), 3 vol. sous coffret (1147)

LORRIS
Le Roman de la Rose (bilingue) (1003)

MEYRINK
Le Golem (1098)

NIETZSCHE
Par-delà bien et mal (1057)

L'ORIENT AU TEMPS DES CROISADES (1121)

PLATON
Alcibiade (988)
Apologie de Socrate. Criton (848)
Le Banquet (987)
Philèbe (705)
Politique (1156)
La République (653)

PLINE LE JEUNE
Lettres, livres I à X (1129)

PLOTIN
Traités I à VI (1155)
Traités VII à XXI (1164)

POUCHKINE
Boris Godounov. Théâtre complet (1055)

RAZI
La Médecine spirituelle (1136)

RIVAS
Don Alvaro ou la Force du destin (bilingue) (1130)

RODENBACH
Bruges-la-Morte (1011)

ROUSSEAU
Les Confessions (1019 et 1020)
Dialogues. Le Lévite d'Éphraïm (1021)
Du contrat social (1058)

SAND
Histoire de ma vie (1139 et 1140)

SENANCOUR
Oberman (1137)

SÉNÈQUE
De la providence (1089)

MME DE STAËL
Delphine (1099 et 1100)

THOMAS D'AQUIN
Somme contre les Gentils (1045 à 1048), 4 vol. sous coffret (1049)

TRAKL
Poèmes I et II (bilingue) (1104 et 1105)

WILDE
Le Portrait de Mr. W.H. (1007)

GF-DOSSIER

ALLAIS
À se tordre (1149)
BALZAC
Eugénie Grandet (1110)
BEAUMARCHAIS
Le Barbier de Séville (1138)
Le Mariage de Figaro (977)
CHATEAUBRIAND
Mémoires d'outre-tombe, livres I à V (906)
COLLODI
Les Aventures de Pinocchio (bilingue) (1087)
CORNEILLE
Le Cid (1079)
Horace (1117)
L'Illusion comique (951)
La Place Royale (1116)
Trois Discours sur le poème dramatique (1025)
DIDEROT
Jacques le Fataliste (904)
Lettre sur les aveugles. Lettre sur les sourds et muets (1081)
Paradoxe sur le comédien (1131)
ESCHYLE
Les Perses (1127)
FLAUBERT
Bouvard et Pécuchet (1063)
L'Éducation sentimentale (1103)
Salammbô (1112)
FONTENELLE
Entretiens sur la pluralité des mondes (1024)
FURETIÈRE
Le Roman bourgeois (1073)
GOGOL
Nouvelles de Pétersbourg (1018)
HUGO
Les Châtiments (1017)
Hernani (968)
Quatrevingt-treize (1160)
Ruy Blas (908)
JAMES
Le Tour d'écrou (bilingue) (1034)
LAFORGUE
Moralités légendaires (1108)
LERMONTOV
Un héros de notre temps (bilingue) (1077)
LESAGE
Turcaret (982)
LORRAIN
Monsieur de Phocas (1111)
MARIVAUX
La Double Inconstance (952)
Les Fausses Confidences (978)
L'Île des esclaves (1064)
Le Jeu de l'amour et du hasard (976)
MAUPASSANT
Bel-Ami (1071)
MOLIÈRE
Dom Juan (903)
Le Misanthrope (981)
Tartuffe (995)
MONTAIGNE
Sans commencement et sans fin. Extraits des *Essais* (980)
MUSSET
Les Caprices de Marianne (971)
Lorenzaccio (1026)
On ne badine pas avec l'amour (907)
PLAUTE
Amphitryon (bilingue) (1015)
PROUST
Un amour de Swann (1113)
RACINE
Bérénice (902)
Iphigénie (1022)
Phèdre (1027)
Les Plaideurs (999)
ROTROU
Le Véritable Saint Genest (1052)
ROUSSEAU
Les Rêveries du promeneur solitaire (905)
SAINT-SIMON
Mémoires (extraits) (1075)
SOPHOCLE
Antigone (1023)
STENDHAL
La Chartreuse de Parme (1119)
TRISTAN L'HERMITE
La Mariane (1144)
VALINCOUR
Lettres à Madame la marquise *** sur *La Princesse de Clèves* (1114)
WILDE
L'Importance d'être constant (bilingue) (1074)
ZOLA
L'Assommoir (1085)
Au Bonheur des Dames (1086)
Germinal (1072)
Nana (1106)

GF Flammarion

07/04/128580-III-2007 – Impr. MAURY Eurolivres, 45300 Manchecourt.
N° d'édition LO1EHPNFG1218C003. – Novembre 1992. – Printed in France.